U0940654

你的半步，我的天涯

Sometimes When We Touch

卓越泡沫 著

重庆出版集团
重庆出版社

图书在版编目（CIP）数据

你的半步，我的天涯 / 卓越泡沫著. -- 重庆 ： 重庆出版社，2010.11

ISBN 978-7-229-02901-2

Ⅰ. ①你… Ⅱ. ①卓… Ⅲ. ①长篇小说－中国－当代 Ⅳ. ①I247.5

中国版本图书馆CIP数据核字(2010)第156744号

你的半步，我的天涯

NIDEBANBU, WODETIANYA

卓越泡沫 著

出 版 人：罗小卫

责任编辑：陶志宏　何　晶

责任校对：姜　玥

装帧设计：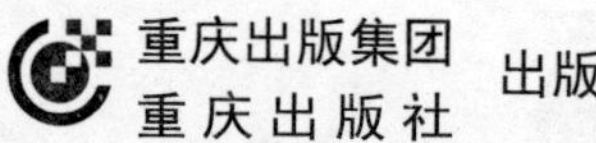

重庆出版集团 重庆出版社 出版

重庆长江二路205号 邮政编码：400016 http://www.cqph.com

北京市雅迪彩色印刷有限公司制版

北京市雅迪彩色印刷有限公司印刷

重庆出版集团图书发行有限公司发行

E-MAIL：fxchu@cqph.com 邮购电话：023-68809452

全国新华书店经销

开本：710mm×1000mm　1/16　印张：16　字数：354千

2010年11月第1版 2010年11月第1次印刷

ISBN 978-7-229-02901-2

定价：26.80元

如有印装质量问题，请向本集团图书发行有限公司调换：023-68706683

自序

卓越泡沫

开始写这篇自序的时候，我脑子里闪过冯巩电影《别拿自己不当干部》的对白——“哟，这么大干部，亲自买菜？”巩哥小脖一梗特得意地说：“大吗？不就管200多人嘛。”

他在电影里扮演一个工段长。

我在生活里扮演一个网络小说创作者。

他在机床前和我在键盘上的满足感是一样的，都有几百口子喊老大，都有那么多热切的眼睛期许你鼓捣出那么点成就，都得在人前精神抖擞容光焕发，然后扭回头亲自各买各买菜各写各序。

我不知道有多少人会因为一篇序言而把犹豫不决的一本书带到收银台或是放回到书架上。估计数字不会很乐观，所以我决定不惜诋毁自己写一点真实的东西。

07年的时候我是个程序员，我的自序便从那时开始。

2007.4：程序员卓越泡沫拿起小说就会犯困，但还是被周围好多程序员拉着去看。

2007.5：程序员们看小说是因为“书中自有颜如玉”——书里的美女如云嘛，小脸儿个个都跟玉似的——我们是一群井底的软件蛙，只有在书里才能窥见别开生面的世界。

2007.6：文坛出了新生派别——“YY文”，火得一塌糊涂。

2007.7：我觉得大部分“YY文”里的代入感还有待推敲，比如进行到某处，估计着男女主角感情不错应该拉拉手了吧？结果两人直接共赴巫山搞云搞雨去了。

2007.8：“YY文”的上述特点这让我们做程序员的很难受。就像脑子里定义了一个很美妙的函数，结果程序每每运行到这里就跳出拒绝执行。而这个被跳过的函数，就叫“充沛的情感”。

2007.9：我想亲自试试。用程序员的芯，去写小说。

2007.9：同事说，你就叫泡沫吧，因为你这个想法，就是个泡沫。

2007.9：“有没有唬人一点的名字？”我问。“那你就叫卓越泡沫好了，最近有个卓越网，挺有气势。”

2007.9：一年以后，当我的书在卓越网的对手网站销售的时候，所有“卓越泡沫”的字样，都被屏蔽成“**泡沫”。起笔名失误到这个份儿上，也不容易。我很纠结，我是叫卓越泡沫不假，可我又没叫joyo泡沫……

2007.10：我总结了写手们之所以成为写手们的最为黄金的一条原因——他们断定他们写的东西比他们曾经看到的东西有滋味，所以他们为之。

2007.9—2008.3：历时七个月，几乎全程在大学校园里吃住，专心完成自己的第一部书《我和三个穿ck的美女》。

2007.12：在食堂里碰见一对情侣，女孩把肉一块块夹到男生的碗里，偷偷说吃光了奖励他些什么。偷听之后我心里重重跳了一拍。后来我的书里便有了一个镜头——白天在小婉的额头盖了个油乎乎的印子……这样的事还有很多。

2008.1：比较好命，处子作即告签约。至于行文质量，我觉得在程序员里应该还算不错，就像我编程的水平在写手堆儿里也不赖一样。这也是我当年四大理想之二。另两个是跟费德勒下围棋，跟李昌镐打网球。

2008.8：出版前夕，编辑问我卖点在哪里？她说，现今图书市场，可以让人笑出眼泪或是哭到抽筋的书太多了。我说，既让读者笑出眼泪，又让读者哭出眼泪，两种方式分泌，算不算得上卖点？编辑说，你能做到？我说，嗯……要么……试试。

2008.9：在百度里发现了自己的贴吧，已经有一定规模了。原来不知不觉中已经有那么多的朋友在帮着自己摇旗呐喊。感动在一刹那降临时通常也最强烈。

2009.1：《锦瑟年华》完成，《锦年花开》动笔。我把自己写笑了。

2009.2：上班时程序写错，出版方也给《锦瑟年华》打了十几个小黄圈，那是我唯一一次被编辑指摘，原因是行文不够细腻，无法最大限度吸引女性。失眠一夜，我的程序有BUG，我的文也有BUG……

2009.3—2009.5：恶补了十多本当红女作的言情小说，终于悟到了感时花溅泪恨别鸟惊心的真谛。我给自己的书打上了“细腻”的补丁。

2009.6：《锦年花开》完成。我把自己写得眼睛发热。同事说，如果不是你自己写的，你肯定不会热。我说，如果不是我自己写的，我肯定会哭。

2009.6：我编的程序越来越没代入感。领导说你还是不要去写程序了，去写大家最为苦恼的产品说明书吧。

2009.9：计划着拿到《锦年花开》之后，做的第一件事就是要把它邮寄到某出版大鳄的办公桌上。不是邮箱里，不是抽屉里，是办公桌上。然后去做另一个韩寒。

2009.10：《锦年花开》上市，我忘了邮。就像有一天我梦见了双色球的全部7个开奖号码，真实到震撼，可是第二天还是没有去买一样。我说，那是因为懒惰，同事说，那你因为你不相信会中。

2009.10：“这不是那个年代啦孩子，莫斯科和阿根廷不相信眼泪。”

2009.11：对一个发现暗暗称奇：催稿的都是男读者，贡献长评的都是女读者。原来那十多本女人的大作没白恶补。

2009.11：于是把这一年的写作信条扩为两项：一，用哭和笑两种方式分泌眼泪。二，对男读友一直在争取，对女读友始终不放弃。

2009.12：“爆笑和眼泪”——我在新浪网连载的论坛里蹲点，每当有读友这样评论我的书，我就在记事本上偷偷画“正”字。

2009.12：一周内来了三家约稿的出版社。甲说：能不能像《我的青春谁做主》一样，把男人感兴趣的刑侦与女人感兴趣的小言放在一起糅合成一本书？乙说：能不能把当今富二代与穷二代之间的恋情放大一点？丙说：能不能来一部出版后直接用来改编成影视作品的书？

2009.12：我只说了句“够呛”，甲乙丙的头像纷纷灰掉，不再理我。

2010.1：本部小说《你的半步，我的天涯》正式动笔。

2010.8：《你的半步，我的天涯》交付印刷。

2010.8：一位女读友说：泡沫是美丽的东西，泡沫把五彩的大千世界融为一个小小缩影。她说，小泡沫，你的笔名真有感觉。我说，你能这么想，我真幸福。事实上，我幸福得满地找缝。

2010.8：她还赠了句英语给我：the FOAM shows one dramatic life！我在群里打了一个冒汗的笑脸，同时狂翻词典。

2010.8：我记事本上的“正”字已经写了20多页。我跟同事是这么说的。我没告诉他我一页只写一个。

2010年9月：刑侦、青春言情，穷男、富女，影视元素，还有把我累得够呛的第四部书《你的半步，我的天涯》出版上市。

2010年8月12于大连

目录

Chapter 1 新生的眼睛

在百度上输入关键字：未婚女人，27岁，事业有成，美丽如花。

按下回车键，零点零几秒之内弹出数以万计的搜索结果。左上角一行蓝色加粗的小字颇为触目惊心——您要查找的内容是不是：剩女？

裴蕾摇头苦笑，一不留神，自己已被划入剩女之列。

韶华易逝，青春不在。从大学肄业继承家产到千万富姐，裴蕾只用了区区几年就摇身变为最成功的富二代，而这也恰恰是女人一生中最好的几年。无米之炊做成了满汉全席，裴蕾蓦然发现，自己不是宴席上最夺目的那道佳肴，恰似一杯冷炙残羹。裴蕾想起前天在意大利米兰刚刚看过的那场时装发布会，谢幕的时候，几位世界名模鱼贯而出，她们的中间是一位中年妇人——顶级设计师。聚光灯下，那妇人接受着周遭艳羡的目光，笑意流连，却在某个千分之一秒流露出无尽伤感。裴蕾恰恰捕捉到这个瞬间。她鼻子有些发酸，觉得自己就像那位名模捧出的设计师。

纵使身旁侧畔千帆，自己也无非是伶仃古船，即便眼前万木逢春，自身也无外乎病树一棵。

秘书的电话打断了她的胡思乱想。“裴总，前台有一位叫白天的客人要见您。”裴蕾狠狠蛰了一下，颤抖的声音透着突如其来的不安：“你是说，他叫……白天？”秘书被她问得局促起来：“裴总，您……是否亲自接待他？”

“当然，请他进来。”裴蕾语气坚定。

裴蕾绝对算不得剩女。未婚女人，27岁，事业有成，美丽如花——顺着搜索出的内容，点击下一页，再下一页，便可发现与裴蕾相关的两个网页：一个是她的新天下贸易公司的官方网站，她在办公室的近照跃然屏幕之上，称谓：总裁。另一个是对她顶礼膜拜的学弟学妹们为她建的一个贴吧，取名：一笑倾城。七年之前，她曾是D市T大的不二校花，那贴吧里收集了她在读时的资料，校友偷拍的旧照片，还有校庆时她捐助100万翻新宿舍楼的新闻以及她手捧名誉博士证书的海报等等……而最为热议的，还是七年前那个夜晚——T大校花裴蕾一怒之下放弃学业步入上流社会。

那一晚，才貌双全的大二女生裴蕾在水泄不通的围观下，换下校服，一袭盛装，面不改色地坐在自家的凯迪拉克里扬长而去，任凭校方开除学籍的通知书贴满教学大楼。

众人佩服校花的魄力和胆识，智慧与手段，在同龄人为一份工作苦苦奔走的同时，她已高高在上，拥有自己的财富王国。

只是谁也不会理解，校花的出走只是缘于一段得不到的爱情。

那个人便是白天，他们同班。他大她一岁，正直，善良，爱笑，仿佛儿时童话里公主爱上的水仙花少年。

裴蕾喜欢踮起脚尖走在白天的侧后方，监视他的一举一动，有时可以看见他粗心之下，剃须蹭破的腮帮。或是走在他的正前方，有风的时候，裙摆飘动，裴蕾想象着他瞪大的眼球，内心泛起阵阵虚荣。

20岁的爱情执著而脆弱，集万千宠爱于一身的裴蕾孤注一掷，把全部的感情押在白天的身上，却屡屡受挫。一年后，被宠坏的校花终于明白，她入不了他的法眼。

那一次，她气急败坏地发出最后的质问：我是一笑倾城的裴蕾，凭什么不能令你爱上我！

她像个发怒的女王，身后是滔天巨浪。

而他只是轻描淡写地告诉她：我的世界里没有一笑倾城的传说。

她化了绝美的妆面，家丁为她打开凯迪拉克的车门，她环视目瞪口呆的围观同学，绮丽一笑。坐进去，墨绿的车窗隔住了众人的视野，她望着他的方向，大滴的眼泪落了下来，滴在心头最柔软的地方，焚出一片灰烬。

三年后，她建立了自己的公司，注册资金800万。如今她的贸易领域深入全国各地，即将在日本建立国外办事处。

与此同时，他每况愈下，大三时一次刑事责任使他离开学校，混迹了三年后，孑然一身去西部支教，在贵州经历了一段不幸福的短暂婚姻，从此再无音讯。

其间，他们的关系磕磕绊绊，裴蕾试图挽回她的败局，不惜动用金钱和权势，而白天屡次礼貌地将她拒之千里。自尊和爱情，他看重的是前者。那句话怎么说？他是她生命中的业障。

几乎无人知晓白天的存在，只有裴蕾，她知道，白天是她的起点和终点，如今，她像只迷途的羊羔徘徊在黑暗中途，伴她左右的只有那个极度虚荣的传说。也只有裴蕾知道，他比她幸福，只因她爱着他，他就比她幸福。她在他心里播下了一颗哑种，而他撒在她心里的种子却日以继夜地疯长，只是，无缘开出一朵花。

这一个突如其来的午后让裴蕾手足无措，放下秘书的电话，她对着镜子迅速补妆，白天敲门进入的时候，她紧张得将化妆盒掉在地上，Chanel的粉扑正好滚在他的脚下。

白天弯腰拾了起来，眯眯一笑："香奈儿哦，不要太兴师动众啊。"

他还是那么诙谐，玩世不恭，一句话缓和了气氛。裴蕾顺着他的口气戏谑道："少来，我家保姆用的都是香奈儿。"

她给他看座，起身为他备茶，紧张得忘记叫秘书。他们上次见面还是十八个月之前，比之当初，白天瘦多了，皮肤晒得黝黑，连以前最白嫩的胸口也呈小麦色。他的眼窝更深了，气色也不大好，除了笑容还是那么放肆，裴蕾几乎相信他刚刚大病了一场。

"无事不登三宝殿吧？"裴蕾问，"一年多不见，怎么突然想起找我？"问他的时候，眼睛若无其事低下，心里还在抱有侥幸地期待着一个不同的答案。

白天依旧眯着眼微笑："如果，我来投奔你，你会收留我吗？"

"多长时间？三天，还是五天？"

"少则一月，多则两月。"他说。仿佛气息有些不足，他的额头上竟然微微带汗。

裴蕾笑："真的假的？这么长时间……不像是来旅游的啊？"她关心的并非他是否旅游，如果他真的能留下一个月，无论什么目的都足以让裴蕾欣喜。

直到，他停了笑，缓缓告诉她："不是旅游，而是——度过余生。"

裴蕾扬起脸笑嘻嘻看着他，不发一言。

"我得了白血病。"他还是那个口气，慢悠悠地说，"已经是后期了。"

裴蕾笑得花枝招展："哈哈——别说，演得还真像。"一边笑一边抬眼看他。他不笑，慢慢拿出一张病历，递给她。

裴蕾大笑着翻开病历，颤抖着双手，笑得窒息，不知哪一秒眼睛里攒动着泪花。那份三级甲等医院开出的病历书上明明白白地记录着他的病情，白血病三个字如同一把带刺的锥，心头揪心地一凉。她再也无法自控，嚯地站起，将那病历一把扔在他脸上。方才的欣喜还没有尾声，猛然填充了无限悲伤，裴蕾的神经快被撕断了。

"姓白的！都这个时候了，你他妈才告诉我！才想起来找我！"刹那间泪如雨下，她对他爆了粗口，已经顾不得任何体面了。

"对！"他说，"直到这个时候我才想起找你，我想和你在一起。"

就是这样一个富家女，总裁，给了他七年多的时间，她的爱始终没能融化他的自尊。而这一场绝症却令他的心理防御轰然倒塌。在他生命的最后时刻终于做了次本能的流露，明明白白地告诉裴蕾：我想和你在一起。

裴蕾疯了一样扑在他的怀里，不得要领的吻雨点一样落在他的脸颊上。他紧紧抱着她，紧得要把她嵌在身体里。

秘书听见她方才的喊叫，急促地跑进来，推开门，却发现一向威严的裴总像个小女孩一般缩在他的怀抱里，梨花带雨，热吻着她面前的男人，专注得甚至无视她的闯入。秘书吓得一吐舌，慌忙退了下去。

白天的确没有隐瞒病情，一周之后，他瘦得愈发厉害，同时也开始借助轮椅行动。裴蕾将公司大权交给副手，专心陪在白天身边。商业大潮瞬息万变，总裁离开两个月对于一个刚刚立足的公司来讲风险极大。

裴蕾想，大不了，这公司她不要了。

这是裴蕾27岁人生中最幸福的时光，她将白天接到自己的豪宅，给他妻子般的悉心照顾，在阳台的伞下，他们躺在椅上从24楼眺望海景，他吃裴蕾递过来的葡萄，每一粒都经过她手工除籽……此情此景，虽是短暂却弥足幸福。

白天在这个世界的最后几天，裴蕾带他回到了T大，她推着白天走遍西山校园，重温了当年他们走过的花前亭下和每一条小径。白天睡一阵清醒一阵，后来她将轮椅停在他当年的宿舍楼下，那里已经拆迁，红色的新楼房林立，仿佛可以嗅到新漆的味道。每个生命在到达尽头时都会有几分钟的回光返照，此刻的白天异常清醒，可以微笑，完整地说话。裴蕾知道，她害怕的时刻终于来了。

她蹲下去，伏在白天的身前，擦去他额头的汗。

“嗯，”她笑，“说句情话给我听。”

他顽皮地白她一眼，想了想，说：“蕾，我想拜托你一件事。”

“嗯？”

“死后，我想捐献角膜。”

“捐献角膜？为什么！我不同意！”

他叹了口气：“才28岁，就要走了。我想留下自己的一部分在世界上，继续活着……”

话音刚落，她已泪流满面。

白天缓缓探出手，为裴蕾擦了擦眼泪，眉毛轻弯一下：“我想过了，那就留下眼睛吧，这样便可以继续看着你……说实话，我真的想时时刻刻看着你……你的眉眼，和你的脸，我怎么看都看不厌……”

白天气若游丝地说完这些话，笑着的眼睛里有泪滚了下来。这是裴蕾第一次看见他流泪。裴蕾幸福极了，她听见了全世界最动听的情话——我想时时刻刻看着你，怎么看都看不厌。

“傻瓜，别难过了，这世界上终究会有一个人，他会替我照顾你，和你钟爱一生。”

接下来，联系医院，签字，建档……从手术台上下来，白天已经奄奄一息。

那一个下午，裴蕾一直抱着白天，她感觉他冷，企图传给他体温，直到夜幕降临，白天的身体早已僵硬如冰。她终于妥协，她再也暖不回她的爱人。

直到白天变成了一抔寒灰，她和他的恋情才被公开。那几日，贴吧里悄然无声，一笑倾城的传说告破，凡是目睹了裴蕾抱着白天留着泪痴痴呓语的学弟学妹都相信了一个事实——裴蕾不再是那个冷艳凄绝的冰美人，她不过是个执著热烈，27岁的大女孩。

白天的一对角膜顺利留了下来。裴蕾想，自己真是贪婪，这对从白天身上剥离，没法入土为安的组织器官成了她在世间仅存的慰藉。他的眼睛，便是他的灵魂。裴蕾期待看见这双眼睛重新亮起，也许，他真的可以借此把灵魂永远留在自己身边。

医院里，有三位病人等待着角膜捐献。医生将他们的资料拿给裴蕾。

开价最高的是一个四十多岁的男人，是个生意人。开价其次的是一个妙龄女郎，职业可疑。最后一个是一位21岁的男生，大学在读，没有经济能力，等待零酬捐献。

裴蕾告诉医生，她愿意把这对角膜捐献给那位大学生，不索取任何报酬。

裴蕾去了那男生的病房。看见他眼睛缠着绷带，安静地坐在床边。病号服有些肥大却整理得一丝不苟，脚上穿一双Kappa的纯白运动鞋，双腿颀长，皮肤白皙。如果眼睛没什么大问题的话，应该是个挺帅气的男孩。

裴蕾注意到他的手背上血肉模糊，吓了一跳，随即主动问他："你的手怎么啦？"

男孩闻声抬起头，没好气地答了一句："伤啦。"

裴蕾拉起他的手仔细端详，心里咋舌，又问："怎么弄的？"

"打墙。"

"为什么？"

"不爽！"

若不是还沉浸在失去白天的悲伤中，和男孩这段执拗的对白绝对可以让裴蕾笑出来。

男孩猛地把手抽了回去："干吗呢你！男女授受不亲知不知道？"

裴蕾真的快被他气乐了，也许是年龄差距的缘故，裴蕾并没有暧昧之感，不料这男孩反倒觉出了尴尬。

病房里空荡荡，床铺规整，裴蕾继续问他："怎么没见有人陪护，你的家人呢？"

男孩："都死了。"

正当裴蕾觉得他犯浑乱说一气的时候，他又补了一句："几年前，一场空难……家里就剩下我一个人，没人来护理我。"

裴蕾沉默了半晌，好奇心让她继续问了下去："你的眼睛，怎么弄的啊？"

男孩挺反感，不过还是一五一十对她讲了。他是西安一所全国知名政法大学的大三学生，成绩非常好。此番来D市参加全国优等生科普竞赛，他一举夺得了五个单项优秀奖中的两个。接下来是篝火晚会彻夜狂欢，他的隐形眼镜忘了摘，生生地被篝火烤化。当他感觉到剧痛的时候，角膜已经和隐形眼镜粘连在一起。

裴蕾觉得现在的某些大学生真是高分低能，他连科普竞赛的优秀奖都能拿得，却不知隐形眼镜是勿近火源的。

这简直是极大的讽刺。

男孩只是沮丧地告诉她："这是我女朋友送的礼物，我舍不得摘，所以就……"

"那你女朋友呢？没来照顾你吗？"

男孩突然发作了，从床上蹦了下来，冲着她吼道："你有完没完啊！谁让你进来的？你打扰我休息了知道不？出去，你给我出去！"一边喊着护士，一边向外轰着裴蕾。

裴蕾也生气了，枉费她一片好意，将爱人的角膜捐给这男孩，却怎么也没想到区区几个提问就把他惹恼成这个样子。随即拎起小包转身出了病房。

转过天来裴蕾就后悔了，她是标准美女，她贵为总裁，她的问话从来犀利得令人无处躲藏。可她对于那个眼缠绷带的男生来讲只是个冰冷的陌生人。一个帅气的大学生，年轻，有才华，不仅失去双亲，又失去光明，他的难过可想而知。自己非但没有鼓励安慰，相反问了那样一串愚蠢的问题，好奇心满足的同时，令他从那些锥心的刀尖儿上重新滚过一次。裴蕾不免自责，最后，她决定再去看他一次。仅此一次，就算是对那双眼睛的告慰。裴蕾想。

翌日清晨，裴蕾带上一个果篮，一束鲜花再次去探望了那个男孩。他起得很早，还是那个样子，很老实地坐在床头，整洁的衣着，连床铺都码得平平整整。

"我又来了。"裴蕾说。

男孩笑："我就知道你会来。"

"为什么？"

"医生后来对我讲过了，你把你朋友的眼角膜捐给了我。所以我断定你还会回来。"

裴蕾苦笑："请问这位小帅哥，此言有什么逻辑呢？"

"很简单，我还没有对你说谢谢呢。"

"我可不是来听你说谢谢的。"

"嗯嗯，我了解，"男孩猛点头，"你知道的，我没有经济能力买下一对角膜，医生说你打算无偿捐献给我，这样，总得允许我郑重地说一句谢谢才好吧。"

裴蕾说："不用谢了，如果你真有心的话，就好好照顾自己，让那对角膜成活，这对我很重要。"

裴蕾并没解释"很重要"的含义。

十分钟之后，裴蕾已经大致了解了男孩的情况也叮嘱了他要善待这双意义重大的眼睛，任务完成，起身告辞。

男孩慌忙站起来，可怜楚楚地小声问她："你能不能……再待一会儿？我可以削苹果给你吃。"

裴蕾说你不是讨厌我吗？上次就差张嘴咬人了。

男孩说前番不知情，再说谁知道你是铁拐李还是吕洞宾啊。

裴蕾笑了，她又坐了十分钟，并且为他削了一个苹果。她知道，他这个年龄的小男生一向是说反话的，他说"我可以削苹果给你吃"，意思就是"我想吃你削的苹果"。

看着他美美地，差点连果核都一起吃完，裴蕾再次请辞。男孩一跃而起拦在了门口。

"如果，"他说，"我想让你留下来护理我几天，你不会拒绝的，对吗？"

裴蕾一下子火了，心说我是什么身份的人，和你又有什么关系！凭什么留下来护理你？裴蕾啼笑皆非，强忍着怒气问了句："为什么？你给我个理由。"

"理由……"他踌躇了一阵，"我，那个……我……难道你不喜欢和一个正太美男待一块儿吗？"

理直气壮丝毫不亚于当年的裴蕾。她又被气乐了："抱歉，我已经30多岁了，对你这种正太美男实在没感觉。"

裴蕾谎报了年龄。

"我可以陪聊，给你普及法律知识。"

"我没兴趣。"

裴蕾不想和这小孩子继续周旋，说了句"你让开"，夺路而走。直到听见背后的声音说："明天，就进行手术移植了，你不想看看他的眼睛吗？"

她停下了脚步，十秒钟之后，她犹犹豫豫地走掉，只是再也没了此前的坚决。

令裴蕾妥协的并不是这个小正太，而是白天的那双眼睛。两个月的假期尚未用光，依她现在的心情根本无法端坐在办公室批阅八方文件。与其选择重新禁锢在办公桌前，裴蕾宁愿和那个无赖又倔强的男孩待在一起。他丝毫不避讳裴蕾的伤处，时时刻刻将她的爱人和那角膜挂在嘴边。这让她隐隐作痛，同时也让她回味着那微微的痛感。她疼着，便意味着白天还未走远，裴蕾对这种疼的感觉产生了依赖。

裴蕾让秘书联系医院，为他开了一套特护病房。又换了两床新的被褥。他从手术台上下来的时候，裴蕾已经一身舒适的便装，换好拖鞋，在新的病房里等着他了。

麻药的作用下，这小子睡了整晚，裴蕾当夜就睡在病房守着他。晨光洒满病房的时候，裴蕾早早地起床，挂严了窗帘，打了壶热水。推门进来的时候，那小子已经翻身坐起，还是那个姿势，咯咯一笑：“嘿，你又来啦。”

裴蕾的第一反应是那角膜移植成功了，转念一想太不靠谱，半个月后才能拆掉绷带，届时才能断定移植是否成功呢，于是诧异地问他你怎么知道是我？

他努努嘴：“喊——这满屋子里都是你的香味，我半夜的时候就知道一定是你来了。哎，你是想把人熏死是怎么着？”

裴蕾没说话，放下水壶去开窗，却又被他制止了。

“哎，别，别开窗……那个，挺好闻的。”

裴蕾喂他吃了药，这小子消停了一阵，然后又开始活跃起来。

“你叫什么？”他问裴蕾。

“你没必要知道。”她一口回绝。这不是一个礼节问题——裴蕾希望她对他的馈赠是绝对保密的，她不想让他报答，甚至不想和他有什么瓜葛，当然，也就没必要留下名字。

“那我的名字也只好保密了。”他一脸无奈。

裴蕾笑：“你随便。”

裴蕾早就知道他全部档案。他姓苏，是一个很简洁且很有韵味的名字。

“那我怎么称呼你啊？”这小子不依不饶。

“咳咳，”裴蕾咳了几声，“我们可以用字母作代号。我呢，就叫你‘V’，你呢，可以喊我‘A’。”

这小子赌气，索性不说话了。

半晌，他终于开口，并且语出惊人：“A，我想上厕所，你扶我去一下。”

裴蕾犯了难：“这个，你自己去行不行？”

“那肯定不行！厕所离病房很远的……再说了，你是陪护知不知道，我自己能吃饭，能穿衣，就那件事有点费劲你还袖手旁观，我到底要你这陪护干吗使啊？”

“我来之前你不是解决得好好的吗？”裴蕾问。

男孩脸一红：“你来之前护士给我发了个夜壶，换房之后忘了拿。”

裴蕾说：“我再让护士送一个来，到时候我出去，你把门插上……行不行？”

“不行不行不行，”男孩脸更红了，低着头嘟哝了一句，“求你了，现如今这里是我们两个人的公共领域，你别让我这么丢人。”

裴蕾看他一脸的抹不开，并不像装出来的样子，心说一个男孩子还这么矜持，皱着眉拉起他，叹息着说了句：“走吧——”

男孩手术后恢复得不错，裴蕾也就不再彻夜陪护了。他睡下之后，裴蕾驾车回家，他醒来之前，裴蕾再赶回来。房间里摆满了她带过来的鲜花，进口水果，还有一台加湿器。病房被她布置得宾馆一般。

几天的相处让裴蕾对这姓苏的孩子有了更深的了解。他挺贫，挺任性，性格极端，时而自负时而自卑，俨然一个矛盾体。其间，裴蕾在病房里给他过了21周岁生日，订了款500多元的哈根达斯冰激凌蛋糕，看着他咧着嘴一边笑一边许了愿。

他说："你猜猜我许什么愿了？"

裴蕾说："这个不能猜，也不能说，说出来就不灵了。"

他说："我不信那个！我的愿望是成为全国最牛的律师，板上钉钉的死刑犯都能让我辩活的那种。"

说完之后长长地叹了口气，坐回去一声不响。

裴蕾说："你现在就读全国一流的政法大学，是成绩最好的学生，又是全国优秀奖，长此以往，你的愿望不难实现。"

他说："算了吧，现在打官司谁还会在意律师的文凭？人家注重的是经验。我出了校门十有八九要失业。"

裴蕾说："不尽然啊，诸葛亮出茅庐之前也没工作经验，照样被刘备聘了去。"

他说："可是诸葛亮上岗后重用的将领可都是有工作经验的，黄忠和马超都是挖墙角挖过来的经验者，要不魏延能时刻琢磨着跳槽吗？"

裴蕾笑了："嗯，我认识不少朋友，也许到时候我可以替你做引荐，前提是你的眼睛恢复良好并且顺利毕业。"

"一言为定。"

他又问："A，你有什么愿望？说来听听。"

裴蕾被这个问题噎住了。若是在两个月前被问及，裴蕾可以不假思索地作答。可如今是两个月之后，一个撇下总裁工作的27岁女人百无聊赖地守着一个陌生人，这荒唐的一切不过是为了圆她一刻钟的睹物思人，她真的还有什么愿望可言吗？

裴蕾说："我希望你的眼睛能重新亮起来，这就是我的愿望。"裴蕾想，那药布层层缠绕下的眼睛，是否和白天的一样，睿智，深邃，温情？

如果说此前这男生给裴蕾感觉平常，那么这个雨夜，他着实给了裴蕾一点好感。

裴蕾当晚没有驱车回家，原因是下雨了，而且，是暴雨。裴蕾自幼害怕电闪雷鸣，锐利的闪电之下，雷声震耳欲聋，尤其是那种毫无节奏感的雷声，和闪电同时而至，每每这时，裴蕾手脚冰凉，只能堪堪地缩在沙发上，甚至堵住耳朵。这是她从小落下的毛病，并且随着年龄的增长愈发怕得厉害。

当晚，电闪雷鸣在暴雨中肆虐，这个时候驾车回家独自过夜简直是要裴蕾的命。她只好再次留宿病房，住在那小子对面的空床上。裴蕾蜷在床尾脸色灰白，她不敢关灯，和他有一搭没一搭地聊天，后来好歹睡着了。这一觉不知睡了多长时间，裴蕾梦见自己杀了人，她躲在黑暗里，胸口犹如压着千钧巨石怎么也醒不了。突如其来的一道利闪，那个寻仇的小姑娘空降在眼前。裴蕾翻身坐起，"啊——"的一声尖叫，几乎把整个大楼都惊动了。

屋子里一片漆黑，裴蕾吓得跌下床。而下一秒，灯已经被他打开，他摸索了几下，准确无误地找到裴蕾，揽她入怀。裴蕾顾不得许多，死死地抱着他，泪如雨下。

“没事儿没事儿，别害怕……有我在呢，真的没事儿。”

一个劲儿地安慰她。

裴蕾缓了一分钟，尴尬地推开他，回到自己的床上。那小子讪讪地收回手，又慢慢摸索着回去。

裴蕾说：“谁让你关灯了！”

他挺委屈：“我是好意，想让你睡得安稳些。我为了谁啊！我又看不见光，医院的电也不用我掏钱……”

从那噩梦里摆脱出来之后，裴蕾微微地感动了一把。她感动于这男生那句安慰的话——有我在呢，真的没事儿……就是这样一句简单的话，透着男子汉的英气，裴蕾觉得自己可怜死了——旁人眼中呼风唤雨无所不能的美女总裁竟然是头一遭听见这样的话，并且，还是出自一个陌生人之口。

再无困意，裴蕾抱着膝盖坐在床上，呆呆地看着窗上的雨花。

“A，你没睡吧？”

“啊。”她应了一声。

“你说自己30多岁……该不会是撒谎吧？”

“为什么这么说？”

“嘿，你别忘了，我眼睛虽然坏了，可我鼻子是灵的。你身上……压根儿不是30多岁老女人的味儿！”

“呵呵，”这么多天来裴蕾第一次会心笑了，“不是老女人味儿，那你说说我什么味儿？”

“小姑娘味儿，二十四五岁那种，”他笃定地说，“你比我大不了多少。”

裴蕾说：“也许，我保养得好。”

“那不一样，水果失水后的味道和刚摘下来的味道闻起来是绝对不同的。女人也一样，和水果是一个道理。”

裴蕾不愿意进行这个话题，草草地答了句：“是不是30多，你拆了线看看便知，快了，还有五天。”

“我有种预感。”半晌，他又说话了，像是对裴蕾，又像是自言自语。

他说：“你隐瞒了名字，谎报了年龄，你不想和我有任何瓜葛，就算是手术成功，你也不会给我看见你的机会，对不对？”

裴蕾沉默了。

他猜得千真万确！

裴蕾不想把事情搞得太复杂，尤其对方是这种蒸不熟煮不烂自我感觉良好的小正太。裴蕾只是单纯地期望那双眼睛重新亮起来，看着它重新汇入人群，像是两盏不灭的心灯，如此，属于白天的一部分便可以无期限地存活在这个世界上——这听起来像是个浪漫的童话，这童话的浪漫之处在于那颗种子，而并非种子的载体。裴蕾不想和他做朋友，不想与之礼尚往来，这样会把童话生生地演成一场肥皂剧。

裴蕾已打定主意，拆掉绷带的当天即是她和男孩分道扬镳的时候，届时她会躲在暗处，偷偷地看一眼他新生的眼睛。如此，足矣。

这小子是何等聪明？他什么也看不见，却看穿了她的心。尽管裴蕾再三揶揄，他始终将信将疑。

两天之后裴蕾看见了意想不到的一幕。

这一次水房停水，裴蕾无功而返，却在病房外刚好看见了他的不轨行为——他在翻自己的物品。

裴蕾蹑足潜踪，看见他轻手轻脚走过去拿起自己的GUCCI手袋，从里面掏出她的钱包。他掏出全部现金，所有的卡，甚至翻遍了所有夹层，随后一脸奸笑在那些战利品当中摸索着挑选。那钱包里装着几千块的现金，各个高级场所的VIP金卡，价值数十万！

裴蕾浑身的血都涌上了脑门！她再三挑选，满怀希望地将爱人的角膜移植给这个年轻人，不料，他竟然是一个贪心的贼，小偷！

裴蕾想破门而入，又恐于证据不足，就这样在门外看着他从那些卡中挑了一张，塞进自己的口袋，又将现金放回，剩余的卡片一张张插好。裴蕾推开门的时候，他已作案完毕，若无其事哼着歌回到自己的床上，面不改色。

裴蕾的心彻底冷了，冷到无力去戳穿他。当晚，这小子心情大好，兴高采烈完全无视裴蕾的冷漠。想必这是个经验丰富的老手，她想。裴蕾查找了自己的钱包，记不起究竟少了哪一样东西，但她分明看见他攥住其中一张卡片，如获至宝地装入口袋。

于是这个晚上裴蕾并没着急离开。她追悔莫及，她又恨又恼，但比这更为强烈的，则是她对人性的怀疑和失望。她想不通为什么这样一个温文尔雅的男孩竟然如此险恶，她迫切想知道，究竟是一张何等重要的卡能对他构成这么大的诱惑，能让一个未来的律师昧着人格去知法犯法！

裴蕾断定他已经睡着了，灯光下一张精致的脸孔，勾起的嘴角挂着满足。裴蕾走过去，伸出二指，轻轻将那张卡片拉了出来……

接下来的一夜裴蕾完全失眠了，轻微的惊讶，轻微的负罪，轻微的感动——什么感觉都是轻微的，汇总在一起竟然异常震撼。裴蕾慢慢将卡片从他的裤兜里拽出，借着灯光，不由得从心头升出一声叹息——令那小子铤而走险的卡片不是别的，正是自己的名片，上面清晰地印着“裴蕾　新天下贸易集团总裁”的字样。

他就是为了这个！

裴蕾把目光再次移到那张青涩未退的脸上，她笑了一下，很由衷。

思索再三，裴蕾到底将这卡片换掉了。她找了张空白的，在男孩醒来前放回到他的口袋里，放回之前，裴蕾犹豫了一下，又在卡片上写了几个字：祝你快乐。又画了个很业余的笑脸。

拆绷带安排在早晨，夜幕刚刚降临男孩便已心神不宁。

“A，今晚你回家吗？”

“当然。”

“那个，能不能满足我一个心愿？”他说，“我想和你去看海，就今晚。”

裴蕾一笑：“我说你这孩子想法怎么这么古怪，看海？你看得见吗？明天早晨一拆绷带，你愿意看什么都行。”

他不说话，作悻悻状。少顷，又问了一句：“那你带我去听海，行吗？”

裴蕾心说现在的小孩怎么都这么“赖”啊？她看了他一眼，除了眼睛裹了纱布，他脸上的每一处都写满了期待。裴蕾没忍心拒绝他。

“好吧，”裴蕾说，“给你十分钟换衣服，我们偷着出去。”

十分钟后，裴蕾已然熟练驾车载他飞驰在滨海路上。

这小子显得异常兴奋：“A，你开的这是什么车啊？”

“本田，讴歌。”裴蕾回答，之后又追问了一句，“喜欢吗？”

这小子撇撇嘴：“不喜欢，没劲，还是开悍马最拉风，跟坦克似的，多带劲啊！”

裴蕾没理他的茬儿。

海边，夜色氤氲，微小的浪在脚下腾起又退去，细雨呢喃一般。裴蕾的家本是凭海而立，可从没如此近距离听海。夜风柔和地托起她鬓角的发丝，裴蕾眯起眼，点了一支烟。她烟瘾不大，每每身临佳境，便习惯点上一支。

那小子站在海滩上，眼望海中央，十分享受的样子。他看海，裴蕾就看着他。真没想到，这男孩换上便装简直洒脱得可以。白色的T恤衫立起领子，仔裤包裹了两条颀长的腿，其实身材一词并非是女孩的专用，眼前这小子便是一副好身材。

裴蕾看得有些入神，直到他转过脸，灿烂一笑：“A，你猜猜，拆下绷带之后，我第一眼最想看见什么？”

裴蕾答：“应该是你女朋友吧。”她记得他是有女朋友的，并且还是他出事的间接责任人。她回答这句话的时候，语气里还有一点自己都没察觉的八卦和醋意。

没想到他立刻板起脸，冷笑一声：“她啊，呵，现在不知道在谁怀抱里共度良宵呢，我们分了，就在我出事的第二天。唉，这世道，炎凉着呢。”

听一个小孩子对一个女商人抱怨世态炎凉，裴蕾本该嗤之以鼻，但她没作声，觉得自己方才说错话了——这小子也真是挺可怜。

“那你第一眼最想看见什么？”岔开话题，她又问了一句。

“想知道？”他神秘兮兮地笑着说，“就是你啊。”

裴蕾咬牙，自己又说了句错话。

两人不再言语，任凭海浪涌在脚下，温润的声音周而复始。

“A，你漂亮吗？”他问了这样一句。

裴蕾愣了一下，这可怎么回答？

裴蕾索性一笑：“漂亮啊，漂亮得像仙女儿似的。”

那男生也笑：“嘿，自古以来女人要么自我感觉良好，要么喜欢说反话。你要是这么说，那我能猜个八九不离十了！”

裴蕾奸计得逞，一脸得意：“能猜到你还问？美若天仙的女人哪一个不是众星捧月，会无聊到找一个盲人来打发时间？”

“我还没盲呢！明天就出结论。”男生顶了一句，裴蕾方觉得自己说话太过犀利。

“那能不能告诉我你今天穿了什么？”半晌，他又问。

“你要求还真多啊，”裴蕾奚落他，但是还是回答了他的问题，“月白色的连衣裙，月白色的发带，月白色的鞋子。”只因白天刚刚离开，裴蕾一身素色。

“你还有什么要求，一并提了吧。”裴蕾想，既然是最后一个晚上，索性满足他，也不枉相识一场。

他咬着嘴唇想了半天，说：“那，我能抱你一下吗？反正你也不漂亮，我就当自己是众星星，捧你这月亮一次……”

“啊？”裴蕾着实惊到了，“这个……”

他扬着脸等了两秒钟不见裴蕾表态，随即挥挥手：“咳，算了算了，我说笑呢，你肯定不会答应的。”

裴蕾释然地笑笑：“嗯，也许再让我考虑一秒，说不准真的会答应你。不过你都说了算了，那就算了吧。走吧，送你回去了，不然护士该急了。”

这小子木雕泥塑般石化。

回去的路上，他坐在副驾驶位子咬牙切齿说了一句：“我恨死你了。”

“恨就恨吧，没关系。”

“明天你一定要来看我拆绷带。你不来试试！”

“少跟我来韩剧里皇太子那一套啊，”裴蕾笑，“要是威胁我，我可真不来了。”

“嘿嘿，那你是来看我，还是看他的眼睛？”他问。

“看他的眼睛。”裴蕾如是回答。

“你和他是恋人吧？”

“你哪儿那么多废话！”裴蕾有些动怒。

这小子吓得规规矩矩：“那，那好吧，即便你是来看他，我也仍然期待……我真的很期待……”

第二天，裴蕾掐准了时间，差不多在他拆绷带结束的时候偷偷潜到病房，不料一把被医生抓住。她说：“您可来啦，您护理的那位病人声称见不到你就不拆绷带。”

裴蕾进病房一看，那小子正和护士闹情绪呢。听见裴蕾赶到，立刻换了副嘴脸，霎时间满面春风。

裴蕾说："你去吧，我就在病房等着你。"

男孩终于一步三回头地被医生带走了。裴蕾不免失落，环顾待了半月的病房，想起那小子一些古怪的举动，竟也有些留恋。更让她难过的是，白天嘱托她的事即将分晓，她和白天的情缘也终将走到尽头。窗台的百合还在盛放，裴蕾给花瓶换了些水，安静地离开了病房。

与此同时，拆线病房里，医生将一层层的纱布从他的头上拆下，待所有纱布从头上拆除，几个花痴的女护士立刻着发出一声小小的惊呼。主治医师轻声地问他："怎么样，能看见我吗？"他点头。医生让他先轻后重地眨几下眼，又拿过测视力的仪器。却不料这男孩从床上一跃而起，分开众人跑回病房。

推开门，花的香气和她留下的味道扑面而来，只是房间里已空无一人。

"她人呢！就是我的那位陪护。"男孩随便揪住一个当班的护士，急得直跺脚。

护士说方才下楼去了，这会儿应该走不远。他撇下护士大步朝楼下奔去。

裴蕾换了另一辆他不熟悉的车，茶色玻璃，她早早坐了进去，等着看那双眼睛。电话响起，裴蕾拿起手机，轻抖了一下，还是皱着眉接了起来。

一个低沉的男子声音："这些天你去哪儿了？"

"我在医院，有事吗？"

"有，而且是大事，"他说，"有人在无锡发现了姓沈的女儿，一旦她被公安抓住，而证据又不足以让她死的话，你就有麻烦了。"

裴蕾颓然靠在真皮椅子上，发出重重的声响。

"好了我知道了，你还有别的事吗？"

"有哇，"男子轻笑一声，"好久不见了，你要不要安排一场？"

裴蕾咬了咬嘴唇，突然冲着电话大吼，"我爱人刚刚去世半个月，姓叶的，你别逼我！"

"逼你？不——会。我有什么筹码逼你？啊？哈哈。"

裴蕾的眼泪已在眼眶，她咬牙切齿对他说："别忘了，我们是一条绳子上的蚂蚱！"

"是吗？"男子笑，"不是吧？我不过是贪恋你的温柔乡，充其量算是腐败。"

他突然加重了语气，一字一句地告诉她："可你不一样，你是买——凶——杀——人！"

裴蕾忍着眼泪，冷冷一笑："你以为我不懂法？我是被你一路胁迫才沦为今天这个样子！大不了，我跟你鱼死网破！"

电话成了忙音。

差不多就在这个时候，裴蕾看见了那双眼睛。

他从住院处里冲了出来，大步跑向人丛。裴蕾认出他，然而这双眼却是她陌生的，它保留了白天的睿智和灵动，却比白天的眼睛更亮，更有色彩。这男孩的睫毛密且上翘，活像个女孩子，双眼的瞳距比想象中略小，楚楚动人。这双眼恰到好处地勾销了他的痞气。

裴蕾有点发呆，此前她承认他是个小帅哥，也曾对着他的半张脸展开遐想，却怎么也没料到那双眼竟会与他的五官如此完美地珠联璧合。此刻她终于理解为什么这小子乖张且自恋，因为他有这个资本，他的帅气超乎想象。

他急坏了，不顾形象在人群中查找，尤其是三十岁左右的女性，丑的美的，无一不被他审视，询问。有一个瞬间，他就徘徊在车前，焦急的眼神四周捕捉，丝毫没有注意车里的女人。裴蕾匆匆低下头。

他突然想起了什么，一把掏出口袋里的卡片，随即五官气得挪移，他把那卡片攥成一团狠狠地扔在地上，转过头跑了几步，却又不甘心地原路返回，俯身将它捡起抹平，揣进口袋。

裴蕾是开心的，她没理由不开心——手术成功了，白天的眼睛留在了世界上，它的新主人是个有为青年，出类拔萃，俊秀多情。即便是他在天之灵看见了这一幕也一定不留遗憾了——她怎么能不开心？那双眼汇入人群，消失不见。裴蕾突然觉得有点累，她疲倦地伏在方向盘上。不知过了多久，再次抬头的时候，方向盘上已经留下了一小摊她的眼泪。

Chapter 2 开悍马的姐姐

我叫苏醒，和国内某个给方便面代言的艺人重名。

几乎所有认识我的女孩都对我说：“苏醒啊，那个方便面厂家没找你代言，太可惜太没眼光了。”堂哥指着电视上频繁播放的广告说：“要么你去派出所改个名字吧。不然上网一搜你的名字弹出来的都是方便面。”

我盛怒：“凭什么我改名字啊，丫长得还没我顺眼呢！”

我，苏醒，系孤儿一名。父母早年分别是机长和空姐，数年前的一个雨夜，他们的飞机失事，坠毁在非洲的利比里亚境内，黑匣子被当地的难民捡去卖铁，他们没有留给我一句话，便永远消失在世界上。

当时我十几岁，我将家里的三室两厅变成两室一厅，供自己读完了初中。又将两室一厅换成一室一厅，供自己读完了高中。后来房价上涨，我把最后的不动产租给了一对出价很高的蕾丝边儿，每个月从她俩的租金里拿出三张做生活费，其余的攒起来，和各式各样的奖学金汇在一起用作来年的学费和住宿费。偶尔也做做家教打打零工，以便在NIKE清仓打折的时候不至于让口水流了白流。

孤儿和正常孩子的生活没什么不同，他们有的我都有，只不过他们得来的更容易些。他们的父母会把爱心像圣诞礼物一样精心包装送到他们面前，幸福对他们而言，不过是打开盒子那么简单。而孤儿苏醒必须亲手制造包装礼物，然后自娱自乐地打开包装，并且还要故作惊喜状。

不是幸福长得太瘦，便是我的指缝太宽。

和许多孤儿的怪癖相比，我的怪癖程度较轻——我有浅度的恋姐情结。

恋姐的男生很可耻吗？我不这么认为，我认为母性匮乏的女生才是应该打击的对象。我经常满头大汗地走在校园里，看见同班的女孩笑吟吟地赶上来，递过一瓶矿泉水用极其轻柔的口气说：

“帮我拧开。”

钟子期碰见俞伯牙，关老爷得了赤兔马，恋姐的苏醒遇到一个既有母性又有感觉的漂亮姐姐等等，这都是小概率事件。小到可遇不可求。我反复地看日剧《悠长假期》，我喜欢片子里与木村拓哉谈恋爱的姐姐山口智子。我对着成熟美丽的智子想，如果我有一个这样的姐姐，我愿意为她而死的。

“你愿意喂我耳屎吗？”

嗯？

声音来自我那娇小的女朋友。她含情脉脉地说：“你愿意喂我耳屎吗？”

她是东北姑娘，来自辽宁省那个著名的钢铁城市。那里的方言有两个最显著的特点，首先是文字的发音特别……怎么说呢？特别诡异（如果不是看在我和她之间有情侣关系，诡异二字可以用“土掉了渣”来替换）。第二个特点，平翘舌不分，于是“为我而死”理所当然地被她说成了“喂我耳屎”。

我抬眼看看她：“当然！”

她笑，花枝招展地。

然后我又说了后半截话：“如果你能发我一个抠耳勺就更好了。”

大三伊始，我有了第一个，也是唯一的女朋友，并且还是校花一名。这个我不知道是谁评的，但她说她是，我也乐于接受。这年月，买支牙膏还得挑中国牙防组鉴定的商标呢，找个带校花名头的女朋友多有面子啊。

依我的身世，本来不适合在大学恋爱。但是堂哥苏宁劝告我，不谈恋爱的大学生活是不完整的。我问他为什么？他说，大学时代的恋爱在于，二人既可以如饥似渴地抢吃一碗方便面，饭毕，又可以AA制一般你一口我一口地喝汤。这是大学里不可多得的恩爱奇观。

“毕业之后截然不同，”他说，“毕业后的恋爱在于，二人既可以如饥似渴地躺在一张床上，事毕，又可以AA制一般你擦你的我擦我的身体。”

“社会是大学恋情的窠臼，届时，一切都将变得机械而庸俗。”

堂哥苏宁是过来人，认识几个上流社会的朋友，说话颇有大师风范。

我就读西安，一所全国知名政法大学，法学专业，成绩是1/233。大三的时候我便提前修完了全部课程，并且通过了号称“中国第一考”的司法考试。堂哥苏宁大惊：

“这考试的通过率只有10%啊，你真的提前报了名？真的说过就过了？”我同样大惊：“10%？我报名的时候还以为是1%呢。”

苏宁就再也不答搭理我了，他嫌我脑子太灵光，不具备苏家的传统气质。

这样想着的时候，我正抱着后脑勺，得意。十个月之后即将毕业，届时，我将成为一名出色的律师。

灾难就发生在这一刻，一天之内，我先后失去了角膜和女友。先是前往D市参加全国科普竞赛，篝火晚会时隐形眼镜忘了摘，导致和角膜熔为一体。然后她打电话告诉我：“苏醒，我不能去做你的陪护，我后天有一个面试，一个法国公司急聘一个双语秘书。”

我早有预感，那是一个生产顶级皮包的法国公司，聘她那位Boss的小姨子的表舅叫做路易，路易威登的路易。她告诉我，那位Boss对她纯正的发音赞不绝口，声称这个秘书职位只为她而保留。听得出，她生怕我误解，不然怎么会把“聘用”二字强调得那么富有伦理？

我知道，法国佬对她“纯正的发音”赞不绝口只有两种可能，第一种可能性较小——法国佬是东北人的后裔。第二种可能性较大——她一定是用巴黎话叫床了。

我说：“你不用把‘聘用’二字咬得那么富有伦理，我知道你被人‘姘用’了。”

女友笑了：“你不能对秘书这一称谓缺乏尊重嘛。”

我也笑了：“一，我从来都毕恭毕敬地叫你‘秘书’而没喊‘小蜜’或是别的。二，我从来没有对你缺乏尊重。三，我从来不会因为小姐是妓女的代名词就缺乏尊重地管小姐叫妓女！”

挂了电话，我的世界彻底陷入黑暗。

我当初之所以这么坦然地和她恋爱，就因为她也是个穷二代。我以为所有的“同甘”都是从“共苦”开始的。我不住地向自己道歉，向那些幼稚的想法和天真的感情道歉：对不起对不起对不起……

我想换一副角膜，可是无力支付。一个学业未成的孤儿，只差一步到律师的瞎子，生命和他开了如此残酷的玩笑。我忍着，悄悄地笑，唯恐笑得泪流满面。我握紧拳头当当地砸墙，直到血肉模糊。我不小心将罐头碰在地上，又小心地从玻璃碎片中捡出一个最大的，藏在褥子下面。

我已经准备好跟世界说拜拜了。抱歉，我不能再陪你玩了，我快被你玩死了。

下一个场景，终日的暴风雨戛然而止，雨过天晴，彩虹乍现。

一个自称30岁的富家女空降在我的面前，她将爱人的角膜捐给我，并且全程陪我度过黑暗的二十几天。她像一个优雅的仙子，给了我无微不至的照顾。她也是活生生的肉体凡胎，她怕打雷，那个雷雨交加的晚上，我拥着她的时候，分明感觉到了女子的青春和弹性。

我太想见她一面了，哪怕她与完美别如天壤。

一个月后，我出院了，眼睛完好如初。而她像一股轻风飘离我的视野，只留下一张“祝你快乐”的字条。这是一段故事的结束，也是一段故事的开始——接下来的一年，我完成学业的同时企图打探到她的消息，却屡屡无功而返。渐渐地，她存在我脑子里的声音开始模糊，后来，我开始回忆不起她每个晚上说过的每一句话。关于她的记忆大面积消退，对此我无能为力。

再后来，我认输了——我找不到她。我只能祈求这个世界有一双眼在注视着我，哪怕她关注的只是我的眼睛。

我很快乐，除了想念她的时候。

西安是个缺乏浪漫的城市，笔直的马路两旁罗列着毫无生气的垂杨柳。这里有西部，乃至全国最好的法律环境。一年之后，我终于成为法律摇篮里孕育出的尖子婴，我握着新鲜出炉的律师上岗证踏平了招聘会削尖了脑袋企图往事务所里钻。当然，我被人拒得灰头土脸。这年月，律师比他妈狗都多，我不是藏獒，也不是松狮，就是一只瘦了吧唧的小腊肠。弱肉强食已经是上个世纪的热点话题了，眼下找工作提倡的是弱肉“抢”食。

律师的专场招聘会那叫一个火爆！会场大门外站了一排力工，没错，力工！招聘会还没开始他们就站那儿了——专门等着小丫头雇他们挤进去送简历，价格公道又合理，两块钱一份。招聘会散场的时候他们还不走——等着招聘方雇他们抬废纸，两毛钱一斤。进出双向收费啊，比中国移动还狠！

这样的招聘会我参加了若干场，成全了好几个力工，只是我给招聘方留下的电话从没响起过。

我在家待业一个月，坐吃山空。走投无路的时候，竟然接到了西安知名的东寰律师事务所打来的面试通知电话。

面试的时候我又吓了一跳，参加本轮面试的只有我一个。面试官姓翟，是事务所的合伙人，大家都喊他老翟。

我问老翟，贵事务所这一次准备面（试）几个（律师）啊？

老翟说，俩。

我又问，那准备录（取）几个啊？

老翟说，俩。

我以为这老头跟我逗闷子呢，于是我也幽他一默，我说：“那还面什么啊？直接签合同吧。”

老翟抬头瞥了我一眼，随即拉开抽屉“啪”的一声，把备好的合同放在我的面前。

说实话，我有点不知所措，仔细想一想，明白了——眼前这老头儿……啧啧，定是早晨起来忘吃药了。

这样千载难逢的好机会被我撞上，白纸黑字合同一签，我就算卖出去啦！即便这样我也没着急，沉着冷静地跟他侃价。

我说：“这底薪也忒少了点！”

老翟沉着个脸告诉我：“试用期1500，转正后2500。不少了，我们这只是个小庙。”

我说：“这违约金也忒高了吧？”

“5万，不高不高，东寰可是实力雄厚值得信赖的，全西安有几家敢在CBD安营扎寨的事务所啊！”

“你到底签不签？”老翟问我。

我把心一横：“您这待遇低，风险高，让我怎么签啊？”

老翟说：“你还挑肥拣瘦的，如果不看在你小子有后台，你每月给我发薪水我都不招你！”

“啊？”我吃了一惊，“你们是不是搞错了？我可没托关系啊。”

“算了算了，”老翟不屑一顾，“你们这些小娃娃自尊心还挺强，这有什么丢人的，只能说明你神通广大。实话跟你说，和你一道录取那个姓冯的女孩，门子也很硬，是中超俱乐部老板千金的发小儿。不然我们今年裁员还来不及呢，根本不招人……怎么着，给你个机会自己承认，你到底托关系没托？”

“托了托了……”我连连点头。

“那你签不签？”

“签，我签。”

从事务所里出来，我哭笑不得，我真想壮起胆子问问老翟，我那“后台”到底是谁啊？

第二天，我开始正式上班了。

我在东寰赚到的第一个1500块简直就是一部辛酸血泪史！

东寰事务所里，资格老一点的律师每人一个工作间，甭管多热的天都要插门，敲门时不等上二十秒绝对不说“请进”，彰显大牌风范。稍逊些的律师独占一张工作台，经常在主任外出时睡得天昏地暗，盘根错节地支出两条毛腿。作为新人，我和另一个叫冯吉的女生共用一个窄小的工作台，没有足够的空间用来尊重隐私和睡觉。我多半的工作是给那些大牛级别的律师端茶倒水打印材料，多半的时间花费在如何小心翼翼跨过那些错综的毛腿，不是在送水的途中，便是在门外候着。

凡此琐碎之事，林林总总，没有任何一件与律师苏醒的前途有关。

我开始轻度惆怅。

前途是什么？

为此，我特意查阅了《新华字典》02年修订版，479页记录着“前途”的注解。上书：“李明考上了清华大学，张华开始下海经商，我成为了公车售票员，我们都在为社会添砖加瓦，拥有光明的前途。”

看完之后，我的惆怅变为抑郁。

大约是进入东寰的第十天，中午吃饭回来，听见男同事们眉飞色舞地纷纷议论。我只听见了几个关键字，什么“小蛮腰”啊，什么“冰肤雪肌”啊……

能让女人八卦的话题有一火车，而能让男人八卦的话题只有一个。

不知这帮老爷们儿又开始对哪个美女动上歪心了。

我坐在位子上皱了皱眉，又皱了皱眉，最终还是忍不住问了冯吉一嘴：“嘿，那帮人说谁呢，兴致勃勃很热闹的样子。”

冯吉朝着老翟的办公室一努嘴儿：“老翟那儿，来了个咨询的贵妇，大美女。说她呢。”冯吉的眼里不乏几分妒忌。

是嘛！我心说这事儿可新鲜，这么多天了，来这打官司的不是大腹便便的老板就是风韵不存的婆娘，美女从来没见过，更别说大美女了。

有了这个想法，至于后来为什么我突然口渴，为什么特意跑到老翟的办公室门口去接水等等怪异的行为就不难解释了。

办公室门内隐约传来两个人的交谈声。一个女子的声音：“翟律师，不好意思。你的策划案百密一疏，而这一疏恰恰是我不能接受的，你没能为我赢得时间。还有，我姓裴，你已经喊错两次了，这关乎礼貌，也关乎一个客户对东寰的信任。”

这女子的声音低沉而冰冷，像深潭中的水。

我有点震惊，她的声音让我产生了亲切，让我不由得想起了那个让我魂牵梦绕了一年的女人。

饮水机就放在门旁，那扇门，虚掩，巴掌宽的门缝……我慢慢踱了过去。那个声音蛊惑着我，让我升起一股冲动，很想看那女人一眼。我弯下腰，一边按下接水的按钮，一边装作若无其事向屋内望去……

灾难不期而至。

我刚刚把眼睛凑上去，迎面就是一声清脆的闷响。

她把门推在我脸上！

随后我站立不稳，杯口一晃，杯中的水一点都没浪费，全部被我洒在手腕上。

隐约地听见“嘶啦”一声，热气从我的胳膊上袅袅升起……

很久之后，我仍然想不通如下几个问题。既然房间内已生不睦之音，想必那女子随时都可能夺门而去，既如此，我干吗不守在屋外正大光明地看，非要去偷窥呢？单单是偷窥也无可厚非，我干吗非要借故去打一杯水呢？单单是接水也就罢了，我干吗放着蓝色的凉水键不去动，偏偏按下那个红色的热水键呢？

我觉得自己真是无可救药了，胳膊上烫得通红，眼眶冒着星星，在这样的情形下，我居然不声不响，直勾勾地抬眼望去……

她的年纪大约二十六七岁的样子，气质优雅，装束高贵，阳春白雪。她真的是一个美女，无可挑剔的那种。

随即我失望了，不是她！

我断定不是她，我记忆中的那个人比她更老成，更温和，更让人舒服。不会像她这般年轻冷艳，不会像她这般漂亮，更不会像她这样没礼貌地挑着眉看着我。

没错，她就那样轻挑眉头，上一眼下一眼地打量我，一副专注的样子根本无视我撞伤的眼眶灼伤的皮肤和皮肤上升起的热气。

“喂，你烫着我了。”我说。

她无动于衷。

我说：“你烫着我啦！”

老翟闻声从屋里出来，打着圆场说算了算了苏醒，人家也不是有意的。

她这才如梦方醒地拿出一手绢，笨拙地替我擦拭。我抢了过来，这女的也没拒绝，直接把手绢给了我，自己退在一旁抱着肩膀微笑。

她竟然还能笑出来！

老翟恭恭敬敬把这女的送走了，一串清脆的高跟鞋啄地声，由近及远。我疼得龇牙咧嘴，我问老翟这女人什么来头啊就敢这么没礼貌？

他告诉我，这女的来头可不一般，年纪轻轻，贵为新天下贸易公司总裁，才几年就把业务做得风生水起，远在日本近在西安都有她的办事处。最近一段她常驻西安，上次你出去办理户口没碰见她，这已经是她第二次来做咨询了，人家的咨询费都是500块一小时的标准——不差钱儿！

我本想再抱怨个几句，听见老翟眉飞色舞地道出咨询费仨字儿，我就歇菜了。我断定，就老翟那样的，为了那五百元宁可让她烫掉我一层皮。

我抹了大酱，抹了牙膏，抹了防晒霜，还是疼得钻心，好容易挨到了下班，我冲下楼，再次看见了她。

她就在正厅门口，距我五米远的地方，眯起着杏核眼很玩味地看着我。她看我，我也看她。

她的头发是直的，及肩，发梢不时随着来风轻盈舞动。米色的套裙裁剪别致，金色的高跟鞋，既不失庄重又彰显妩媚。面孔可以用精致来形容，白皙的皮肤配上顶级的妆面，颇有些惊艳之感。尤其那双乌黑的眸子，黑得发亮。烟雾在唇际流连，长睫起落之间，竟让人联想起缱绻的海浪。

说真的，最挑剔的男人所梦寐以求的女子也不过就是我眼前这个人的样子。

“嘿，”她笑，“你干吗盯着我看？”

我说：“开玩笑！你不看我怎么知道我在看你？”

她说：“对啊，我的确是在看你。我看你是因为你帅气，你呢，因为什么？”

我心说God，此乃悍妇，非吾辈能及。这会儿我的脉搏至少上到一百二十了，我没接她的话，低下眼睛，夺路而逃。这是我第一次见到她，一个华贵而不失妩媚的富姐。我比较没出息——女人太漂亮的话我就不敢看了。

这会儿我正顶着烈日站在公交站牌下等待挤车。眼睛斜视三十度，看看她是否已经离开，角度不够，又偷偷转了十五度。正在这时，一个庞然大物在我身前停下，吓得我一哆嗦。

悍马H2大海深蓝限量版！

我看见她从窗子里探出头，嫣然一笑：“我载你一程如何？”

见我踌躇不前，她笑得更加肆无忌惮：“走吧，权当弥补我方才的过失了。”

我咬牙切齿了一个下午，却在这美女简简单单的邀请之下，连滚带爬地钻人家车里去了。这是为什么？——我也不知道。人们不是经常用“脑袋被门挤了”来形容一个冒傻气的人吗？我脑袋就刚刚被她用门挤过了。这是一个只有爬楼梯才能让我心跳的年代，而在这样一个傍晚，我清晰地听见胸口狠狠地跳动了几下，热烈而纠结。

她从车载冰箱里拿了罐可乐给我。

我说：“你怎么选这么个车啊？”

“不好看是么？”她说。

“那倒不是，这车太狂野了，和你的气质多少不符。”

“哦，”她又笑，“我驾车的技术不精，开悍马至少让我在追尾小马六的时候不至于太吃亏。”

我含着的一口可乐差点喷了。

“那你喜欢什么车？”她问。

“本田，讴歌。”

她幽幽一笑，没再言语。

“你这么年轻，就来东寰做律师，不简单。”她说。

“承蒙夸奖，不过，我现在还不能算东寰的律师，只能算是个实习的。”

“哦？有什么区别吗？”

“我私下听老翟说，今年招来的两个实习律师里只能保留一个。”

“留下的会是你吗？”

“会吧。”我尴尬地笑笑，强烈的虚荣心又迫使我补充了一句，“如果按业务能力……来衡量的话，我会留下。”

“不错嘛，”她说，“要是你能留在东寰，也许我们会有合作的机会。”

说完她递给我一张名片。我接了，上面没有冗余的炫耀性质的称谓，只写着“新天下贸易集团 裴蕾”的字样，连职务都省略了，干净利落。我当着她的面故作郑重地揣起来。我觉得好笑——这名片对我根本没用，合作？一个贸易公司总裁会和一个初出茅庐的律师合作？

很快，裴蕾将我送到了楼下。我打开车门，回身向她致谢，告别。

她笑眯眯不置一言地看着我，弄得我很不好意思，想离开，又回身解释了一句：“那个，裴总，我就不请您去家里坐了。有机会我们再叙。”

“是不是因为家里太乱啊？”她只是笑。

“不是，家里很整洁。只不过被我布置得很离谱，我不喜欢别人参观我的家，省得他们当我病人。”

“好的，那后会有期吧，”她说，“不过，我想再问你最后一个问题——他们为什么当你是病人？”

我有点不耐烦，勉强地笑笑。

“因为我把家布置成了病房。”

有毛病？对不？——呵呵，不对，可有情调呢！跟你们说了你们也不懂。

当夜，我失眠了一个小时。

仅仅是一个小时而已，接下来我睡得格外香甜。

橱窗里的裘皮大衣谁都愿意驻足，上面的价签是你最终离开的原因。

况且，这样一个女人，估计一般男的降不住。就像喜欢一件大衣时，不一定就要打包带走。要提前想到撞衫那一刻的痛苦与尴尬。

我们可以每日奔波，只为了一件昂贵的狐皮。

等到买得起的时候，你会发现大家都已能买得起。

但是大家谁也没有买，还是一如既往地奔波。

那件狐皮终将属于富人。

不过是被个有钱的美女顺路载回家而已。第二天一早照常上班，对下一次莫须有的见面并没过分期待。那张名片也不知道被我遗落在哪里。

一个月即将过去，转正仍旧遥遥无期，我义务能力提升不大，反倒是鞍前马后地跑腿儿让我成了一个出色的保姆。我摸清了很多律师的秉性，比如东侧拐角的姜律师喜欢沸水泡的龙井，挨着楼梯的杜律师喜欢向咖啡里加三块方糖，号称咨询费五百元一小时的翟律师没别的毛病，就好吹牛。那段时间我特别充实，经常一手提着开水一手握着方糖，同时听老翟漫无边际地神侃。

“知道L省检察院检察长叶永笙吗？”他问。

“知道。”我说。

“他是我大学同窗。”

“您前两天还说他是您战友来着。”

“是……是啊，同窗加战友啊。”

“……”

“老叶有个女儿，和我家小子从小结了娃娃亲，知道吗？”

“知道，”我说，“那女的是名模，万里挑一的漂亮，对吧？”

“对啊！哎——我上次跟你说过吗？”

“没，你上次说她是著名节目主持人。”

“咳——都差不多，都差不多，反正是演艺界的红人。”

“……”

“我那小子死活不同意，嫌那女孩学历太低——其实也不怪我那小子，想想看，北影一年毕业生那么多，你连个硕士生都没考下来，就那么跟着黄晓明赵薇他们一同流入社会大杂院，即便你生得再标致，也就是个芸芸众生呗。”

“……”

我发现提着水壶听他讲话有一个好处——可以缓释掉我打人的冲动。

“没办法啊，我是真没办法！为这事儿老叶请我吃了好几顿饭，他问我，结秦晋之好最重要的标准是什么？”

我附和着问道：“是什么？”

他一拍大腿：“门当户对啊！”

“老叶说了——什么叫‘门当户对’？我这样的检察长，找你这样的大律师做亲家……这就叫‘门当户对’！”

亲娘呃，做了这么长铺垫，终于在我汗津津的笑脸配合下老翟的牛吹到了高潮。只是不知道老翟开着自己那辆破旧的小QQ回到家，吃着粗茶淡饭，和老伴一起为儿子找对象问题而担忧之时，还会不会有那种恍惚中的快乐。

我每天累得腰酸背痛，眼巴巴盼望着转正。与此同时，我的那位竞争对手冯吉却略显消极。端茶倒水伺候人的活儿她从来不干，业务研讨会上一言不发，面对最最简单的诉讼流程也会神情呆滞，用鲁迅先生的话说，只有间或一轮，方能看出她是个活物。我以为自己胜券在握，不料危机四伏。某一个午后，我撕开花生豆的包装时不慎撒落了一粒。那粒不听话的豆子蹦蹦跳跳，最后弹在了冯吉的裙子上，掉在了她的双腿之间。

我低头瞧了两眼，想伸出两指夹回来，没敢——她穿了件巴掌大的超短裙！

一连几天，她穿着同样的裙子，踩着高跟鞋，婀娜地绕过办公室里的毛腿。因为鞋跟太细步伐阑珊而跌跌撞撞，碰撞摩擦在所难免。

我发现办公室里绝大多数的男士都在半寐半醒地向她的美腿送去目光，我预感到一场悲剧，关乎苏醒的转正。

我偷偷把办公室的春兰静博士调低了好几度。

这女子夹紧双腿岿然不动。

我经常在玩笔的时候故意将笔掉在地上，再伏下身慢慢吞吞地拾起，希望我正义的行为能唤起她一丝不安。

这女子目不斜视冷静得像一尊真神。

三天之后，我开始腰酸背疼，并且我感冒了。

我拎着热水壶给翟律师泡茶的时候察觉到一丝异常。他满面赔笑地说：“苏醒啊，你来东寰做实习律师的时间也不短了，按说早就该转正的……但是呢，目前东寰的律师数量已经超编，尤其这个这个性别啊，很不均衡，清一色的男律师……我们合伙人经过讨论投票决定，这个名额还是留给……啊，女同志……好不好？我们好歹也得培养个‘东寰之花’吧，那个……你你你，先把水壶放下……”

当老翟说完最后一个字，我真的恶向胆边生了。一个“成语”跃入脑海——提壶灌顶！

我以为我会暴跳如雷，把那些色迷迷的大叔问候个遍——就那两条柴火似的瘦腿也至于你们奉若神明吗？没见过女人是怎么的？但是我没有，我安静地退出去，又安静地下班回了家。我煮了一锅大米粥，去校内网发了篇被人闪电理智的感言。从A到Z，每一个按键都沾染了我深深的无奈与哀伤——我在校成绩好，我以常人不可能达到的速度过了司法考试律师资格考试拿到了律师证……我一切一切都是最优秀的，然而我却做不成一个正儿八经的律师。后来我就一个人呆呆地坐在床沿上喝粥，那锅粥已经冷冰冰成了一团，咽下去的时候，连心都是凉的。

我最后一次去东寰，办理退职，收拾东西。老翟一把揪住我，讨好地邀我到楼下餐馆叙一叙。

酒菜备齐，老翟讪讪一笑：“苏醒啊，咱不走了！这顿饭就当我老翟为了庆祝你转正而请。”

我又开始摸不着头绪了。

老翟说：“前几天是哥哥我的不对，我说话有点飘，不着边际，你多担待着点。可是苏醒，这事儿你办的也不对——既然你是老叶举荐而来，你倒是早告诉我啊！瞧瞧，闹了这么大的笑话。”

“啊？”

“我今儿早晨才弄明白你和叶永笙还有这样一层关系，你这不是成心臊我吗？”

“……”

“算了，以前的事咱不提了，咱们干一杯，我的那些疯话你别挂在心上。”

“等等！您得把话说明白啊，我和那个‘老叶’，有什么关系啊？”

“行了别装了！你苏醒不就是老叶钦定的未来女婿吗？”

“谁告诉您的！”

“今天早晨，老叶的秘书长给我们所来了个电话，真没想到你就是叶家千金的男朋友！人家那位秘书长把事情全交代明白啦。”

“怎么交代的？”

“首先，将你纳入东寰正式律师行列，其次，尽可能为你创造上案的机会……我们手里目前握着三个案子，待会儿你从中选一个怎么样？回头可别忘了在老叶那里给我美言几句。”

我确定他们搞错了——我沾了叶永笙女婿的光，也许他女婿与我同名同姓，也许是谐音。老翟绝对不会想到，苏醒和那个L省的大检察长没有半点关系。这件事真是好笑，人家都是不遗余力寻找后台，我倒好，后台主动找上我，甩都甩不掉。我决定照单全收，不就是装一装叶永笙的女婿吗？只要她女儿不在这儿怎么都好办。

老翟提供的那三个案子我看了，前两个是我感兴趣的刑事案件，委托方就在本地。第三个是我不感冒的民事赔偿案，地点却是在D市！看了一眼委托方，我心花怒放，竟然是那位贵妇美女，裴蕾。原来那贵妇的公司总部就在D市。

我二指前戳，告诉老翟，就这第三个了！

老翟苦笑：“连师父的案子你都抢？你小子可以呀。甭说，还真是要属这第三个最肥不过了，得嘞，师父让你一次。不过我得先请示人家裴总才可以。”

我一笑：“嘿嘿，这个电话还是由我来打吧。”

当晚我和裴蕾通了电话，电话接通的一刻我的脉搏又上了一百二。这一次我收敛了调皮，用很官方的口气和裴蕾套瓷，问她近来的情况，问她对东寰的印象，最后，我小心翼翼地询问，希望谁来接下她的案子。裴蕾想了想，说你们那个姓翟的律师挺有经验的。我一听就急了，我说您不能只看经验啊，当年诸葛亮出茅庐之前也没领过兵打过仗啊！

电话里传来她咯咯的笑声。

“苏醒，我已经知道了大致的情况了。你有意前来D市帮我打这场官司，对不对？”

“这个……是这样。”

“我的案子虽说算不得什么大案，却也涉及了九十多万的赔偿金和公司名誉等无形资产，你的发挥将直接影响这笔钱的归属以及我的名誉。你敢来接吗？”

我想了三秒钟，郑重回答：“我敢。”

“好，我很高兴你有这个勇气，苏醒，我会在D市接待你。不过——”裴蕾又说，“届时，我要对你的能力进一步考察，你大概知道了，我可是很挑剔的。如果你不能达到我的要求，我保留更换律师的权利。怎么样，能接受吗？”

我答：“没问题。”

Chpater 3 当帅男律师遭遇美女总裁

飞机上，我抓紧一切时间温习了老翟给我的资料。总裁裴蕾旗下的新天下贸易公司一名叫做田菲菲的女工在盘点到港货物时因疲劳导致心脏病突发猝死在保鲜仓当中，死者家属一纸诉状将新天下贸易公司告上法庭，要求新天下赔偿人民币95万7千元，其总裁裴蕾委托东寰律师事务所接下了民事赔偿这一块儿。

法庭已经调解了一次，新天下公司对责任存在异议。此行我的职责是协助总裁裴蕾与受害者家属交涉，如调解不能使双方满意，我还要全程负责诉讼直至开庭审判。这对于一个刚毕业的实习律师来讲可谓责任重大了。

手头的资料有一些文字记载，以及对方律师的律师函，再有的，便是各大媒体对此事的报导。

看罢不禁皱眉。

首先，新天下方面宣称对此事概不负责，法庭调解基本毫无作用。然而即便是进入到诉讼环节，新天下仍然没有便宜可占——事实摆在那里，年轻的女工在工作现场殒命，作为责任方，想毫发无伤全身而退简直是天方夜谭。思索再三，这场官司留给我这个律师发挥的空间几乎为零——当事人不愿调解，诉讼则必败无疑——机舱内凉爽宜人，可我的头上已微微见汗。

重回D市，心旷神怡。

夸张的刹车响起在我的身边。我抬头，看见那辆大海深蓝的限量版悍马。车门打开，珍珠色的高跟鞋从车子里探出，在暖阳的映射下，耀眼的光亮折入我的眼睛，裴蕾娇妍的身影出现在面前。

“裴总……您这是……来见客户，还是……”

“我专程来接你。”她说。

“这……有点兴师动众了吧，”我笑，“您可是大忙人。”

她没笑，带着总裁特有的严肃：“兴师动众吗？也许吧，谁的案子谁着急。我固然很忙，可这件事却不能不理。苏律师，你还没吃饭吧？我们找个地方小坐一下，顺便交换下彼此对于本案的看法，如何？”

郑重的口气不容拒绝，我的角色瞬间从一场浪漫邂逅的男主角又变回了一个律师。说实话，裴蕾的不怒而威让我心有余悸，想起上一次她在办公室里把老翟训得脸儿红脸儿绿的我就有些瑟瑟发抖。加之裴蕾说了，我只是被考察对象之一，这案子还不一定姓苏呢，紧张的感觉顿时笼罩全身。

趁着裴蕾在展台点餐之际我拨通了老翟的电话。

我说：“案子的初步材料我看过了，获胜的几率微乎其微，人家裴总势在必得，我怎么觉得有点没底啊。”

老翟说：“你个废物，争强好胜的精神头哪儿去了！要么这样，你先稳住她，充分展示你的才华获得信任。实在不行我再飞过去。”

我说：“万一你高估了裴蕾的耐性，人家大手一挥把我们都辞了，委托另一家事务所，那就亏大了。”

老翟说：“那可不成，她可是咱们的大客户，这一次律师代理费少说也十几二十万呢。要是出了差错你小子就甭回来了！”

老翟撂了电话，我叫苦不迭。

裴蕾带我来的这家餐馆是D市闻名的鲁菜馆。四喜鱼卷，奶汤蒲菜，珍珠豆腐羹，孔府一品锅，蒜蓉粉丝焗扇贝……悉数摆上案头。

“用些酒水？”裴蕾问道。

“啤儿茶爽，可以吗？”

她抿着唇，扭头做了一个想笑又忍着不笑的奇怪表情，想必是把我当成了一个未经世面的弟弟。

裴蕾自己要了罐装的青岛冰纯。

简单地动了几下筷子，裴蕾详细介绍了本案的始末。我拿出记事本，偶尔埋头记录一些关键字，时而抬头，凝视着讲述中的裴蕾，看她细致的眉眼和专注的表情。看得出，裴蕾的叙述生动而不遗余力，她给了我信心，拉我进入了角色。

裴蕾的新天下是以水果进出口起家的贸易公司，早在三年前便垄断了D市各大超市的水果鲜肉配送权。那时的裴蕾刚刚24岁，不能不说是商业奇才。

死者田菲菲是负责货物盘点及审核的年轻女工，行内称之为“库管”。于今年4月30日入仓盘点货物时发病身亡，由于有家族心脏病遗传史，法医初步鉴定为疲劳过度引发心脏病猝死。更加不利的是，死者于晚九点发病身亡，超过了《合同法》规定的加班时间。如果如上情况皆属实情，那么新天下公司赔偿死者便是天经地义。从裴蕾口中得知，本案并非如此简单，其中的隐情不小。

首先，田菲菲当天盘点的保鲜仓并不是新天下公司自己的仓库，而是来自新天下的合作伙伴，枫霖贸易集团旗下的保鲜仓。至于新天下公司的员工田菲菲为什么出现在另一家公司的仓库里，这似乎不合情理。而枫霖集团方面表示对此事并不知情。裴蕾说，以往两家公司的确有合作的历史，外派本方员工到对方的仓库里盘点验收实属正常。案发当时两方也确实在合作，但她笃定的是，田菲菲并不在外派点仓的名单当中。

另一个蹊跷之处——田菲菲死于合同期的最后一天，此前并没有与新天下续约，并于4月25日开始申请积攒了一年的五天带薪休假。也就是说，死者在事发当天正处于休假状态。综上所述，新天下贸易公司对于死者家属的索赔不能接受。

裴蕾在喝下两罐冰纯后流露出一丝伤感。

“目前D市的舆论界给我施加的压力太大了，由于田菲菲身亡当天的工作时间已经超出法定范围，赔偿了死者等同于承认逼迫员工超负荷劳动。赔偿金并不重要，重要的是新天下公司的声誉……苏醒，我可以负责任地讲，新天下公司员工的加班制度完全符合法定……这样窝囊的事故，必须查明实情，我不能轻易作出让步。”

她拉开了第三罐冰纯的拉环，我锁了下眉头，轻轻将啤酒拿到我的面前，算是没收。看得出，她的酒量实属一般。

她微笑着，怔怔地望了我一阵，并不说话。微微涨红的脸，可爱之下却似有万种风情。

我告诫自己，我是个律师，她只是我的当事人。在本案尚未完结之前决不能有半点非分之想。想罢我匆匆低下眼睛，拿起一只扇贝，挤了一团生芥，想都没想便放入口中。

一股突如其来的猛烈直冲云霄，我连打了好几个喷嚏，声泪俱下。一只抹了生芥的扇贝让正襟危坐了全程的苏醒难堪到极点。

不知为何，在她的面前我如此害怕丢脸。当她拿出纸巾来到我的身前时，我竟然连谢绝帮忙的勇气都没了。咳嗽之余，慌忙伸出手欲接过她的面纸，不料她的纸巾绕开我的手指直接落在我的鼻子上……那细长的手指似带有魔力一般，细致，柔和，带着高贵香水的气息。她俯下身体，颈前的衣襟有一个瞬间低过我的视野，我看见了冰肤雪肌，以及，两片黑色的大花蕾包裹着的神秘峰峦。

她好像发觉了似的，迅速直起腰。可惜那个瞬间已经发生了，那一对宝贝已然从无端的臆想变成了一个具体的概念。天知道，我不是有意而为之，而是裴蕾的真空装过于真空了。第一次谈业务就给人留下个不厚道的印象。我装作什么都没看见，半边脸却烧得通红。

“苏醒，生芥这样吃是会出人命的。”她打趣道。

“哦，这个……我知道。”一边咳嗽不止，一边还在嘴硬，说完连我自己都笑了。

我去了趟洗手间，重新落座后。裴蕾夹过一只扇贝，熟练地解决掉贝壳，又均匀地挤了少许生芥，递在我的面前。

我就知道完了，这哪里是律师和当事人的洽谈？分明是小朋友正确用餐的教学！阿姨刚刚给揩过鼻涕，这会儿又指导他贝类的吃法，或许再系上个围嘴儿就更逼真了。

一瞬间，什么老翟的嘱托啊，20多万的律师代理费啊，我每月的1500块啊……统统完蛋了。

这一顿饭我的发挥糟糕到了极点，越是担心出错越是失误连连。谁吃饱了撑的能雇我这么个蹩脚的律师？

裴蕾看了看表。

“苏醒，”她说，“是这样，我公司里还有些事情需要处理，回头我派秘书给你送去本案的其他资料，你看……”

果不出我所料，裴蕾终于要将我罚下场了。我咬了咬牙，做最后的挣扎。

我笑容依旧，适时地打断了她：“裴总，要不，我建议你换一家事务所吧。”

她愣了几秒，眉头微蹙，娇俏鼻梁和着潋滟唇色半暗半明，长睫每眨一眨便在眼底下颤出浓密阴影。

那张标致的脸孔，已经让我心神不宁。

“怎么？你对自己如此没有信心？”裴蕾的表情认真。

我想，她一定忽略了《三十六计》还有一回叫做欲擒故纵。

“裴总，不是我不自信，而是你不他信。”

“这话怎么讲？”她似笑非笑，语气不温不火。大概恰恰因为她年长一些，所以我得到了与老翟截然相反的境遇，她的火爆脾气得以收敛，处处宣示着她美丽之下的涵养。

“您不相信我。”我一字一句地说。

“以新天下贸易公司的规模及裴小姐的身份，与律师的初次接洽完全可以由私人秘书代劳，可您却亲自驱车前来。目的显而易见——您想将案件的细节与律师做面对面的交流。可见面之后，似乎您的信心受到打击，于是半途离开。我不能说您有事务需要处理的说法是一种委婉的托辞，那样太武断。但至少，您应该把带来的材料留给我吧。”我如是说。

裴蕾的脸上掩饰不住笑意：“那么，你又怎么知道我随身携带了资料？”

我一指她座位上的挎包，带着几分执拗说道：“裴总，我虽然算不得时尚潮人，可对背包也有一定研究——目前正值盛夏，你应该携带一款浅色系小巧的手提袋才搭调吧，可你却背了一个大号的深色单肩包……”

她笑得更厉害了："结论呢？"

"结论就是，这样的失误发生在裴总的身上是讲不通的，唯一合理的解释——你将打印好的资料放在包里，非这么大的包不可。只是临时生变，不愿拿出来罢了。"

"推论呢？"她说。

"推论——你早已打定主意更换律师，只不过不便当面直说。相反我主动顺了梯子给你，却被讥讽为'缺乏自信'，如此说来，是不是裴总欺人太甚了？"

裴蕾笑得前仰后合。

她当着我的面把挎包打开，我当时就石化了，里面除了钱夹和化妆包，空无一物。

"……"

"苏醒，在我认识的律师当中，你是很special的一个。你很睿智，注重逻辑，留意细节……不过这次你完完全全想错了。"

"……"

"这款卡蒂地亚的旧款单肩包的确不适合这个季节携带，这一点你说得没错。我确实有一个浅色的手袋，今早匆忙中掉了拉锁上的钻，只有带它出来临时救场。想来我拿得出手的挎包真的不多，本以为可以对付些时日再作打算，不想仅仅一个上午便出了笑话。现在的男生，够时尚，真是了不起。"

"……"

"苏醒，你看清了现象，却猜错了本质——我的包里没有你要的资料，至于我想更换律师的说法更是子虚乌有。我的原则是疑人不用，用人不疑。你听明白了吗？"

"……"

裴蕾看似绵软的话却让我的脸上阵阵发烫，自以为无懈可击的一套逻辑就这么土崩瓦解。埋了单，她的酒力尚未散去。我嘱咐了一句："您这是回公司吗？路上小心些。"

裴蕾戏谑的口气答道："回什么公司啊，当然是去街上采购喽，我还敢被人笑到几时啊？"

站在包厢的门口，她忽然转回头，绯红的脸上闪动着淡淡的神采。"苏醒，"她说，"你要不要一起来？"

半个小时后，我坐在这部悍马的副驾驶位子上，看着裴蕾从容驾车，穿过城市里的繁华街道。

"裴总……"

她笑着打断我："苏醒，你今年多大年纪？"

"我22岁。"如实作答。

"要我说啊，你也别叫裴总了，怪别扭的，干脆改一个字，叫裴姐吧，"她扭过头笑了笑，"我大你6岁呢，怎么样，不吃亏吧？"

"这个……当然。"

裴蕾驱车前往的那家商场是D市有名的烧钱窟——百年城商厦。

这商厦最大的特点是，幽静，凉爽，究之根源——人少，再究根源——太贵。平时大家逛商场时总是爱踌躇满志地一跺脚，血拼了！而这里绝对是那种任凭我把脚丫子跺麻了也不敢踏入的地儿——“血拼”总得找个“宰人见血”的地方再去拼吧？

反观裴蕾，从迈入商厦的一刻起，眉宇间不动声色地染上一层生动感，步伐，表情，举止和周围的一切完美融合。间或微微甩头，手指抚过肩头的发梢，无需修饰的风情万种。我突然想起一个搞怪的问题——女人是怎样炼成的？身旁这位美女姐姐让我心头生出一种笃定。我觉得她生来便是与这些昂贵的东西在一起，只有这金钱堆砌出来的东西才能显出她的贵气和高傲。

鉴定完毕，黯然神伤。

裴蕾逛街是快刀斩乱麻型的，眼光又准又狠，手到擒来。目光从未在哪个专柜上停留超过两分钟，二指前戳，目不斜视：“小姐，麻烦帮我把这个包起来。”东西多得逐渐拿不下，我的双手理所当然全都占上了。这姐姐还不时拿我打趣：“哎，苏醒，你说方才那个奶白色和这个瓜瓤色的手袋哪个更适合我呢？用你潮流的眼光，分析一下吧。”

我犹豫不决的工夫，这姐姐把俩手袋都买了。

挥金似土地烧钱直让人心惊肉跳，后来我明白了，敢情她还在对我席前的那番话耿耿于怀。我完全被她谈笑间人民币灰飞烟灭的劲头给震慑住了，这会儿我收敛了趾高气扬，双手夹在身侧，规规矩矩，像个痛经的小姑娘。

钢琴版的世界名曲响彻商场的每个角落，也为这场毫无征兆的约会赋予更多浪漫色调。这仅仅是会面的第四个小时，我和裴蕾便颇有默契地穿梭于各大名品店。我们手提大小的奢侈品礼盒接受着来往男女的注目，这样的场景留给我的固然是无措，然而更多的，还是无措过后的欣喜感。

我喜欢她穿着高跟鞋，膝盖微弯，脚步细碎而翻涌的姿态。这是美女的专利，没有最高雅，只有更高雅。

离开之前，裴蕾用一件礼物结束了今天的陪逛，在香水专柜前，她甚至煞有兴致地花费了很长时间。

我不禁问她：“对男士香水也在行吗？”

她莞尔：“倒是有些了解，只是从未买过。”

她将中意的几款男士香水喷洒在试纸上，逐一问了我的意见，最后，在我看好的两款中选了一只。她告诉我：“这是裴姐送你的，算是雇你陪逛的酬劳。”

那是一只50ML的Bvlgari男士海洋能量，她送我的第一件礼物。

“喜欢不？”她问。

“我更喜欢你喷的那一款，”我说，“什么牌子的？”

裴蕾笑：“这么油嘴滑舌？那个牌子没有男士款的，别琢磨了。”

她终究没有正面回答我的问题。

我只得尴尬地接过她送的Bvlgari，说了句顺梯子的话。我说："裴姐，这算不算你贿赂我啊？"

尽管这一段我掐了没播，可是老翟仍然像老猫一样嗅到了暧昧的味道。他说没道理啊，她什么时候变得这么温顺了？

"苏醒，这小娘不会是看上你了吧？"

说真的，这个问题我想过。从那一天的偶遇，搭了顺风车，到今天的陪逛，我并非没有感觉。我可以有一万种理由替她解释今天发生的故事——可以归结为她的处世之道，她的善良，母性，她的百无聊赖。但是，我情愿这万分之一的原因是老翟想的那样。

我这样美美想着她的时候，自己正坐在酒店的镜子旁，端详。

我发现自己竟然会脸红。

脸红有时并不代表羞赧，而是一个人迫切的需要。

翌日，早早梳洗，出门。故地重游，心情大好，买了瓶冰红茶，站在天桥上眺望。眼前鳞次栉比，绿树成荫。

D市不愧为浪漫之都，城市漂亮，mm漂亮，就连天桥上卖盗版碟儿的大哥都比西安的贩子看起来合法。我今天没有衬衫革履地打扮，换上了T恤仔裤，有点微服私访的意思。正当我自我感觉良好的时候，那位卖碟的大哥开始行动了，先是飘到一个学生打扮的小孩面前："同学，要考研政治不？"学生打扮坚定地摇头。接下来又窜到一个白领形象的大哥身边："大哥，要办公软件不？"白领人士撩了他一眼匆匆走掉。我靠，我心说真牛逼，什么叫投其所好准确定位？卖碟的洞察力都提高了，这社会能不进步嘛。正想着他来到我的眼前，上一眼下一眼地看，看完了压低声音说："兄弟，要毛片儿不？古今中外天上人间的我这儿都有……"我的笑容尚未退却，涨红着脸吼了他一句"不要"，拔腿就走。

刚走下天桥的时候裴蕾打来电话，约我晚上共进晚餐。

她告诉我："苏醒，今晚我和一些司法机关的朋友吃饭，我想邀你一起，想来你是我的律师，将来免不了和他们打交道。"

我想拒绝。我不擅长和生人接触，尤其是那些脑满肠肥的所谓司法界大牛。

"听裴姐的话，"她说，"作为律师，多结交些司法圈里的朋友，对你有好处。"

这顿饭安排在D市有名的万帛海鲜舫，此行之前，我尚且单纯地以为这不过是裴蕾躲之不过的又一场应酬而已。当我发觉这顿饭的开销五位数并且由她做东，客人中无不是司法界有名的人物，尤其当我发现此间竟然有本案的法官大人时，我猛省——这顿饭的目的绝不是我想象中那样单纯——裴蕾可以用最少的代理费请一个阅历最浅的律师，也可以大把大把掏银子去铺垫关系。

他们是一厢达官贵人，他们能把斑驳的脑门梳理得一丝不苟，他们的皮鞋亮得能当镜子照，他们一句话足以影响一个案件的最终走势——我感到了可笑，作为律师，我本以为自己是高高在上的救世主，实则不过是阴差阳错被摆上位的一具木偶。

裴蕾悄悄问我酒量怎么样，我如实回答："大概可以喝两杯。"

裴蕾笑道："两杯按说也不少，但是在他们面前，走不过几个回合，所以，你还是老老实实跟我一同喝冰纯吧，抽空敬他们一巡，礼节到了即可。"

在座九男一女，要了白酒洋酒各三瓶，看起来着实让我眼晕。我感觉裴蕾到底理解错了，我说的"两杯"既不是五粮液也不是人头马XO，就是普普通通的啤酒。两杯是我的极限，喝完了双颊红得像火炭。

在众目睽睽下我独自点了饮料，扬长避短，更是为了与裴蕾掷气。谁都看得出这顿饭的用意所在，裴蕾的案子会因此而平添重重的砝码，而苏醒的努力也会因此而轻如鸿毛。对面那个秃顶的法官不时色迷迷地盯着我身边顾盼生辉的女人，我的胸口正有一场鹅毛大雪在纷纷降下。

裴蕾并不打算和我计较，她的精力早就从我转移到那些司法大人身上，妙语连珠笑意盈盈，话到绝妙处，二指拈起酒杯，一声"先干为敬"，白皙的脖子一扬，优雅中夹杂着北方女子的豪爽。

她喝酒的姿态固然迷人，然而却令我深深厌恶。眼前一片觥筹交错，执杯手和杯中酒都已渐渐模糊，我低下头，不去看裴蕾在男人堆里游刃有余的样子。

一碗鳕鱼莲子不知何时推到我的眼前，疑惑地抬起眼，看见裴蕾半明半媚的笑容。

"哎？裴总好偏心啊，对自己的律师照顾有加，却冷落了我这位法官，真是岂有此理。"

那个跃跃欲试的法官见此一幕终于忍不住发难。

"他不仅是我的律师，还是我新认的弟弟呢，律师界的新锐精英，"裴蕾笑道，"这一次，我权且仰仗着他呢。苏醒，来跟前辈们打个招呼吧。"

我尚未说话，那法官倒是率先发难。

"哟，还真是一个英俊潇洒的律师弟弟啊，没想到裴总还有这样的好兴致。"他挑挑眉毛，"就是不知道你这律师弟弟的'活儿'怎么样。"

在座的人哄堂大笑，这帮人显然初中语文学得不错，双关语无师自通。我知道他们已经往歪处想了。

裴蕾纵是八面玲珑，面对这样的暗语也是变颜变色，无言以对。

我不卑不亢地仰起脸回答："李大法官，律师的'活儿'好不好怎么能问当事人呢，君不闻当局者迷的道理吗，还是该问法官才对吧？"

那老李头咕哝了一句："呵——这和法官有什么关系，我又不和你打交道。"

我笑了："此言差矣，这事儿和您关系大了，旁观者清啊。想想看，古代帝王三宫六院七十二嫔妃，谁有什么绝活儿该翻谁的牌子就连皇上也叫不准，这得问一位德高望重有着特殊身份和地位的高官，您知道这位厚德载物高风亮节的高官可是谁？"

大概这位李大法官被我侃晕了，迷迷糊糊等着我的恭维。"谁啊？"他问。

在座众人再度哄堂大笑。我在老李头的配合下差点把饮料笑喷了，我擦擦嘴，一脸严肃地回答他："当然是公公啊。"

主宾位子上那个男子一直在似笑非笑地打量我，目光流转，似有深意。他四十多岁的样子，气度不凡，尤其是一双眼，能看到人的骨子里。

与众人的拍手叫绝相悖的是，裴蕾没有任何笑容，她低下头，兀自啜了一口啤酒。我不确信她是否欣赏我的口才，但我确信，她不欣赏我的姿态。莫名的悲伤油然而生，原以为28岁的裴蕾，美貌与财富并具，能力和青春兼有的裴蕾是上帝的杰作，世间的宠儿。这一个傍晚，我对她的看法被那个姓李的法官和一屋子牛鬼蛇神颠覆得面目全非。她不过是个28岁的独身女子，即便是处事圆滑的她，在他们不怀好意的欺负下也是孤掌难鸣。

酒过三巡，我如坐针毡。好在老翟适时打来通电话，我长出一口气，欠身离开包厢。

老翟："你在哪儿呢？"

我："裴总请吃饭呢，海鲜。"

老翟："又吃饭？苏醒不是我说你，你刚刚出师，蹭饭别蹭太频了。人家嘴上不说，心里保不齐会想，这东裹怎么都是些吃货啊？"

我想发作一下，又仔细玩味了他的话，我好生纳闷——用周星星的话讲——为什么要用个"都"字哩？

我告诉老翟，这是顿业务饭，我的任务就是充当一位看客和吃客。"今晚D市的司法界大牛们都到了，一票人在包厢里折腾得乌烟瘴气，巨无聊！巨能装！"

老翟一拍大腿说："苏醒你是真傻还是假傻！那些是何等重要的人物？都是只手遮天的王侯将相啊，有多少律师脑袋削尖了也遇不见这样的机会，你居然口口声声说无聊……"

"你身上带了名片没有？"老翟问。

"没有。"

"那我的呢？"

"更没有了……你想干什么啊？"

"当然是发给他们，和人家交换个名片，以备不时之需啊。"

我告诉老翟，溜须拍马已经来不及了。那些王侯将相我一概没理，并且差点和一个公公掐起来。

Chpater 4

半路杀出个小冤家

正当我和老翟贫着的时候，身旁一更贫的女声吸引了我。那女孩手持电话，在大堂里踱着步，像头抑郁的小狮子。

“我等您两个钟头，两个钟头啦，一场人命官司都打完了您那酒还没喝完啊……”

“什么？走不开？您草菅人命的精神头儿哪去啦？怎么一上酒桌就变得优柔寡断啊！”

“是不是不与民同乐就显不出您平易近人啊？”

“等啊，我能不等吗？谁让22年前从您太太肚子里蹦出来那个丫头是我不是别人呢！”

说完撅起小嘴啪地合上手机盖子。

嘿，嘿嘿。我在一旁听得很起劲儿，偷眼向女孩瞄去。第一感觉是：白。简直是通体雪白。上身一件深紫色的吊带背心，下身一条巴掌大的黑色热裤，覆盖率低得让人咋舌，大片大片的冰雪肌肤袒露在外。说实话，这女孩白得很有光泽和质感，尤其是两个圆肩，像冒着气儿的雪糕，多看两眼就会化掉。眼睛很大，头发精短，微微带着羊毛卷儿，就跟橱窗里的洋娃娃似的。更显另类的是，这妮子脚上蹬了双我在杂志上见过的GUCCI黑色小皮靴，走起路来雄赳赳快似一阵风，明明是一米六刚出头的身高，气质丝毫不输那些长腿美女。

真真的一个富二代小美女！

我对这样的富家女总是心有余悸。虽说男人都是属蚊子的，谁细皮嫩肉就喜欢叮谁，但咱也不能叮到肉里就拔不出来不是？谁让咱是根红苗壮的穷二代呢。这样的女孩，越是喜欢就越会让自己受伤。我一个月工资撑死能赚出一套迪奥，人家刷几次卡就能刷出一辆奥迪。陌路，永远是陌路。富二代小美女对我这个穷二代小伙子来说，那就是鹤顶红熬出来的指甲油——打死我也不敢“染指”啊。

她吊带热裤配小短靴下暖上凉的打扮让我想起了一首歌——这个冬天不太冷。

可目前正值盛夏，看了她半天，最后给我感觉是这个夏天有点热。

我微笑着目送这女孩从身边经过。她走了几步，毫无征兆地转了个身，歪着头看我，上一眼下一眼，看罢了扬了扬小下巴：“喂，看够了吗！盯着我半天了，好不好别这么无聊！”

呃……这个。

被她这么一问，我小有心虚。赶忙低下头，双手插兜，避开她的目光。

害了三秒钟的羞，拍拍脑袋一想不对啊，我方才眯着眼抿着唇，充其量也就是个微笑，虽说我有看美女的习惯，可怎么说我苏醒也是见多识广的人，一般来讲没有点真材实料的女生还真吸引不了我的眼球。天知道，方才我的目光也就是在她身上叮了那么一小下而已，犯得上吹胡子瞪眼吗！再说，你不看我，你怎么知道我看你啊？

这小妮子真有道行！想来今天我气色不错，唇红齿白，也算得上风度翩翩的儒雅大少一名，不料她竟然找了这么个丧尽天良的借口施以挤对，她倒是得意了，把这种垂头丧气转嫁给我，天可怜见，这小妮子根本就不是我的型儿！

结论：从此以后不看城府太深心机重重的美女。

推论：从此以后只看一切心理活动都写在脸上的单纯的小美女。

酒桌上的声势十分浩大，再次归席，看见裴蕾已然接近醉酒的边缘。还是那个李法官，一脸坏笑揪住裴蕾不放，声称要和她连干三杯。

裴蕾哪敢怠慢？无奈酒量不济，两杯下肚后，双眼开始迷离。坚持着端起酒瓶欲再次斟满。

我再也看不下去了，抢过裴蕾手中的酒瓶，二话没说给自己倒了一杯。

“李法官，裴总已经不胜酒力，你又何必苦苦相逼？我是她的律师，也是她的弟弟，我愿意代她喝下一杯，还望李法官高抬贵手……可以么？”

那姓李的老头冷笑地听完我说的话，大手一挥：“好，那这一杯你替她喝。”

话音刚落，我端起杯子就打算一饮而尽。不料他再生事端：“且慢——”

他拦下我，从一旁拿过一只新的杯子，抓过一瓶五粮液。瓶口垂直向下，倒水一般哗哗地将酒杯倒满。

杯中的白酒足有三四两之多！端到我的眼前，晃荡着溢出杯口，纯净得闪闪发光。

“英雄救美啊，哈——”他瞪大眼睛挑衅地看着我，“喝呀，你小子不是想替她喝吗！”

这杯酒如若下肚，后果不堪设想。或者干脆说，可以设想——唯一的可能便是苏醒直挺挺倒下去人事不省。但是我必须喝下去，炎凉君莫问，冷暖唯自知。即便是法律的名义下，灵魂的独舞也抵御不了肮脏的规则。我并非与李法官掷气，他不过是个站得高的跳梁小丑而已，然而我却无法不迁怒于裴蕾。在我看来，这顿饭的起因很可能出自于对我能力的怀疑，那句“疑人不用，用人不疑”无非是她的巧舌如簧，给原本粗陋的麻布镶了一圈精美的花边儿而已。

裴蕾似乎有阻拦的意思，而这恰恰给我鼓起了最后的斗志。古人饮鸩也不过如此，我将她的手挡在一边，左手掐住鼻子，右手端起那满满一杯五粮液大口大口地吞咽下去。

我嘴角带着讥讽，给李法官看了看干净的杯底，一声不响地坐回位子上。

不知过了多长时间，裴蕾悄悄问：“苏醒你怎么了？二十分钟你没动一下，没事吧？”

我抬起头，很迷离的一笑：“我很好呀。”

为什么电视台每晚不厌其烦地播那么多酒品广告，却不敢明目张胆地播香烟广告呢？

这是有道理的。

因为香烟是慢性毒药。

因为吸烟太可怕了。

因为吸烟会使人在不知不觉中走向死亡，丝毫不像那些夸张的矫情的舒适的安全的小恶习，比如喝酒。

喝大了，有人抠嗓子眼儿，有人去洗胃，有人想吐而吐不出来折腾得要死要活……不过，仅仅是喝大了而已，距离挂掉尚且遥远得很。由此看见喝酒是多么夸张矫情舒适安全的一件事。

二十分钟以后，一杯五粮液下肚的苏醒只有一个念头——还是让我死了吧，或许可以舒服一点。

我晃晃悠悠走出包厢，来在酒店外，以为清新的空气会使我清醒些。无奈夜风袭来，仅剩那一点理智随风散去——感觉自己变成了条不会游泳的鱼，我游在五色斑斓的深海，我一边游一边呛水，直到肚子胀得老大。我觉得自己快要吐了，那条带着大盖儿帽的迎宾鱼告诉我这是公共海域，不能随地撒欢儿，于是拉着我在海底寻找垃圾桶。

后来，后来我就有点忍不住了，在我到达极限的时候刚好寻见了一只。这桶不错，红色的，烤漆的，流线型的，就是桶口设计得不大方便，我费了好大劲才把脑袋伸进去。

“哇——”的一声，我吓了一跳，我看见另一侧的桶门突然开了，从里面蹦出一个哇哇大叫的活人！

我一惊，随后也“哇”了一声，再之后的事我就不知道了。

我是被裴蕾摇醒的，醒来时我正在她的悍马车上。她说：“苏醒，你待会儿再睡，先告诉我你酒店的房间号。”

我两只手浑身上下乱摸了一气，最后断断续续告诉她：“我的钱包……不见了……房卡在钱包里……”

车子在滨海路上飞驰，海风在耳边沙沙作响。

“苏醒，我问你酒量时你是怎么回答我的？”她的话里怒气未消，“两杯，你告诉我你能喝两杯！你说说现在是怎么回事？”

“知道你方才有多风光？你吐了一个小姑娘满车都是！我赔多少钱人家都不要，非要将你扭送110不可！”

“我没逞能，”我解释，“我说的两杯啤酒，是你理解有问题好不好。”

“我的天。”裴蕾气得扭过头，小声嘀咕了一句，“真是作孽，天知道我为什么要带你吃这顿饭。”

凉风习习，裴蕾自如地驾车，她的长发在风中凛冽地舞动，月光间歇地投射在车子里，清辉在她不带表情的脸上时生时弭。我第一次领略了裴蕾冰一样的美丽，她飘起的发尖儿擦着我的脸侧，冷而香艳。我真的不愿意清醒，只想这样醉下去。

大概是裴蕾将我的沉默当成了怄气，凌厉地说教之后，她竟然开始试探着哄我。

“苏醒，我感谢你替我挡下那杯酒，按说我不该责怪你。但凡事要量力而行，我知道你看不惯李法官的跋扈，但世界就是这样，再高的领域也有雁过拔毛之人，你要想飞得高就要学会忍。只因和一个看不顺眼的人较劲，甚至伤了身体，真不知道你是聪明还是糊涂。”

我笑：“你太高看我了吧？就那个李法官，也值得我喝得大醉？实话对你讲，我的确是在怄气，不过不是因为他，而是因为你！”

裴蕾大惊：“为什么会是我？”

“因为你的圆滑，因为你的世故，心口不一！”我有点来劲了，“还记得你是怎么告诉我的？你说你相信我，器重我，全权仰仗我。而转过头就拉了一票牛人吃了顿动机不明的饭，如果你信任我还用得上喝那么多酒巴结他们吗？还用得上跟散财似的花几万块疏通你的人脉吗？我不心疼你的钱，可是，可是……”

“苏醒，”她打断我，“你误会了。”

我的脸上阵阵发烧，刚才话里夹带的感情有些过头，我有点后悔这么直接。所以当她打断我的时候，我的喜悦和失落同时涌出。我生怕她听清我的话——我不心疼她的钱，可我心疼的是什么呢？

“你误会了，”裴蕾继续说，“将这个案子委托给你并非是个草率的决定。我调查过你，苏醒，名牌政法大学应届毕业生，成绩法学系第一名。我感觉到你的身上有种独特的天赋，如果换作别的律师，恐怕要从调解入手，争取将赔款降低，而你不同，你是那个可以令我全盘胜出的律师。”

“但是苏醒，”她又说，“我担心你的经验，我怕你打过的包票只是缘自你的年轻气盛，要知道，这案子我输不起。只因我太在乎新天下的声誉，今晚这么做，你别生裴姐的气，如果有伤到你之处，裴姐给你道歉。”

按说，我真的应该消气了，一个身家千万的富姐，不仅无视我的顶撞，对我再三容忍并且郑重地道了歉……如果继续不依不饶，当自己是谁啊？

可我竟然没接受她的让步，或许我真是太拿自己当回事了。

“我不能不生气，你知道为什么？”

我的大脑一片混沌，只得放慢了语速，一字一句地企图让她最大限度明白我的意思。

“只因，这案子的当事人是你，裴姐。你在我眼里同样是特别的。你高贵典雅，你美丽，你的每一个动作在我眼里都与众不同。在你面前我卑微得抬不起头，我一无是处，聊以慰藉的是我啃过那些专业课本，我可以帮你打赢官司。我将这场官司当作送你的礼物，我要把它独力做好亲自捧在你面前——独力完成，不允许别人碰它——你能明白吗！我看重这案子，我非常看重特别看重！裴蕾，你告诉我，我要怎么才能为你做点事？”

话一出口，吓了我一跳。酒话！绝对是酒话！

裴蕾沉默了半晌，缓缓张口：“苏醒，你一共犯了两个错误。”

“嗯？”

“第一个，下次说话别直呼大名，记得叫姐。”

“……”

“第二个，你在校时的语文成绩怎么样？”

“只能说……还可以吧。”我如是说。

“呵——是很差才对吧。”她兀自一笑，“你，能喝，两杯——这是个明显的病句，你这个大律师怎么连宾语和补语的概念都没有？”

转移话题！我心里恶狠狠地说。

“说实话，方才你的那段话里病句连篇逻辑混乱，我一点儿也没听懂。如果你醒了酒之后还有雅兴倾诉的话，那就整理一番再说好了。”

装疯卖傻！

正当我愤愤不平的时候，裴蕾的悍马车下了滨海路，向海边一处豪华小区驶去。

“苏醒，给你两个选择，一是回酒店去，开个证明补办房卡。二是在我那儿暂住一夜，其余的事明天再考虑。你自己选吧。”

呃，这个……

我始料未及。这算什么呢？试探，考验还是诚心邀请？

我知道自己不可以留在裴蕾家过夜，绝对不可以，这是个动机问题——如果我轻易点头，那我刚才的豪言壮语就穿帮了。人家会想，多没有说服力的表白啊，一听说有便宜占马上就玩了命地抛弃原则。

可我无论如何也不能说服自己回酒店入住，这是个良心问题——我绝对不能昧着良心做对不起自己的事。20年后回忆起来，我一定会因没有胆量踏入那片豪宅而肝肠寸断。

正想着，裴蕾的车子已然驶入了私家车库。

“想好了吗？”

“嗯，我想回酒店……可是……丢了钱包……所以……没有打车钱。”

找了这么个蹩脚的理由，连我自己都觉得丧气。一直绷着脸的裴蕾也笑了。

裴蕾推开车门，又气又笑地回头望了我一眼：“既然丢了钱包，没了车钱，酒店也回不去了……那还愣着干吗？勉为其难地跟我走吧。”

我的眼睛亮了一下：“要不，你给我批一张暂住证吧。”

眼前依山傍海的小区是D市最顶级的豪宅。电梯直接入户，俯瞰渤海湾，礁石在脚下延伸，整栋楼就像是屹立在海中央一般。裴蕾住第24层。

“可以来点音乐吗？”我随手在CD架子上拿出一张杰西卡•辛普森的现场版塞入唱机，小心翼翼征求她的意见，“已经很晚了，会不会吵到你的四邻？”

“没关系，”裴蕾一笑，做了个自便的手势，“整个24楼已经打通，都是我家。”

裴蕾的家里安装了中央音响系统，每一个房间的墙壁里，甚至卫生间都有分机，真正的环绕立体。杰西卡清淡的嗓音无孔不入，配合着窗外的海风呢喃，我浑身的毛孔都在肆意舒张。裴蕾换上一身白色的家居裙，轻柔得像团飘在屋里的棉花。在我初进大观园一般东张西望的时候，她已然冲好醒酒的糖水。酒的后劲很足，我就近躺在一张床上，脱了衣服便睡。

我睡到自然醒的时候，裴蕾已经离开了家。拉开窗帘，海面上空很好的阳光。

然后我拨通了裴蕾的电话。

“醒了？睡得可好？”

“非常好，谢了。”我大咧咧的口气。这种口气的伪装会让我略感自然。

“苏醒，我半小时后有会，照顾不周，你就担待着点儿吧。吃的在冰箱里，用微波炉热一下，衣服我这就让人给你送上去。现金在你的枕头边……”

“喂喂，我可不要你的钱啊。”

她说：“你刚丢了钱包，银行卡挂失暂时用不了……要是你可以自力更生的话最好，省得你又说我跟散财似的。”

她又说：“明天是第二次法庭调解的日子，我不打算妥协，所以你不必浪费太多精力在这个环节，准备接下来的诉讼程序吧。别让我失望。”

我说：“我知道。”

“那我挂了。”

“等等！”我突然想起一个很重要的涉及原则的问题，“你你你刚才说，把钱放在哪儿了？”

“你的枕边，怎么，没有吗？”

我又气又恼还有那么点不知所措的欣喜，我说：“你怎么回事啊，进房间怎么不敲门！对客人还有没有一点最基本的尊重？”

裴蕾一笑：“噢，你是说这个啊。放心，我什么都没看见。”

我：“……”

裴蕾：“你喜欢脱了睡我不干涉，可是拜托你搞搞清楚，这里是我家，你睡得跟个天使一样，对主人还有没有半点最基本的尊重？”

我：“……”

裴蕾的讥诮让我霎时石化，几天来的相处，这个女人的威严渐渐根深蒂固。只是这一百八十度的转弯令我始料不及，我能想象到她眉头轻挑，嘴角上扬的调皮样子，此刻除了开心，我竟然局促得说不出半个字。

或许，我真是她的型儿。目前的种种迹象表明，有这个可能。

这样想着的时候，我不禁对着镜子展颜，在一大片化妆品中间，挑我能用的把苏醒本就容光焕发的小脸儿又捯饬了一个遍。

我听着音乐，把被子叠好。

一手捏着三明治大嚼，一手将裴蕾休眠状态的苹果本本启动。

苹果本本显示了一个门户网站的主页，女人的电脑通常是懒得清理上网痕迹的。裴蕾邮箱竟是自动登录的——网站的左上角赫然是她的登录名：裴蕾的白天。

我哑然失笑，还“裴蕾的黑夜”呢，然而下一个瞬间，我的笑容不知怎么渐渐凝固在脸上。

律师的职业病让我突生一个预感——这个“白天”会不会是一个人的名字，一个男人的名字？

我比任何人都清楚，如果覆在鼠标上的指尖点下去，我便侵犯了裴蕾的隐私权，违反了《中华人民共和国宪法》第四十条，按照《刑法》第二百五十二条规定，视情节轻重，将会处以一年以下有期徒刑或拘役。

我身为律师，知法犯法，情节足够恶劣。然而我管不了那么多了。伯尔曼说：没有信仰的法律将退化成为僵死的教条。由此看来，我握着鼠标的右手意义重大。抛开我个人的信仰不谈，作为一个辅助执法者，我怎么能眼睁睁看着法律在我的指尖下退化呢？

我键入草稿箱。63封信，收信人均是那个叫白天的人，地址一栏是空的。

这便有些耐人寻味的意思了。一个女人给一个男人发了63封信倒不足为奇，你可以理解为二人之间互生情愫，也可以理解成这个男人欠了她的钱。可如果这女人把全部信件都存在草稿箱里就是不让他知道……我宁愿相信她无药可救地爱上了这个男人。

点开了最上方的那封信，时间是昨夜。

这封信我看了十分钟，看到目瞪口呆，看到手脚冰凉。信里不乏一些令人齿寒的暧昧词汇，譬如想念，譬如爱，我瞪大了眼在这些关键字的后面寻找着苏醒的名字虔诚得像个等待放榜的考生。可想而知，我不在其列。

十分钟后我大抵明白了一个事实，如果说裴蕾是一道涓涓细流，那么苏醒不过是沉淀在她心头的一粒砂，而那个叫白天的男人才是她的归宿，她可以为他喜为他忧，为了他放着好端端的觉不睡敲上几千字，何止是缠缠绵绵，简直大有奔流到海不复回之势。

在她洋洋洒洒的几千字当中，有这样几行让我反复咀嚼。

“……我看见这孩子第一眼的时候，便觉得和你有几分神似。他和你，同样明眸皓齿，喜欢抿着嘴唇，明明是高傲之极，却又极力地表现出自敛的涵养……还有，他说了你曾经说过的一句话。白天，想来自己在外漂泊这么多年，看惯了灯红酒绿，听倦了海誓山盟，唯独一句朴素的‘心疼’，最容易打动一个人的心……”

我断定文中这个连名字都没提到的人，便是可怜的我。

我觊觎已久的男主角交椅最终与我差之毫厘。我的可怜不在于此——男主角没了可以做男配角，甚至路人甲。我的可怜在于，路人甲好歹还能上个字幕呢，苏醒在这封信里唯一上镜的一次，称谓只混了个第三人称泛指——“这孩子”。

不折不扣的无名群众演员。

老翟的电话不识时务地打了进来，我重重地喂了一声，老翟吓得一蹦。

“祖宗，你怎么啦？听声音不是太高兴啊，终日和那小娘混在一起好吃好喝好招待，没道理啊。”

高兴？！换你被一个秃顶法官灌得大吐，你高兴得了吗？换你把钱包银行卡都丢了，你高兴得了吗？换你在倾慕的女人家里美滋滋地睡了半宿，然后冒着拘役的危险看了那样一封腻腻歪歪的信，你高兴得了吗？

我什么都没说，只是怅怅地告诉老翟：“我昨晚没睡好，这会儿脑袋特别乱，待会儿再给你打过去吧。”

我把手里的三明治丢进垃圾桶颤抖着点下网页右上角的小红叉叉时难过得直瞪眼。

我就这样离开裴蕾的海景洋房，连个招呼都没打。

后来收到一条短信，终于，我想不哭都不行了。

上书：某月某日某时，尾号某某某的信用卡于某商场刷卡购买农夫山泉一瓶，共计1.5元。

正是我丢的那张信用卡。

在回酒店的路上，手机以每十分钟一条短信的频率发来刷卡的消息。那个拾卡的人转移了作案现场，在不同的商场及超市里刷了两条心心相印牌子的面纸和三瓶农夫山泉矿泉水。

我很纠结。

感觉冥冥中有一双不怀好意的眼睛锁定了我，那人在拿我寻开心。

我在酒店里一边准备着明天开庭的资料，一边还要盯着手机屏幕。我有心一个电话将信用卡冻结，可对方的挑衅燃起了我的斗志。我时刻关注信用卡的最新动向，并非害怕此人冒充卡主肆意挥霍，相反，我十分盼望。怎么说咱也是靠法律吃饭的人——这厮如若敢刷出一个大手笔，嘿嘿，那就怪不得我了，届时商场的摄像头，留在存根上的笔迹一起作为呈堂证供，看看最后哭的是谁。

想罢，我去大堂吃了一顿血淋淋的海鲜自助，又在酒店的桑拿中心泡了个澡，我大剌剌躺在休息大厅里看电视。

撒贝宁一脸耐人寻味地说："那么，张彩霞家的小闺女被李巧云养的大狼狗咬掉了下巴这件事，究竟与隔壁老王三长一短的呼噜声有什么直接联系呢？"

我在想，那么，雇员田菲菲究竟为什么在雇主新天下公司并没指派的情况下跑去盘点货物并且猝死呢？田菲菲究竟是病发身亡还是另有隐情？那么，这隐情又是自杀还是他杀呢？会不会是情杀？会不会是她给情人写信的当儿被男朋友发现了呢……你说她为什么不把63封信寄出去而要存在草稿箱里呢……你说那个叫白天的男人究竟比我好在哪儿呢……

神游的工夫，人家撒贝宁已经把小女孩咬掉的下巴和老王的呼噜声完美地联系上了。我摇了摇发沉的头，心想能破这种案子的人不是个天才就是个白痴。

我伤神地拄着头思考到华灯初上。回来后再看手机，当场石化掉——刷卡记录多得翻不过来，那厮孜孜不倦地刷了我一百多块，并且只有那两样东西，面纸和矿泉水！

第二天清早裴蕾驾车载我去法庭。

一路上她言语轻松有说有笑，我眼睛望着窗外，偶尔支吾几声。

裴蕾好像看出了我的不快："苏醒，方才路过的那家西点专卖有一种特别好吃的小点心，甜而不腻的豆沙，糯米的外皮，撒上一点椰蓉，味道非常不错。待会儿散庭之后我带你去吃好不？

我摇头。我的伤心不是一个豆包就能抚平的。

法院门前，我黯然神伤地下车。刚一转身，听见一个愤愤的女声：“垃圾！变态！”

扭头望去，似曾相识。

几米远的地方，一个留着羊毛卷的短发女孩，一身塑形的小西装脚踩亮晶晶的高跟鞋正冲我的方向运气呢。这不是大热天穿小短靴的那个俏皮洋娃娃么？怎么也捯饬得人模狗样？

我左右回望了两眼，周围没别人啊。

“看什么看，垃圾！说的就是你！”

“这女孩什么毛病啊，怎么无端就骂人呢……”我的口气像是自语，又像是说给车子里的裴蕾听。

裴蕾嘴角捻动：“呵，要我说啊，她骂你是便宜你了。”

“……”

一分钟后我大概听懂了裴蕾的叙述，那个卷卷毛便是老李头逼我喝下一杯烧刀子后的直接受害者，她身边泊着的那辆红色Fabia晶锐就是物证。

我冲她扬了扬下巴，噢——敢情前天晚上扬言把我扭送110的夜叉就是你小丫的呀。

她骂我是垃圾，我不回骂，这是什么？这是一个优秀律师的涵养！我只是骂了她的车，路过的时候，我轻蔑地看了看那堆华丽的金属，狠狠地丢下一句：垃——圾——桶！

卷卷毛听了这话鞋跟儿冷不防一扭差点崴了脚。

Chpater 5 不打不相识

上庭之前，我坐在位子上闷头准备着材料。不经意抬头看了一眼，那个卷卷毛就坐在我正对面。

“不是吧！”我俩异口同声大惊失色，“你你你，你就是对方请来的律师？”

我和卷卷毛互相瞪着对方，目眦欲裂，五秒钟之后，她首先还原了五官：“哼，我的手下不死无名之辈，说！你叫什么？”

“苏醒。你呢？还没领教。”

“叶欢格。”她说。

“苏醒？呵——”她冷冷一笑，“苏醒个屁！君不知你前夜半个身子挂在我的车门上怎么推搡都不醒，醉得像条死狗。”

“咳咳……原告律师，这里是法庭，请你用词再考究那么一点点行吗？”我示意她法官都就位了，就那么点糗事，你就别口无遮拦了。抬头看一眼法官，我更气了，正襟危坐的非是旁人，正是那李秃子。我好悬没气乐了——就我们这样还给人家断哪门子案啊？我们仨坐一起，就是一场打不明白的酒官司！

随后，原告方的父母，被告新天下贸易公司总裁裴蕾悉数落座。

二十分钟之后，第二次法庭调解正式开始。

我看见田菲菲的妈妈早在开庭前就哭成了泪人，心中升起不忍。律师不是那么好当的，尤其是被告的律师，尤其是这种没有元凶的案子，律师可不就是审判席上的众矢之的？如果老太太目光能杀人，我的身上早就穿了十几二十个洞了。

但是无论如何我要冷着脸将这出戏唱圆满了。我已经叮嘱了裴蕾，原告情绪波动是太正常的一件事，无论原告席怎样宣泄也不要理会，黑脸的角色由我全权来唱。

裴蕾很配合我。

可那个该天杀的原告律师叶欢格丝毫也不配合。本来这就是一次走过场的法庭调解，被她搞成了一场旧社会的批斗大会。

整个大厅只能听见她脆生生的嗓音，大珠小珠落玉盘一般清亮："诸位，请你们再次想一想，再三想一想。我的原告——田菲菲——21岁的女孩，花一样的青春，家里有老人要赡养，膝下有弟弟要照顾……就这样在工地上有去无回。我们的被告公司在毫无理由可循的情况下竟然逃避赔偿，于心何忍？我的原告可是签署了劳动合同的合法职工，对公司负责的同时也应受公司的保护，可如今公司对员工的身亡竟然置若罔闻，法律何在！公理何在……"

以上节选，标点符号由苏醒自行添加。因为叶欢格的语速太快了，其间根本没有断句，就跟吃蹦豆似的。通常是她抖了一个包袱，我还没等接呢，她自己接了过去又开始抖下一个。

她的话，足够动人，足够煽情，去考个综艺大观主持人估计没问题，如果折了，那肯定是长得不够秀外慧中。

偷眼看裴蕾，脸色已经难看到极点。

后来，我们一直死扛着。

再后来，老李扛不住了。估计那秃头体力不支，俩眼珠红得跟俩骰子似的。他打了呵欠摆摆手："差不多行了，她不赔，你们诉她不就完了。"

一句话，把叶欢格噎个半死。

李法官宣布，第二次调解失败。意味着田菲菲状告新天下公司一案正式进入诉讼程序。

裴蕾来到田菲菲的父母身前，礼貌施礼，淡淡的口气任谁也不好恶语相加。她说："老人家请节哀，我和您二位的心情一样沉重。这场官司里，我在乎的不是赔偿金，而是一个说法，请二老放心，如果法院判定由我们来赔偿，我们新天下公司绝对不会少出一分钱……"

裴蕾的话还在继续，谁也没成想一直低头不语的老太太突然扬手给了她一个不轻不重的嘴巴。

"钱？谁稀罕你的钱！我要你的钱有什么用？我要的是我女儿的命啊！"

事发太突然，等我挤上前去的时候已经于事无补，贵为新天下总裁的裴蕾就这样被老太太打了一个耳光。

我把裴蕾护在自己的身后，与此同时叶欢格也拉开了情绪冲动的受害人家属。我当时就不干了，这是什么地方？法庭！我是谁？律师！在我的眼皮子底下把我的当事人打一巴掌，当我干什么吃的？我刚冲上去，一张让人恨得牙痒痒的脸挡在了面前，叶欢格正扬着小下巴挑衅地看着我。

围观的群主一下子多了起来。

怒气万丈的我被扯了下衣角。回头看见裴蕾摇了摇头。

“苏醒，我们走吧。”

我扎着的双手慢慢垂下，偃旗息鼓。

出了法院的大门，裴蕾心不在焉地打发了我：“苏醒，公司里还有事，我就不送你了。”客气了只言片语，独自上了悍马车。我看着她通红的半边脸，心里不可名状的挫败。

“喂，别看了，人家都开走了，你那注目礼怎么行起来就没完啊。”

听声音就知道，姓叶的小丫头。我心事重重，没理她的茬儿，拔腿就走。

一分钟的工夫，听见身后的喇叭声，这小妮子孜孜不倦地开车跟了上来。

“可怜虫，你能不能说句话啊，在法庭上我说十句你才说一句，出了法庭你连半句都没有。端庄得跟个大姑娘似的，这么矜持一人儿跑来当什么律师啊！”

“我说你和你的当事人是不是有问题啊，放着调解的机会不要，非要走诉讼程序。看你们也不像缺钱的样子，拿出来一些就完了嘛。”

“好好好，别的咱不说了，咱就说私家恩怨吧，你把我的车吐成这样，咱们是官了还是私了啊？”

“怎么着？不说话是吧，告儿你，本小姐专治各种不怕开水烫的死猪！”

“拜托，说句话吧，你要是不理我，我就成包子了，天津最有名的那种。”

“你到底说不说话！”

我叫苦不迭，大热天，我怎么摊上这么一个磨人精。转身就要过马路，听见车里叶欢格咯咯一笑：“哎——谁的钱包？谁的信用卡？有失主认领没有？”

“哪儿呢！”我闻声一点儿没敢耽搁，赶紧转过身。我明白了——那些矿泉水和面巾纸想必也是这姑奶奶的杰作。

叶欢格大笑：“呀，敢情你这猪没死啊。”

“我的钱包呢？信用卡呢？”我伸出手向她索要。

她一龇牙：“什么包啊，卡啊，我一概不知。”

我眼前一黑，知道自己碰见高手了。

接下来的三分钟里我一路追着叶欢格的车讨要，这小妮子忽闪着大眼睛笑容温和就是不说话。大街上的行人纷纷侧目，我已经急得满头大汗了。

叶欢格好歹把车门打开，让我钻了进去。

高配置的Fabia，柔和的真皮味道飘入鼻孔，车内被她布置得怎一雅致了得。

叶欢格大眼睛闪了我两下："怎么样，算不算美女配香车？"

咳咳……我喉咙有点不舒服。

"咦？哪儿飘来一股好闻的香水味？"叶欢格鼻子一嗅一嗅最后拱到了我的身上。

我说："那个，好像是我身上的。"

"你吸烟吗？"她问。

"不吸。"

"那么，你有狐臭？"

"没。"

"拜托！"叶欢格道，"不吸烟也没异味，那你一个大男人喷这个干什么？"

"……"

"你这叫欲盖弥彰知道吗？生怕别人闻到你身上的人渣味儿!"

"……"

我说："那个钱包和信用卡真的是我丢的，一定是我……挂你车门上的时候不留神从上衣兜里掉出去的，你行行好，我就可以省下挂失和补办的费用。"

叶欢格："还给你，也不是不可以，只是你把我的真皮座椅和脚踏垫都弄脏了，我昨天刚刚换了新的，你说，这笔账怎么算？"

"一共多少？"我问。

"3500。"她答。

"麻烦你在前面银行那儿停一下。"

"干嘛？这么着急给钱啊。"

"我还是去挂失吧。"

"苏醒！"她厉声道，"你这人怎么这样啊。律师律师，先要律己，连你自己都是个逃避责任之流，还给人辩什么案子！"

叶欢格一席话说得我理屈词穷。我说："3500我认赔了，不过我没现金，也没存款，好在还有张信用卡。昨天你已经刷了我一百多。我想过了，我坏了你的东西，还搭了你的时间，零头就饶给你了，你再去刷3400吧——对了，千万别给我短信回置，省得我看着……肉疼。"

叶欢格笑而不语。

"要么，钱就算了，"她说，"我再提供给你另一套补偿方案供你选择，你看……"

"我看行！"我猛点头。

"我还没说是什么方案呢。"

“不用说了，只要不赔钱，又不违反道义，怎么都行。”我一脸诚恳。

叶欢格的表情渐渐邪恶，那贼兮兮的笑容简直能把人风湿痛勾出来。我开始有种不祥的预感。

结果，我的心跳在叶欢格意想不到的一个提议之后归于平稳。她笑嘻嘻地问：“那你帮我擦一次车，行吗？”

语气里的小心翼翼令谁都不忍拂逆。我一块石头落了地。

擦次车啊，3500块啊那可是。这个可以拒绝，这个，白痴才会拒绝。

D市的雷雨天气仍在继续，在我和叶欢格讨价还价的时候，闪电四起，豆大的雨点砸在车窗上。

“哇，太棒了，又下雨。”叶欢格小声欢呼。

“下雨有什么好？”我嘟囔了一句。

“下雨当然好，下雨天商场里人少，逛起来轻松有感觉。下雨时空气里的粉尘少，睡觉时可以打开窗不必开空调，还是有感觉。而最近我发现一件最最有感觉的事——下雨天喝咖啡！咖啡店一定要幽静，灯光一定要半明半昧，一定要有大的玻璃窗，雨水倾泻在窗子上的时候一定要用咖啡杯来暖手，视线是模糊的，苍凉的，心里却是温暖的，殷实的……苏醒，我最近刚好发现了这么一家有感觉的咖啡厅！”

我说：“你方才的措辞够有文采的，有没有兴趣进军文学圈啊。”

叶欢格的笑意渐渐凝固在脸上：“打什么岔啊，我是在问你要不要和我一起去喝咖啡！”

这么明显的用意我当然听得懂，然而我对她描述的咖啡意境并不感冒。

我讨厌下雨。我从小便落下一个怕雨淋的毛病，几乎每一次发烧都和淋雨有关。八年前的一场大雨里，我被告知父母的航班在利比里亚失事，我在雨里一动不动地站了两个小时，又在医院里昏迷了两天两夜，醒来的一刻，我虚弱得连哭的力气都没有。想来苏醒22岁的人生中每一次际遇的转折都和下雨息息相关，就连女友在电话跟我摊牌那次也是一个雨天。有一本书上说，每一场雨都是爱你的人在暗中降一场悲悯的眼泪。这是本台湾口袋书，我不以为意，但是当我翻阅报纸，发现我和女友分手的那天，适逢西安为缓解酷暑而刻意安排的一场人工降雨——人工的！我随即将那口袋书奉若神明。靠，难怪那天的空气里都是眼药水味儿！

每一场雨都是爱你的人在暗中降一场悲悯的眼泪。那么，谁正在悲悯着我？

叶欢格问：“苏醒，下这么大雨，你想去哪儿？不会是想去见你的美女当事人吧？”

“够可以的啊，”我看了看她，“你怎么知道的？”

“你的眼睛早把你供出去了，就说今天开庭时你看她的眼神吧，里面就藏着一个绝对有趣的故事。”

“什么故事？”

“一个小男生单相思的故事！”她说，一脸轻蔑地，“拜托，帅哥，你看那女人的眼神不要让人太妒火中烧好不好？什么叫柔情似水啊？哪个叫情意绵绵啊？看看你的眼睛就全明白了，还有她挨打的一刻，你简直就像头要吃人的狮子！”

想不到这小妮子还挺自来熟，这一串主观臆断加客观事实的话，说得我脸上一阵发烫。我说：“你误会了，她是我当事人，又是我姐姐，护着她是我分内事。”

“哟，叫得这么如胶似漆。既然你们关系如此不一般，那么苏醒，我问问你，你知道你姐姐，那开悍马车的女人，她是做什么的？”

“做贸易的。”

“除了做贸易呢？”

我不知道了，扬起脸等着叶欢格告诉我答案。

叶欢格做了个不耐烦的表情：“名媛，你知道什么意思吗？”

我不懂。

“闻名遐迩的交际花，你明白吗？”

我摇头。

“笨死了，那就请本姑娘给你解释一下，名媛就是……”

天空正有一声响雷在缓缓滚过，振聋发聩。

名媛，交际花，就像两把贯入心肺的匕首，最后，叶欢格就那么双手轻轻一拉，苏醒的胸膛里顷刻迸裂。

我笑：“呵，这……好笑，这和我有什么关系。”

然而下一秒我就再也笑不出来了。我说：“叶欢格你有病吧！我跟你不过才认识一个上午而已我们很熟吗你跟我说这些？”

“你以为随便诋毁她几句我就能信！”

我怒发冲冠，但是我信了。从老翟那里我早就听出了弦外之音，我不愿去分辨，我很难接受自己顶礼膜拜的女人竟然有着不光彩的背景，直至，叶欢格一箭穿在我的心头。我不信都不行。

叶欢格被我吓得一愣，面对我的大吼她的睫毛恐慌地颤动着，身子也下意识向后退。

“停车！你给我停车！”

叶欢格把车停在路边，我刚推开车门，大雨便倾泻一般霎时浇湿了我的肩膀，我一脚迈进雨里，头也不回。听见叶欢格的声音远远从身后飘来：“苏醒，你这白痴！”

这样的天气，去哪儿？回酒店继续研究那个漏洞百出却又无从下手的案子么？我蓦然发现，抛开裴蕾，这案子对我一点吸引力都没有。雷电交加之下，我只想见她，如果非要一个理由——我要撩起她的面纱，亲眼去分辨，在那个雍容华贵顾盼生烟，从脚趾优雅到脖子的女人身上找到她鄙俗，禁不得曝晒的本源。

打她的电话，关机。我截了一辆车，赶往新天下公司总部，她的秘书告诉我，裴蕾一早出庭，一直没有回到总部。我又赶去新天下的各个办事处，仍无所获。渐渐地，我的愤怒变成了担心。我顶着大雨疯狂地找了她整个下午，傍晚的时候我又去了她的家，那片依山傍海的高档住宅区。终于，我依稀看见24楼的灯光，淡淡的，泛着家的温暖。

我打了两个喷嚏，眼睛罩上了一层雾气，在这样一个满身泥水的傍晚，我找了大半个城市，想了那么多负气的借口，最后的因由，竟是迫切地想见她一面。

我在楼下站了足有十分钟，没有任何勇气去叫电梯。裴蕾的电话就在这个时候打了进来。

“苏醒。”

“唔。”

“你在哪儿？”她问。

“我，当然是在酒店了。”我说了谎。

“一下午都待在酒店吗？”

“嗯，没错。”

“哦，我一想就是这样。”她说。

说完这句话，我和裴蕾找不到什么话题，不约而同陷入了沉默。

“能不能告诉我，你在酒店都做些什么呢？”她问。

“干吗？”我笑，“盘查啊你？”

她的声音从话筒里飘出，不动声色却沁人心脾：“我雇佣了你，我有知情权啊。”

“洗了几个冷水澡，听了一个不相干的人讲了个笑话，独自笑了一下午。”

“就这样？”

“就这样。”

又是半晌的沉默。最后裴蕾微微呼了口气，说了那句“再联系”，便挂了电话。

我收回了眺望的目光，准备回城了。然后听见短信提示音，裴蕾的短信，只有两个字：

上来。

2003年的时候，一位年轻貌美的女律师接手富豪之子的遗产继承案。案子完成得不错，她帮富豪的儿子赢得了计划中的财产，并且收获了意料之外的东西——两个月后，她发现自己怀上了他的孩子。接下来的故事就不那么美妙了，她打他的电话，遭到拒接，她去公司找他，被人驱逐。她把自己放平在撒了玫瑰花瓣的浴缸里，割破了手臂，拍了彩信留了遗言，企图让他看见自己唯美的死相。最后，这女子被人从浴缸里捞起来幸免于难。故事还没算完，这男人将她的彩信传到互联网，那时的网络炒作还是件新鲜事儿，几天后，他的公司名声大噪，旗下股票在上证涨了一块多。与此同时，她苦苦奔走于各大网站，哀求将自己的照片打上马赛克。她以这样的方式扬名网络，从此无法在律师界立足——这是我听说过的关于律师最大的悲剧，这悲剧始于爱情。

从浴缸里救起女律师的男人是老翟，那女子是他的大弟子，当年的东寰之花。

情欲和智商是同一个沙漏的两面，情欲向身下积聚的时候，智商会不由自主地流失殆尽。老翟说。

不然，老翟怒吼，为什么律师在发情的时候竟然连他妈的动脉和静脉都搞不清？

看得出，老翟对这件事一度陷入深深的自责。

以上是我在通往24楼的电梯上所回想的全部内容。

我对自己说，苏醒，在门口看看她就好，不管下一刻她是热情的还是冷漠的，无论如何也不要进去了。

叮的一声，电梯门打开，裴蕾站在玄关，没有化妆，头发在脑后梳了一个髻，胡乱用头饰束好，白皙的脸上是哭红的眼睛。她没说话，只是找了双拖鞋给我，转身进了屋子。

我的预想全部作古。

“裴姐，你哭过了？”

“呃。”

“因为上午的纠纷？”

裴蕾一笑：“不是……刚刚看了个韩国连续剧，挺感人的，看着看着就哭了。”

“韩剧？哪一部啊？”

“哦……就是……社长儿子和一个胖胖厨娘的爱情故事。”

我寒，唇亡齿寒的那种。

洗澡间有流水的声音，她准备了热水给我。

“淋了一下午？”

“哎？你怎么知道……”

“秘书告诉我了。先洗个热水澡暖一暖，有事回头再说。我去给你找件衣服穿……”

“不用了裴姐，”我打断她，“我只穿自己的衣服，别人的……我穿不惯。”语气里已经有了生硬的味道。

她停下来看了我一眼，鼻尖发红，可还是婉丽一笑：“嗯，那我给你烘干一下。”

在裴蕾面前我永远是一副不由自主亦步亦趋的样子，我就这样没有半点抗拒地进了她的洗澡间。白色泡沫涂遍周身的时候我还在想，这裴蕾也太神通广大了，不仅知道我找了她一个下午，竟然还知道我刚刚就站在她的楼下。待会儿倘若她问及我此行的原因，我该如何回答？难不成告诉她我什么事都没有，只是没由来的担心和想念，以及迫切想满足我的眼睛？想着的时候，裴蕾已然将烘干的衣服挂在门外。

果然，裴蕾靠在沙发上问我："说吧苏醒，这么急找裴姐到底因为什么事？"

我实话实说："因为早晨……我怕你的情绪受到影响。"

"关于调解，还有案子，今天就不说了吧，我心情不好。"裴蕾笑着摆摆手，可是眼底的泪痕分明尚未退去。

"那我可没别的事了。"我红着脸傻笑，赶紧接坡下驴，"澡洗完了，可以开溜了吧？"

这个时候，我真的想开溜了，裴蕾这身居家的打扮，尤其是脑后那个简单得有些拙劣的髻，恰到好处地托出了女人的慵懒。就是那个很普通的髻，我竟然不厌其烦地看了一遍又一遍。我很清楚地知道，裴蕾身体上的每一分每一毫，精致的，草率的，统统构成了苏醒难以抗拒的蛊惑。不说话的时候，我闭紧嘴巴，唯恐裴蕾觉得这小男生真有趣，嘴唇竟然会随着心跳一抖一抖。

"那可不行，"裴蕾眉头一挑，"你没事儿了，我还有呢。苏醒，我家的电路可能有些问题，每每遇到这种雷电交加的天气，灯光就会忽明忽暗，跟闹鬼一样。如果这样的话会好一点……"

裴蕾走过去按住灯的开关，回头冲我继续抱怨道："可我也不能总这么按着呀。"

大概是裴蕾觉得方才的举动过于小女生，说完之后，竟也叉着腰笑了起来。

鼻头儿还是那么红，笑起来很好看。

我说："今天你运气好，对电路知识我刚好略懂一些。"

我不是略懂，而是非常懂，打小独自生活，锈丝爆了自己接，开关坏了自己修。孤儿都是十八般武艺样样精通的。

我将开关盒卸下，裴蕾断了电闸，屋子里霎时一片黑暗。她擎着手电筒站在我的身边，不时好奇地探过身，和我头碰头挤在一起向一方小小的窟窿里张望。

为什么女人总是想当然地放松对男人的警惕？我似乎感觉到她垂下的发丝，带着馥郁的清香和柔滑的质感。我目不转睛地看着那个黑窟窿和颜色各异的线路，直到头上的汗流下来挡住视线。

一半是停了冷气的缘故，一半是裴蕾在一旁碍手碍脚地"协助"，一刻钟不到我已经汗流浃背，我连解了两颗扣子依然无济于事。裴蕾放下手电筒，视野一片漆黑，我停了手上的活计，不解地看着她。

"你这孩子是紧张还是怎么着？你的汗都滴我身上了，干脆你把衬衫脱了吧，不然一会儿还得给你烘干，"裴蕾看着我张口结舌的样子，再度大笑，"你脸红什么啊？怎么像个姑娘家一样，裴姐不看你总行了吧。"

说着，手指飞快地找到我第三颗扣子，顷刻之间，我便赤膊了。

拜托拜托拜托……我长长地呼了口气，继续埋头向那个黑窟窿。我暗自道：苏醒什么时候变成斗鸡眼儿了？原本只是几条线路而已，在我眼里竟然是双重影像的……

我强迫自己专心，无奈此刻的我早就分裂成两个，一个正在和身边的女人上演着火热的故事，另一个除了望眼欲穿地盯着那个窟窿，其余的精力全在那故事上。有科学家统计，人在黑暗中对情欲的抵抗力将会降至五成，可以想象，我就这样半死不活地对抗着心魔的蛊惑，直到发现了线路的症结所在。两分钟后，我用电布粘合了接触不良的位置。

淡淡的声音仿佛从胸口飘了出来：“裴姐，你通电试一下吧。”

言罢，两个苏醒，一个释然，一个怅然。

“好啊。”裴蕾迅速通了电，灯光亮起的同时电路猛地爆响，开关处燃起一道火花，我吓得一激灵。随即，屋子里再次陷入黑暗。

裴蕾被这突如其来的情况吓得一跳，随即拿起电话打给楼下的物业。

整个过程中，我只是一动不动地站在原地，茫然地看着屋子里的女人。窗外的闪电不时穿透窗子映在两个人的脸上，心头茫然得如同雨水浸泡一般。我的思维完全没在那电路上，我做着一件更为艰难的事——压抑自己的情欲。屋子里安静了几秒，裴蕾递过一条毛巾给我擦汗，昏暗中加之两个人的心不在焉，我接毛巾的手落了个空，她的手指直接触到我发热的胸口，惊得她一抖，毛巾随即落地。

裴蕾赶忙一笑化解气氛：“裴姐可被你害惨了，这样的天气，点着灯睡我都害怕，你这个‘略懂’可真要人命啊，哈——”

这个笑料着实勉强，可是出自一个商场上游刃有余的女子，竟也自然得体。脆生生的笑回荡在客厅里，似乎这场尴尬正在悄然散去。

直到——我咬了咬下唇，毫无征兆地告诉她：

裴蕾，我喜欢你。

屋子原本安静，可如此真切的几个字，却在开口的同时被雷声覆盖了过去。脱口而出的一霎，我后悔极了。

“什么，”裴蕾完全未听清的样子，她的笑声没有停止，一边继续着方才的眉飞色舞，一边询问着，“苏醒，你方才说什么？”

“那个，没，没什么……我是说，我渴了，冰箱里有水没有……”懊恼吞噬全身。

裴蕾走向冰箱取出一瓶矿泉水，递了过来。

我拧开盖子，看了看自己赤着的身子，不好意思地笑笑，转过身去背对她。

裴蕾的双臂就在这个时候环过我的腰身，我浑身猛地一激，僵直的上体再也动不了一下，任由她的指尖划过我的胸膛。她的脸慢慢贴在我的背上，空气里只有我重重的呼吸和她柔和的气息，她说，声音细若蚊蝇：“苏醒，告诉我，你方才说了什么……”

“嗯……你不说，是不是？”她紧紧地箍住我的背，像是要嵌进我的身体，她的脸埋在我湿濡的头发里，热浪从耳边袭来呵着我的痒。我像刀芒上的一颗露，要么蒸发，要么沉沦。

矿泉水落地，湿了一大片地板，无人理会。我转过身捧起裴蕾的脸，她窄小的圆肩在战栗，脸上却努力做出一个镇定的笑。我俯冲下去，准确地含住她的嘴唇，感觉到怀里的裴蕾狠狠抖了一下。在那一个瞬间里，许多梦里的情节都成了具体的概念，薄唇的凉滑，碎发的清香，还有唇齿间淡淡的甜味。我一把将她的头饰解开，那个拙劣的髻随即松散下来，乌黑的头发弹落在她的肩膀上。裴蕾有些招架不住了，踮起脚努力让两个人的高度更加合适，一边微微避让躲闪着调整呼吸……一切都在有条不紊地继续，直到我在迷乱中睁开眼，发现裴蕾睁大的瞳子正楚楚可怜地盯着我的眼睛，仿佛看进了我的灵魂里。

门铃在这个时候响了起来。

纠缠中的主角们回到了现实。

裴蕾放开了我，而苏醒的那只沙漏仿佛被人打翻在地，欲望和理智双双停在一个临界点上，平分秋色。

楼下是物业派来的维修工，豪宅的物业，行动如此之快。

维修工进来的时候我还在想一个问题，为什么她接吻的时候睁着眼呢？并且还看得这么专注……对我来讲，打啵儿和打喷嚏都是睁着眼做不来的事。女人真是奇怪的物种。

我招呼着维修工，介绍经过，分析原因。远远地，裴蕾立在露台上，吸烟。

我来到她身边的时候，已经是第三支。她的头发重新束好，抱着肩膀，吞云吐雾。

“苏醒，”她说，“我在想，方才这件事，到底是谁……在先？”

“追究这个有什么意义吗？”我笑。

裴蕾并不看我，表情凝重，半晌她说：“是我，我的错。不过确实没什么意义了。”

“就算不是你，我也把持不住的，裴蕾……”

“是裴姐。”她纠正。

“好吧，裴姐。既然两个人都有份，那就不是什么错，你不必放在心上。”说完这番话，我推门出了露台。

物业很快将电路修复，从他们的谈话中我得知，这栋楼的电路有很大问题，类似的事故已发生多起，维修工虽能解一时之忧，难保日后不会出现电力瘫痪的情况。

维修人员客客气气地走了。裴蕾终于掐了烟从露台上下来。她问：“苏醒，要留下来吃晚饭吗？”

我微微愣了一下，随即摆摆手：“不了，我还要早点回去将卷宗归一归类。”

这是裴蕾所擅长的文字游戏——同样一个问句，如果她说的是“留下来吃晚饭好吗”，我会毫不犹豫地留下，我已经饿一天了。

“好，”她微笑，“那就后天吧，请你吃顿当地特色。”

“不会又把我夹在一大票牛人中间吧？”

“不会，裴姐单请你。”

裴蕾并无送我的意思，于是在这个狂风暴雨的晚上，我荒唐地来，又荒唐地回。当夜，我躺在床上，傍晚时的每一个细节都像一部24帧的胶片电影，回放了十余场之后，我终于不堪疲倦，昏昏睡去。

翌日醒来，艳阳高挂。这一次淋雨，我居然没有感冒！真是一场福音雨。我喜滋滋地想。

这个想法只维持了二十分钟。我刚刚走出酒店准备去田菲菲的工作现场取证，一辆满是泥污惨不忍睹的红色跑车“嘎”地停在我的身边。

叶欢格从车上下来抱着肩膀虎视眈眈的时候，我就知道凶多吉少了。

“你你你……要干吗？”

“不干吗，”她的嘴角朝车子努了努，“擦——车！”

“成……成啊，”我偷偷抹了把汗，“你把车放这儿吧，下午来提车，包你满意。你看行不行？”

叶欢格一摆手：“少来那套，小算盘儿打得挺响啊——我前脚离开，你后脚找个洗车行，10块钱搞定，对不对？告诉你，不——行！本小姐要的可是三千五标准的服务，必须是白衬衫，黑皮鞋，打领带，意气风发的制服系正太男律师亲自上阵，少一条不成立都不行！”

我看了看自己，T恤，仔裤，白球鞋，不怎么意气风发，五条里有三条半不成立。

“那就去换啊！去捯饬啊！”叶欢格不依不饶。

我满脸赔笑：“叶欢格，叶律师，求你别开玩笑了……大早晨的，那么多人看着咱们呢……”

“谁跟你开玩笑啊？”叶欢格一脸严肃，“苏醒，你忘了昨天是怎么对我的？你猖狂的劲头哪儿去了！开玩笑？昨天你离我一米不到的距离吼得我耳膜都快鼓开的时候你跟我开玩笑了吗！”

我紧张地四下张望，酒店里进进出出的游客无不向我身边的脏车霉女投来兴趣。

我很纠结，也很恼火。我不怕叶欢格大吵大嚷，关键是你丫吵嚷的时候别总蹦出术语来啊！单单是术语也就罢了，别整那些鸟国流入的外来语好不好？什么正太啦，制服系啦，三千五的服务啦等等。还有那些过往的旁观者，蹑足潜踪生怕错过下一个猛料，报导里不是天天说民众的审美意识在不断提高吗？怎么碰见青年男女吵架还是迈不动步啊？

这些，这些，还有这些，都是素质问题。我想。

想完之后，我大怒：“好啊叶欢格，既然你有这个雅兴，我今儿就满足你！还有什么要求一并提出来，过了今天咱们就两讫！到时候你再死皮赖脸跟着我别怪我不客气！”

叶欢格扑哧笑了出来，小声嘟囔了一句："你先挨过今天再说吧。"

十分钟过后，我应邀换了身雪白的衬衫，打好领带，擦亮皮鞋。不敢说玉树临风，至少是光彩照人的。

我捋好袖子问她："在这儿擦？"

叶欢格嘴巴成了一个O字，塞俩鸡蛋不碰牙的那种，眼睛发亮，上一眼下一眼打量，看罢笑眯眯对我说："喂，怎么说这里也是人来人往的公众场合，你豁得出去我还不忍下那个狠心呢。"

"你有那么好心？"我谨慎地看她一眼，充满疑惑。

"当然，"她瞪大了眼睛作真诚状，凑过来神神秘秘地说，"苏醒，我们去海边怎么样？找个人迹罕至的地方，吹着凉爽的海风，你一边劳动一边向我请教案情，岂不快哉？"

我一听，这不失为一个好主意。遂迎着叶欢格拉开的车门一头钻进车子，至此，叶欢格滟潋的眉头终于舒展开，手舞足蹈，笑得那叫一个欢实。

可想而知，我TM又上当了。

到了海边我才意识到，我被叶欢格莫须有的朦胧措辞冲昏了头脑。七月末的海滩是个什么景象？一望无际的白沙，在阳光的曝晒下亮得睁不开眼。刚刚下过暴雨，闷到窒息，甭说是"凉爽的海风"，连空气的自然流动都是一种奢望。

烈日当头，没有半片云的阻隔，有光无影，视野所及之处无不在高温下蒸馏。

我用手指着她，由于太过难以置信，导致发问都结结巴巴："你你你你你当真让我在这个没有半点遮挡的鬼地方给你擦擦擦擦车？！"

叶欢格推了推鼻子上的太阳镜："怎么着？打退堂鼓了？方才你可是许下豪言壮语的呀苏律师。"

我狠咬自己的后槽牙，也罢！

"叶欢格，给我一只桶！"

"木有桶。"

"抹布！"

"木有抹布。"

"搞什么幺蛾子！没桶没抹布你让我拿什么给你擦？"

"拜托啊，苏大律师，你动动脑子好不好？给你桶你又能怎么样？这可是海水哎，你见过拿海水刷车的吗？刷完我这就成一辆盐车了！"

"那你要我怎么办？"

"用淡水啊。"

我哭笑不得："大小姐，你讲什么笑话，这是海边，我到哪儿给你淘弄淡水去啊？"

说到这里，叶欢格终于掩饰不住内心的坏笑，伏在方向盘上咳嗽了半天："苏醒……那个，关于擦车的必需品啊……我早就给你……准备好了，你……打开后备箱自己看吧……不行了不行了，快笑死了……”

我打开后备箱，只一眼，

能想象得到我看见了什么东西？

后备箱里整整齐齐码放着30多瓶农夫山泉和20余包心心相印！敢情她叶欢格早早就策划好了一切！

我能想象得到，苏醒大醉的晚上，叶欢格捏着我的钱夹嘴角荡起阴森森的笑，一个惊世骇俗的计划就此出炉——先是买了水和面纸，专心致志等待下雨，甚至连昨天的吵架也在无形中成了画龙点睛的一笔。叶欢格先是算准了我的臭脾气，再利用激将法，伸出罪恶的小手儿牵着我的脖领子循序渐进地一步步拖向深渊。此刻我才猛醒：赌气，和叶欢格般邪恶的小丫头赌气，是件多么愚蠢的事情！愚蠢到我亲口答应她在一个曝晒得没有半点荫凉的海滩上，衬衫革履地，手持面巾纸蘸着矿泉水为她擦一辆满是泥巴的脏车！

“苏醒，”她笑，“如果你现在服个软，给我行几个礼，作几个揖，我不但放了你，钱包和所有的卡物归原主，只要你让本姑娘开心。”

“你死了这条心吧，不就擦辆车嘛，就算我热死累死都不会求你可怜！”

“好啊苏醒，如你所愿，我死心了，就算你热死累死我都不会可怜你。”

较劲的时候很风光，可是一旦实施起来，哪里是好受的？撕一包面纸浇上水，只一抹，车子光怪陆离，面纸碎了一手。车表至少有八十度，几个手指在剥落泥块的时候不同程度灼伤。此外，我脚穿黑色皮鞋，陷在滚烫的沙子里，烤得我两股战战。热汗流在脖子上，领口像一柄带刺儿的小锉，每动一下都是沙淋淋的剧痛。我正欲将领带扯下，叶欢格一把拦住。

“不准脱！”

这小丫的戴着太阳镜懒洋洋躺在跑车里，一边吹着冷气，一边做起了我的监工。叶欢格勾起嘴角，竖起食指晃了晃，苏醒，我喜欢看你的领带飘来荡去的样子，不许你动它。

我打开一瓶矿泉水，刚刚端在嘴边，叶欢格大吼。

“不准喝！”

我眼眉立了几下，终于软了下来：“小姐，这水可是从我卡上刷的啊。”

“那又怎么样？现在连你都是我的小工！我说不准喝就不准喝！”一把夺走。

“拜托你苏大律师有点志气好不好？想喝水的话，那边有的是。”冲我向海中央一努嘴。

我就这样苦苦挨了一个小时，差不多到了身体的极限。叶欢格拿过一瓶水，咕嘟咕嘟地灌了一气，抹抹嘴说苏醒这水有点甜啊，果然名不虚传。

我连瞪她的力气都没有了。

后来，后来我就开始咽口水。

再后来，估计嗓子是破了，一股腥味亘在舌根，口水也变了味。

有点黏，有点咸，有点不好咽。

叶欢格消停了一会儿摇摇头说真没劲！“苏醒苏醒，你陪我聊天吧。”

“我跟你说话呢，你干吗不回答？没礼貌！”

“哎你怎么干张嘴不说话啊？”

我说，费尽全力地：“我其实……都说了……三遍了，嗓子干透了，发不出声……”

“哦，那算了，我说着你听着吧。”

“这是你做律师以来的第一场官司吧？”

“嗯，我也一样。”

“不是我说你啊苏醒，看你外表蛮机灵的样子，怎么连这种必输的官司也来打？”

“你知道这第一场官司对于一个律师的生涯有多重要吗？”

“我可是千挑万选才选了这样一个稳妥的官司来横空出世的，唉——真是可怜你。”

“……”

整个过程我只问了一句话：“你凭什么认定这官司一定能赢？”

不料，就是这样一句连反击都算不上的质问，把叶欢格再度惹恼。

“只因当事人与被告新天下公司的关系——雇佣关系——有效的劳动安全保障！”

“就是这一层雇佣关系的存在，新天下公司想要逃脱责任简直是比登天还难。”

“苏醒，你知道构成雇佣关系的唯一标准是什么？”

“劳动合同！就是裴蕾和我当事人各执一份的劳动合同！”

“这纸合同，虽说只剩最后一天，却是左右胜负的关键因子。”

“苏醒，什么叫铁证如山？这合同便是铁证，怎么？你是不是想试图把这铁证给扳倒啊？”

“都死到临头了还在做无谓挣扎……可悲……”

再后来的话我就记不清了，只记得叶欢格在一串没有抑扬顿挫的连珠炮之后突然尖叫了一声——她发现我口吐白沫，以一个可怜的“卐”姿势仰面倒在沙滩上一动不动。

我从来没有如此期待过中暑。

半小时后，我在医院里逐渐恢复了神志的时候，叶欢格已经将钱包放在我的口袋里，自己早溜之大吉了。

这一次，我非但不记恨她，相反是如此感谢她——她看似很有道理的论述中存在着巨大的破绽，那正是这案子的突破口。

我打电话给裴蕾，请求去事发现场了解情况。裴蕾说这个容易啊，随时都可以前来。我向她申明了自己的去意，并非以律师的身份名正言顺地查案，而是——无间道。

裴蕾说苏醒，你不要太辛苦就好。我冲着电话大笑，说不会，我身强力壮精力充沛正愁没处施展呢。胳膊一挥，差点把手臂上的针头拽出来，疼得我一咧嘴。

我看着镜子里的苏醒握着电话大笑的样子，脸部紫外线中毒，惨不忍睹，只因可以为裴蕾做点事情而高兴得像个孩子。

华灯初上，从医院回酒店，看见路边一家日式料理情侣专门店，食客出双入对，好不羡慕。发短信给裴蕾：明天我们来吃黄河路这家日式料理好不好？

裴蕾回复：据我所知，那是一家情侣专门店。

我：怎么了？不可以吗？

裴蕾再无消息。

睡前的时候，裴蕾打来电话，听得出，语气一反常态，与一天之前完全不同。

"苏醒，我想我们之间可能存在些误会。"

我没有插言，冷冷地听她说下去。

"昨天晚上的事……裴姐向你道歉。我想了很久，既然没理由为昨晚的放肆开脱，那么便只有道歉。苏醒，我们不该那样做……"

我突然觉得好笑，那荒唐一吻源自两个人水到渠成，如今却被裴蕾定义为"放肆"，我满心欢喜地期待她打这个电话，等来的却是她对这感情的全盘否定——自责之下，还带着批评教育的口吻。

她继续说："我和你，我们昨晚的关系是站不住脚的，那只是一时的错误而已。我请你吃饭，并非是对错误的维系，而是，纠正。你能明白吗？"

月色氤氲，D市的夏夜还是很凉的，尤其是没有建筑群遮挡的高层阳台上，凉风无孔不入，让你的心头狠狠冷那么一下，下意识地裹紧衣服，想暖，却暖不起来。

我终于笑了："你这么急于把我们之间定义成一场错误？"

裴蕾默认。

"裴蕾，知不知道你很霸道？"我说，一字一句地，"你凭什么代表我！"

"因为我是你裴姐，我大你6岁。"

我讥笑地哼了一声，裴蕾随即陷入了沉默，她苦笑："没错，只有你能代表你自己，不过我想，你应该知道自己该怎么做。"

"还有，苏醒，我不排斥你时常给我电话和短信，我乐意之至，不过下次再接到的时候，我希望它能和你的业务相关，而不是单纯的嘘寒问暖。我是你的当事人，你是我的律师。”

我“啪”地扣了电话。

这一晚，我再度潜入裴蕾的私人邮箱，并且如我所料地发现了她第64封草稿。

信的开头是女人千篇一律的悲春伤秋，我咬着牙向下看，看她如何向她那个男人公开她在感情上开的这次小差，我以为这至少能让我心理上扳回一城，结果完全相反。信里有这样一段让我目眦欲裂。

“……白天，都说寂寞是难耐的，这些年我一直在寂寞的刀尖上翻滚，以为自己有天生的铠甲护体，却忽视了那刀刃的锋利，原来寂寞真的如此生动，会疼，会让人想哭，会不顾一切地找来牺牲品取暖……刚刚的亲吻，让我又回到了那年冬天的宿舍楼下，你笑一笑，整个背景都亮了。然而结束的时候，四周加速黯淡下去，原来只是一场相似的梦而已。真是一记好吻，吻得我泪流满面。”

我自嘲地笑了笑。

捧起裴蕾双颊的时候，我从那瞳仁里看见自己的影像，我以为她的眼里只有我，不成想，那只是睹物思人罢了。

我觉得自己完全是她寂寞之下来不及选择的舶来品，我完全被欺骗了。

Chapter 6 破绽就在百密一疏中

如果未来我会养一条小狗，我一定不养卷毛的。

因为卷卷毛会时时刻刻令我心神不宁。

就像叶欢格。

我浑身晒伤多处，四肢酸疼无力，我身穿大裤衩浑身涂满药膏在酒店的大床上趴了一个上午。当门铃响起的时候，我的心脏和右眼皮同时狂跳。

打开门，看见那张卷卷毛覆盖下的脸，正若无其事地大嚼口香糖。在我把门摔在她脸上之前的一个瞬间，她高高举起右手，让我看清她手中提着的高级营养品及小零食。

诱饵和鱼钩双双在眼前飘荡的时候，一般的鱼会选择远远游走，这是不智慧的表现。

智慧的鱼想的是如何笑纳诱饵，拒绝鱼钩。

我说："叶欢格你这人怎么涎皮赖脸啊，不是说好擦完车我们就两清了，你别以为给俩甜枣我就能忘了你的巴掌，我这人就这点好，吃枣不忘掴掌人……东西，你放这儿！人，Out！"说着向外轰她。

叶欢格哧溜一下从我的胳肢窝钻过，闪进屋里嘿嘿一笑："苏醒，别忘了你中暑的时候是谁给你送医院的，怎么恩将仇报啊你。再说，你一个人占这么大房间，冷气开这么足，电视音量弄这么大，殊不知单身贵族是对地球能源的最大浪费。水电粮食，信息资讯，两米三的大床，都被你这个硕大的寄生物所占据，这很不环保。”

“……”

“想知道怎么做才是最大限度利用资源吗？你先给客人倒杯水。”叶欢格说。

我无可奈何地从床上爬下来，给她倒了杯水，再回头的时候，发现叶欢格蹬掉了凉鞋冲上床躺在我的位子上笑得那叫一个欢快。

“你到底想怎么着啊！”

“不怎么着，你这房间就这么一个舒泰的地方，总不能让客人躺地上吧。”

“那我怎么办啊？”

叶欢格向旁边挪了挪，一指身边：“上来！我无所谓的。”

我七窍生烟。

几天来，叶欢格的捉弄，裴蕾的婉言拒绝，浑身的晒伤，还有那个毫无进展的案子，终于让我忍无可忍，这一刻愤怒冲上了顶点。

“叶律师，叶小姐，拜托你正常一点好不好！你当自己和我很熟吗？你当自己很讨人喜欢吗？欠你的我都还了，我现在不想和你有任何瓜葛，你听懂没有！”

看着她懒洋洋躺在床上无动于衷的样子，我突然无名火起，一把抱起她，扛在肩上运出房间。我打开门，将她放下来，然后回身“嘭”地关上门。

世界刚刚清静，手机响了起来，裴蕾在电话里说：“苏醒，我订好了位子，如果有时间的话，今晚一起吃个饭，算是我正式向你道歉……”

我对裴蕾的外交辞令简直腻歪透了，我告诉她：“我有时间，我一定去！”

放下电话，失落到极点。我后悔此行，原本一杯寡淡的清水，偏偏让我品尝出甘甜的味道。而女人的绝情就在于经常施展一些拙劣的戏法，即便是她自己穿了帮，也会玲珑八面粉饰太平，她骗你相信——那不是别的，是你自己的味觉出了问题。

于是我也不确定，究竟有没有一个瞬间，裴蕾是垂青我的。

打开门，叶欢格可怜兮兮地站在门外。

“你怎么还没走！”

叶欢格指指门里，怯生生说了两个字：“鞋子……”

说完两眼一红，眼泪刷地涌了出来。

算了算了！进来吧，你愿意躺哪儿就躺哪儿吧……天！别哭了好不好……

叶欢格眼睛咔吧咔吧，收回了眼泪破涕为笑，听话地爬上床继续撒欢儿。我就知道我又错了。

邪恶不是女人的专利，片刻之后我想出一个既邪恶又解恨的好办法。我说：“叶欢格，你要实在无聊，我给你安排个好活计，陪我去吃饭，如何？”

“好啊，不过……”叶欢格警觉地问，“谁掏钱？”

我笑："不用你就是了。"

二十分钟后，叶欢格载我来到预订的酒店，下了车，迎面正好看见裴蕾。正当叶欢格对着裴蕾小吃一惊的时候，我已经靠近她的身边，将她垂着的手轻轻握在掌心，如情侣一般自然。

心里暗暗地说：叶欢格，识相的就让我握一下，一下下就好，这个时候你可不能让我穿帮！

叶欢格到底侧过脸，笑吟吟看了我一眼，随即她的手退出我的掌心。我暗自叫苦。

而下一个瞬间，那只手又回来了，这一次五指张开，准确地和我的手指交叉嵌在一起，轻盈一握，柔情蜜意在指尖流淌，暧昧无限。

这一次，轮到裴蕾吃惊了。

没错，此行我的目的就是让裴蕾看一看，意气风发的苏醒不乏女孩的倾慕。我很潇洒，至少我得让裴蕾眼里的苏醒要比镜子里的潇洒。

优越感，在男女之间真是太奢侈的一样东西，即便我得不到，也不会轻易留给你。

有了叶欢格的默许，接下来，我的发挥就自然多了。我冲叶欢格道："介绍位朋友给你认识，这位是我的当事人，新天下公司的总裁，你们见过了吧？来，叫裴姐。"

"裴姐好！"叶欢格眯眯一笑，清脆地喊了一声。

我继续介绍："裴姐，这是我朋友，本案的控方律师，格格。"

裴蕾微笑，点头。

我感觉叶欢格在听了我的介绍后身子狠狠趔趄了一下。

"裴姐，我冒昧地带了朋友来，多一个人赴宴，你不会介意吧？"

裴蕾笑道："当然不会。"

宾主落座，我和叶欢格坐在一起，裴蕾坐在对面相陪。趁着裴蕾起身点餐的时候，叶欢格咬牙切齿用牙缝和我对话："没看出来啊苏醒，我以为你是个缺乏风情的小男生，如今一看整个儿是一闷骚男。我老爸都没喊过我乳名，你倒是叫得一个自然。"

"……"

"苏大律师，拜托你正常一点好不好！你当自己和我很熟吗？你当自己很讨人喜欢吗？你欠我的都还了，你现在不想和我有任何瓜葛，对吧？那你扯住我的手死活不撒开算怎么回事！"

"……"

天可怜见，不是我不撒开，而是她攥得太紧了，这会儿我手心已经冒汗了。

叶欢格前一秒还在咬牙切齿，后一秒满面春风，转头看，裴蕾已经回来了。

接下来这顿饭吃得比较艺术，首先，裴蕾面对我的挑衅表现得滴水不漏。鉴于叶欢格的特殊身份，裴蕾刻意避开了有关案子的话题。而对于另一个崭新的话题——我和叶欢格的关系，裴蕾更是三缄其口，既没有肯定也没有怀疑发问，完全无视我和叶欢格黏在一起的两只手。两个健谈的女人，有着说不完的话题，侃时尚，侃穿着，侃娱乐圈。裴蕾说："我觉得还是安妮斯顿更适合布拉德皮特，虽然她没有安吉丽娜朱莉妖冶性感，但不失为居家生活的上好选择……"叶欢格说："怎么能说赵薇和章子怡撞衫了呢！两个人的礼服上的胸针明明风格迥异嘛，章子怡胸针上的钻石是圆的，是I Do今年的最新款……"

我的本意是借叶欢格向裴蕾示威，甚至是伤她一下，可半小时过去，裴蕾的微笑像是长在脸上，表情温和，举止典雅。相反，我像一个重伤的侠士，而且还是致命的内伤，我微笑着揶揄，胸口却疼得仿佛下一刻就要裂开。

而这顿饭的下半场，一直被我忽视的不安分因子叶欢格终于开始发力了。那厮先是与裴蕾干了两杯，装作不胜酒力的样子贴在我的怀里，口中细语呢喃："苏醒，我有点晕了。"而后，舀了一勺冰淇淋夸张地填入口中，又舀了一勺，笑吟吟地递在我的嘴下。

我的本意是来演戏不假，可这戏已经过了！已经脱离了我的控制。我从小没用过别人的勺子吃东西，叶欢格不仅挑战了我的决心，还挑战我的洁癖！

我什么都不想了，一闭眼，咕咚咽了下去。偷眼看裴蕾，她完全没看见方才的艳景，正慢吞吞斟满杯子，眼波流转，笑意连连。

我彻底心碎了。

终于，在一个恰到好处的时机，裴蕾买单告退，这顿饭终于告一段落。我让叶欢格在位子上等我，自己将裴蕾送到门口。

我叮嘱道："你喝了不少，回家小心些。"

"嗯，你们也要小心，尤其是她，你要好好照顾着。"裴蕾淡淡一笑，"苏醒，你们挺登对的，裴姐看好你们。"

我无言以对，看着裴蕾钻进车里。我一把将车门抓住，怒目而视。

"无所谓，对不对？"

"裴蕾，对你而言，我是一个无所谓的人，对不对！"

这一次，她收起了笑，顷刻之间冷若冰霜。她说："苏醒，知不知道，你的行为可笑得像一个孩子！"

说完带上了车门，猛地发动车子离去，排气管喷出的热气扑在脚上的一刻，我的沮丧无以复加。

叶欢格在位子上慢吞吞吃光了那一客冰淇淋，抬头问："伤心了？"

"啊？"

"算啦，苏律师，你也甭粉饰了。这顿饭的始末原委我可清楚着呢，不就是拿我当你的试金石么？怎么样，有什么收获没有？"

什么都瞒不过她。我叹气："试过还不如不试，唯一的收获就是我彻底醒悟，原来自己在她心里完全没位置。"

"不尽然啊。"叶欢格说，"我觉得你裴姐对你的感情绝非一般。"

“何以见得？”

“一个律师的洞察力。”

“我也是律师啊？”

“我说的可是有潜力有能力的律师，你？差远了！”

叶欢格道：“她今晚的笑容太刻板，虽说已经很努力，但还是略显做作。表情是一个人发自内心的自然流露，如果她沉在悲伤之中，无论怎么笑都不会自然的。苏醒，她今晚的笑容可以用‘有声无色’来形容，想来是拜我们所赐。”

“她的烟瘾按说不大，可她却在开始的半小时内下意识握起手边的ZIPPO防风，又放下，不下四次之多。”

“还有，”她说，“你注意她喝酒的细节没有？”

“她喝酒时很正常啊。”我说。这是我刻意观察的结果。

“没错，她喝酒时没什么破绽，可倒酒的时候却有一些值得玩味的地方。通常，我每次和你拉近距离刻意试探她的时候，都会看见她不声不响地在向自己的杯中添酒。这说明什么？我情愿相信添酒是伤心的另一种表现，想喝而不能，姑且添之。而添酒的另一重作用是掩饰，转移精力，又可以让自己表现得更自然。”

叶欢格分析得意犹未尽，抬头看见我吃惊地看着她。“喂，想什么呢？难道我说得不对吗？”她问。

我老老实实告诉她：“叶欢格，这是我第一次对你的能力刮目相看，如果这次的案子能赢下你，我会很有成就感。”

“那么我也老实地告诉你，苏醒，这是我第一次被人当做道具来摆布。你要的成就感，我已经给你了不是吗？劳驾！”

真是有性格的小丫头，脸色说变就变，

方才还在眉飞色舞，这会儿怒目圆睁挤开我大步向外走。

今天出门前忘了看黄历，一个，两个，都被我惹翻了。我垂头丧气地跟着她出了酒店。

叶欢格狠狠转过身：“苏醒，别以为你不说对不起我就能原谅你！”

“那我要是说了呢？”

“说了也一样！‘对不起’仨字儿多少钱一斤？论个卖还是论斤？如果你能满足我几个条件，或许还有商量。”

“说说看。”

“第一，以后但凡我在场，你的床就归我！你自己乐意站哪儿站哪儿我管不着。这是对你待客不周的惩罚。”

“第二，以后在你裴姐的面前不许直呼我叶欢格的大名！至于该喊什么不用我教了吧，你今天已经很熟练了。这是对你乱叫一气的惩罚，你不要face我还要呢，始乱，可以。终弃，没门儿！”

“第三最重要——下次你们之间如果再有这种逢场作戏的饭局……”

“你放心，我绝对不敢再让你当道具了。”

“错！”叶欢格妩媚一笑，“苏醒，你必须带上我。”

“为什么？这又是什么名堂的惩罚？”

“这次没什么名堂，而是——我喜欢演这样的角色。”

第二天，我以库管员的身份被安插进入新天下贸易公司的工作现场。整个过程由裴蕾的秘书亲手安排，她甚至没有见我一面。一个不期的雨夜之吻让我和裴蕾如履薄冰，如今我唯一的念头便是帮她赢下这场官司。我想，即便最后的结果只是擦肩而过，至少要在那错过的一霎光彩照人。守着这个愿望，我开始了为期两周的调查。

这两周我享受着非凡的礼遇，我混在一望无际的女工群中，每天接受着女工们三三两两的窃笑和齐刷刷的目光。我将自己的交际潜能开发得淋漓尽致，在这两周里我被23个MM认了弟弟或哥哥。我将23个姐妹不经意透露的线索记录在小本子上，每天睡前按照重要度排列一遍。我跟着她们当中的某些人去了田菲菲的家，老太太有青光眼，没认出我的身份，我躲在她们的身后，吃着老太太蒸的碱水馒头，听她讲述家里的贫穷和女儿的孝顺。老太太握着一张女儿留下的银行卡啜泣着说，半年来菲菲节衣缩食，从来没动过这卡上的一分钱……在大家的叹息声中我低头思索。

每天早晨我第一个来到码头，晚上最后一个离开集装箱，回到酒店的时候，城市已然在黑夜的沆瀣中沉沉睡去。有两次，我伫立在裴蕾的楼下，24楼的灯光熄灭，像是谁轻轻破灭的叹息。

大约一周之后，我在排队打饭的时候碰见了裴蕾。她陪同着一些西装革履的商人视察货舱，身后的女工们在八卦：“你们看见裴总身后那男人了吗？听说是中卿集团的少东家，追了裴总很长时间了，你看他殷勤的样子，给裴总撑着阳伞呢。啧啧，就是样子逊了一点，有点老，感觉配不上裴总。以我们裴总的容貌，绝对要嫁一个白马王子才可以……”另一个说：“怎么那么肤浅啊，就知道样子，人家是中卿的太子，少东家一份！只要有钱有势。老怎么了，越老越会疼女人……”

好容易打了饭，我挤开人群，来在一个角落。我把脸埋在饭缸里，把白菜嚼得山响。我不想再听见任何声音。

吃得差不多的时候，我嗅到一阵熟悉的清香。抬起头，看见裴蕾就站在我的身旁，她不动声色地问我：“苏醒，这里的饭菜吃得惯吗？”

我笑笑说了声“还好”便再也想不到下一句话。

身边的香气渐渐散去，我知道，她走了。我很想转过身看她一眼，脖子却像落了枕一般动弹不得，我坚持着吃光剩下的半份饭，蓦然回头，裴蕾已不在视野之中。

下午的时候，食堂的大师傅用大喇叭广播：有叫苏醒的没有，你姐姐捎给你东西。我取回之后，发现是一盒雪绵豆沙，包装精美，香气扑鼻，上面星星点点地撒着诱人的椰蓉。我知道这是谁给我的。

我承认，那天下午我的心情很不好。后来我就一个人坐在风里狼吞虎咽吃那些豆沙点心。嘴边沾满奶油，椰蓉掉了一地。

后来我笑了。

姐弟恋啊，我苏醒一不小心又他妈陷到姐弟恋里去了！这一刻我几乎理解了裴蕾，若非如此，又能如何？年龄的距离，身份地位的差异，她拥有万千女人的艳羡，无数男人的追捧，我又能带给她什么？

在这个下午，我终于明白了如下的道理——这场被冠以“姐弟恋”的感情就像是那点心上细碎的椰蓉，擎着的时候小心翼翼，一旦掉落下去，世间又有几人能拈得起？

我的沮丧被一个称为大秋的女工看在眼里。她说：“小苏，你要是能在三秒钟内给秋姐笑一笑，我就请你吃肯德基。”

我说：“算了，不想吃。”

大秋说：“不想当将军的上校不是好鸡块。”

我满是崇敬地看她一眼，能把名言活用到这种程度真是惊天地泣鬼神。“怎么，最近发财了？”

我知道，像大秋这样的女工，一个月工资只有800元，刨去房租水电剩余的钱不足400，平均到一餐也就1/3盒上校鸡块。而她能鼓起勇气请我吃一整盒，于情于理我都应该表示怀疑。

“那当然。”大秋扬了扬手里的一张银行卡，神气无限。那张卡看起来十分面熟，我断定曾经在哪里见过。

她来到我身旁压低声音：“马不食夜草不肥，不瞒你啊苏醒，我找到了一个兼职，一小时就有15元。”

这天晚上我探听出了一个绝密的消息，大秋所说的“神秘兼职”便是在下班后给枫霖集团秘密点仓。我软磨硬泡，不惜发嗲地叫了她两口姐，到底把真相套了出来。

之所以称这兼职“神秘”，是因为此项工作有损新天下贸易公司的利益，是在裴蕾不知情的状态下秘密运作的。

枫霖集团是新天下公司在水果配送业务方面的重要合作伙伴，枫霖负责货运，新天下点仓验收。新天下的验收标准苛刻而严格，由专人把关，在库积压的水果一律不要。一方面，枫霖集团与新天下合作获取利益，另一方面又因对方验收体系严格而眼睁睁看着获利大打折扣。这成了压在枫霖集团心头的一块病。四个月之前，枫霖集团动起了歪念，收买了新天下方面部分负责人，同时以每小时15-25元不等的高薪聘用新天下公司的库管员。白天时一切正常运作，晚间时分，受聘的库管员进行积压水果的点仓验收。与其说枫霖高薪雇佣女工的劳动力，不如说是购买她们手上的验收权。与此同时，新天下的负责人收到贿赂，对此事不闻不问，甚至主动帮助枫霖寻觅合适的人选，从中再赚一笔。以铁腕著称的裴蕾自以为高枕无忧，殊不知新天下内部已经生了虫，鉴于积压水果的比例并不显著，暂时尚未东窗事发。

大秋为人灵活变通，给上级递了五百元的红包，顺利拿下了这个差事。

“每晚工作四小时，这就是六十块啊，免税的！”大秋吃得正香，蒜蓉辣酱沾了一下巴，“最重要的是，人家是按天支付报酬，我刚刚查过，昨天的已经到账了……对了，苏醒，你吃了我的鸡块，可别给我的秘密传出去啊，这件事，整个公司知情的不超过十个人……”

我的眼睛闪了一下，山重水复的案子在鸡块的香气中变得柳暗花明。十几天了，我第一次感觉到，胜利咫尺之遥。

“怎么不说话？你听见没有啊，千万别给我说出去。”大秋蘸光了最后一点酱，隔着桌子伸出滚圆的胳膊，淋漓的鸡块对准我的嘴巴。

“对不起，我是个卧底。”我冷冷地对大秋说。

她先是把手里的东西迅速填在嘴里，回手迅速伸出二指直戳我的脑门：“有病吧你！”

我应声而倒。

大秋说：“苏醒，明晚又轮到我当班，你，陪我一块去！”

深夜，很想找个人分享我的喜悦。这时候老翟那厮想必已经老婆孩子热炕头了，我将手机的通讯录从头翻到尾，最后只有一个名字勉强符合要求。我拨了叶欢格的电话。

我还没有善良到顾及这小妮子作息的程度，不响个十几二十声绝对不挂机，不料，刚响了两声她就把电话接了起来。

“呀，苏大律师，你好兴致啊，深更半夜的，打电话给我干吗？”

我说：“刺探军情。”

“嘁——早在一周前我就刀枪入库马放南山了，现在只等你放马过来。”

“吹吧你就，大半夜不睡觉干什么呢，默背辩词呢吧。”

“哈哈——”叶欢格捧着电话笑得岔了气，我能想象到她躺在床上笑得手脚乱蹬像只甲鱼的样子。叶欢格笑罢了一本正经对我说，“苏醒，我写书呢。”

我愣了三秒钟，然后我也变甲鱼了。

说实话，我并非对文学持有不严肃态度，相反，是何其的顶礼膜拜。

文学就像一副中药。

初中时，我也曾装模作样地读某某文人写的某某苦旅，并且为当时的少不经事付出了惨痛的代价。可以想象，一个小男生在容易便秘的年龄捧着这样一部晦涩的大作有多影响代谢。正当我对文学失去信心的时候，堂哥苏宁给了我一部XX美日记，真是一部好书——主观能动性被调动得恰到好处，令人清气上升，浊气下降……如果不能治疗阳痿，那还要文学干什么？

事实上，治疗阳痿的药最后往往会导致肾亏，文学也一样，刚柔并济标本兼治的进补品少之又少。大学时我又接触了网络文学，感觉并不是很感冒，换汤不换药不说，药渣子味也忒浓了。如今叶欢格的大作再度激起我对文学的兴趣，我说："来来来叶欢格，发几段让我拜读一下。"

我们互加了QQ，片刻，一个叫欢猪格格的头像闪烁，传来了文件。

看了两章之后，我觉得自己高估了她的才华。首先，人物和故事情节安排得过于小白，女主角叫格格，貌似是以自己为原型，男主角比较矜持，目前还没有自我介绍，只知道是个姓魏的红粉小男生。故事发生在萧瑟的深秋——想必叶欢格深受20世纪二三十年代伤痕文学的影响，那时许多缠绵悱恻的故事都发生在秋天，比如《红玫瑰白玫瑰》，比如《半生缘》——两个水北山南的人偶然来到同一个城市，开始了一系列偶然的机缘，甚至上厕所都能撞个满怀。我问欢猪格格，您这大作准备叫什么名字啊？她回答，还没想好，你要是有好的创意可以提供一个。

我强打精神又看了两章。

如果说文学真的是一副中药的话，那么叶欢格写的这部小说充其量就是瓶止咳糖浆。

四章之后，故事慢慢有了点意思，男主角在雨夜的街道上一路狂奔将一把伞举在女主角的头上，然后，女主角转过身，目光迷离。再然后——待续。

我说："叶欢格，再来两章！"

她说："求我！"

我二话没说直接下线，关机睡觉。半夜的时候辗转反侧，还在惦记着她的下文，真是庸人自扰。想我苏醒，被文学蹂躏了这么多年，金刚不破之体，百毒不侵之躯，居然被瓶止咳糖浆呛得直咳嗽！

我再难入睡。须臾天涯，刹那咫尺。我和裴蕾又何尝不是天各一方的路人？万千人中的一次偶遇已是上苍的恩典，不是每一段这样的感情都能修成正果，完美的爱情只存在于故事当中。这一夜，我悄悄为叶欢格的小说取了个绝佳的名字。

这个案子已经进入到收官阶段，上午，我恢复律师的身份去田菲菲的家里取最后一次证，这也是决定本案胜负的最大证据。取证过程顺利，证据确凿有力，剩下的问题，便是如何说服大秋出庭作证。正当我为此苦恼的时候，事情再生变化。一贯声称"马不食夜草不肥"的大秋此番被夜草噎了个半死。

当晚我裹着大棉袄，陪同大秋进行积压水果的秘密点仓。阴森森的仓库里水果发酵的味道刺鼻，我将仓内的小窗全部打开，吓得她大惊失色。

"苏醒你疯啦！这是积压水果，已经到港20天，冷藏都无法保鲜，你把窗一开这一箱水果就全烂了你知道吗！"

"关上窗熏得我头发晕。"我说。

"得，祖宗，那你站外面凉快着吧。"大秋把所有的小窗重新关好。

"只开一扇行不？"

"一扇都不行！"大秋说，"这是人家枫霖的规定。咱们拿了人家的钱就要按人家的规定办事。苏醒，这回你知道钱有多不好赚了吧，每次点完这样的仓我都想吐。”

我在仓里坚持待了两个小时，后来实在受不了水果散发的酒味，昏昏沉沉地出了仓。我在外面又等了她一个多小时，起初还有问有答，后来大秋就没了回应。到了时间，迟迟不见她开仓出来，我突然意识到危险的发生，打开仓门的时候，发现她已经昏厥在地，嘴唇铁青。

我叫了急救车，十分钟之后，大秋已经罩上氧气被送往医院。

发现及时，加之身强体壮，大秋很快脱离危险。醒来之后的第一件事便是抓着我的袖子问：“咱这一趟花了多少钱？”

我说：“600多。”

大秋闻声便哭，那叫一个伤心：“哟，我的命好苦，半个月啊，就这么白干了！呜——”

我真想掴她俩嘴巴：“你丫小命都快交待了知道不，居然还惦记着那点小钱！”

医生几番强调，要留院三天观察病情，大秋急得顿足捶胸。我看在眼里，计上心头。“要不，明后天的晚上我来替你点仓，保证不出任何纰漏，让你保住这个饭碗。”

如果说裴蕾的案子是一份考卷，在此之前我已将所有的必答题搞掂，这最后一个环节是道附加题，有了它，我才能让叶欢格输得心服口服。

第二天晚上，我借来了诸多精密仪器，罩上氧气袋，在仓里测量了将近两个小时。我将测量结果发给老翟，连夜找专人鉴定，得出的结果和我预想的完全一致。凌晨的时候泡了杯咖啡，坚持着把在握的证据打成书面报告，九点钟的时候撑着打架的眼皮赶往裴蕾的办公室。

在前台，她的秘书打了她总裁办公室的电话，而后抱歉一笑：“苏律师，裴总交待，她稍后有一个会议，不方便见您，有什么事您可以与我洽谈，资料也由我为您转递。”

我难堪一笑，转头离开。走了几步，我突然冲了回去，不顾秘书的阻拦，直奔总裁办公室。

敲也不敲地便推开门，看见裴蕾环着肩膀一身正装站在落地窗前。秘书追了过来，扎着手支支吾吾试图解释，裴蕾挥手示意她退出去。

秘书关上门的一霎，裴蕾的表情冷若冰霜。

“苏醒，你做事有没有最基本的尺度？我可以再三容忍你，不代表我认可你的无礼和放肆！这个案子我已经吩咐秘书全权代表我和你商榷，我希望你学会尊重你的当事人！”

我原以为自己可以掌控这场感情，怎奈早已泥足深陷，自拔不得。我不想和她吵，然而我更没法抱歉一笑一走了之。我失礼，我放肆，是啊，我破釜沉舟都换不到一场轰轰烈烈的爱情，留着那些礼貌和涵养又能秀给谁看？

我说：“裴蕾，你说得太对了！我做事一直都没个尺度。为了找出证据，我去现场风吹日晒了十几天，我去了原告家里两次，把所有可能作为呈堂证供的线索记了满满一本子！我连续四十个小时没沾过枕头连夜赶这些资料就是为了告诉你，你的公司生了蛀虫，本次的案子不过是众多蚁穴中的一个，你的手下和枫霖集团串通一气，涉案的大小领导不下十人！现在我汇报完了，如果你仍旧坚持让秘书接手的话，我苏醒一点意见都没有！”

我把所有材料扔在她的办公桌上，看得出裴蕾大惊失色，将信将疑地拿起一份资料细细阅读，半晌，惊得说不出半个字。

裴蕾一字不漏地看完所有，点了一支烟，一言不发地凭窗而立，指尖的烟雾袅袅升腾，她的眉头蹙成一团，美丽的容颜之上布满凄楚。

“苏醒，涉案的内部人员我会严厉制裁，只是枫霖集团，我开罪不起。”裴蕾终于开口，说了句我意料之中的话。

我苦笑：“早就知道会是这样，不过你放心，明天开庭的时候我会收起锋芒，我的职责是令你在这场官司里自保，至于枫霖集团的商业欺诈，那不是我的管辖范畴。”

裴蕾点头：“只可惜白白浪费了这么多的证据。”

我笑笑：“不算浪费，你不起诉枫霖，并不代表别人不会。杀人偿命欠债还钱，终究要有人站出来为田菲菲的事故负责。”

我从资料中抽出一份。“也许，这份证据留给叶欢格刚刚好，你没意见吧？”

裴蕾笑了：“事已至此，我有什么资格怀有意见？苏醒，真的没想到，你能把案子完成得这么漂亮。”

我听见自己的心里重重叹了口气，转向窗外，满目阳光。

“你还需要我做些什么？”她问。

我想了想，告诉她我还有一件很重要的事。我把大秋住院的详细经过讲给裴蕾，请裴蕾出面安排她出庭作证，并且，我请求裴蕾给她一个立功赎罪的机会。

裴蕾点头，让秘书备了果篮准备亲自前往探望。

“我呢？开庭之前还需要我做什么？”我问裴蕾。

“有。”她笑，“我要求我的律师能睡上一会儿。苏醒……裴姐真的很谢谢你。”

如果现在大街上铺张报纸，我能一头栽过去半分钟之内进入梦乡，我也可以出门叫一辆车回到酒店睡它个天昏地暗。可裴蕾偏偏找了个我睡不着的地方——她办公室的三人大沙发。而我竟然乖乖地同意了！

裴蕾将一张毯子盖在我的身上，又将空调升了两度，将办公室打了一遍空气清新剂，走路尽量减小高跟鞋啄地时发出的声响……越是这样，我越是难以入眠。我缩成一团，衬衫和皮带裹得我很不舒服，然而不可否认的是，我的心里正处于一个最最享受的状态。我喜欢她像棉花一样飘在房间里，喜欢她叮嘱秘书不要敲门不要转电话进来的语气，还有她出门之前的长达三秒钟的一瞥。我和裴蕾同在一个二十平米的空间内，每一寸空气里都有她的气息。我怎么能睡得着？

Chapter 7 大胆假设，小心求证

第二天上午，中级人民法院，田菲菲诉新天下公司一案正式开庭。

一身正装的苏醒和叶欢格于法院正门再度碰面。她说：“苏醒，有什么本事你就使出来，千万别有所保留。”我说：“叶欢格，届时还望你高抬贵手，别赶尽杀绝才好。”

叶欢格当然不会高抬贵手，相反措辞严谨攻势凌厉，三板斧砍得招招见血。

在这个案子里，可供叶欢格发挥的空间并不大，难能可贵的是她能利用仅有的优势掌握局面，原告当天的劳动时间，原告出事的地点，以及原告与被告之间的雇佣关系成了叶欢格最犀利的武器，时间地点，人物关系，乍看起来无不对索赔方有利。其间我抛出了一个疑点：田菲菲在出事的当天正在休假，这个如何解释？叶欢格毫不示弱地表明了自己的观点：休假也是在合同期之内，也受劳动合同的保护。“至于休假的员工为什么出现在工作现场，这个，恐怕不是原告方应该解释的问题吧？”叶欢格适时地反驳我。

没错，这只是我丢下的一个包袱，下面，我就要解释为什么休假的原告会出现在工作现场。

我：“请问原告律师，雇佣关系成立的最基本条件是什么？”

这是擦车的那天，叶欢格曾经问过我的一个问题。她又好气又好笑，扬了扬脸，不屑地回答：“当然是被雇佣方与雇佣方签署的劳动合同！”

我：“请问原告律师，当你在街边雇一个小工擦车的时候，你给他提供劳动合同了吗？”

“……”

叶欢格恶狠狠瞪着我，旁听席有了轻微的议论声。

我：“那么，按照原告律师的理解，像这种没有劳动合同的雇佣与被雇佣就不算是雇佣关系吗！”

在众人轻微的骚动下，叶欢格张口结舌。

我：“让我来纠正原告律师一个概念性的错误，雇佣关系成立的最基本的，必要的条件不是你手中的劳动合同，而是——佣金！支付一旦成立，雇佣随之建立。请问原告律师，你对我的说法存有异议吗？”

叶欢格：“被告律师，你所论述的概念对本案有什么实质性影响吗？”

我：“当然。”我转向法官，“如果佣金决定雇佣关系这一说法成立的话，我有充分证据证明，原告田菲菲在受害当晚正受雇于新天下之外的另一家公司，并且案发当时正在为该公司进行劳动。我有充分证据证明，原告田菲菲同时受雇于两家贸易公司，而本案的案发与她其中一个雇主——我当事人的新天下公司一点关系都没有！”

全场哗然，议论声四起，李法官被迫鸣锤维持秩序。叶欢格柳眉立了两下，最终归于缓和——从这一刻起，本案的天平开始慢慢倾斜。

随后的举证环节里，我的重要证人大秋被带上法庭。她冲着陪审席深施一礼，然后可怜巴巴地偷瞄了我一眼，眼泪差点没掉下来，她咬牙切齿冲我嘟囔了两个字，从嘴型上看，她说的是“贱——人”。我心说你丫知足吧，你们裴总已经许诺，不仅不追究责任，还报销住院费用，如果顺利检举出其他涉案人员，还可以连升两级进入管理层。从这个角度看，你应该喊我“贵人”！丫怎么贵贱不辨香臭不分啊？想罢我腰杆儿硬气多了。

我向大秋作了若干提问，借她的口道出枫霖集团的秘密勾当，安排她出工的联络人以及其间的规则。当我问她，是否知道从事过同样工作的女工姓名时，她准确无误地道出一干人等，其中就包括了原告田菲菲的名字。我看见叶欢格的身子狠狠一抖。

随后，大秋所提及的两个涉案负责人也在裴蕾的安排下出庭，她们对大秋所言供认不讳，她们的其中一个，正是田菲菲出事当天安排她出工的联络人。这一份有力的证词令叶欢格震惊了良久。

尽管如此，叶欢格仍旧做了最后的反扑。

“被告律师，你的证词只能证明田菲菲夜间出工为枫霖集团清点货物的事实。但据我了解，两公司合作频繁，新天下员工出面为枫霖清点验收货物的情况非常多见。你又如何证明事发当晚，田菲菲代表第三方枫霖集团出工，而不是被告方新天下公司？”

这番言论，令本已明朗的局面再生波澜。裴蕾看我一眼，我会意地点了点头，随即亮出了我的王牌。

“这张民生银行的借记卡，由枫霖集团为此类受雇员工统一发放，以小时为单位，每日结算，由一个特定账户汇入到员工卡中完成支付。现已查明支付方为枫霖财务出纳专用账号。原告田菲菲也有一张，根据卡号查询了当月的账户信息，在原告休假的五天里，收到了五笔小额汇款。经查证，汇款均来自第三方枫霖集团，从金额上来看，与原告的出工报酬完全一致！”

我将查询报告递交上去的时候，原告席已经鸦雀无声。

案件水落石出，结案陈词的环节异常顺利——女工田菲菲自幼明理孝顺，为了家中生计谋得不法兼职，在与雇主合同到期的最后几天申请休假，而晚间受雇第三方坚持出工。最终因某些不明原因导致心脏病突发。在我陈词的同时，被告的父亲老泪纵横，母亲当场昏厥。叶欢格脸色惨白，浑身已被冷汗湿透，从她的脸上，我看见大势已去的表情。

我出道的第一场官司以胜利告终，对此，我和裴蕾只是略感轻松，没有半点喜悦。

三个小时后，我和叶欢格坐在海边吹风。她说："苏醒，我想哭一场。"

正当我考虑象征性兜售半个肩膀之际，一团毛茸茸的东西已经覆了上来。

她哭得咬牙切齿："呜——怎么搞的啊？这么简单的案子让我辩成了这样！"

世界上最糟糕的心情，莫过于心中想着一个女人的时候，另一个不相干的嘤叮一声扑在怀里。

比这还糟的，便是她哭得鼻涕眼泪一把抓，黏黏糊糊地蹭了我一脖子。

还有更糟的吗？

那就是，我还不好意思擦。

女人，尤其是小女人，是没有道理可以讲的。所以当她哭累了气冲冲地质问我为什么当众挤兑她，为什么当众用她的理论反过来如此恶毒地挤兑她，为什么当众用她的理论反过来如此恶毒地挤兑她直到她气得痛经……我瞪大了眼睛思考着，完全无从解释。我突然很羡慕美国人，不管是对方丧了考妣还是月经不调都可以用一句凝重的I'm sorry to hear that敷衍了事。

此刻，我感到了汉语的贫乏。

说实话，我根本没想到叶欢格会因为一个案子的败诉哭到抽筋儿。

"喂，咱别哭了行不行？再说你这案子还没输呢，你可以接着诉本案的第三方啊。"

叶欢格瞪大眼睛："不瞒你说，苏醒，这个问题我在退庭之前就想了一百八十遍了，可问题是原告和枫霖集团的雇佣关系没有合同作保障，她打的是你情我愿的黑工。原告又是死于先天性心脏病，并非是人为事故，这样一来索赔的力度自然微乎其微。"

"你怎么知道不是人为事故？你取证了吗？"

"心脏病哎，大哥！还是先天性的。尸检报告上写得明明白白，人已经入土仨月了，你让我上哪儿查？"

"可你想过没有，一个年富力强的女工，做一项并不耗费体力的工作，算不得超负荷吧？"

"你的意思是……"

"我的意思是都在这份报告上，现在，给你了。"我把那份仓内氧含量检测报告交给叶欢格，感觉良好地告诉她，"这官司有我一半功劳！"

“田菲菲在事发的几个晚上均从事积压水果的清点工作，那些水果已经到港20余天，为了保鲜，点仓时明令关闭所有通风系统。我已经在同种环境下模拟测试了温湿度和氧气浓度，得出的结果比正常标准差了将近一个数量级！田菲菲死于心脏病不能否认，可心脏病的诱因却太值得商榷了。有了这份报告，几乎可以判定，原告病发的原因并非疲劳，而是，窒息。”

“由此看来，这就不是单纯的民事赔偿那么简单了，你甚至可以追究相关人员的刑事责任。他们简直是在谋财害命！叶欢格，到了这个程度，你还说这案子赢不了？”

这下叶欢格彻底不哭了。“你是怎么想到的，啊？”她问。

我回答她，一字一句地：“大胆假设，小心求证。”

她把报告从头至尾看了两遍，嘴角挂上了掩饰不住的惊喜。她回头冲我怒目而视：“苏醒，我恨死你了，是你害我出师不利！别以为几张破纸就能解我心头之恨。”

“你也可以选择把破纸还我。”

叶欢格极其麻利地将报告收进包里，拉上拉链。

如果说此前我和叶欢格还是一对较劲的冤家，那么在这个黄昏的海边，我们的关系发生了一点微妙的变化。后来叶欢格不吵不闹，靠在我的肩头睡着了。她敞开领口的白衬衫透着淡淡的清香，脸上挂着未干的泪痕。黑色的套裙已经脏乱，她蹬掉高跟鞋露出雪白的脚踝，蜷起身子大胆地偎在我的身边。我盯着她的脚踝看了三秒钟，心跳骤然加快，然后我放平了目光望向海中央。诚然，我和大多数同龄男子一样，很想装得再老成一点，处处宣示自己的阅历时刻准备着把自己扮成一头水灵灵的色狼，可事实上我只是一只单纯到极致的土狗，一点点暧昧的接触足以让我面如土色。

海天相接，星子成双。海浪一轮又一轮拍上来的时候，我想起我双目失明那一年的夏天，我和那位没机会见面的姐姐也是在这样的沙滩上听海。她说她穿着月白色的连衣裙，带着月白色的头饰，我问她，你漂亮吗？她戏谑的语气，被我一下子听出了欺骗的味道。我问她，可以抱你一下吗？声音颤抖，因为紧张而导致的骤然寒冷。我盼望着她的允诺，一秒，两秒……最终我的自尊没能再撑下去。她笑，也许你再让我考虑一秒，我会同意的。

她不知道，只因这一秒，我凭空做了多少次月白色的梦。

案子结束，我也应该返程了。这样一个晚上突然泛起我对D市的无限留恋。与叶欢格作别，独自一人沿着海岸走向灯火通明，脑海里想着过往的事，不知不觉竟然又走到了裴蕾居住的小区！灯是熄着的，裴蕾想必还在外忙碌应酬，索性我就在楼下等着她。我一直等到十点钟，小区的灯光纷纷降下，寂夜袭来的时候我开始为裴蕾担心。拨了她的电话。她说：“苏醒，你什么时候回来？”

……

“你在哪儿呢？”我问。

她答：“我在你酒店的大堂等了你几个小时了。”

“那你怎么不给我打电话？”

“因为，”她顿了顿，一笑，“我看见你和叶律师一起离开，觉得不便打扰，又没什么事做，等等也没什么。”

放下电话我玩了命地向回赶，我气喘吁吁地回到酒店时，大堂的灯光已经降下，裴蕾坐在半明半昧的光线中正看着我，眼睛里授着盈盈笑意，宛如一束静静开放的夜来香。

“裴姐，这么晚了，你来找我……”

她笑而不语，眼睛自始至终没有从我的脸上移开。

卡尔维诺说，女人是世俗的表征，她们既是活生生的女人，又是撩拨世人的鬼魅。当她们变为鬼魅的一刻，便已不再是欲望的直接客体，而是欲望本身。

鉴于案子已经结束，裴蕾的深夜造访便增添了几分暧昧的味道。我不是自作多情的人，可我没法解释过去一个月里裴蕾制造的种种温情。我再一次被欲望牢牢罩住。

直到她打断了我的思考，她说：“案子完成得超乎想象，不仅如此，你还帮了我的大忙，肃清了公司里不法的党羽。苏醒，裴姐来感谢你。”

“你拿什么来感谢我？”我也笑了，低着头，任凭心跳肆虐。

“你这孩子品位挺古怪，姐也不知道你想要些什么，干脆给你这个，最实在，喜欢什么就去买，别亏待自己……”裴蕾说完，递过来一张银行卡。

我震惊得连嘴角的笑容都来不及收回。“你就拿这个感谢我？”

裴蕾笑：“是不是太俗气了？”

“这里有多少钱？”

“10万。”

“嚯——我一夜暴富了，”我说，“只是——”

“你不觉得这样的酬劳少了点什么？”

她忍俊不禁，拉过我的手，把那张卡放在我的掌心里：“还少什么？尽管跟裴姐说。”

“人情味。”

半晌，她尴尬地笑笑：“别想太多了，现在的答谢都是这么直接的，你如果不收，要我怎么才安心啊？”

我始终在蠢笑个不停，直到这一刻，我终于忍不住爆发了。“如果我收了，你就会安心是不是？如果我收了你钱，当你一年后再想起我的那一瞬，就可以心安理得地将我归结为你裴蕾金元下的奴隶——你赢你的案子，我赚我的钱——这不过是一场双赢的交易，是不是！”

我冷笑：“10万块啊，够我赚3年的，裴总，帮你打赢官司是我的分内事，你用这么多钱来答谢，是不是太高看我了？”

“苏醒，我不是那个意思……”

“那就是有另一个意思了？”我狠咬自己的嘴唇，“裴蕾，如果你用它来打发一个比你小六岁的律师对你的感情，是不是太看贱苏醒了？”

裴蕾苦苦一笑，把卡揣进口袋。临走的时候，她说：“苏醒，明天晚上公司在度假村聚餐，不光是我，连同你的那些姐妹们都衷心邀请你加入，希望这一次你不会拒绝，别让我带着自取其辱的感觉开车回家，好吗？”

她说：“我给你钱不是看低你，而是我没有高贵的东西可以给你。”

很多次，裴蕾明明就在我的眼前，仿佛下一秒便垂手可得。可每一次，无一例外地，这咫尺距离恍如隔世。

在这样一个夜里，我打开电脑，搜索引擎里敲满了裴蕾的名字，这两个字既是毒药，也是解药，明知不能接近，却一刻钟也摆脱不了。终于，我找到了那个“一笑倾城”的贴吧，我用了一整夜，浏览了所有帖子。凌晨的时候，我找到了一年前裴蕾和白天在一起的照片，他坐在轮椅上，裴蕾俯下身贴在他的耳边轻语，月白色的百褶裙，月白色的头花，她的表情里流露着一个27岁女人的怜爱……看照片的日期，正是我一年前飞赴D市参赛前不久。我看着白天那一双动情的眼睛和吧主的文字解说，忽然一切都了然于心。

真相大白！

说不出是喜悦还是难过——我分别用了两次爱上同一个女人。

可悲的是，她爱的不是我，而是她爱人的器官。我爱上了她的全部，而她只爱我的眼睛。

我终于将这个始终困扰我的连环大案破解——为什么我得以进入东寰，会偶遇裴蕾，为什么在东寰的清洗中得到神秘人的力保，裴蕾因何选中我做她的律师，以及她的留宿，还有那意乱情迷下的一吻，统统被我揭开谜底。我他妈委屈透了，我满心欢喜地接受了她的捐献，却不想这一切都是预谋。她不过是借我的身体种下了他爱人的灵魂，以便在她需要的时候聊以缅怀。探头窗外，夜空雾蒙蒙一片氤氲，就像Jay在歌里唱的那样，天空灰得像刚刚哭过。

我的难过无以复加。

我打电话给叶欢格：“出来。”

“这么晚了还不睡，你想干吗？”这丫头哭了一下午，这会儿已经睡下了。

听见她迷迷糊糊的声音，我更加扫兴：“刚才想找你喝酒，现在不想干吗了。”

“太夸张了吧大哥，深更半夜，你让我个女孩子家披星戴月地跑去跟你喝酒？你觉得我会答应你吗？”她说。

“我觉得你会。”

“妈的，”叶欢格爆了句粗口，“你先等会儿，我十五分钟到！”

一刻钟之后，叶欢格叉腰站在我门前："怎么喝？啤的还是白的？"

"你酒量怎么样？"我问。

她说："放心，陪到你四脚朝天。"

我咂了咂嘴："那咱能不能换个玩法？我拿啤酒当白酒喝，你呢，就拿白酒当啤酒喝，咱俩整两杯。"

她瞪大眼睛看着我，好像没听懂。

当我如实地向叶欢格介绍了我的酒量之后，看见她气得手脚乱颤。说实话，此前我并没觉得酒量差是一件多丢人的事，这一个晚上，在叶欢格怒目而视之下，我自信扫地，战战兢兢地告诉她我只能喝两杯，难为情的语气就像一个羞赧的客人向她面前如花似玉的小姐坦白自己是个"胖子"一样（胖子一二三，翻身就买单啊）。

我也没办法，条件是柔性的，需要却是刚性的。胖子也得有正常的生理需要，就像酒精过敏的苏醒也渴望着消愁一样。叶欢格真是好样的，二话没说，驾车而去，时间不长满载而归。

叶欢格说："这一箱是我的，那一箱就归你了。"

我一看，安排合理，足够我奋战一夜的——她那一箱是啤的，青岛淡爽，我这一箱是白的，宏宝来豆奶。

于是接下来的一夜，我一边用豆奶和叶欢格频频碰杯，一边把压在我心头一年之久的故事道给她听。对于喝酒，叶欢格怎一豪爽了得，对瓶吹，三口两口，一瓶610ml的啤酒就没了。

"喝这么快，你行不行啊？"

"行倒是行，就是觉得有点别扭，"她说，"咱俩到底是谁陪谁啊？"

"……"

"算了算了，管它谁陪谁，走一个！"叶欢格又和我碰。

我开始咧嘴了，丢人我倒是不在乎，可这么个喝法，就算是豆奶我也撑得慌啊。

我把一年前角膜移植的事给她原原本本讲了一遍，其间叶欢格少见的安静，低着头一言不发，偶尔抬头眯眯一笑，一仰脖就是半瓶。

这顿奶酒我们喝了四个小时，我省略了一些遭鄙视的情节——我和裴蕾雨夜激吻的戏分我掐了没播，裴蕾暗地托关系使得我在东寰站稳脚跟这段也没提，其余的和盘托出，重点突出了我的幽愁暗恨以及无尽的失落。

后来，我愈发义愤填膺，而叶欢格则愈发沉默。经常是我一大段的描述过后，看见她呆呆的表情。

"嘿，你刚才听我说了吗？"

"听着呢听着呢。"

再后来，我就有点高了——喝了差不多十瓶豆奶，打嗝的时候开始剧烈反胃，我冲到卫生间趴在马桶上大口大口地吐奶。听见身后的叶欢格叹了口气："苏醒，你喝大了，咱们收队吧。"

事后，我从叶欢格的身后拣出了12个空酒瓶！

这姑奶奶执意开车回家，好歹被我抱到床上盖好被子。叶欢格连连说没事儿苏醒我真的能开。我哄着她说我知道你没事儿知道你能开，心里压根儿不屑一顾。一气喝完12瓶啤酒的人，没摸过方向盘的不少，说不敢开的有几个？

我和叶欢格到底挤在一张床上睡了，我和衣而卧，手抱后脑勺，打嗝和想念裴蕾成了这一夜最让我难过的两件事。更让我难过的还在后面，天快亮的时候我终于昏昏睡去，不知过了多长时间，房间电话响起，我半梦半醒的时候叶欢格伸出一支胳膊把电话接了起来。

她的声音迷迷糊糊："喂……哦……他呀……还睡着呢……嗯……聚餐啊……一定一定……好……那待会儿见……"

"谁呀？"我问了句。

"你裴姐。"她说。之后翻了个身继续大睡。

可想而知，我像遭了雷劈一样从床上蹦起。

我想打个电话给裴蕾解释一下。环视屋子，一片狼藉，大堆的啤酒瓶，酒精，香水，呼吸作用混合在一起的味道，还有床上大喇喇睡着的美女，两条白腿之间夹着我的棉被，堪称艳景——黄河水那么黄，跳进去还能洗得清吗！

三个小时后，我和叶欢格梳洗已毕，开赴度假村。叶欢格状态不错，神采奕奕，声称今晚要放倒三桌。我说叶欢格，我见过能喝酒的，没见过像你这么能喝的，你到底是多少瓶的量啊？

叶欢格说这个没尝试，总之从来就没喝大过。

"也许是你没心肝，酒精穿肠而过，根本不需要解毒！"我说。

她埋头哧哧地笑。

"我在想，干脆以后弄个'比酒招亲'，哪个男的要是能让你醉上一次，你就嫁给他算了！"我说。

"嗯，这主意不错。"

海滨度假村，新天下的员工们早就到了，大厅里摆了几十桌，张灯结彩颇有些假日气氛。叶欢格泊车的工夫，我看见了裴蕾，她一个人孤零零站在旁边看着员工进进出出，偶尔和他们招呼着，笑容勉强。然后她看见了我，想离开，又没动，呆呆地看着我走了过去，终于还是笑了笑："怎么才过来啊。"

"啊，我起晚了。"

"没关系，昨晚没睡好？"

裴蕾问了这样一句。尽管语气和正常的问候没什么两样，可我还是从中听出了戏谑的味道。

怎么回答？说我喝了一夜酒？任谁相信裴蕾也不会相信。说我喝了一夜奶？估计叫个成年人都会把好端端的事实理解歪曲。

裴蕾扬着脸看着我，等我回答。

我发现，她正在看我的眼睛。我蓦然发现，她每一次扬起脸，其实看的都是这双眼睛。

我带着几分挑衅地告诉她："不是没睡好，而是，根本就没睡！"

话音未落，裴蕾笑了。笑容在她脸上瞬间绽放，而眼神却在迅速枯萎，那是她无论如何也掩饰不掉的。我第一次在这个28岁的女人面前讨到了便宜。这一刻我无疑是恶毒的——既然你这么在乎这眼睛，那么我只有拿它来刺激你了，我要让你知道，这双眼可以不怀好意，也可以色眯眯放光。我不管它的主人以前如何正派，曾经多么温情，现在它归我！你看到的只能是受我支配的样子！

裴蕾着实被我伤到了，垂下的眼睛里忽闪着失望。

得逞之余，除了高纯度的难过，我没有一丁点的喜悦。

我的23个姐妹扑面而来，为首的大秋已经晋升为工段长。女工们直接把我和叶欢格拉到她们当中。于是这个晚上，作为主角的我并没和裴蕾坐在一起，隔阂感不言而喻。

我和裴蕾遥遥相望，眼神交汇的时候又双双移开，除此之外，聚餐的气氛堪称热烈。叶欢格喝得意兴阑珊，来者不惧，我用饮料抵挡着，间或靠在椅子上看着她们觥筹交错。裴蕾的那一桌没什么声势，众人都在安静地用餐，偶尔抛出一点谈资笑料，无不在裴蕾心不在焉的应付下草草收场。

叶欢格情绪高涨："明天是个特殊的日子，是某人22岁的生日哦，大伙是不是该让他喝一杯！"

众女工哗然。我诧异地问她："你怎么知道某人明天生日？"

她嘿嘿一笑："别忘了某人的身份证被我扣了一个星期呢。"

我躲之不过，只能在大家的欢呼声中连喝了两杯。我觉得这丫头是故意的，她就是想看我满面通红呼吸急促的样子。

她说："嘿，苏醒，开心点吧。22周岁的生日可是有着特殊意义的，这么多美女给你庆祝，板着脸未免太说不过去了。"

随即叶欢格一跃而起，组织姐妹们给我唱生日歌。她自己则跑到大厅的钢琴前，为她们伴奏。叶欢格用"二龙戏珠"式好歹把生日歌弹奏下来，在她卖力的渲染下，在众姐妹的歌声中，我终于会心地笑了。

再之后，我有点晕，呆呆地看着大厅里的流光溢彩。裴蕾带着秘书过来敬了众人一杯，再次斟满，单独敬了我。

"苏醒，听说明天是你的生日，生日快乐。"她说。

听说？我心中泛起悲凉的笑，裴蕾的戏演得真是逼真，纵使她记不得我的生日，总该记得那双眼已经整整亮起一年了吧。

“有没有礼物啊？”我眯起眼，问她。

裴蕾笑笑：“说吧，你想要什么礼物？我尽力满足你。”

“简单，”我说，“还记得去年吗？我想在同样的时间，同样的地点，要那件同样的礼物！”

裴蕾尚在目瞪口呆，我已然避开她的眼神，独自出了餐厅。

度假村的喧闹声在空旷的海滩上泛开，一刻钟之后，我听见了裴蕾的脚步声。

我回过头，笑着凝视她：“A，你真漂亮，仙女一样。”

半晌，裴蕾没有说出一个字。

“你一定很盼望吧？盼望着这双眼睛这样专注地看着你！”

“苏醒，既然你知道了，我就不再瞒你。对，你的眼睛是我爱人的，一年前护理你的那个人就是我。只是，请你别这么阴阳怪气地和我说话。我为你做了那么多……我受不了！”她说。

“没错，我有什么资格埋怨你？你让我重见光明，让我顺利毕业，同龄人苦苦奔走的时候我不费吹灰之力就找到一份好工作。是你动用人脉让我站稳脚跟，把你切身相关的案子交给我做，介绍我给你的牛人朋友们认识，此外，你陪我度过了迄今为止最美妙的两个生日。只是——”

我说：“裴蕾，没有这双眼，你会为我做这么多？你舍得为我做这么多！”

我期待着裴蕾奋起反击，结果，我等来的却是她的沉默。

酒精带来的眩晕涌上头顶，索性我摘下日常的面具，放弃了律师应有的举止。我摇晃着立在她的面前，心里在飙泪，眼睛还在努力地迎着她弯弯带笑。

“别那么看着我。”裴蕾说。

“怎么，这样不好吗？除了这双眼，我浑身上下哪里还有资格感谢你？尊敬的裴总，你可不可以再虚伪一点——你煞费苦心地做这么多，不就是等着这双眼睛含情脉脉地看着你吗！”

“够了！”

看得出，裴蕾的忍耐已经达到了极限。她原本就不是个有耐性的女人。

“苏醒，能不能别这么偏执，”她说，“我不明白……我究竟有什么错，为什么你会觉得自己受了伤害？能做到的我都做了，能给你的我都给了，我已经仁至义尽……”

她当然没法理解我会如此受伤，因为她根本无从理解我对她抱有怎样炽烈的一种感情。她比我大了6岁，贵为一方总裁，她高高在上有能力有法力，仿佛悲悯的观世音，玉净瓶里的一颗露足以润泽大千世界。和她相比，我只是个没见过世面的小屁孩儿，一点点恩泽足以让我透不过气来。一次，两次，她可以用不同的身份让我轻而易举就爱上她。我以为自己经历的感情就像一场惊涛骇浪，结果却是荒谬至极，那不过是佛家的一滴相思泪罢了。

我笑着告诉她："裴姐，我谢谢你的'仁至义尽'，也谢谢你馈赠我的那一吻。下一次你睹物思人的时候提前打个招呼，别让我那么投入。现在回想起自己那副滑稽样子，我他妈就觉得自己是个傻蛋！"

话音刚落，裴蕾不轻不重地甩了我一个嘴巴。

下雨了。

雨点落在裴蕾的脸上，让我恍惚间觉得她哭了。

她转身离去，被我一把从后面抱住。我说，你别走。她用力推开我，又甩了我一个嘴巴。然后，她扑进我的怀里，痛哭失声。

远处，度假村里的喧哗达到顶峰，午夜到了，我22周岁的生日。

我紧紧抱住她，狠命地把脸埋在她的发丛中，我贪婪地嗅着她发丝间的味道，植入神经。因为我知道，我和裴蕾之间赖以维系的秘密已经被我撕破，前方已经无路可走。

我们在细雨里抱了足足一分钟，我放开她，捧起她的脸，用手心擦去她双颊挂着的眼泪。

她刻板地笑笑，恢复了常态。

"苏醒，生日到了，许个愿望吧。"

我闭上眼，双手合十。

"明天我就回去了，我们再也不会见面了，对不对？"

我说："裴蕾，愿望我许好了，您要不要听？"

"愿望是不能说出来的……"

"我不信那个！"

我不信那个。

裴蕾。

如果我告诉你，我喜欢你，我想和你在一起。这愿望不会灵的，对吗？

那句话怎么说？

你不待见。

回去的时候，大秋告诉我，叶欢格有事先走了，托付她务必将这个生日礼物转交给我。

我拆开看，是一只高脚水晶杯，杯子很浅，既不像酒杯又不像冰激凌杯。精致美观，杯底一个天鹅Logo异常醒目，还是个奢侈品。

我迅速给叶欢格发了短信：礼物已收到，不过，你怎么送我个杯具啊！成心的是不是？

叶欢格回复：……

我：欠你一个小说名字没有给，今晚想到一个，你还要吗？

叶欢格：放！

我：就叫《半步天涯》吧。

叶欢格：酸。

我：有缘天涯只半步，无缘半步亦天涯。

叶欢格这回没了动静，半个小时之后，把电话打了回来。

“苏大律师，你拽起文来一套一套的嘛，你这书名交代得不清不楚，到底是有缘还是无缘，到底是喜剧还是悲剧啊？”

“当然是悲剧了，悲剧是主流，耐看，悲剧受欢迎，并且好写。”

我顺口说出这些，其实我这么说，只因自己正经历一场悲剧。

叶欢格嘿嘿一笑：“苏醒，悲剧是受欢迎，是好写，可问题是世界上哪那么多的悲剧？我还就不信这个邪，我要写一部喜剧！圆满大结局的那种，并且绝对不YY，让大家读起来身临其境，如饮甘霖……”

“苏醒，我忍不住想开导开导你，”她说，“人生，是一场喜剧。”

我虽不了解叶欢格的来头，但我看得出来，她的家境很好，吃秘制配方奶粉喝液体钙长大的富家女，年纪轻轻又当上了律师，自以为生活就是阿里斯托芬笔下的芳草园。瞧她那口气，俨然大师的派头，仿佛比赵本山还要权威还要牛逼。

只是赵本山绝不会像她那样信口开河，人家最多会说：人生，是一场二人转。

我没有在度假村过夜，顶着雨回了酒店。混沌地在床上滚了一夜，第二天上飞机的时候，我发现头烫得跟热水壶似的。

发烧，真令人难受。不隐瞒地讲，我在飞机上难受得落了泪。我在平流层使劲看着身后的D市，心里一下子冷了，一年以来的梦就这么碎了。裴蕾想必是委屈的，她对我已经仁至义尽了。我又何尝不委屈？感情不是交易，我要你的仁至义尽有什么用？

我要的，不过是她一颗朴素得不带任何装潢的心。

下了飞机，老翟亲自迎接我，想必是裴蕾已将那笔高额代理费打到了东寰的户头上。老翟说：“你可是东寰本季度头号大功臣，大家都在饭店等着给你接风呢。”我咬着牙，一言不发地坚持到了饭店，一路上老翟高唱喜歌，我迷迷糊糊地推开饭店的门，努力冲大家一笑，然后腿一软，一头栽了过去。

Chpater 8

有缘天涯只半步

连日的疲劳，加之淋雨终于让我病倒了。

本案的旗开得胜令东寰上下无不惊骇，苏醒潜入被告家中取证的那一段更是被人传为佳话。老翟破天荒给了我十天的病假，还死撑着问我“够歇不？不够就来它半个月”，我没理他，一咬牙，在家里躺了整整29天。

再去东寰上班的时候已经是秋天了。我在东寰楼下呆呆地站定了五分钟，看着一小把落叶顺着风向从脚下滚过。这个夏天到底还是过去了，无论其间有过多少火热炽烈的布景，终将一小把一小把地枯掉，直至面目全非。我决定忘掉这个夏天，以及发生在D市的所有人和故事，过一种崭新的生活。

我右眼皮跳了整整一个早晨，刚刚走进工作间我就石化了，我看见叶欢格正坐在我邻座的位子上一手豆浆一手包子地大嚼。这丫怎么千里追杀，无处不在啊！

“嗨，苏醒，这儿呢！我等你好久了。”

我赶紧赔笑，打招呼：“嘿，你怎么跑这儿来了，和枫霖的官司打完了？”

叶欢格点头：“大获全胜！今晚单请你。”

我看见叶欢格的豆浆包子把冯吉那一半工作台弄得油渍麻花不禁皱眉。

叶欢格一捅我，说：“你怎么回事啊，咱们一个月不见，你就拿你眉心那头皱巴巴的大蒜来迎接我啊？”

我说叶欢格你做事真没谱。“首先，吃饭是晚上的事，你不至于这么早就在这儿候着我吧？其次，我的工作台是这一半，你坐的那边归另一个美女，瞧瞧你把人家台子弄得那个脏，赶快擦擦。”

叶欢格笑得前仰后合：“首先呢，我可不是守株待兔，而是搂草打兔子，我在这里上班都快满一周了。其次，你那半边台子归谁还叫不准，不过我这半边的已经姓叶了！”

我仔细一看，冯吉的物品不见了，叶欢格的玩偶像框琳琅满目。旁边几位律师无不偷笑，我就知道这事儿闹大发了。

“冯吉……她人呢？”

“表现欠佳，被老翟开了。”叶欢格梗起小脖儿。

“你你……又是……什么情况？”

叶欢格拿起笔，在N次贴上刷刷点点写了四个字，在我面前晃了晃，贴在自己胸前。上书：东寰之花。

这一定不是真的。

我的脑袋嗡嗡作响，但我知道，任叶欢格再怎么疯疯癫癫也不可能弄这么大一出恶作剧。

叶欢格把包子口袋团巴团巴扔进垃圾桶，搓着手舔着嘴唇笑得那叫一个欢实。“怎么着，苏醒，这是不是就叫‘有缘天涯只半步’啊？”

午休时分，我拉叶欢格到楼下喝下午茶。我说：“真没想到，你够有本事的。东寰的人员早就超编了，那冯吉又有大人物作后台，你一个刚毕业的小律师，怎么插进来的？”

叶欢格扬了扬下巴：“你不也一样吗？你又是怎么进来的？”

“不瞒你说，我跟L省的检察长叶永笙沾了那么点关系。”

“真的假的啊？”叶欢格大呼一声。

“当然是真的，不然我早被开了。我交待完了，该你了。”

叶欢格说：“我靠，真巧了！我和叶永笙也沾了那么点关系，我也是全靠他才进了东寰的！”

“哦？他姓叶，你也姓叶，你们是亲戚？”我问。

叶欢格说：“咳——也不是什么亲戚，老乡而已，我们老家那里一个镇子的人都姓叶。”

“不过苏醒，”她啜了口柠檬茶，又问，“人家姓叶，你姓苏，你跟叶永笙什么关系啊？”

我说：“我是他女儿的男朋友。”

话音刚落，只听“噗”的一声。

叶欢格正埋头吸着柠檬茶，冷不防地呛了一下，喷得她一身都是。叶欢格剧烈地咳着，眼泪哗地涌了出来，小脸儿都给憋紫了。我赶紧抢步起来，使劲儿捶着她的后背给她压咳。

我说："挺大人了，怎么回事啊，用吸管喝茶也能呛成这个样子！"

"咳咳……那个，苏醒啊，你当真是叶永笙女儿的……咳咳……男朋友？"

我神秘一笑："当然不是，托关系嘛，都得这样，往夸张了说呗，不然谁能重视你？呵呵，你呀，跟我学着点吧。"

叶换格好歹止住了咳嗽，她说："苏醒，我想有件事我有必要告诉你。"

"说吧说吧。"

"那，我说了你可别哭。"

我说："什么事儿啊？至于吗？"

叶欢格说，小心翼翼地："苏醒，其实，托关系嘛，都得往夸张了说，这个无可厚非，对不对？"

"啊。"

她说："我跟他们说，我就是叶永笙的女儿。"

……

我说我右眼皮怎么一直在跳个不停呢！怕什么来什么，真是怕什么来什么啊！

不行！我说这绝对不行。"叶欢格，你讲讲道理好不好！叶永笙这棵大树已经被我占上了，你跟人家蹭荫凉我管不着，可你不能把我挤出局啊。"

"那你想怎么办？"

"先来后到。"我说。

"得了吧大叔，这什么年代了，谁还讲先来后到啊，就算俩电脑登录同一个qq也是后来的把先到的拍在沙滩上啊。电脑都是这样默认的何况是两个大活人呢？咱们都为了一口饭吃，谁让着谁啊？"

我说真邪了门，没见他叶永笙登上中国福布斯，怎么近来如此热门？叶欢格说你又瞎说什么呢？我就把老翟拿他儿子YY叶永笙女儿的那一段讲给她听。叶欢格又呛了一次。

俩赝品，撞车了。如之奈何？

我和叶欢格愁眉不展地喝完了两大杯柠檬茶，大眼瞪小眼对视了一分钟，最后心有灵犀地点了点头，相视一笑。

叶欢格说："靠，真淫荡。"

我说："得了吧，我怎么觉得你不算吃亏呢？"

当晚我们分别跑老翟办公室表了一通决心。我说："老翟你放心，我苏醒虽然是叶欢格的男朋友，但是绝对不和她搞办公室恋情，我可以保证不和她暧昧不和她勾肩搭背，在办公室的一亩三分地儿我和她宁可扮敌人都不扮情侣！我可足够低调了，您也得为我们保密啊。"

说完了我扬扬自得，这样一来我就等于把自己摘出来了——就算我冷淡她，那也是遵守纪律。

老翟汗如雨下，连说，行行，没问题。

随后叶欢格进去了，她和老翟长谈了好一阵，大致内容是：诚闻贵公子已过弱冠之年，风流倜傥年轻有为，非名模不能悦其心非美优不能醒其目耳，小女久慕，若得亲见，或许之以身，还望翟公成全。

老翟听完脸儿都绿了。

如果说这两个月我形同失恋，那么叶欢格就是一块吃不完的德芙，她总是轻微地刺激着我的大脑皮层，打断我的郁结，让我每每在伤感涌上来的时候不得不把注意力转移到她身上。我恨得要死，但不可否认，有她在，时间过得飞快。

正如近视分为真性近视和假性近视，失恋也有“真性失恋”和“假性失恋”之说，区别在于失恋患者是否心甘情愿地接受诊疗。叶欢格的“扰乱疗法”让我看到了走出失恋的希望，同时也给我带来了巨大的副作用，我的视听全部被她塞满，甚至没有用来悲春伤秋的时间。好比一个婴儿，每当尿意袭来的时候便有人出来打断，用鬼故事吓唬他，时间久了，要么失禁，要么憋死。

我宁愿这思念将我憋死，可没出息的是，我对这感觉完全没有抵抗力。只要我一闭上眼，便能看见裴蕾一脸忧伤地站在眼前。

与此同时，我在工作上频频出错。下班之前老翟把一摞资料摔在我的办公桌上，指着我鼻子道：“苏醒你最近是怎么回事，就这么几页材料你打错了几十处，最离谱的是你竟然把《合同法》的内容给引成了《婚姻法》……”

叶欢格赶紧笑嘻嘻打圆场说老翟您别生气，他最近病了，吃药吃得神志恍惚，我给您改过来还不成？

老翟一见叶欢格立刻改换了笑脸，说：“还得是咱们花，工作认真又懂事。”

转头恶狠狠训斥我：“苏醒，你也学一学人家花那股积极的劲头，再这么下去，你不光砸了自己的饭碗，连我老翟的都得被你一并砸了。”

顺便说一句，如今所里上下已经没人直呼叶欢格的大名了，取而代之的是一个寒掉牙的字——花。

我顶讨厌她那副前簇后拥，左右逢源的精神头。我说好，叶欢格，我就是情绪不高，我就是缺乏认真又不懂事。好人都让你做了，你不是说你负责改吗？那你自己改好了。

第二天我就请假了，一直睡到上午。10点钟的时候叶欢格给我打了几遍电话都被我挂断，后来她改发短信：苏醒，赶紧过来！有你天大的好事。

我回复俩字儿：玩——去——

叶欢格：不来你会后悔一辈子的，这里有你想见的人。

我：去了我更后悔，我谁也不想见。

叶欢格：大爷的！有本事你就忍着别来见她，谁来谁是孙子！

看完了最后一行字我一激灵，光着脚蹦下床，满屋子翻我新买的曼秀雷顿男士洗面奶，十分钟之后我截了车就往东寰飙。

我跑上楼的时候，看见叶欢格拄着小下巴正冲我笑呢。她冲老翟办公室努了努嘴："来了俩钟头啦，穿了一条好看的长裙子。"

我一屁股坐在位子上，不发一言。

老翟办公室里的客套声响起，我知道，裴蕾快出来了。我一把将叶欢格抽屉打开，拿出她那副雷朋太阳镜戴上。

叶欢格大叫"苏醒你别给我撑坏了"的工夫，裴蕾已经在老翟的陪同下款步而出。透过深色的镜片，我看见裴蕾出来后的第一眼就瞟向我的座位，心头百味，我赶紧低下头。听见老翟对裴蕾说："对了，我们小苏现在已经是东寰新生代中的佼佼者，客套的话不多说了，如果裴总将来有业务需要，苏醒是绝对可以胜任的。"

接着冲我道："苏醒，快来见见裴总。"

"苏醒，苏……"

老翟一扭头，气大发了，走过来压低声音："我说你这孩子吃饱了撑的啊，在屋子里戴哪门子太阳镜啊，还有没有点礼貌啊你！"

叶欢格笑得肚子都疼。

我说："屋子里怎么就不能戴太阳镜了？我青光眼。"

老翟刚想动怒被裴蕾制止了，她摆摆手笑着对老翟说："我和小苏之间关系好着呢，他若是跟我客套那才稀罕。您别见怪。"

裴蕾一眼看见了我身边的叶欢格，惊讶的神情稍纵即逝。"叶律师？你……也来东寰了？"

叶欢格笑眯眯回答："是啊，原来的地界儿混不下去了，只好来投奔苏醒。"

裴蕾和她相视一笑，并不多言。她转向我："苏醒，裴姐走了，你自己多保重。有时间的话带叶律师回去玩，裴姐招待你们。"

然后裴蕾就走了。她真走了！转眼之间，高跟鞋的声音消失在楼梯口。

我又在座位上死撑了五分钟，如坐针毡。叶欢格说，人都走了，眼镜还我。

我没摘，问她："哎——中午到了吗？我这会儿饿得能吃一头牛。"

叶欢格大笑："你是不是想溜出去吃饭？"

"啊。"

"那我跟你一块去。"她说。

我说："我又不想吃了，气滞胃涨，现在要去买杯奶茶回来当午饭。"

叶欢格说："正好我要去楼下快递材料，什么奶茶，我给你捎回来。"

"我要喝芭比Q口味的奶茶，你知道在哪儿捎吗?"

然后叶欢格就没电了。

“苏醒，你撒谎的样子真可爱。去吧去吧，顺便也给我带一杯什么芭比Q口味的奶茶，外加一笼小包两个茶蛋……你快点回来，我可等着你的饭呢。”

我三步两步地跑下楼，然后我有点后悔了，因为裴蕾就站在楼下。她根本就没走，手掐一支烟，面向楼梯，微笑。我的慌张被她尽收眼底。

“苏醒。”她喊我。

我说：“你到底要在这里吸到什么时候？”

她说：“吸到你下来的时候。”

“你如何确定我能下来！”

“我不确定，”她笑，“可你这不是下来了么？”

“上车。”

“去哪儿？”我问。

“裴姐带你吃饭去。”

“还是不去了，那个，叶欢格还等着我带饭回去呢……”

裴蕾闻言，没有表态，只是打开车门笑吟吟地看着我。然后我就像被下了咒一样，鬼使神差走了过去，又泰然自若地钻进车内，叶欢格的嘱托全都被我抛在了脑后。

说是吃饭，裴蕾根本就没问我吃什么，漫无目的将车驶上快车道。看得出，裴蕾心不在焉，我又能好到哪儿去？我觉得嘴唇发干，脑子一片空旷，我努力搜索着一个恰如其分的开场白来缓和凝滞的气氛，无奈大脑跟僵死了一般，我听着自己高频率的心跳声，一个字也说不出来。

更为荒唐的是，当那心跳声渐渐错落有致，我发现，声源竟然是两个——裴蕾的眼睛盯着前方，紧握方向盘的手有轻微的颤抖，我甚至感觉到她心跳之余胸口的起伏。

我将太阳镜慢慢摘下，用一种下意识的，满是欣赏和怜爱的目光，怔怔地看着她。

她有几分羞赧，仍然头也不转，半开玩笑道：“哟，终于舍得摘下来啦？”

我释怀一笑：“还是让你看一看吧，妒忌归妒忌，可我还没恶毒到那个份儿上，就算把这故事拍成连续剧，我也是充其量是个男二号，有什么资格把主角藏起来？”

裴蕾看也不看我，继续道：“苏醒，我要你知道，这一次，我是专程来看望你的，和别人无关。”

“哦，是么？”我苦笑，心里的感动却铺天盖地，我喃喃地说，“裴蕾，今天真是个大日子，你终于舍得来见我了。”

裴蕾盯着前方不说话，而下一秒，却骤然将车刹住。

于是我永远记住了这个瞬间。裴蕾将车子停在快车道上，她扭过脸，一丝不苟的眼神消失了，取而代之的是一个28岁女人的迷乱和恐惶，在八排车道的最中央，在耳畔车辆的呼啸声中，裴蕾的眼睛里有晶莹闪过。她抿唇止住眼泪，张开手臂，准确无误地将我揽在她窄小的怀抱里。我们紧紧地抱在了一起。

"鬼东西，你赢了！"她说，"什么狠话都被你说了，什么动人的事都被你做了，就那样拍拍屁股走掉再也没了音讯！苏醒，你当姐是什么？没有感觉的木头人吗！"

"苏醒，你要姐怎么才能不想你？你还想让姐怎么待见你？"她闭上眼，两颗滚烫的东西滴落在我的脖子上。

我慌了手脚，裴蕾这一抱来得太突然，我完全乱了方寸，只是愈发用力地贴紧她。我无言以对，那一瞬间我感到了自己的愚蠢，一直以来我想当然地把自己当做这场恋情的施动者，口口声声说这是一场不计回报的感情，却在迈出每一步后都在窥探着裴蕾的反应。我似乎只把裴蕾看做一个同龄的恋爱对象，锱铢必较，甚至妒火攻心，却忘了裴蕾的身份和处境。这个大我6岁的女总裁屡次被我不知好歹地横加折磨，却能在数月之后不远千里找到我，如泣如诉地问我"你还想让姐怎么待见你"。这一刻我蓦然发现，原本令自己耿耿于怀的"单相思"在裴蕾的哭诉面前是那么微不足道。

我的手抚在她的头发上，一遍遍地爱抚，细致宛如情人。心里是1%的得意和99%的自责。裴蕾哭得很伤心，完全没了总裁的风度。我只得轻轻唤她："姐……"

"嗯。"她答。微微抬起头，目光暖暖地照在我的脸上，等着我下面的话。

我指了指窗外："交警来了。"

多煞风景的一句话！说完我就后悔了，裴蕾赶紧擦眼泪，手却被我牢牢攥住。我一狠心捧起裴蕾的脸，当着警察的面，生生地吻向裴蕾的眉际。

这一个中午，苏醒幸福到了极点。

一刻钟之后，我和裴蕾坐在西安最豪华的酒店里。裴蕾去洗手间补了一次妆，出来的时候，鼻尖儿还在微微泛红，如同雨后桃花般娇羞。

我不爱裴蕾的富贵，但我爱她高贵的姿态。她的举手投足，甚至点餐的每一个细节无不透着一个成熟女人的魅力，还有方才，我们在路中间拥吻被交警逮个正着，裴蕾只是不以为意地把行驶本儿丢给他，任他怎么扣，驾车载我扬长而去，让人民交警充分体验了一把美女的放肆不吝。凡此林林总总，让我叹为观止。

这会儿裴蕾的情绪复原，正襟危坐在我的对面，恢复了总裁的架子。

"苏醒，你不要误会，"她说，"我来这可不是给你机会的，而是……"

"而是什么？"

"而是来断了你念头的。"裴蕾说。

"哦，这样啊……"我嘴上应付着，心里却在暗笑，都这个时候了还在嘴硬，遮着布漏得千疮百孔，你愿意穿就继续穿着好了，我看着，我不说话，嘿嘿。

我笑眯眯看着她，等着她自圆其说。

"苏醒，姐和你……我们不合适。"

"那你就说说，怎么个'不合适'？"

裴蕾被我问得忍俊不禁，她说：“真是好笑，一个青春后期的女商，一个年纪轻轻的律师，不谈公事，反倒是正儿八经讨论起感情来了。”

她说：“首先，年龄就不合适。你22岁，我已经28岁，卸了妆能看见浅小的皱纹，不久还可能有黄褐斑。也许今年是我们唯一的交集，以后的日子里你对我的欣赏会逐年下降。在你最好的年华里面对一个日渐苍老的女人，你能保证心里没有遗憾？”

她继续说：“这里不光有心理问题，还涉及生理问题……”

我差点笑喷了，我说：“你有没有搞错啊，是你比我大了6岁，又不是我比你大！人家都说女人三十如狼四十如虎，你如狼似虎的时候我正血气方刚呢……你觉得这是问题吗？”

裴蕾的脸腾的就红了，抬头讪讪地瞅了我一眼：“你什么时候跟我说话改这么随便了？”

她说：“你想错了，你没问题，可是我有问题——男人四十一枝花，照镜子看看你这副骚包的样子对小姑娘有多大的杀伤力，我都想象不到你四十岁的时候西装革履会是何等的风度，而那时姐已经是步入更年期的老女人，我不想成天提心吊胆地守着你，更不想因为一个小我6岁的男人过早地成为怨妇，弃妇。”

“裴蕾，这都不是你应该担心的问题。如果你遇人不淑，不用等到四十岁恐怕就已人财两空了。可这一次你遇到的是苏醒。”我说。

她笑：“就是那个刚刚从一个女人的床上爬下来，转头就对另一个女人说‘你怎么不待见我’的那个苏醒？”

我立刻就哑了，恨不得满地找缝。我说：“那晚我和叶欢格确实睡在一张床上，可是什么也没发生，这事儿没你想的那么严重。”

她笑得更厉害了：“要我说，这事儿非常严重，你和一个异性在床上滚了一夜居然什么都没发生……”

她只是笑，后面的话只供意会。大龄女讽刺人的时候都有一套。

“信不信由你了，”我也懒得解释，抬头挑衅，“怎么，你嫉妒了？”

“有一点，”她说，“可是也就是那么一点而已，究竟为什么，我这就告诉你。”

“我没权利嫉妒她，因为，我本来就不是你想象中的好女人。”裴蕾说。

我没能想到裴蕾如此开诚布公，她将早年的名媛经历对我和盘托出，足足半个小时。她讲得很艺术，但绝对易懂，可以说毫无保留，单单一句“姐占过男人的便宜，也吃过男人的亏”便足以让我动容。我感到，裴蕾正在把她的心递在我的手里。

“你告诉我这些做什么！”我忍不住问她。

“只因感情是排外的东西，尤其是男女间的感情。苏醒，我的这些经历不是秘密，你早晚会知道。不妨你现在就想想看，姐这样的女人值不值得你这么做。苏醒，我让你失望了，之所以告诉你这些是为了你，也是为了我自己。我一直在为自己的过错买单，可我真怕有一天，我最亲的人因为那些不堪的往事来帮着我惩罚我自己！我怕我受不了……”

我抓住她的手："没想到吧？这些对我来说不是什么新闻了，我早就知道我什么都知道！可我能有什么办法——呵，你发迹的时候我还是个没长大的小屁孩呢。我改变不了你的命运，可我能掌握自己的！我爱上的不是圣贤，她只是肉体凡胎，她可以有私心有贪念有七情六欲。你曾经遇到过谁，经历过什么事，那些和我有什么关系？我要的不过就是你现在的样子！"

裴蕾在我的一番话之后开心地笑了，眼泪攒在眼眶里，她努力地笑着。

她说："苏醒，你才22岁，说情窦初开之类的话你肯定不爱听，但比之将来，你那点故事连'初开'都算不上。姐已经是这样了，看似光鲜，确是一刀一斧刻意所为，有浓墨有重彩，也有今生都抹不去的瑕疵。苏醒，你在姐的眼里就是一张光滑的白纸，姐喜欢围着你转，是因为你有着别人都没有的特质，可姐情愿就这么将你裱起来也不忍心动你一笔，你能明白姐吗？"

"那你就把我裱起来吧。我什么都不要，只要你别离开。"我说。

这顿饭我们吃了整整一个下午，最后达成了一个姐弟恋爱纲领。

1. 我们只限于精神恋爱，并且试运行。可以牵手，考虑拥抱，慎重接吻，其余禁止。她不得有更越轨的行为，我不得有更越轨行为的念头。

2. 如果需要见面，她会从D市飞来见我，而我却无权飞去看她。用她的话说，公司业绩无所谓，如果苏醒的业务水平因为恋爱而受影响，则恋爱关系终止。

3. 双方可以随时移情别恋，不受对方限制，只要提前打个招呼，给彼此一个心理准备即可。这一条是裴蕾定的，律师的职业病让我觉得她有篡改2008年颁布的《新合同法》之嫌。而她只是笑笑对我说，也许有一天，我会发现叶欢格更适合我。我告诉她我和叶欢格没可能，她说这个可以有。有了这一条，我就不难理解为什么我们不能行越轨之事——我正在经历一场最保守的姐弟恋，她给彼此留下全身而退的空间。

4. 裴蕾说，这个期间，我还叫你苏醒，可你务必以姐相称，对外，我们就是姐弟。我说为什么？她说不为什么，硬性规定，我有当姐姐的情结。

5. 这一条仍旧是篡改《合同法》。她说，如果恋爱期间发生了违背国家法律的事情，恋爱关系自动终止。比方说，她讲，如果姐因为某些原因触犯了法律，甚至是牢狱之灾，苏醒，你就把姐忘了吧。

我觉得莫名其妙，做生意的人都有忌讳，哪有随便咒自己的道理？可裴蕾一副认真的表情不容拂逆，我只好点头称是，心里却丝毫不以为然。

后来，我们喝了些红酒，两个人都有些微醺。

裴蕾面带潮红笑嘻嘻说着酒话："苏醒……想什么呢……你们这些小男孩一个赛一个坏，别以为我不知道你打的什么主意……姐不会给你机会的。"

我明显比裴蕾清醒，我说："你算了吧别矜持了，说吧，说你想包养我……哈，你放心，我没那么傻，我早晚给你押到民政局，分你一半家产……嘿嘿……"

酒后，裴蕾准备回酒店，被我拦下。我说："跟我回家去住！"

裴蕾并没拒绝，晚七点，西安夜色正浓，裴蕾的车子穿过幽幽夜色，驶向我的小家。

我终于把这个女人带回家了。和我预想的情景一模一样。

刚刚打开门，我和裴蕾不约而同地闪了进来。我们连灯都没开，就在门廊的一寸立足地，迫不及待地吻着对方。高级唇膏的味道和着顶级甜酒的醇香，还有她舌尖儿的质感，再度将我牢牢捕获。我顺着她的脖子一路吻下去，吻她的耳垂儿，呵她的痒。酒力未散，两个疯狂的人纠缠在一起，拥吻，说着疯话。

她痒得笑出了声："苏醒……要不我还是把你包下来吧……一周之后，咱们就分道扬镳……"

我说："一夜情也可以呀……事后我就上网吹嘘，说我睡了一个女总裁……"

然后我开了灯，光晕降下，两个纠缠的怪物恢复了正常。

裴蕾的眉心轻轻舒展，屋内的景象让她惊呼了一声。

屋子里陈设简单，墙壁粉刷成白色，海蓝的窗帘，两张单人床的位置和当年一模一样，裴蕾没有带走的被褥就铺在她的床上，定期浆洗。窗台永远是一束香水百合，即便是我最拮据的时候……我对她说："还记得这屋子里的味道吗？这是你香水的味道。我走遍高级商场，手拿一把小纸片，把所有款式的香水从前调闻到了后调，最终凭着记忆找到了你的那款。"我拿出了那瓶被我当做空气清洗剂的香水，递在裴蕾的眼前。

"Tiffany，对不对？"

我继续说："我只买得起最小瓶的，从来舍不得用，只有想你的时候……我喷在空气里，就像你在身边……"

裴蕾堵住了我的嘴。她安静地哭了，喜极而泣。

半晌，她缓缓地说："苏醒，一个28岁的女人，开始一场恋爱，是不是有点晚？"

我站在屋子的中央，懒洋洋地伸展双臂，放肆地笑着。

"不晚，"我笑，指给她屋子里的一切，"你看，我不是已经等了你一年又四个月了吗？

我说："姐，我会一直等下去的。"

我给裴蕾倒了茶，又在各自的床上对坐了片刻，我突然一拍脑袋说糟了！"老翟让我修改的材料还在事务所呢。"

我说："姐，你先睡吧，我得回一趟事务所，把材料拿回家做。去去就回。"

出了家门，吸着夜晚的空气，我狂跳不止的心渐渐归于正常。很难说这是不是一个借口，我只知道两个人再这么待下去我就要爆炸了，熄了灯我保不齐会做出什么伤天害理的事。这会儿我正沿着人行道慢慢踱向东寰，路上行人稀少，我回忆着白天种种甜蜜的场面，情不自禁，喜上眉梢。

已经九点多了，东寰的窗子竟然透出灯光。我好生奇怪地摸上楼，轻轻推开门，发现叶欢格孤零零一个人，像握刀一样握着钢笔，恐惶地望向门口。看到是我，叶欢格长出一口气，随即垂下眼，一句话也不说，埋头核对着资料。

我笑，用西安话模仿《天下无贼》里尤勇打劫时与葛优的对白：“你么有想到吧？你么有想到是呃吧？”

叶欢格面沉似水，眼睛一动不动地盯着卷宗。

我说：“嘿，你怎么回事啊？我跟你打招呼呢，好歹给个动静啊！”

叶欢格扬起脸，微微一笑：“苏醒，我的饭呢？”

“这……我……”

我羞愧难当：“叶欢格你不要这么矫情好不好？都过了10个钟头了，就算我想起来了，买给你了，你还能吃得下去吗？”

“那你知不知道我一直在等着你，一直没吃饭？”

我惊愕了片刻，随即又怒了：“你干吗不吃饭！你就那么爱较真儿？”

“我从来不对没边儿的事情较真，可是苏醒，这是你许诺过的事。”

“活人让尿憋死，这算是他杀还是自杀？活人不知道变通吗！”我急了。说实话，我有点心疼她。

“苏醒，你这是拿着不是当理说！”

“叶欢格，你这是拿别人的不是惩罚自己！”

叶欢格“啪”的把钢笔一拍，收拾挎包，准备走人。穿过我身边的时候，她把那一沓资料塞给我。“苏醒，这是老翟催你的那份资料。我加了四个小时的班，帮你做好了。你不必谢我，因为这是我答应过你的事。还有，今后你苏醒承诺的话我再也不信了！”含着泪转身就走。

“等等！叶欢格，我发誓以后……”

“你发毒誓也没有用！”

我一看，慌了手脚，一鼓劲踩着椅子跳上桌子。我说：“叶欢格，求你回头看我一眼，就一眼还不行吗？”

叶欢格回过头，看见我站在高高的桌子上，手握拳头举过头顶，像小学生宣誓一般哀求地看着她道：“我发誓，今后我苏醒答应叶欢格的事一定做到！”

叶欢格又羞又恼，强忍着笑和眼泪，最终在我滑稽的表演下一样都没忍住，眼泪和笑容同时喷将出来。

“真讨厌，什么啊这是，一副没脸没皮的样子。”叶欢格擦了把眼泪，咯咯地笑，肩膀一耸一耸煞是有趣。

“苏醒，你先别下来！站那儿给我继续宣誓，”她说，“今晚我说一句，你跟着说一句，我说什么，你就答应什么！”

“那你也得挑我能做到的啊。”

“没问题，”她说，“我问你，你裴姐在你心里占多大比重？实话实说！”

“占了九分。”我说。

“那剩下一分呢？留给谁了？”

“我自己啊。”

“不行不行，”她说，“你裴姐的光辉形象我比不了，但是苏醒，你不能太自私，剩下的那一分要归我叶欢格！怎么样，能做到吗？”

她说：“从今以后，除非你裴姐让你向东，否则我说向西你就得向西！你能做到吗？”

我笑着，站在桌子上听她继续讲。

叶欢格意犹未尽：“苏醒，你一定要娶到你裴姐，如果你不娶她，你就一定……”

“一定什么？”

叶欢格说不对，这话有问题，我重说。

“如果你娶的不是你裴姐而是别的女人，我有权干涉你的婚礼。我勾勾小指，你就得跟我走，不准你洞房！你——能做到吗？”

瞧瞧，多恶毒的女人，简直就一蛇蝎！

“叶欢格求你下次千万别哭，跟鬼似的，”我从桌子上跳下来，掸掸裤脚，拍拍她的肩膀，“我大人有大量，以上这些，我答应你啦。”

几乎是一夜之间，我从一个死囚变成一只飞鸟，在我22岁的最后两个月展翅摇翎。当我俯瞰幸福的时候，幸福一览无余。

每晚睡前，我和裴蕾都会发一个长长的短信互道晚安，一周通两次电话，既无缠绵之嫌，又足够默契。裴蕾在三周之后偷偷空降，并且亲自下厨，她做了四菜一羹，我拎着公文包站在门口的那一霎宛如梦境。每次见面，我们都会经过几番“慎重考虑”——考虑拥抱，慎重接吻。我们吃够对方津液的时候，桌上热腾腾的菜肴仅剩一羹还残留着温度。我们驾车用一个周末完成了华东五日游的全部行程。星级酒店的隔音同样很差，在隔壁野兽派的欢愉声中，裴蕾把我的手指甲涂成五颜六色，慢慢欣赏，逐一洗掉。偶尔她湿漉漉的长发挂着水珠垂在我的脖颈里，那股女人香足够纠起我的意乱情迷。我们在西安过了除夕，当夜，我拥着她站在窗台前看夜空焰火四起。我问她：“看见了吗？”她笑：“看见了。”窗子里是两个人相拥的剪影，背景上，焰火如雨般降下。满目烟花的那一刻，苏醒正和裴蕾绚烂地爱着。

叶欢格的大作起名为《半步，天涯》，已经在某门户网站开始了连载。

我指着标题：“哎？你放个逗号在中间隔开是什么意思？”

叶欢格一笑：“我这是为了避嫌！你知道吗——我用个逗号隔开，说明我只是借鉴了你的成果。但我如果原封不动把你的提议照搬过来，那就不是借鉴了，就是抄袭！是可耻的。”

“关键是，”我说，“你这么一改文章的姿态就变了。原来的标题既可以是悲剧也可以是喜剧——‘半步也是天涯，天涯亦可半步’。如此一改，相当于只承认前半句了。还没看正文就知道是悲剧。”

叶欢格：“不至于吧，不就一个标点吗？”

我说：“不要小瞧标点哦。要不你再改改，叫《半步？天涯！》——多好啊，整个儿一伤痕文学，还是个咬牙切齿加强版的。”

叶欢格听完都快哭了。

男主角的大名终于在十章过后始出来，叶欢格给这小子起了个很绕嘴的名字，叫做魏可普，简称小魏。闲暇的时候，我就负责上网给叶欢格顶贴。说实话，这部书写得真不怎么样，文笔一般，情节很烂，跟10年前古天乐杨千桦那批演员拍的香港爱情搞笑片一样无厘头。仅有那么点反响和叶欢格不遗余力的炒作有关。这小丫先是建了个粉丝群，又拍了一套夏季清凉写真，扬言只要粉丝顶贴踊跃，她就每晚放出一张个人大照。于是可以想象，无数个夜里众小狼一边口水巴巴地等着叶欢格来喂肉一边舞着键盘疯狂顶贴的壮丽景观。

虽然我也申请了马甲潜伏在群里等着看写真，可我多多少少是冲着文学二字而来，文中一些经典的句子，我摘抄了下来，并且时常开心地回味一下。

诸如：

女主角格格说：“书上讲，男孩的基因都是从妈妈那里遗传过来的，其母聪明，则其子必聪明。所以，魏可普，我一定要嫁给你！”

小魏那个得意。

格格又说：“我最怕和一个聪明的婆婆过招了……”

再诸如：

小魏对格格说：“你真是个胸无大志的女人！”

格格：“那是你对我了解得不够，我怎么能是胸无大志呢，我完全相反好不好？”

小魏窃笑道：“可不是和‘胸无大志’完全相反嘛——你是志大，无胸。”

格格飙泪败走。哭够了撅起嘴说：“魏可普，我讨厌胸无大志这个词！”

“那你喜欢哪个？”

“胸有成竹！”格格说。

小魏再笑：“那我就‘势如破竹’！”说完欲将格格扑倒，却在魔爪覆上去之前被打得鼻青脸肿。

在这个被叶欢格称作“纯爱”的故事里女主角的暴力无处不在。

烂作，烂作一本！

如果说两个月前我和叶欢格勾肩搭背，作狼与狈状，是一个失恋者的需要，那么，在和裴蕾确立关系后，我和叶欢格的小暧小昧就显得不那么必要和心安理得了。叶欢格可以因为不开心而随时把我的脸掐成一朵花，过马路的时候蹭着我的胳膊，从来只买一大杯DQ冰激凌。从来只放一把勺子。

几次三番，我都想提醒她：你丫好歹把我当成个有妇之夫好不好？

再后来，我开始拒绝她的冰激凌，不和她一起过马路。终于一次，我皱着眉，不甚友好地挡住叶欢格掐脸的手，她意识到我的心理变化，那一个下午，她沉默得让人心疼。

说实话，我对她所做的一切并不反感，相反，心头还有那么点甜丝丝的感觉。顺便说一句，叶欢格已经在我的抗议下把卷卷毛蓄长了。半长的直发，发梢微弯，恬静可人。每每她习惯性栖在我的身边，都会让我心旷神怡。我的拒绝仅仅是想表现出一个有妇之夫应有的矫情而已。

第二天，她郑重地约我去喝下午茶。我苦口婆心："叶欢格你别误会，我是为你好，我无所谓，可你不一样。你一个姑娘家，咱们在一块儿时间长了……容易耽误了你的大好青春。"

叶欢格虎着脸拿出一张照片。"这个女孩你知道吧？"

我一看，认识。叶欢格同租的室友，也是她的玩伴，叫米哨。当初在D市酒吧里做陪酒，叶欢格迁到西安之后，米哨也随她来到这里。

"什么意思？你郑重约我来这里，就为了看这张照片？"

叶欢格没说话，又拿出另一张。我看了顿时心脏偷停，差点没晕过去。

那是一张自拍。叶欢格笑吟吟地撅起嘴巴，伸出香舌，和米哨来了个kiss！而且……还是舌吻。

我一把抢过照片："这……这照片不是你PS过的吧！"

我期待着她点头，承认，而叶欢格只是摇摇头，很诚恳地告诉我："苏醒，求你给我保个密行么？我豁出去把最大的秘密都告诉你了，不过就是让你知道，你不是我的型儿。如果之前，我没深没浅地冒犯了你……请你一定多多见谅……"

说完眼泪围着眼圈转，委屈得都要哭了。

我也很委屈，是那种自作多情的委屈。

裴蕾不是好奇为什么我和叶欢格在床上滚了一夜什么都没发生吗？现在我可以终于知道答案了——问题不在我，在于叶欢格。她压根儿就不可能爱上我，她是LES，是拉拉。是有妇之妇！

每个人的骨子里都有些解释不清的矛盾体，就像方才我还义正辞严地劝说她，转瞬就陷入了失落。我一边喝着柠檬茶一边忿忿想想真是可笑，她叶欢格的性取向跟我有什么关系？笑的同时，我完全游离在一派莫名的难过之中，柠檬茶吸干了也浑然不觉。

回去时，站在马路中央，叶欢格刻意地向旁边闪了闪，保持了距离。不知哪里来的一股愤恨，我一把攥住叶欢格的手，她惊讶地看了我一眼，我不予理会，拽着她快步穿向对面。

从这一天开始我和叶欢格又恢复了往日的亲昵，且更加放肆。男人的一大幸事便是拥有一个动口不动手的红颜知己，比这个更幸的，便是有一个可以动手动脚的红粉，并且还是个细皮嫩肉的小背背。自从我知道叶欢格最大的秘密之后，就改成我掐她的脸了，并且经常把老翟他们看得欷歔不已。不过我心里清楚着呢，对她来说，掐个脸那就跟俩老爷们儿拍拍肩膀一样正常。她不爱男人，我只爱裴蕾。

蕾丝边儿是怎样炼成的？网上说通常有两种可能。一，嫌男人太脏。二，心里障碍，不敢和男人谈情说爱。不管叶欢格出于哪种原因，我都有义务将她从少数群体拉回到群众中去。我每天收拾得香喷喷，就是想告诉她，男人不脏。又鼓励她解放思想，放开手脚，必要的时候拿我开练也不是不可以。在公众眼里，我们俨然是一对情侣，只要有苏醒的地方则必有叶欢格。东寰的新生代因为有了这两个名字而空前强大。

转瞬，冬去春来。先后接了几个不咸不淡的案子，无一败绩。我和裴蕾仍旧保持着二十天见一次的恋爱关系。为了维系这场姐弟恋，我刻意改变了许多。我的性格更加独立，穿着更加成熟，往往只有在叶欢格存在的时候我才能感觉到自己不过只有23岁。和裴蕾独处一天里她通常关机，睡到8点钟，起床准备早饭再一起研究下午是逛街还是看电影，或是干脆去超市采购一番回家腻着。我能感觉到裴蕾和我在一起是开心的，但或许是我的敏感和多心，我总是能听见她没由来的叹息声。或是在收拾碗筷时，或是在电影散场时，更多的是在登机口的一转身。这声轻叹到底意味着什么，我一直无从知晓。

Chpater 9 五个茶叶蛋引发的一场舌吻

与此同时，在这个多事的春天里，我和叶欢格接吻了。

务请各位人神先别共愤，容我交代事实。

某天早晨上班，东寰楼下围得水泄不通，我在人群外瞥了一眼，是南方某电影公司斥资拍摄的电影现场。我不以为意。

然而，这个不足为奇的早晨从叶欢格下楼买饭的一刻开始变得惊心动魄。

十分钟之后，楼下响起“苏醒，下来”的喊声，我一猜就知道，定是她买茶叶蛋忘了带钱包。结果远比我想象的严重，叶欢格涨红着脸，一边比画一边讲述经过——她赶到楼下时发现茶叶蛋的小摊儿被工作人员包圆了，一位自称副导演的人顺了两个拿给叶欢格免费品尝。之后，她吃完了想走却被拦住了。人家告诉她，天下没有免费的茶叶蛋，这是给群众演员准备的。

剧组在拍一组群众镜头，剧情是：一对群众情侣当街拥吻，男主角目光流连，惊起鸳鸯，情侣男大吼一声：“看什么看？没见过谈恋爱打啵啊！”副导演告诉叶欢格，临时演员里的情侣女这一角色生病无法赶来，他物色了一个早晨，好容易发现一个气质样貌俱佳的女群众，务必请她客串一下。叶欢格一听就傻了，没辙之余，扯嗓子把我喊了下去。

我说：“您讲讲道理好不好，您送给她鸡蛋之前也没说还要当什么演员啊。”

副导说：“问题是，我给她拿了俩，她一共吃了五个。发给群众演员的奖励都被她一个人消化了，让我上哪儿再找演员去？”

我问她，是真的吗？她眼泪汪汪地点了点头。

我说："叶欢格，这我可就爱莫能助了。就算我是只母鸡，现生蛋也来不及了。解铃还须系铃人吧。"

叶欢格死死地抓着我的衣襟儿，咬着嘴唇拖着哭腔："苏醒，我看见那个演对手戏的男演员了，丑得要死……我不行……我肯定不行……你帮帮我，帮帮我。"

副导说："这个倒不是问题，我看您这位朋友眉清目秀的，非常上镜。您二位一看就是情侣，要么……"转头冲我："您给客串一下情侣男得了！"

片场一片赞许声。

我？！我凭什么呀？我又没吃你们五个茶叶蛋！

叶欢格把双手垂在身前作鹌鹑状，婆娑的泪眼转瞬就变得含情脉脉，她不说行，也没说不行，就那么一边忸怩着一边求助似地喊我："苏醒……苏醒……"

这会儿楼上老翟他们纷纷探头观瞧。情侣打啵啊，现场直播啊，没见过啊。

最让我为难的是交通严重堵塞，路上的车辆同时鸣笛，这会儿也没人哀求叶欢格了，全剧组的人都把可怜的小眼神儿投在了我的身上。

我恶狠狠地说："叶欢格，五个茶叶蛋啊，怎么没吃死你！"

她嘿嘿一笑，知道我妥协了。

这一组镜头我们费尽九牛二虎之力。头两条导演说吻得不够投入。"舌头都碰到一块儿呢，真实感比汽车站的90后情侣们差远了。"

第三条，我一咬牙，包裹住她的舌头……结果，光顾吻了我把台词忘了。

第四条，我和叶欢格作欲仙欲死状，正当我要说台词的时候，叶欢格打了个饱嗝……

我们一共拍了八条，拍到叶欢格再也踮不住脚尖儿，拍到我俩的嘴唇都麻了，导演才喊了cut。这件事导致的直接后果就是我和叶欢格三天没说话。不知道说什么。

和叶欢格接吻这件事久久困扰着我。我努力把那感觉忘记，可越是努力就越发挥之不去。仿佛嘴唇沾上了她的味道，淡淡的清甜。还有那舌尖的触觉，她那说不清是笨拙还是不怀好意的搅动，左一下，右一下……似乎永久地在我记忆里盖了个章。

和叶欢格再度恢复对话因为商场橱窗里的一只水晶猪项链坠。叶欢格冲到橱窗前，两眼发亮目光流连。她叫："苏醒，你快过来看。"我过去瞅了一眼，吓得一吐舌头——指甲大小的水晶猪下方挂着双C图案的商标，标价三千多！

"这什么啊这么贵？"我问。

"瞎闹！"叶欢格口水涟涟地说。

我点头："可不是瞎闹么，三千多就这么个玩意儿！"

"这可是'瞎闹'的！"叶欢格和我对视。

"没错啊！这么小的东西卖这么贵，当然是瞎闹了。"我说。

"能不能别打岔啊？我说的是这小猪的牌子，'瞎闹'——香，奈，儿——

Chanel！”

我一吐舌头：“得，我长见识了，这牌子我记住了！”

叶欢格伏在橱窗上吧嗒吧嗒流口水，没有要走的意思。

我说：“喜欢？要么……咱来一个？”

叶欢格点头又摇头：“不……了吧……有点奢侈啊……高仿的A+品也就卖个零头。我还是去淘个赝品吧。”

如果那一天我和叶欢格不因那只香奈儿水晶猪纠缠了三分钟的话，一定会错过那条改变了所有人命运的新闻。

商场走廊的液晶电视上滚动播出了这样一条消息。一个姓沈的21岁女孩涉嫌杀死自己的生父，逃窜了29个月之后在无锡落网。电视给了这女孩长达5秒的镜头，样子眉清目秀，生得十分标致，戴着手铐，在公安干警的身前显得孱弱而可怜。因为此案的特殊性，各大媒体竞相关注。据悉，涉嫌杀人的女孩拒不认罪，准备殊死一搏。

根据刑事诉讼法第三十六条第三款，可能判处死刑的人应由人民法院指定其辩护人——按说这条新闻跟我们俩没任何关系，即便我和叶欢格就是律师也只能充当看客。但刑事诉讼法第三十八条规定，如果被告人有正当理由，是可以另行委托辩护人的。而这个沈凝夏恰恰找不到合适的律师，恰恰因为媒体的关注来了个“公开招聘”。这一下，叶欢格的眼睛亮了起来，一对黑眸子忽闪忽闪的。

我看得入神，叶欢格笑眯眯地看着我，来了一句：“苏醒，你不是想接下这案子吧？”

我想了想，摇摇头：“不想。接这样的案子有一个好处，也有两个坏处。”

“说来听听。”

“可接之处在于，案子难度大，受媒体关注高，很容易一战成名。有多少律师一辈子都不曾赢过如此重量级的案子啊。而不可接之处，首先是风险，警方证据有力，失败可能性很大；其次是利益，这小姑娘孤身一人，怎么可能负担起高额代理费？”

叶欢格说算了吧。“我看你眼睛都瞪圆了，这样的风头你不出，那谁叫苏醒啊？说真的，你要是真有这个兴致，我竭尽全力帮你把这案子抢下来，想想看，哪个律师不想借此镀层金啊？下手晚了可就没戏了。”

我淡淡一笑：“我不感兴趣。真的。”

个中原因我少说了一条，那就是我苏醒如同温柔乡里的一只青蛙，惬意得腿都懒得蹬一下。我怎么舍得暂别裴蕾，南下去打这样一场没谱的官司？

叶欢格想说什么，终究止住。

裴蕾已经三周没来过了。这一周我心神不宁，盼望着下班回家的一刻，却屡屡陷入失望。

我身体素质从来都很差，个头不小，弱不禁风。这一周我生了入春以来的第一场病，照旧是感冒发烧，与此同时裴蕾杳无音讯。我终于忍不住在深夜拨了她的电话，她没睡，很快接起，但却不是我熟悉的语气。她说：“苏醒，最近我遇到了些事，心烦意乱……”我告诉她：“没关系，我等你。”裴蕾那边没了声音。许久她告诉我：“算了……苏醒，我们还是不要见了，也许从一开始这就是个错误……”

放下电话我失眠了，那一晚我直烧到39度，早晨我拨了叶欢格的电话。她以为我一定是挺不住，央求她送我去医院打一针，而我只是咬牙告诉她：“帮我订一张飞D市的机票，今晚的。”

当天夜里有一场几十年不遇的超强台风将在D市登陆，几乎所有的航班停飞。叶欢格认识的朋友多，到底弄到了最后一班飞往D市的机票。叶欢格亲自送我到了机场，在登机口，我满脸煞白地向叶欢格道谢，她狠狠丢下一句：“苏醒，我真是宠你宠到家了！下飞机记得给我报平安。”我踉跄地走了进去，叶欢格的脸始终是模糊的。

飞机降落在D市已经阴云密布，马路两旁的温带乔木在风里夸张地摇曳，路上更是连个车的影子都没有。我在马路上截车未果，只得缩在衣领里给裴蕾打电话，风声盖过了我的嗓音，我烧得神志恍惚，只是重复地告诉她几个字：我下飞机了，我截不到计程车，我想见你。

这是最为漫长的一刻钟。我拖着发烫的头几近昏迷，直到天空一道利闪，豆大的雨点钉子一样敲在我的脸上。我不住地打着冷战，直到雨里冲出一辆蓝色的车——裴蕾的悍马。裴蕾急促地推开车门，一脚踏在雨里，将我牢牢抱住。

“苏醒，你是不是疯了！”

我告诉她，我的确疯了。早在一年之前，我遇见她的那时，就已经疯了。

裴蕾想送我去医院，被我断然拒绝。裴蕾只得载着我，顶着登陆的飓风回家。裴蕾将我的头发擦干，把暖风开在最大，找了最厚的被子盖在我的身上。一切都在按部就班，直到屋子里的灯光闪了一下又突然熄灭，大功率的电器齐刷刷停止了工作，整栋楼陷入一片黑暗。

停电了。早有隐患的电路终于瘫痪下来。

裴蕾打电话维修，无奈此时已经入夜，狂风暴雨夹杂着电闪雷鸣，登陆后的台风至少有八级。即便是豪宅物业也鞭长莫及。对方告诉裴蕾，这一夜肯定是无法修复了。

裴蕾的豪宅里装有韩国大金中央空调，日本松下保暖器材，这些统统无法工作。此时哪怕是一只小小的热水袋，也会给我带来些温度，遗憾的是如此简陋的用品在裴蕾的家中绝无一见。

停电，是对她这样的富人最大的讽刺。北方的初春，乍暖还寒，台风的侵袭使得室温骤降，这幢海景洋房在风暴的肆虐下成了一座孤立在海中的危楼，冰窟一般。裴蕾家中最厚的一床被子比夏天的凉被厚不了多少，裹在我的身上，形同虚设。电视台已经发布了强级别的台风警报，此刻如若外出随时有可能遇险。裴蕾陷入了两难。

这一夜裴蕾衣不解带地守在床边，不时投来热毛巾敷在我的头上。我紧紧咬着牙，冷得说不出一句话。午夜已过，裴蕾找来电子温度计塞进我的腋下，借着手电筒的光亮，裴蕾惊呼了声——40度3！

裴蕾打了几个电话，给她的秘书，给她的私人医生，无一接通。放下电话，这个大我六岁的女人刹那落泪。

一向无所不能的裴蕾怔怔地坐回到床边，拉起我发热的手无助地哭泣："苏醒，姐知道你难受，可是这个时候……让姐怎么办？"

我冲她艰难笑笑，我很好，至少心里很舒泰。任性的人都是幸福的——我情愿在她的手掌里烧成一条人干，也不愿意无恙地躺在西安的家中，日思夜想。

说完这句话，裴蕾安静了下来。她去吸了一支烟。我的神经渐渐麻木，心头不断攒动着一个声音：冷，真他妈冷。我咬紧牙关一声不吭，只是死死抓住那条无处不透风的被子，指甲深深嵌在布料里。

裴蕾再回来的时候已经不知过了多久。我感觉她就站在我身边离我半步，可是听不见任何动静。我强忍着睁开眼看她。

裴蕾说："别看，转过去。"

我顺从地翻了个身。听见身后的女人叹息一声，接着，是她的睡袍落在地毯上的声音，轻如蝉翼，却像座山一样压在我的心上。我闭着眼听着身后的声响，突然一动也不敢动。裴蕾掀起被子，把我的睡衣也给脱了下来。

她钻进了被子里。

随之而来的是一股凉气，以及女人的肌肤，和胸膛。她的上体紧紧地贴在我的后背上，那两团凉的东西让我微微一激，随后，我感觉到它的温度。裴蕾双手环住我的腰，在身后抱住我。

"苏醒，姐想不出别的办法了，"她像是自语，又像是征求一样地说，"姐抱着你，会不会暖一点？"

这一夜，裴蕾一丝不挂地抱着我，尽可能贴在我的身体上，给我三十六度的温暖。

我在混沌中度过了一夜，我出了一身透汗，裴蕾就那样紧紧拥着我，片刻没有放手。我的烧退了一半，尤其是凌晨时睡了一刻钟，醒来之后，身体居然有了反应。从那一刻起，周身的血脉开始畅通，我没有告诉裴蕾，我已经有了热的感觉。

六点钟的时候，大楼恢复了供电，暖风徐来，我沉沉睡去。这一觉睡了两个钟头，再次醒来的时候裴蕾已经备好了稀粥。体温回落到38度，我可以试着进食了。

或许是这一夜的尴尬，裴蕾并不怎么说话，我拒绝她喂饭，她也懒得管我。雨过天晴，裴蕾向唱机里塞了一张杰西卡的CD，烧热了洗澡间的水，兀自躺在浴缸里，开始了漫长的沐浴。

我一连喝了两碗粥，裴蕾还在浴缸里泡着。

我收拾了碗筷，裴蕾在蓬头下淋浴。

我试探地喊了声姐，裴蕾在浴室里回答，声音在浴室里隐隐传出，雕花的磨砂玻璃满是氤氲的水蒸气……在这样一个早晨我终于忍不住打破最后的禁忌。我头重脚轻，可对身体的变化却是异常清醒，那是欲望支配下的变化，让苏醒四个月的顽抗功亏一篑。

我将浴室的门拉开。

花洒下的女人迅速关了水。

她抱紧身体缩成一团，噤若寒蝉地吐出几个字："苏醒……你……给我滚出去……"

这一次我没听她的话，我走过去，打开她护着身体的手，同时开始脱自己身上的衣服，直到赤裸裸不着寸缕。

裴蕾的推搡和厮打没有进行到底，终于在我执意之下败下阵来。蓬头的水流重新洒下，裴蕾捧起我的脸，站在花洒之下踮起脚尖，窒息地吻了下去。

此时，猫和老鼠的角色发生了互换，方才还故作强势的裴蕾显得可怜楚楚。我捕捉她的眼睛，裴蕾不得不皱着眉重新和我对视，眼睛里是羞，愤恨，还有一小朵欲拒还迎的火焰。

终于，我把猫和老鼠的嬉戏做到了尽头，裴蕾失却了最后的矜持，断断续续地发出没有意识的声音，张嘴咬住我的肩膀，更像是默认的讯号。

我打开她的双臂，将她贴紧在墙上，滚烫的皮肤和器官随着点点没入和她熔在一起。

杰西卡的歌声无孔不入，《When you told me you loved me》。

我大声喊裴蕾的名字。

说。

你爱我不爱。

你还要不要分开。

外面的飓风小了一点，D市的街道一片狼藉。裴蕾顶着大风载我去医院，路上终于找到一家开张的药店。裴蕾停车进去，再出来的时候手上多了一个小药盒，借着矿泉水服了下去。我看见那药盒上写着"毓婷"二字。

我说："姐，以后我不会再让你吃这种药。"

她说："不用你保证，我也不会再吃。"

我在医院里打了一个吊瓶，之后裴蕾并没立即带我离开，她去看了眼科。裴蕾的结膜有了些炎症，那位资深医生问她近来是否肝火过剩，是否时常掉泪，裴蕾一一作答。医生给裴蕾开了药。出来的时候，我问她医生问得都对吗？裴蕾不答。

我在裴蕾的家里待了三天，裴蕾关了手机，寸步不离地守在我身边，我们一起吃饭，看影碟，剩下的就是日夜不停疯狂做爱。裴蕾也因此又服了两次毓婷。

我说，这药对身体有伤害……我可以穿衣服的。

裴蕾只是说，希望我们之间是完美的，不留遗憾的。

我猜得没错，这个女人吃了避孕药，用了壬苯醇醚，只为了让我尽兴。这关系大概到了尽头。

最后一个晚上，裴蕾将手机打开，电话声顿时不断。我看了她的手机，一个号码的出现率尤其高。我问她，这个人是谁？她告诉我，一个检察长，朋友。

裴蕾给那人回了电话，在屋子里点了支烟，平静地对我说："苏醒，我们分开一段时间，好吗？"

"为什么？有没有理由给我？"

裴蕾狠狠吸了一口："我们不合适。"

我们曾在冰天雪地里过了两个人的除夕，可以因为想念在登陆的风暴里见上一面，可以把彼此当做生命中的全部，可以像两个小兽一样二十四小时内来过四次。

究竟怎样的两个人才能配得上"合适"二字？

我们唯一的鸿沟在于，她是一个女总裁，而我这个男人却只是个初出茅庐的小律师。世俗之所以能成为世俗，在于它强大的普遍性世袭性，颠扑不破，纵使裴蕾这样知性的女人也逃脱不了这世俗的观念——我配不上她。

这一次我被激怒了。我挥舞着手中的画报，那画报上是对中国第一律师的访谈，那位来自湖北的律师因为代理一桩杀妻冤案一战成名，成为《焦点访谈》的常客。我问裴蕾："如果我能成为这样级别的律师，如果我能家喻户晓，受到举国的关注，如果我有最高级别的代理费，一年就能赚出你整个公司！你还会不会说出'不合适'三个字？你告诉我！"

裴蕾犹豫了很长时间，最后说："苏醒，姐相信你会有那一天。也许那天到来的时候姐在你眼里早已轻如一棵过往的草芥。不过人都是现实的，苏醒，你先想一想怎么成为这样的人再来问我问题。"

纵是再胡搅蛮缠的人，只要还有些许自尊，就该拂袖而去。

裴蕾就是这样的女人，半步之遥，却又远在天涯。我了解她每一寸肌肤，却无法揣摩她的想法。于是在近似完美的结合之后，在最后的夜里，我听见了这样的分手对白。

我说："姐，你的话我牢记了，我该走了。今天是4月2号，我要你给我一年的时间——如果我成功了，明年的4月2号我要回来娶你。你明白没有？我要回来娶你！"

裴蕾大笑，直到眼尾生生结出一滴泪："好，苏醒，姐等着你。"

深夜，计程车飞驰在机场大道上。裴蕾发来短信，只有四个字：你原谅姐。

我胡乱地按了几个字，手指在发送键上摩挲，忽地一阵气急败坏，我把短信取消了。我拨了叶欢格的电话。

叶欢格刚刚接起来我就迫不及待地对她大喊："叶欢格，帮我把那个姓沈的女孩杀父的案子接下来。"

电话里的声音懒懒散散："苏醒你吃错药啊，你忘了你分析出那么多的弊端，你还……"

"我再跟你说一遍，帮我把那个案子接下来！"

我歇斯底里地大喊，叶欢格没了声音。

叶欢格对我的一百八十度大转变表示无比赞同，第二天上班她重重擂了我一拳："苏醒，现在这案子更加升温了，连央视的法制节目组都外派了记者进行追踪报道，如果官司被你打赢了少说也得被央视请去座谈啊。苏醒苏醒，你带上我吧，就说我是你的助理……这么热门的案子我没能力接，可是做个助理也足够让我兴奋了……"

我说："你废话那么多，到底给我联系了没有，人家能愿意用我吗？"

叶欢格一吐舌头："忘了告诉你，我连夜把你交代的事办了，目前和你一同竞聘的律师没几个，不过对方聘请我们的可能性最大……那女孩挺开明，不太注重律师的资历。她想找一个年轻，有责任心有共鸣的律师。还有，她也是D市人……"

叶欢格说："拿下这案子我倒是有把握，我叶欢格虽没神通到三头六臂，也多少有点背景，这个你放心。我担心的是老翟能否放你去打一场私人官司。"

中午的时候，传真机里缓缓吐出一份文件。嫌犯最终决定由我作她的律师为其进行辩护。我和叶欢格击掌相庆，在我们身后是老翟一张深刻的脸。

叶欢格的担心不是没有道理的。

老翟在办公室里吞云吐雾。半个小时后，他说："苏醒，所谓无耕不起早，你这一去至少两个月。这是你以私人名义接下的官司，我们所没有任何利益。我可以放你去，但费用需要你自理……"

叶欢格当时就不干了，她说老翟你行行好，这两月餐饮，住宿，飞机票，舟车劳顿下来少说也要几万块。苏醒他哪来的钱打这场官司啊？

老翟一瞪眼："那就没办法了，我们又不是慈善机构。"

叶欢格气得直摇头。

傍晚的时候我请叶欢格喝晚茶，两个人在餐厅里一言不发一坐就是半个钟头。叶欢格抓起一个凉透了的虾饺："说吧苏醒，你想借多少？"

我知道叶欢格的欧洲旅行已经计划很长时间了，她也需要钱。

"五万？要不三万？"说实话，我有点张不开口。

叶欢格从容地把那个虾饺吃完，拿出一张借记卡："上面有八万五千块，你先用着，不够的话我那儿还有一张卡，上面存了我的嫁妆。"

"叶欢格，你……"我盯着那张卡，有点感动的意思。

吭了半天，我说："真谢谢你了。"

叶欢格哭笑不得："不是吧你？咱们这关系还说'谢'字，太没劲了吧。"说完小油巴掌拍了过来，我的肩膀上顷刻五个油印子。

我说："那你的欧洲旅行怎么办？瑞士去不成了，阿尔卑斯山的滑雪计划也得推迟了……"

"咳，那山顶的雪堆那儿十年八年的也化不了，再说我自己一个人去有什么意思？苏醒，你要是能把这官司打赢了，别忘了给我买两套顶级的滑雪器材。我们一同去瑞士。"

“我不会滑那东西。”

“哦，那一套器材就够了，再买个狗绳，下坡的时候我拽着你，上坡的时候你拉着我。互惠互利。”

叶欢格就是这样让人舒服，连慷慨解囊都是和颜悦色有说有笑的。她说：“哎？有件事我不明白……算了算了，不问也罢。”

“别啊，欲言又止算怎么回事？想问什么尽管问。”

叶欢格笑笑说，真没什么，我忘了想问什么了。

“叶欢格！不想死的就把刚才的问题问完！”

她顿了顿：“苏醒，这钱你为什么不问你裴姐去借呢？论财力，一百个叶欢格也敌不过她一个，论关系，论关系……这个这个……”叶欢格低头笑笑，“苏醒，我可没别的意思啊！我可不是惜财的人！我就是怕你误会才没有直接问……可我就是想知道个为什么。”

我说：“我和裴蕾掰了。”

“啊？”

随后，我把此行去D市的全过程讲给她听。当然，少儿不宜的话题我没多说，但至少也没隐瞒。

叶欢格不时坏笑地抬头瞥我一眼，多数的时候埋头在虾饺之中。两笼虾饺全被她一个人包圆儿了。几天不见，饭量见长。

中途的时候，叶欢格的电话响起，她接起来听了几句，慌慌张张地离席找了个僻静的地方。我有些不悦——我和叶欢格之间没秘密可言，从没见她这么紧张地接电话，连我也要背着。

更让我不悦的在后面。叶欢格变颜变色地回到坐席。对我说：“苏醒，咱们……那个案子，还是不要接了……”

“为什么？”

“有人警告我，不能碰那个案子。”

“谁？”

“我的……一个Boss。”

“什么Boss？他干吗的？”

“一个……司法界的前辈，”

“为什么不能碰这案子？”

“原因他没说，他只是反复告诉我一句话——‘如果不想引火上身，就离这案子远一点’。苏醒，相信我，这人很权威的。案子的事我没有走漏半点消息，可刚刚过了半天他就知道了，可见其中必有蹊跷，苏醒，我想我们还是……”

我这气大了，一拍桌子把周围的食客吓了一跳。我说：“叶欢格你有病吧？咱们费了这么大周折，好容易争取下来的案子，就凭一个局外人一句莫名其妙的话就放弃了？你觉得我能照办吗！”

叶欢格也生气了：“苏醒，别的事我可以由着你，但是他的话我不能不信！”

“算了吧，叶欢格，别以为我猜不透你的小算盘，”我说，“这笔钱你若是不想借，我苏醒绝不怪你，想这么个丧尽天良的理由出来你无聊不无聊！什么权威人物？你怎么不说你能掐会算，谁接这个案子谁就有血光之灾呢！”

“苏醒，你……你混蛋！”叶欢格也拍了桌子，噌地站了起来，居高临下地看着我。叶欢格的小脸儿涨得通红，也许是受了委屈，也许是对自己的失态心存羞恼，叶欢格的泪珠刷地滚了下来，推开餐厅的门哭着跑掉了。

我追悔莫及。不过是激将法而已，以往的叶欢格完全可以视为玩笑，这，这又是抽的哪阵风啊？

我不敢怠慢，这案子还权指她呢。

当晚我潜伏在她的QQ粉丝群里苦苦等待也没见她上线。不仅如此，她把粉丝群给解散了，小说也申请了锁文收费——读者只有充值才能看到小魏和格格的后续故事。叶欢格的粉丝们悻悻然作鸟兽散。我打了一个晚上的手机，全部被她拒接。

凌晨的时候，她发来短信：钱已经通过网上银行转到你的户头上，相关案卷我已发到你邮箱里，你查收一下。

我回复：哟，想通啦？后面跟了个笑脸符号。

叶欢格：苏醒，我就是上辈子欠你的！

Chpater 10

牵动所有人命运的929案

打开电脑，我迅速浏览了929案的简要介绍。

沈凝夏，女，21周岁。曾于29个月之前涉嫌持刀杀害自己的亲生父亲沈茗。案发之前，她曾短暂就读于英国伯明翰大学，主修心理学。后因患抑郁症而辍学。半个月之后，成为这桩案子的首要嫌疑犯。

叶欢格把资料里值得推敲之处汇总到一起。我一看，清一色的不利因素。

死者身中三刀，尸检报告称，有两刀无论是位置还是深度都不足致命，而另一刀刺中了心脏瓣膜，当场致死。凶器是一柄长3寸的水果刀，凶器留在死者的身体里，已被公安机关收获，经验证，刀柄留有嫌疑人沈凝夏多处指纹。

沈凝夏在案发后打电话给急救中心，当夜乘火车离开D市，一周后落脚无锡，随后隐姓埋名一躲就是29个月。案发当夜，有目击证人起夜解手，目睹了部分案发过程。材料称，目击者听见受害人大呼嫌疑人的名字，随后见嫌疑人逃窜。

我看明白了，这案子与其说是个机会不如说是灾难——人证物证俱在，可偏偏嫌疑人矢口否认她杀了亲生父亲。

这样的情况我们见得多了，大难临头，哪个不想多在世间逗留几日？只是苦了我们这些不明真相的律师。我知道为什么我那么轻易就把代理权争取了下来，因为就我傻！

再往下看，我轻轻呼了一口气——那是当事人沈凝夏的彩印照片。

一个亭亭玉立的女孩，乌黑的眉，眼睛不是很大，却好似柳叶，眉目间汇聚着江南女子的婉约。白皙的面庞，精美的面部的轮廓，难能可贵的是一副好身段。

这样一个女子，正深陷囹圄，不论结局如何，都令人扼腕。

我愁眉不展地对着资料，整整一夜。

次日，我和叶欢格四只红红的眼睛相对无语。临近中午的时候叶欢格咬了咬牙说："苏醒，你现在反悔还来得及。等对方在委托协议上白纸签了黑字，就算是皇帝老子也帮不了你。"

我冷静地想了几分钟："这案子我还是要接。"

"为什么？你这脑子里都装些什么！"

我脑子里装了些什么？是日复一日的乏味诉讼，同行之间的揶揄挤兑，还有这半张简陋的工作台，一拉开便吱呀乱叫的抽屉……我告诉叶欢格："如果不能成为一个顶级律师，那么律师这个职业对我而言就没有意义。

"钱是身外之物，身份也一样。"叶欢格说。

那爱情怎么算？爱一个人的自尊又怎么算？

其实我脑子里空空荡荡，只有裴蕾的那句话。她在分手夜里口气冰冷眼神平静地告诉我，苏醒，你先想一想怎么成为这样的人，再来问我问题……

叶欢格在网上预订了两张飞往无锡的机票，抬头坚定地告诉我："苏醒，我请两天假，我跟你一同去。"

上飞机之前我问她如何应对那位神秘Boss，叶欢格把手机一关回答，先斩后奏！

叶欢格执意住酒店，因为此行是自费，我权衡再三，找了家相对干净的旅馆入住。我们先后抵达了无锡市人民检察院，无锡市公安局，顺利取得了全部相关卷宗。与我们掌握的情况一般无二。

第二天上午，我们揣着介绍信，证明，委托书迫不及待地去看守所约见本案的当事人，沈凝夏。

无锡市公安局预审处坐落在城边僻静的郊区，看守所的警卫反反复复地查看了我们俩的全部证件，最后才得以放行。警卫走在前，我和叶欢格步步紧随。尽管身为律师，深入到看守所的经历也绝无仅有，空气里的霉味刺鼻，空旷而阴森，令人不自觉地胆寒，微弱的声响都能带出一串沉重的回音，激起我和叶欢格的心惊。预审的嫌犯纷纷拥在窗口冷漠地注视着我们这对男女，不时从身后传来一两声尖利的口哨，回荡着，从看守所的一端飘向另一端。

这里便是人世间最恐怖的地方，深牢大狱。

叶欢格悄悄捅我，用极低的声音打着哈哈："你说那个沈凝夏得什么样啊？是不是戴着手铐，披头散发？天啊苏醒，我想想就害怕……"

"啧——"我一皱眉头，心说什么时候你都不忘开玩笑，我心不在焉地回了一句，

“傻了吧，犯罪嫌疑人只有在移送过程中才会戴手铐，在看守所中是不用戴的。”

叶欢格一瞪眼：“我知道！我这不是找点话题缓和下气氛么……”

我心中好笑，叶欢格一贯都是这样——业务不精进，一被挤对就嘴硬。

此时，警卫已经在一扇铁门前停下，那铁门里依稀是一个长发女子，穿着肥大的灰色囚衣。面前是一张宽桌，油漆已经剥落。墙上有一个排风口，风扇缓缓转动。时断时续的光柱里，灰尘清晰可见。那女子就端坐在那一小柱阳光下，垂着头，等待着阳光的照射，抑或是命运的垂青。

铁门的响声惊动了她，隔着铁栅，我看见她抬起头，警觉地审视了一圈面前的三个人，并且准确无误地把目光锁定在我的脸上。

警卫说了句“沈凝夏，你的律师来了”之后，便锁上铁门，踱到视线之外。我找了一只板凳坐在当事人的对面，叶欢格则坐在我的对面，掏出了纸笔。

“你好，我是西安东寰律师事务所的律师，苏醒。这位是我的助理，叶欢格。”这是我对她说的第一句话。

对方冲叶欢格微微示意，眼神落回到我的身上，挤出一个笑容：“你好。”

尽管笑容生硬，但对方不疾不徐的表现仍然给了我莫大的震撼。我的心理在此刻发生微妙的变化，我看见她的长发并不是胡乱披散着，而是顺着脸颊的一侧泻下。浓密的黑发洒在胸前，露出完美的脸部曲线。头是稍稍偏着的，更能托显出一个女孩的美丽娇妍。这和我预想中的嫌犯是不一样的，预想中的她应该是蓬头垢面狼狈不堪的。事实上她洗得干净，一丝不苟，在看守所诸多条件限制下仍然尽可能地把自己精心打理一番。沈凝夏给我的第一印象可谓上佳。这是当事人对此案抱有信心的表现。这想法如同一剂强心针，令我振奋。

叶欢格在下面捅了我一下，我这才从联想中缓过神。

我掏出委托书：“沈凝夏，你昨天签署的这份委托书我还没有最后签字，一旦我签上名字这份委托书即告生效。我觉得有必要在我们见面后再完成签约，也许我并不是你理想中的律师类型。所以，请允许我最后征求一下你的意见。”

沈凝夏抬起眼打量我足足半分钟，最后笑了：“苏律师，我同意。”

我低头在委托书上签了“苏醒”两个字，拿着给她看。我说：“现在我已经是你的授权律师了，我有权对你进行如下盘问，请你积极配合消除顾虑，我要求你的回答具备真实性，详细性和主动性。这对你的判决很重要，你能明白并做到吗？”

沈凝夏回答：“能。”

“很好，在我们进入正式提问程序之前，我再问问你，对我有无其他疑问或是特殊要求。”

她若有所思地点点头：“有的。”

她说：“苏律师，我只有一个问题，希望您能回答。”

我愣住了。这本来就是句走形式的话，每个律师都得这么说。我暗自皱眉——这是什么逻辑？我谨小慎微地开了个头，不料沈凝夏居然反客为主。叶欢格抬起头，不甚友好地看着她。沈凝夏感觉到了叶欢格的目光，她顿在那里，没敢再继续。我勉强笑笑示意她没关系，可以提问。

“苏律师，你看过我的案卷吗？”

“看过了。”

“那你打算怎么帮我辩？是辩成死缓，还是无罪释放？”

我明白了沈凝夏的意思，她是想问我的出发点。我的确与老翟他们探讨过这个问题，老翟他们的意思很坚决，鉴于公诉方掌握的强大证据，本案出现奇迹的可能性已经不大。老翟特意叮嘱我，杀人罪成立差不多既成事实。如果能够从嫌疑人的犯罪原因出发，查明杀父的真正动机，博得法官的同情乃至从轻发落才是本案的王道。老翟说，杀父案，逻辑并不复杂。无非是父女反目成仇，而这个“仇”字从何而来最值得推敲。如果过失在于父亲，那么这案子就很有辩头。如果过失在于女儿，哪怕是各半，这案子都将失去悬念。

老翟的理论令叶欢格频频点头，而我却异常反感。在我看来，没和当事人交换意见甚至没见过她的面便笃定她杀了人是不负责的表现，甚至是对一个律师的侮辱。

想罢我问沈凝夏：“那么，你想让我怎么帮你辩？”

她沉思了很长时间，长到我以为她放弃回答。正在这时，她张口说话了：“苏律师，我没杀人。”

我没说话，只是洞悉着她脸上的表情。她不卑不亢地看着我，眼睛里流淌着平静。这种沉默被叶欢格的一句话所打破。她冷冷地说：“沈凝夏，你要知道，是不是杀了人不是由你说了算的。我们要看证据。”

显然，叶欢格的冷漠超乎了沈凝夏的想象。她垂下头，半晌，她说：“法律，真的这么不讲道理吗？”

叶欢格冷漠一笑，她说：“法律，就是道理。”

第一次会面，叶欢格与沈凝夏留给彼此的印象并不好。或许是因为案子的棘手，或许是那位神秘人的警告，或许，是沈凝夏不食人间烟火的美丽刺激了她。一向大大咧咧的叶欢格在这样一个下午神经异常敏感，刺猬一般亮出一层尖刻的刺。我以为那是她的敌意，直到很久以后方才明白，那看似武器的利刺不过是纸老虎的盔甲，是一个女孩与生俱来的警觉和危机感。

我的盘问一开始便陷入了僵局，于是剩下的时间里我只能挑选一些相对轻松的侧面问题。我问了她的身世，问了她中断的学业。沈凝夏一一作答。沈凝夏六岁时父母离异，原因是性格不和。本案的死者，她的生父沈茗是一位英俊的生意人。离异半年后父亲再婚，1997年与新任妻子在D市开设了一家贸易公司，后于2005年宣告破产。生母乔夏得到沈凝夏的抚养权，将她培育成才，始终没有再嫁。沈凝夏自幼智商超群，在校时有过跳级的记录，高二便提前一年参加高考，并以高分考取D市理工大学外语系。四年前，正值大二的沈凝夏被母亲送往英国伯明翰大学深造，主攻心理学。半年后乔夏因心脏病去世，因为担心女儿分散精力，曾一度隐瞒了死讯。沈凝夏得知后悲伤欲绝，重度抑郁，不得已辍学回家。问及沈茗与乔夏在离婚之前与之后的关系。沈凝夏交待，母亲乔夏是个内向的女人，即便是婚姻破裂的前夕也很少与父亲吵架，从未大打出手。离异之后二人偶有联系，总体看来波澜不惊。

然后，我又问及了沈凝夏与其生母及沈茗第二任妻子的关系。沈凝夏回答，她与生母乔夏相依为命，感情深厚，与沈茗的新任很少见面，几乎无往来，原因是她有自己的女儿，并不喜欢自己。叶欢格的笔飞快地游走在纸上做着记录，我且问且思考。

最终，我问了这一次会面中最有分量的一个问题："那么沈凝夏，你和你的父亲，也就是本案的死者沈茗的关系又如何？"我顿了顿，又强调了一句："这个问题对本案很重要，请你务必如实回答。"

沈凝夏思索了片刻回答："他对我很好，每年生日我们都会互送礼物。他封红包给我，少则几千，多则上万。我自制一些小手工给他，十字绣或是手绘的画。这些他应该会有保留，你们能查得到。"

"你再想想，你们之间还有没有更重要更具体的往来？方才你提到他曾多次封红包给你，那么我们就说说这个红包——他给你最大一笔钱是什么时候？金额是多少？"

"是四年前，我去留学前夕，他给了我一万英镑，打在了我的银行账户上。此外留学需要一笔高额担保金，他是我的担保人，担保金也是他出的，一共六十万。"

这便是第一次会面我问的全部问题，并且收获不菲。沈凝夏对于最后一个问题的回答让我对本案燃起希望。法庭注重动机一说，我注意到现有案卷对沈凝夏杀人动机分析不足，几乎是一笔带过。而事实却证明，死者沈茗生前和女儿的感情，通过几个拿得出证据的事例来看，算得上深厚。那么，我就有理由质问公诉方——既然沈茗对女儿不薄，知书达理的沈凝夏又因何起了杀心？杀死抚养自己的亲生父亲岂不成了无稽之谈？

离开看守所之前出了点小插曲，我不慎将资料袋碰掉在地，资料袋里的一张照片撒在沈凝夏的脚前。我弯腰去捡，不料沈凝夏率先弯下腰，费力地把资料袋拾起。自然，她也看见了那张照片——那是我和裴蕾在西塘的合影，我在她身后轻轻拥着她。那是我最满意的一张合影，画面上，苏醒和裴蕾微微弯起的眉梢挂着热恋中的满足。

沈凝夏迅速将照片交还给我。

"谢谢，"我笑笑，"今天的交谈就到这吧，我会把今天的内容加以整理。下次见面的时候我可能会问及案发当夜的情况，你休息之余准备一下。"

我和叶欢格起身准备离开，不料沈凝夏突然说了一句话。

"我见过她。"

"啊？"

我有些反应不及："你说什么？"

"照片上的那个女人，她是不是叫裴蕾？"

我一时陷入惊讶："你……怎么……"

她眉头微弯，轻语道："她是一个成功的生意人，企业总裁，对吧？"

"大一那年我的奖学金就是她亲手颁发的。"她说。

我忘了裴蕾在D市，尤其是她的母校，是何等风云的人物。我冲沈凝夏点点头，没说是，也没说不是。

出乎意料的事接踵而至。刚出了看守所，我和叶欢格便被五六个扛着摄像机端着麦克风的采访记者团团围住。这就是当今时代的媒体——只因一位花样美女被指控刀杀亲生父亲，这案子便具备了离奇性，便聚集了如此高的媒体关注度，不得不令人感慨万千。

沈凝夏一案的帖子早已遍布网络，某门户网站在发布消息后一天之内收获百万点击。当然，标题被冠以"绝美留学生"，"不伦"，"史上最冷血"等等关键字，事实早已被歪曲。

一位女主持站在摄像机前冲着镜头笑靥如花地说了几句开场白，回头来找采访对象，我们已经头也不回地逃之夭夭。

一路上叶欢格板着脸酸酸地说："苏醒，她很漂亮吗？"

我的思维还停留在案子里，顺口说了句还行吧。

"还行？"叶欢格紧走几步挡在我的前面，"一个姑且'还行'的女孩会让你目不转睛，失魂落魄？"

我吓了一跳差点撞她身上，随即暴跳如雷一把将叶欢格扯到旁边。我大吼："你有毛病啊叶欢格！谁目不转睛了？哪个失魂落魄了？我正心急如焚呢你居然还有心思开玩笑！"

叶欢格不仅没收敛，反而冲上来撞了我个趔趄："装什么大尾巴狼，就是你！你问话的时候干吗盯着她眼睛看？你敢说你没有？"

"我那是在洞察她的内心。"

"还有她，那个沈凝夏，你看见她那表情了吗？说起话来细声慢语，含情脉脉。这哪儿是问讯啊？跟相亲似的，还什么'洞悉'？我呸，根本就是在放电！"

我说你这孩子说话别这么难听好不好？"我跟一个生死未卜的嫌疑犯放什么电啊？我有那闲工夫么？"

"那不正好嘛，你把她救出来，你们凑一对儿！"

到这里我有些挂不住了，我酸溜溜一笑："叶欢格，是不是你觉得人家比你漂亮，你丫妒忌啊？"

"你！你……"

叶欢格气得手脚发抖，顷刻之后，她也讪讪一笑："没错，我就是妒忌了，怎么样？我不像有些人那么口不对心！"

“我今天忍你好久了，你明里暗里挤兑了她好几次，别以为我听不出来。”

“苏醒你讲讲道理，我是怕你被她的样子迷惑了，怕你被误导了……”

“谢谢你的好意。”

“沈凝夏这女子绝非简单，她不慌不忙滴水不漏，绝对能做得出心狠手辣的事，我有这个直觉！”

“直觉为什么叫‘直’觉，而不叫‘真’觉？因为‘直’觉是站不住脚的！”

“你应该理智一点，她交待的内容很可能都是假的……”

“我愿意信。”

我笑眯眯地看着一脸急切的叶欢格，明明白白地告诉她：“我愿意信。”

她彻底没音儿了。我们一前一后默默无语地回了旅馆，刚进了房间叶欢格一头伏在床上大哭了一场。正当我骑虎难下的时候，门外响起了敲门声，有客人造访。

一个仪表堂堂的男人站在门外。这人比我大不了几岁，身材魁梧，尽管身着便装，健壮的轮廓依稀可见。

他看见床上号啕的叶欢格，迟疑了一下，发怯地问道：“请问，您二位……是不是沈凝夏的律师？哪位……是苏律师？”

这会儿叶欢格不哭了，扬起脸看他。我心想这沈凝夏的案子还真火，委托书签了半天不到，就被人找上门来。

“我就是。”我说。

“噢，”他连忙笑笑，伸出手自我介绍，“我是无锡市公安局刑警大队的副队长，我叫苑琳。”

我伸出手和他握了握，莫名其妙地看着他：“你找我……有何贵干？”

他又向屋里瞟了一眼，我心领神会：“请进来说吧。”

男子一闪身进了房间，关上门。

“苏律师，”他说，“我是为了沈凝夏的案子来的，我想问您一个问题，您觉得她是本案的凶手吗？”

不等我作反应，他自己把这个问题答了。“我觉得她不是真凶，她没有凶手的特质，她不像。”他说。

我和叶欢格大眼瞪小眼地互望了一下。

这位自报家门的刑警队副队长苑琳把来意向我阐明。他就是当时亲手逮捕沈凝夏的那位公安干警，之后的时间里苑琳将逮捕沈凝夏的全过程重新复述了一遍。他说，沈凝夏没有丝毫的反抗窜逃，像一只惊弓的鸟儿看着那些天降神兵，任由他们戴上手铐。押上车之前，沈凝夏的眼睛准确无误地搜索到人群中的苑琳，她含着泪，用细若游丝的声音刚刚地对他说了一句“我是冤枉的”便被干警们强行扭过头，推进车内。

就是那最后的回眸一瞥，令27岁的刑警副队长苑琳埋下心结。按他的话说，以往他的追捕对象多是些罪恶多端的人渣败类，像沈凝夏这样至纯至善的女孩还是头一遭撞见。他也因此而背负起逮捕她的负罪感。

“苏律师，我没别的意思，一想到这女孩的话，一想到她有可能被冤枉，我就坐卧不宁。你知道的，她被指控死罪，本身又是孤儿……她对我说的那句冤枉，从某些程度上来看更像是一种委托。”

“苏律师，我大大小小的犯人抓了不下百个。但这一次我有预感，她可能真的是被冤枉的，人在说谎时的眼神绝不是那个样子……拜托阁下一定将这案子的始末查得水落石出，我代表她谢谢您。”

我适时打断了这位副大队长的话，我说：“替当事人辩护伸冤是我应尽的义务，这一点你放心。你的话我可以作为参考，但也只能作为参考而已。干警的直觉，甚至律师的直觉，都不足以对本案的走势产生影响。我们需要的是有效证据，这个，你有吗？”

苑琳想了想：“没有，不过我的职业是刑警，也是和你一样的执法人员。这圈子里我认识的人挺多，可能会对你查找证据有帮助。”

说完递过一张名片：“有用我之处，就打这个电话，我愿意同你一起寻找证据。”

我双手接过，笑道：“谢谢，少不了得麻烦您。”

苑琳匆匆来，又匆匆去。叶欢格这会儿来了精神，她说：“我靠，这小子泡妞还真下血本啊。苏醒，看来你多了个情敌。”

叶欢格一口咬定，我和苑琳都是一见美女就走不动道的主儿，还没辩呢主观上先给她无罪释放了。还说以后要建立个律师考核制度，出问卷，填答题卡，好色的律师一律吊销执照。我好悬没乐了，心说不知道当初是哪个赖上我的床。不过我真是懒得质问她，叶欢格的理论我知道——男的看上一漂亮女孩，那是好色；而女的相中一好看的男孩，那就不是好色了，那叫审美。

叶欢格的两天假期用完了，我好歹将这姑奶奶送走，一个人躺在略微带着霉味的床上好半天也不愿动弹一下。后来我就睡着了，梦见这官司成了一场RPG的游戏，我带着一票法师战士营救被困的公主沈凝夏，叶欢格体力不支买药补血去了，苑琳又冲上来为我摇旗呐喊……可是游戏总得有个Boss大鬼吧，那个人又是谁？

我是被手机铃声吵醒的，裴蕾的电话铃声时隔多日之后再度响起。我“喂”了几声后，裴蕾那满是疲惫的声音才在电波的另一端响起。

“苏醒，你在哪？”

“我在无锡。”我答。

几日的光景竟然恍如隔世，我和裴蕾端着电话，相对无语。

“听说，你接下一个女孩杀父的大案子，是这样吗？”半晌，裴蕾这样问我。

我怎么也想不到裴蕾居然知道了案子的事，随即打趣道：“看来这案子真是炙手可热啊，连你这不看新闻不上网的总裁也知道了消息。没错，本来打算赢下来再告诉你，给你一个惊喜的。”

“案子的进展……怎么样了？”

“尚且没什么进展。”

“找到有力证据了吗？”

“还没。”

“那，你有把握能赢下来吗？”

“……”

或许是我对这通电话的期望值过高，我满怀希望地期待着裴蕾回心转意，不料她似乎对这案子的兴趣更浓一些。

裴蕾说：“苏醒，听姐的话，这官司你别打了，行么？”

她说“行么”的时候，我的心里狠狠蜇了一下，裴蕾那温柔顺从的一面迅速在脑子里复活。

“为什么？”

“姐怕你……怕你辛苦。”

“哈——”裴蕾的话惹来我阵阵大笑，“我在你眼里就那么养尊处优吃不得苦吗？”

而在电话另一端，裴蕾却痛哭失声。她说：“苏醒，回来吧，回到姐的身边来，那官司咱们不打了，姐跟你结婚，姐不用你扬名立万，我们赚一百吃一百，只要你回到姐的身边来……”

我捧着听筒，眼睛已湿了一圈。

如果这话再早说几天，哪怕是几个小时，我也会不顾一切地飞回到她的身边。然而现在不行了，沈凝夏已经在委托书上签了字，苑琳找到我的时候带着一腔热情，还有那些剑拔弩张的媒体，上百万持观望态度的市民……最为重要的是，我已经进入了律师的角色。

我告诉裴蕾：“这是我的大好机会！我很有希望——你也曾是我的当事人，应该对我有这份信心。当初你的案子看起来也是山重水复，最后不也被我辩得满堂华彩？姐，我想和你在一起，时时刻刻都想。抱歉的是这一次我不能听你的话。从感性上讲，我只想做千万富姐的爱人，可理性让我必须先做一个杰出的律师。”

“姐，”我顿了几秒，对她说，“这案子我不会放弃的，不仅如此，我还要漂亮地赢下来，为了我自己，也是为了你。为了我们能够在一起，一辈子都在一起！”

裴蕾早已泣不成声。

很快，我又一次走进看守所，和沈凝夏做第二次交谈。

如出一辙，我穿过重重铁门，和沈凝夏隔桌相望。这一次沈凝夏的气色更好，甚至还给了我一个甜美的笑容。

“休息得怎么样？”我问。

“挺好的。”

“不错，那我们开始吧……”

“等等……”沈凝夏出乎意料地打断我，抱歉一笑，“苏律师，这样好不好，以后每一次见面，都由我来问第一个问题。你看行吗？”

“为什么？”

“因为，这样会让我更自然一些，不会让我感到自己是一个囚犯。”

我盯着女孩那张白皙的脸出神。内心再次受到震撼。

我牵动了一下嘴角，很严谨地笑了一下：“好，你问吧。”

“你和照片上的那位姐姐，是情侣关系吗？”她问。

“这问题涉及个人隐私。”我说。

“我不介意。”

我的表情有些尴尬，微微咳了两声，示意她：“我们开始今天的问题吧。”

沈凝夏的笑容僵在脸上，随即意识到自己的身份，低下头：“嗯。”

这一次我加快了进度，毕竟这是一场命案，那些残酷的血淋淋的镜头无法回避。我告诉沈凝夏：“现在公诉方有三条证据指控你杀死亲生父亲。既然你矢口否认，那么我必须逐条击破案卷上的三条证据。我需要你的协助。”

沈凝夏想了想：“案卷上有没有提过我矢口否认的原因？有没有提过，我曾经亲眼目睹了杀人凶手，并且眼睁睁看着他们逃窜？”

我呆若木鸡。没有。

“你曾目睹杀人凶手？当时是什么情况，我需要你交代得越详细越好！”我有些难以抑制声音里夹带的情绪。

沈凝夏说：“他们一共两个人，三十多岁的年纪，操着一口北方话。一个是高个子，另一个个子略矮些。他们一个挟持了我，另一个对我爸爸下了手。”

“你或是你爸爸认识他们吗？”

“不认识。”

“行凶的是哪一个？”

“高个子的。”

“用的什么凶器？”

“刀子。”

“什么刀子？是不是这样一柄三寸多长的水果刀？”我拿过凶器的图片给她看。

沈凝夏仔细辨认后点头。

“好，那我们就说说这凶器，”我冷冷地说，“这也便是案卷上的第一条证据。法医提取了刀柄上的指纹，经核实证明，除了死者之外唯一的指纹是你留下的。沈凝夏，对此，我想听你发表些意见——为什么这凶器上会出现你的指纹？”

沈凝夏不动声色地回答：“我的确握过那刀柄。当时那刀就插在我爸爸的腹部，血流不止。我没什么医学常识，当时我完全慌乱了，第一反应是将那刀从他身体里拔出来——我怕他疼。”

“后来呢？你不是想把它拔出来吗？可案卷上记录着死者直到身亡，腹部还一直插着那把刀。”

“是的，后来我放弃了，因为他用力抓住了我的手腕挣扎，我动弹不得。”

“沈凝夏，按你的说法，行凶的另有其人，那么，为什么凶器上没有这个人的指纹？”

她没有急着回答，慢慢扬起脸：“这个问题我解释不了。你是律师，你有义务帮我假设，分析原因的，对不对？”

沈凝夏的这番话令我无地自容了一番。“这个我自会分析的，我还有下一个问题——既然你目睹了凶手行凶杀人，为什么没选择报警，和人民警察站在一起？而是离开了作案现场，并且一逃就是29个月？”

我又补充了一句：“我并非不相信你，但我必须借助你的辩解，把这些不合情理之处通通合理化。”

这一次沈凝夏没有犹豫，她回答：“因为恐惧。”

“苏律师，如果我说，我害怕他们，你会不会信？”她不等我回答继续说，“当时我整个人被吓得瘫软在地。他们行凶的时候对面胡同的狗叫得厉害，他们也是因为这个才逃掉的……可我的第一反应是自卫，我不敢守在案发现场，谁知道下一秒他们会不会原路返回杀人灭口？苏律师，你不是我，你理解不了我的恐惧……事后我想过配合警力查出真相，可那时我爸爸已经死了，真相对于一个没家没亲人的弱女子来说没有任何意义。相反，我害怕因这案子被警方传唤，即便是我揪出了真凶，谁敢保证他们的余党不会继续找我麻烦？我不想下半生的每一天都生活在这种恐惧当中，所以我只好一走了之不再回来。还有一个原因，便是……”

“便是警方已经开始怀疑你，通缉你。你报案的第一时间便会被当做第一嫌疑人押起来审讯，你怕这样，对不对？”

“对。”沈凝夏点头。

“那我问你，你爸爸就这么白死了吗？按照我们传统上的说法，杀人偿命，欠债还钱。难道你就不想找出真凶给你的爸爸偿命吗？他可以为你的生活和学业挥金似土，你这么回报他是不是不尽人意？”

“苏律师，我讲求不了那么多，他和妈妈离婚15年。这15年里我们见面的机会屈指可数。即便我们都在各自履行着父亲和女儿该尽的责任，可我对他没有那种感情上建立起来的依赖。没了那种依赖感，也就没有那种撕心裂肺的悲伤和报仇的欲望。此外，去无锡本来就不是逃窜，而是我早就计划好的事，我联系了那里的一家旅游学校读书。只是后来情况有变，我放弃了读书的计划……”

“苏律师，我是一个自私的女儿，我对不起他。我不求‘尽人意’，只求‘近情理’，难道只因我逃了，我就一定要接受指控吗？”

我把沈凝夏所说的话一字不漏地记录下来。

在我埋头的时候，沈凝夏问了我一句："苏律师，你觉得我目前的证词讲得通吗？能够推翻'逃窜'一说吗？"

我边记录边随口答了一句："恐怕不能，我觉得有点牵强。恐惧感每个女孩都有，可不是每个人都会选择你这种做法，"我继续说，"知道目前对咱们最不利的是什么吗？是缺乏有力证据。就算你说得近情近理，我辩得天花乱坠，作用也不是很大。法律上最有用最压人的就是证据，大到杀人凶器，小到一个微妙的心理，都需要证据。哪怕你想证明自己是因为恐惧才出逃，也得拿出证据说话。"

之后沈凝夏没了声音。待我再抬起头的时候，发现沈凝夏眼圈发红。

她哽咽着说了这样一句话："苏律师，如果我告诉你，在他们行凶之前，我被他们强暴了呢？"

"这算不算我恐惧的证据？"

沈凝夏抬起手腕，抹了把眼泪。我看见对面的女孩费力地擦着眼睛，把溢出眼角的眼泪抹在手背上，一下两下。终于，两行清泪夺眶而出，片刻间挂在她白皙的面颊。一直镇定自若的沈凝夏，终于在那样一句话脱口之后，泪流满面。

Chpater 11

证据埋在屈辱之下

沈凝夏辍学回国后，方才得知母亲病故的消息。她住在一个好友的家里，终日以泪洗面。一个月过后，沈凝夏联系了无锡一家旅游学校，企图考取一张导游证，再凭借自己出色的语言条件成为导游。案发三天之前沈凝夏已经购买了火车票，案发当天，她见了父亲沈茗辞行，被沈茗留宿。破落的沈茗住在郊区一处简陋的房子里，当夜，沈茗去附近一家麻将馆赌博，中途将携带现金输光并欠了一万元赌债，打电话给沈凝夏，告之家中现金的存放位置，并要沈凝夏带一万两千元送到麻将馆供他再赌。沈凝夏携带现金赶到麻将馆的时候，牌桌上一人阑尾炎发病，提前散局。结了赌债，沈茗带着沈凝夏和两千元现金在深夜回家。途中下起瓢泼大雨，随即本案发生。

在狭窄的僻静处，两个歹徒一前一后将父女二人拦住。高个子的歹徒抽刀抵住沈茗的脖子，而矮个子的则扼住沈凝夏的喉咙，将她抵在墙角。

两个人疑似为吉林口音，高个子的告诉沈茗他们是受人委托而来，让你死个明白。整个过程中，沈茗求饶不断。歹徒不为所动。在高个子歹徒即将行凶的时候，矮个子提出“带这姑娘去胡同里‘玩一玩’”，得到同伙的同意。随后的五分钟里，矮个子歹徒不顾沈茗父女的苦苦哀求，把沈凝夏强行拖到巷尾的水泥麻袋上施暴。其间双手扼住她的脖子，令其无法呼救。胡同对面的看门狗狂叫不止，歹徒很快结束，随后沈凝夏听见沈茗的惨叫，歹徒逃走。沈凝夏扑倒在沈茗的面前，试图将其救起。与此同时，胡同对面的老翁出来探个究竟，刚遭强暴又见杀人的沈凝夏神经极度敏感，已经分不清来人的身份，夺路而逃。

沈凝夏用了三十分钟，流着泪，时断时续讲完了全部经过。

我浑身的血都涌在了头顶。

首先，这案子有眉目了！一旦证实了当夜沈凝夏被强暴的事实，那么这案子等于破了一半。这就像一道证明题，正面无法继续进行的时候，反证法也是可以的。换言之，我没法证明沈凝夏不是凶手，但通过她提供的线索，或许我可以证明沈凝夏是另一个受害者。她和沈茗的受害时间和地点是并行的，那么，第一个该排除的嫌疑人就是沈凝夏。

其次，我真真切切替面前的女孩感觉到了冤屈。29个月前，沈凝夏是一个刚满19岁的女大学生，完美无瑕，在雨夜里被那样一个丧尽天良的狂魔摧残奸污，继而目睹了父亲的被害，过了两年逃生的日子，最终当成凶手押在牢里等待处决——如果她的讲述完全属实，如果我不能替她辩赢这案子，那么她无疑是现代的又一个窦娥，这是司法职能的倒退，是世间最大的讽刺！

然而我表现出的，却是第三种感觉——愤怒。

我说："沈凝夏，让我怎么说你？这么重大的线索你为什么不早一点说出来？上一次见面的时候你管干什么来着，啊？"

沈凝夏少顷停了呜咽，一字一句地说："苏律师，这么屈辱的事，我不想让别人知道，不想让叶律师知道，不想让你知道……"

"荒唐！"

"不！我不想别人戴着有色眼镜来看我，我受的耻辱已经够多了，我不想枪决之前就已经死上一次！"

随后的三十分钟里，我着重地了解那两个歹徒的体貌特征以及沈凝夏被强暴的始末，企图发掘出一些新的，可以拿到庭上的证据。

沈凝夏的荒唐和愚蠢并非没有道理——三十分钟后，我再次陷入困惑——她没能拿出有效的，可以证明自己被歹徒强暴的证据。那一夜的暴雨过后，现场完全被破坏，脚印分辨不清，血迹也没法验证。歹徒对沈凝夏施暴的地点在巷尾，那里的现场完全被忽略，从未取证。最让我泄气的是，事后沈凝夏被撕烂的衣裤因为沾染了歹徒的体液而被她丢弃，早就无从查寻了。刚刚有了点眉目的线索再次断了。

唯一的证据，是她身上的一处咬伤。当时歹徒一时兴起狠狠地咬破了她的身体，现在已经结了疤。而那受伤之处再次令沈凝夏陷入不安。

那处咬伤，在她右侧的乳房上。

这份证据，取，还是不取？

取证，难免要进行拍照，化验，分析。那是女子最为私密的器官，届时还要拿到法庭，呈在睽睽众目之下。难保不会被媒介盗用滥用，散播在网络上……这些，沈凝夏能否承受得了？更何况，这证据最多只能算是个旁证——谁能证明这咬痕就是歹徒在案发当夜所为，而不是别人在别的时间所为呢？谁又能从一处陈年旧伤中鉴定出歹徒的身份？

不取，沈凝夏的所言更加没了保障，法官完全可以将她案发当夜的遭遇视为一个凭空捏造的故事。

我将我的顾虑和盘托出，沈凝夏沉默了半晌，最后说：“我知道，你是主张取证的，对不对？”

我点头。

“苏律师，我听你的。”她说。

当夜我向检察院申报了取证。两天之后，我得到了照片和一张A4纸的取证化验结果复印件。沈凝夏右侧乳房的乳晕上下方各有半圈不怎么明显但肉眼足以分辨的疤痕，化验结果简洁明了：系人为咬伤，存在时间大约为25—30个月，其余均是对疤痕形状和深浅的描述，再无有用信息。

之后，我和苑琳飞赴D市，当天走访了案发之前沈茗曾到过的麻将馆。明里暗里地打探了那个雨夜的详细情况，他们所言和沈凝夏交代的内容保持一致。沈茗在赌桌上的人品不错，从未因赌博而与人结仇，谋财害命的可能性不大。更何况歹徒未对沈茗进行搜身。第二天我们重返作案现场，找到了沈茗遇害以及沈凝夏遭遇强暴的准确位置。看门的柴狗和那堆一米高的水泥袋竟然还在！我们模拟了案发过程，对目击者的方位和视野进行了分析。虽然没能提取出任何有效证据，至少证实了沈凝夏所言的可信性。马不停蹄赶回无锡的时候，我已经三十多个小时没沾枕头了。

此刻，叶欢格正在我下榻的旅馆里，对着梳妆台，化一个在《瑞丽》上看见的比透明妆还透明的妆。

我实在想不通为什么会有女孩无聊到花上两个小时化这样一个根本就看不出来的妆。叶欢格哼哼一笑：“本小姐天生丽质，用得着大张旗鼓把自己画得烟熏火燎吗？化妆对于本小姐来讲，只是一种姿态罢了。本小姐不用Dior和瞎闹（chanel）仍旧风华绝代，本小姐用黄瓜敷脸也一样冰肤雪肌！本小姐追求生态自然美，本小姐拒绝硅胶钢圈和美乳贴！试问敢和本小姐一样穿真空装上街的女人有几个？”

我本来困得要死不想应战，可是被最后那句话刺激得喉咙和巴掌同时发痒。

叶欢格那句“不带美乳贴穿真空装上街”绝对可以误导一群不明真相的大众。就像一个海龟在若干土鳖面前侃侃而谈关于那个南太平洋中部有着天堂岛美誉的著名岛国——瑙鲁一样。不知情的人会因“岛国”二字而误以为此处幅员辽阔，但是，学过地理的人都知道，那不过是个芝麻粒儿大的小岛。

我干咳了两声，回答了叶欢格的问题。

我说：“赵薇就敢。”

叶欢格脸一红：“MD，赵薇不算！”

我一股脑地将当前搜集的材料和笔录抛给她，打算美美地睡上两个小时。不料被叶欢格揪着耳朵拽起：“苏醒！我就这么不受你待见啊？你怎么一见我就犯困呢！”

说实话，我不想让叶欢格飞来飞去的。首先是费用问题，这姑奶奶非头等舱不坐的派头让我有些扛不了。其次我不想让她太辛苦，我蓦然发现自己对这个假小子居然会心生怜惜！连我自己都吓了一跳。

看到这里有人会问，你丫不是看上人家叶欢格了吧？

如果真是那样就好了。我看未删节版的《色戒》时也曾试过把自己想象成王力宏，把汤唯想象成叶欢格，可末了我居然生出了一种乱伦的感觉。

至于为什么一见她就犯困，这个问题我也不知道。近些天我终日埋头在案卷当中，已经达到昼夜不分的程度。而叶欢格像是一剂镇定药，让我绷紧的神经舒舒服服地松弛下来，只要一想到她在这个房间里，我是那样心旷神怡。某个深夜里我百无聊赖，在纸上胡乱地划着划着睡着了，醒来的时候，发现我竟然用五种不同的笔体分别写了十多个“叶欢格”。

有点大发。我该怎么解释这满纸的龙飞凤舞的“叶欢格”呢？

后来我就想，亲和力这东西，真是了不得。

我习惯在叶欢格的聒噪声中入睡，所以今天，她一言不发的时候，我感觉到了异样，很快便醒了。擦了擦眼睛，看见她手持资料袋端坐在我的对面，面无半点表情。我就知道，那袋子里的东西已经被她看过了。

我想澄清一下，那照片上之物对我来讲就是一只冰冷的器官，作证用的，我没有半点非分之想。可“澄清”是相对于“误会”而言的，叶欢格并没误会我，至少她没那么说。如今这丫头的道行高着呢，像这种事她一准儿等着我自投罗网。所以当晚剩余时间里我不动声色，没提这个茬儿。

可想而知，叶欢格整晚的话寥寥无几，后来我们下楼吃了个饭，各自埋头，味蕾里淡出个鸟来。我实在忍不住了，我说：“叶欢格，那照片是我搜集的一组证据，你别瞎联系好不好？”

这句话就像点了爆竹的导火索，沉闷一晚的叶欢格终于爆发了。她说：“苏醒你什么时候变得这么无聊！我误会你什么啦？怎么说我小名也叫律师，就那么几张照片值得我误会吗？还有，”她说，“你干嘛这么心急火燎地为自己辩护？你不是没非分之想吗，那你心虚什么？”

我真想抽自己俩嘴巴。该，真是活该！叫你忍不住。

我和叶欢格的冷战还在继续。第二天我分析了案发的全过程给她听，试图用她的视角查到些遗漏掉的问题。随后，争吵又开始了。

叶欢格沉默了半天，没头没脑地问了一句：“苏醒，这会不会是他们父女两个人之间的犯罪，并不涉及第三者呢？也就是说，沈茗兽性大发，糟蹋了自己的女儿。而沈凝夏恼羞成怒，杀了自己父亲？这完全也可以说得通啊！”

“绝对没这个可能，”我说，“首先，沈茗至死都是衣冠整齐的。而沈凝夏杀了她父亲更是离谱。”

“为什么？”

我拿过一把水果刀，放到叶欢格手里："来，你扎我三刀试试。"

"干嘛呀你！"

"你试试就知道了！"

叶欢格照着我胸口就戳了一刀，我没动，她又戳第二刀，被我跳着躲开。

"看见了没？第一刀我没反应，但是第二刀我绝不会等着你戳，这是人的反射。沈茗凭什么老老实实让弱不禁风的沈凝夏连扎三刀？怎么说他也是身强力壮的男人。唯一合理的解释就是，他被一个甚至不只一个占据上风的歹徒挟持，根本无力反抗！你这问题……忒业余了。"

"既然你分析得这么肯定还问我意见做什么？直接去法庭啊。你求同，难道还不许别人存点儿异吗？"

"叶欢格，别以为我看不出来，你哪儿是'存点儿异'啊？你满肚子全是'异'！你不喜欢沈凝夏，你早就认定她是杀人犯，你想的都是怎么让她乖乖伏法！你根本不想让我赢！你就是不想我把她辩出来！"

"苏醒你还有没有点良心！我不想你赢？我不想你赢还要把钱都借你？还要大老远飞过来看你？我吃饱了撑的呀！"

叶欢格气得再次呜咽。我抹了一把胸口，黏糊糊吓了我一跳。低头看了一眼，我大叫一声："我操，叶欢格，你还真扎啊！"

剑拔弩张，火药味再次弥漫在旅馆的房间里。

这一次我们吵得口干舌燥，吵得房客们在门外驻足。后来，我一本正经地对她说："格格，我们别吵了。我真的太累了，真的。"

我第一次当着她的面，叫她格格。

叶欢格不说话了，擦干了眼泪，上网订了返程的机票。

我呆呆地站在她的身后，一种莫名的委屈游历全身。

自从接下这案子，我和叶欢格把一辈子的架都吵完了。我不明白，为什么那个处处给我包容，时常拍着我肩膀大呼we two who and who（咱俩谁跟谁）的叶欢格一夜之间变得敏感，变得在乎。更让我费解的是，让她变成这个样子的人不是裴蕾，而是那个前途未卜的女囚沈凝夏。诚然，沈凝夏很特别，很可怜，很漂亮，但是她怎么能和叶欢格相比呢？沈凝夏只是一个让我同情的当事人，而叶欢格是我的珍宝和财富。

吵架伤掉的不仅仅是和气，元气，最让我难过的，是伤掉了默契。

我说："非走不可吗？那明天让我送你去机场吧。"

叶欢格擦擦眼泪："不用了苏醒，明天你还要和当事人见面呢……"

"我去送你。"我坚持说。

接连的舟车劳顿，加之与叶欢格的争吵，我和沈凝夏第三次见面时情绪并不高。

沈凝夏抬起头，柔和的声线流淌在昏暗破旧的牢房里，那种不协调感让我恍若梦境。

她说："苏律师，你怎么不说话？"

我疲惫地笑笑："我等着你问第一个问题。"

半晌，她说："证据，你都看过了，是么？"

我点头。

"不具备多少法律效力，说明不了什么，对么？"

我没说话，表示默许。

沈凝夏低下头，很久没有再言语。

"你不要灰心，证据这东西往往就在一闪念之间，你再仔细回想一下，那天你们被歹徒劫持的时候有没有特殊事件发生？尤其是，有没有目击者出现？"

沈凝夏的声音透着失望："那时已经深夜一点，又下着大雨……我想不出来。"

"在前往火车站的途中，有没有人注意到你？有没有人和你说话？"

"没有。"

"可据你所说，你的衣服被撕烂，神色惊慌，不可能不被人关注的。你再想想，候车室，或是火车上，有没有和谁进行过接触，尤其是对话。"

沈凝夏摇头。

"那件被歹徒撕烂的衣服，你是在哪里换下来的？"我又问。

"在火车上……"

沈凝夏想了片刻，突然一把抓住我的手："有的！有一个女乘务员，她带我去休息室，给了我一件她的旧衣服，她可以给我作证的！"

"那她有没有追问你，或者你是否告诉她你遭遇歹徒强暴的事实？"我迫不及待地问下去。

"没有，但是她看得出来！对！她肯定看得出来，她一直说着安慰的话，还有，她帮我止了血！"

"这事发生在什么时间？我要一个精确的时间！"

"在凌晨四点左右。"

"也就是说，在案发三小时后，有人看见了你受害的样子。她看见了你的伤口，并且帮你止血处理，是不是这样？"

沈凝夏重重点头。

这是我接手这案子以来获得的最重要的一个证据！如果能找到那位女乘务员，进而请她出庭作证，则沈凝夏在案发夜遭歹徒伤害的这一事实便告成立。一旦成立，那么从时间和逻辑上来讲，沈凝夏杀父的说法便不攻自破。即便揪不出真凶，沈凝夏也极有可能凭此证据自保。多天以来，我第一次有了那种拨云见日的畅快之感。

余下的时间我详细询问了那位女乘务员的体貌特征，她们之间的对话以及沈凝夏当晚乘坐的车次，心里打定主意——哪怕是找遍天涯海角，也要把那位乘务员找出来。

这一次的谈话进行了三个多小时，走出看守所的时候，华灯初上。我两指掐了掐眼窝的睛明穴，疲惫感顿消，这样一个证据令举步维艰的案子重见光明！

我看了一下表，顿时大惊失色——我忘了答应叶欢格去送机的事儿。从时间上看，她的飞机已然起飞了一小时有余。打她的手机，关了。我失魂落魄地截了辆计程车打算回旅馆，然而下一个瞬间我却改变主意。我决定赶往机场。明知道迟了两个小时，明知道叶欢格不会等我，我还是去了——我不知道她留在候机大厅的几率有多大，也许是百分之一，但那一刻我真实地感到，即便想见她的念头被扯断成一百截，每一小截仍然是那么强烈。

在机场，我快步穿梭在人群里，一个厅接一个地寻找叶欢格。终于，在大厅的尽头，我看见叶欢格一脸忧伤地站在那里。她穿着栗色风衣，月白的衬衫，黑色的高跟鞋，双C的单肩小包，庄重典雅。化了层淡淡的妆面，女人味十足。头上的电子滚屏噼噼啪啪地闪烁，偌大的空场上，乘客早已散去，只剩她一个人呆呆地立在那里，眼望着我的方向。

我快步跑了过去，叶欢格则一动不动地站在原地，一直望着我，直到我跑在她的面前，在距她一步之遥的地方站住，喘气。

“叶欢格，我……”

她没说话，只是向前迈了一小步，双手揽过我的背，乖巧地贴在我的胸前。

轻轻地，不带任何征兆，叶欢格抱住了我，把自己缩在了我的怀里。

我没有推开，也没有抱紧，就那样怔怔地接受着眼前的一切。我们曾拥抱过，打过啵，嬉闹的时候蹂躏对方的脸，用一个勺子抢食冰激凌……相比之下，这普通的一抱却是那样不寻常。我们不敢拥紧，也不忍放开，感觉荒诞，却又贪恋着彼此的体温。我想起我们初遇的样子，叶欢格是打扮嘻哈的洋娃娃，苏醒是刚毕业的土老帽，酒店大堂的匆匆一瞥促成了那么多的故事。那些啼笑皆非的对白，荒诞不经的片断，小说里格格和小魏且爱且暴力的故事……直到在两个人的沉默中上演至高潮。

叶欢格不说话，但她淡淡的眉眼，匀净的呼吸，还有那小女孩刚刚睡醒般的表情，都像在讲述一个欲说还休的故事。

叶欢格到底改签了今晚最后一班飞机留下来等了我。大厅里空旷无人，我们不可思议地半贴半拥站在一起将近十分钟，任谁也不肯打破宁静。直到机场广播里催促登机，叶欢格才离开我的身体。她抬起头，直视我的眼睛，说了这样一句话。

“苏醒，我的头发已经蓄长了。是不是很难看？”

一向以口才自恃的苏醒却宛如木雕，不知如何作答。

叶欢格绮丽一笑：“我知道，一定很难看。”

我从兜里掏出了一样礼物给叶欢格。

我在外地取证时神奇地发现了那只香奈儿水晶猪的A+高仿品，于是果断买下。然而此刻，当我献给叶欢格的时候，才发现她的胸前挂着一只一模一样的——正品！

我顿时尴尬起来："那个，我不知道你……已经买了正品，我这个……这么便宜……还是不送了……"

叶欢格一把抢了过去，眼睛里闪动着晶莹。

"它是假的，不值钱的……"

"我喜欢，"叶欢格说，"可是我喜欢你这只。有谁规定正品就一定要贵于赝品呢？"

广播再次催促登机，叶欢格与我挥手告别。她很潇洒地迈步进了登机口。叶欢格的背影一如既往地灵动洒脱，不知怎么，我却看出一丝忧伤在里头。我蓦然回想，她那一头卷卷毛已经在不知不觉中换成了波波头，又悄无声息地烫了波浪，如今很自然地披在两肩。

直到从视野里消失，叶欢格也没再转过脸对我说一句话。只是，我看见她微微耸动的肩膀。

叶欢格下飞机后打给我报平安，声音依旧欢快，听不出任何异样，想必用了一包以上的面纸把鼻涕揩得干干净净才能做到这么自然。

"苏醒我到啦，米哨（就是她那姐妹）来接我，你放心吧。"

"还有，"她说，"咱能不能别那么玩命啊，看你都瘦成什么样了，跟只羊驼似的。"

"还有啊，"她最后说，"开庭之前，我决定不去看你了，你好自为之吧。"

我还没捞着说话呢叶欢格就把电话撂了。

我特意上网百度了羊驼的照片，那畜生膘满肉肥的一点看不出缺乏营养的样子。我连夜给铁路局打电话查找证人的时候尚在想，我苏醒还有能量可挖。

沈凝夏在案发当夜乘坐的N83次列车早已在去年的一次铁路大提速中被取消，改了编制，查找一位三年前的女乘务员比我想象中复杂很多。第二天我飞回D市，水米不沾地直奔D市铁路局。我抛出去十来条软中华，见人就说拜年话，一天下来我都不知道怎么笑了，最后到底将证人锁定为一个叫刘金娣的女乘警。她和沈凝夏描述的体貌特征极其相似，并且三年前在N83次列车上担任过乘务员。她所在的那辆列车三小时前刚刚发车，返程则需三十多小时。我没那么多时间了，选择乘飞机飞抵列车前方车站。

经济舱售罄，我就弄了张头等舱，为了赢这场官司我把叶欢格的家当搭进了大半。四个小时后，我追上了那辆列车。

这一切都是值得的。

刘金娣正是当年沈凝夏遇到的那位好心的乘务员。并且，在我的提示下，她记起了当时的情况。

"我很容易就注意到了那个小女孩，她浑身湿透，衣衫破烂，身上带着血迹。内衣的肩带也被撕断了，双手抱在胸前不住发抖……很明显，她是让坏人给'那个'了。"

"听说您还帮她的伤口止血来着，有这回事吗？"

“有的，我帮她把衣服换下来，给她找了一身我的旧衣服……她伤得挺重，两排牙印子，血都把衣服染透了。我本来想联系下一站医务员来着，可那小姑娘一直在拒绝，可能因为医务员是男的吧。后来我就用酒精棉给她止了血……”

我问：“您有替她报案吗？”

“没有。”

“为什么？”

“她不让，害怕张扬出去。你也知道，这种事哦……好多小姑娘都是忌讳的，一旦公布于众搞不好以后嫁人都难……可怜见的……”

刘金娣是个话多的女人，她把沈凝夏的心理分析得头头是道。看着刘金娣义愤填膺的反应我心里有了底，我说：“大姐，您帮过的那位小姑娘如今遇到了很大的麻烦。您愿意再次帮帮她吗？”

我用了很大的篇幅向她解释沈凝夏被指控杀父的始末，强调了案子的疑点和缺乏证据的事实。随后健谈的刘金娣陷入了沉默。

“怎么听起来跟连续剧似的？我就是一个小乘警，我的证词对你们会有多大帮助？”

我告诉她，帮助大了！她是我们唯一的证人，她的证词可以将沈凝夏的身份瞬间之内从嫌疑犯变回到受害者。

刘金娣听得将信将疑，可回绝却是异常坚定：“这位小弟，不是大姐不愿作这个证，我胆子小。再说谁知道那小姑娘得罪了什么人？大姐只想平平安安地过安生日子，乐于助人谁都想，可前提是不能把自己搭进去啊！”

刘金娣的反应在我的意料当中。我一看正规的战术不行，就得玩点邪门歪道了，她说自己胆子小？那好办了。

我说：“大姐，依您看来，那小姑娘不像坏人，对吧？她遭歹徒伤害也是你亲眼所见，这个没错吧？”

她点头。

我说：“举头三尺有神明，好人的头上都有灵光，连上天都多开一只眼的。就像她在受害时碰见了您，这是什么？这就是天意。这就是上苍助了她一臂之力，安排您起死回生啊！什么叫天意不可违？您这一想过安生日子不要紧，设计好的人生命运都打乱了……对了，您相信‘在天之灵’一说吗？”

我适时地闭了嘴，因为我发现刘金娣脸儿都紫了。

半晌，她说：“小弟啊，大姐再问你一句，就问一句——我要是不出庭作这个证，那小姑娘会怎么判？”

我说：“这可说不好，我要是能说那么准我就不是律师了，就是法官。再说作为律师，我得为我说的话负责，虚的玄的一律不能讲，得实事求是。”

“那你给实事求是地说一下，我要是不出庭，那小姑娘……”

“死刑。”我说。

飞回无锡已经是第二天的晚上。开庭迫在眉睫，拿下了刘金娣这个重要证人让本案的胜算猛增。我只要闭上眼就能看见公诉方理屈词穷，法官一锤定音将沈凝夏无罪释放的景象。这兴奋的感觉一路上支撑我，直到我洗了澡躺在旅馆的床上仍旧难以入眠。凭着一股久违的冲动，我拨了裴蕾的电话。她的手机已关，我就拨她的宅电。

这几天。裴蕾先后打过三次电话给我，除了基本的问候，每一次都谈及了这个案子。她问我案子的进展情况，问我有多少把握赢下来。我总是很托大地告诉她：希望很大。

这是近来我第一次主动打给她，在这案子初见眉目的时候，想念占领了内心最柔软的鳌头。我只想听听她的声音，声音就够了。

我一下一下键入号码，黑暗中是苏醒一张期待的脸，因想念他的恋人姐姐而发出光彩。直到电话接通，一个男人接了电话。我迅速按死，弄得自己活像一个偷腥的小情人儿。

我想，我一定是把裴蕾的宅电给按错了。想重新拨一次，却失掉了好心情。我睡下了，并且自始至终没去核对那通已拨电话。一觉醒来，屋子里洒满了晨光。

Chpater 12 融化男人心的《洛丽塔》

下面，且对比一下双方已掌握的证据。

我方有刘金娣这一重要证人，有沈凝夏的伤疤图片。也有沈茗和沈凝夏父女几年前的汇款明细，以及为女儿出国所做的担保。前者可以证明沈凝夏在案发同时遭遇同一伙歹徒强暴，又因惧怕而离开现场。后者可以证明父女二人感情良好，不具备作案动机。最后一条，沈凝夏不过是区区弱女子，其父沈茗不可能让她连扎三刀没有挣扎。法医证明，沈茗身上除了刀伤之外没有任何一处“抵抗伤”。这说明沈茗完全在凶手的胁迫下遇害的，死前一点挣扎都没有。

再看公诉方，沈凝夏的“案后逃逸说”基本没有力度。如果“强暴说”成立，那么此证据届时不攻自破。公诉方的目击证人也证明不了沈凝夏就是凶手，因为沈凝夏自己也承认，在沈茗被害之后，她扑在沈茗身上痛哭，试图救助，最终因为害怕凶手返回而逃跑。目击证人只看到最后一个环节，不具备证据的充分性。此外尸检报告中还提到，沈茗在死前有过短暂的失禁。先前的解释为疼痛过度。而现在，我想到了更有说服力的解释——沈茗因被两名歹徒威胁恐吓，以及目睹了女儿被施暴而惊吓过度。

如此，公诉方只剩下最后一个证据——那也正是我最挠头的——那柄插在死者心口的水果刀。我看过无锡市公安局侦查处所出具的指纹鉴定报告，报告称，刀柄上留有沈茗的血迹和少许油渍，此外，还成功提取了沈凝夏和沈茗的多处指纹。 报告上没说有第三者指纹。

即便如此，我仍然坚信，此案我有七成的胜算。

在我的极力恳求下，开庭前一天，老翟难得地打了个电话给我，算是义务地帮我查缺补漏。我将目前的成果和盘托出，试图征求老翟的意见。

老翟眉头不展。他说："苏醒啊，按说我该给你打打气，可我觉得这案子没你想象的那么乐观。"

"为什么？您说说啊。"

"我给你举个最简单的例子，你一准儿明白。还记得上次你跟花两个人代表所里参加全省律师辩论赛的情形吗？知道你决赛时输在什么地方了？"

"知道，那最后一场被我辩得偏了题，所答非所问了。"

"对！"老翟说，"就是这个问题。苏醒啊，你这孩子忒聪明，所以总喜欢另辟蹊径。但可不是所有的殊途都可以同归啊。官司，尤其是命案官司，要求辩方的证词一定要有针对性，要迎着对方的证据而上，把是辩成非，而不是公说公的理，婆说婆的理。你懂吗？"

我不语，没懂。

老翟继续说："你一定要明白这个要领——他说沈凝夏杀人，你就一定要找出沈凝夏不可能杀人的证据。而不是像你这样，先证明沈凝夏是受害者，间接说明凶手另有其人。如果公诉方的举证极其有力，那么即便你证明了沈凝夏被强暴的事实，也无济于事。孩子，你走的是另一条路，弯路，所以你比人家走得再快再远也没用，这不是目的，目的是绕在他的正前方，截住对方。比如，那柄水果刀——本案最至关重要的证据——你对它研究过多少？"

我哑然。说实话，几乎没怎么研究。

老翟说："这不结了——还是老毛病！你瞧着吧，明天上庭，对方一定会针对这柄水果刀大做文章。当务之急，你把那份指纹报告再看几遍，不行的话找专家给你讲解，一定要从对方最得力之处找到破绽，这才能事半功倍……"

老翟的话匣子一打开就停不了。我有点急了："老翟，按您的估计，明天我会有多大胜算？"

"我和你的看法正相反，"老翟寻思了半天，低沉着声音说，"我觉得只占三成。"

我鼓足的士气顿时一泻千里，两眼发直一言不发了。

老翟笑了："苏醒啊，我发现了你一个致命弱点。如果不能及时改正，以后可有你受的。"

"你这孩子，太喜欢逃避。"

挂断电话之前老翟送了我八个大字：迎难而上，高屋建瓴。

高屋，还建瓴？建个屁瓴！

听了老翟的分析，刚刚起了一半的矮楼轰然倒塌。不带这样的啊——学校的老师们够狠吧？人家在高考前一天还给学生们放假调整心态呢。哪有老翟这样的师父？不光不给打气，还甩给我一堆高难度的类型题做。这不是越做越没底吗！

我真没底了。

老翟还说了句让我心惊的话，他说你那里的人民检察院有位远近驰名的公诉员，姓吴，绰号吴铁嘴。早年我做辩护律师，曾有个必胜的官司折在他手里。不知道他还在不在……老翟终于意识到这次对话应该多施以鼓励少泼些冷水，于是笑笑说，没关系苏醒，他吴铁嘴多少也是个腕儿，我估计你碰不到他。

可想而知，我更没底了。

想起苑琳作为刑警队副大队长应该对指纹略懂一二，我给他打了个电话。在开庭前的最后一个晚上我们一起吃了顿饭，我和苑琳心照不宣地吃了两口菜，在酒桌上把指纹鉴定书展开逐条分析。

我此行的目的很简单，通过苑琳的讲解，从现有指纹鉴定书上找出破绽，证明有歹徒指纹的存在，至少要找出歹徒故意破坏指纹的迹象。

苑琳说他也不是很懂，但是他可以很确定地告诉我，在指纹鉴定过程中，明显可见刀柄被擦拭清理过的痕迹。分析纹理，应该是纸巾之类的细纤维物质。并且，他指着报告说，从纹理的先后顺序上看，是清理在先，沈凝夏握刀在后。

这种说法无疑是有利的。然而理论上，歹徒无论如何不可能将刀插在沈茗身体里，又迅速清理了指纹，这是绝对办不到的。那么，为什么歹徒行凶时的指纹不翼而飞了？

唯一的可能，歹徒在行凶时刻意破坏了指纹。

苑琳说：“理论上讲，只能是这样，不过——”

他又说：“从现有的指纹情况来看，迹象甚微。可以这么说，我和指纹打交道这么多年，像这么高超的指纹破坏技术还真不多见。”

我问：“理论上说得通，就意味有可能发生，那么是不是就表示这种说法能够成为有效的论据呢？”

苑琳急了：“我不过是个刑警，你才是律师！这样的问题你也来问我？”

回到旅馆已然是深夜十二点。不安，紧张，前所未有的信心不足，我失眠了。

我一遍又一遍地默背着辩词，直到天边露白。可以说，老翟的分析提醒了我，也完全打乱了我的备战计划。预想中，苏醒精神百倍容光焕发地上庭，而此时，我只能顶着熊猫眼，用三包雀巢泡出来的浓咖啡来撑过这重要的一天。

沈凝夏被两名干警带上法庭，她将目光准确地锁定在我的脸上，含笑示意。这一笑给了我莫大的信心，我牵动嘴角，点了点头。然而就在这一刻，我的笑容僵住了——我越过她，看到了她身后的公诉人。

那人的铭牌上，端端正正地写了个宋体的“吴”，像一面旌旗劈开我的视线。

吴铁嘴！

我中奖了。

开庭仅仅半小时，我已经汗如雨下。不得不承认，和吴铁嘴比起来，我太嫩了。对方的一个表情，甚至肢体语言都是那么恰到好处。他的一个顿挫可以胜过我的长篇大论。比口才，自诩曾是全省辩论赛最佳辩手的我已经只有招架的份儿了。

律师和公诉人之间的缠斗在一定程度上更像是一对太极拳手的过招，比的就是耐心和后发制人。此前我打定主意将证据死死攥住，面对稳扎稳打的吴铁嘴，我只能将证据接二连三地抛出去勉强维持着场面平衡。

当我把沈凝夏同样是当夜受害者这一观点抛出，尤其是请出我方最重要证人刘金娣出庭的时候，庭上生出一阵不小的骚动。偷眼观看吴铁嘴，他丝毫没有吃惊之感，泰然自若的表情平静得让人绝望。

刘金娣的出庭让我在场面上有过片刻的主动。我当庭剖析了沈凝夏的心理，合理地解释了她逃离现场的原因。我极力带领陪审官进入我的思维逻辑——雨夜，沈家父女从牌局返回，半路遭遇一高一矮两名歹徒。高个子持刀将沈茗挟持，矮个子将沈凝夏拖至巷尾施以人身伤害及强奸。事毕，高个子连捅沈茗三刀。沈凝夏扑在其父身上，试图救助，正逢目击证人开院门出来探究竟。精神几近崩溃的沈凝夏已分不清来者身份，夺路而逃。中途曾拨打120求救，在火车上遇见刘金娣，换下血衣，处理伤口。之后本就因抑郁症退学的沈凝夏在无锡隐匿身份，低调生活，直至被公安机关发现。

我在吴铁嘴咄咄逼人的气势下维持着微弱的优势。随后，对方祭出了最后的杀招——那份指纹鉴定报告书。

吴铁嘴率先发难，指出刀柄上并无所谓歹徒的指纹。

我澄清，刀柄明显用细纤维物品擦拭过，也就是说，歹徒处心积虑针对了指纹，也极有可能在行凶时刻套上薄膜塑料之类破坏指纹的东西。

吴铁嘴继续语出惊人——沈凝夏的指纹中有一处呈片状，系手指在刀柄上滑动所致。经鉴定，与进刀时的指纹特点吻合。

对于这一点我毫无防备，但我急中生智，随后一番超水准的辩驳成为当天的亮点。我回击道，众所周知沈茗身中三刀，既然与进刀指纹吻合，那么为什么只有一处？这岂不是与公诉方之前的举证自相矛盾？

吴铁嘴问，辩方律师如何解释那一处片状指纹？

我答，沈凝夏缺乏救助常识，曾一度想帮其父将刀拔出，这就是片状指纹的存在原因。

我和吴铁嘴各执一词，把辩护推向了当天的最高潮。我招架到现在，始终把局面控制在五五开，甚至，我曾一度认为自己有可能赢下这场案子。

直到——吴铁嘴露出一丝不易察觉的隐秘的笑。他拿出了最后一份，也是将我打入败局的证据。

那是一份指纹鉴定报告书的附件——指纹力度对比报告。

上面用一些难懂的数字和单位对沈凝夏的握刀力度进行了分析。显然，进刀和拔刀未遂的力度不在一个级别上。这份力度对比报告书也因此得出了一个不二结论——

沈凝夏握刀的力度，是进刀的力度！换言之，只有她持刀插向沈茗的身体，才会留下这样的指纹！

我有一百二十个不服气。但是敌不过这份报告上那硕大的红戳。

那红戳表明，这份报告虽是附件，却是权威的，有效的，可以呈到法官手里，轻轻松松判定沈凝夏死刑的。

吴铁嘴出具的这份力度对比报告我竟然从未看过！

我明里暗里托了人那么多人，从官方，从私下里，搜集了自以为全部的鉴定报告书，人证物证，却从来不知道有这样一份可以置我于死地的附件！

吴铁嘴的笑容缥缈，拖拽着苏醒的绝望慢慢沉入谷底深渊。我知道，沈凝夏完了。

我汗如雨下，整场的辩护行云流水，却在这最后时刻张口结舌。我已经心不在焉了——几次三番，这案子的背后如同有着一双翻云覆雨手，而苏醒就像那股掌中的孙猴子。自以为神通广大，却在那手掌的一翻一覆之间丢盔卸甲。

在出具了这份附件报告之后，本次开庭告一段落。休庭了。

我坐在休息室化作木雕泥塑，脑子里被那最后的证据夷为一片空白。手机不知响了多久，我接了起来。

裴蕾的电话。

“苏醒，案子宣判了吗？”

“还在等结果。”

“过程如何？赢下的希望大不大？”

“不知道……”我喃喃地说，“我真的不知道，我脑子里很乱……”

就在此时，有人通知重新开庭。我告诉裴蕾：“就快出结果了，一刻钟之后我再打给你。”

接下来的一刻钟，漫长得简直可以穷其一生。我始终面无表情地盯着沈凝夏，她也在看着我，眼睛里像是隐匿了一个凌晨两点钟的深夜，那么静，那么安然……

我垂下了眼睛。再次扬起脸的时候，沈凝夏已经不在视野中。

一刻钟之后，裴蕾发来了短信，她问：怎么样，判了吗？

我慢慢移动着僵硬的手指，打了两个字：判了。顿了顿，又加了三个字：

我输了。

沈凝夏杀父罪名成立，一审判处死刑，剥夺政治权利终身。

这一个下午，我站在庭外的台阶上，仰头，闭上眼。烈阳无孔不入地投射在脑海里，幻化出斑斓的景象。那些斑点极尽美丽，像是谁天真的希望。它们在血红色的巨幕下垂死地停留，最终，破灭成灰。

我忘了是怎么冲出十几台摄像机的包围圈，也忘了用哪一种表情回复了记者的追问，回到旅馆的时候，我身心疲惫。

房间的门自己开了，扑面而来的是裴蕾的香气，和她一张关切的脸。

“姐来接你。”她说。

我的手提包落地，扎着手，慢慢被她拥在怀里。

委屈，难以名状的委屈感游历全身。

“姐来接你，”她说，“苏醒，咱们回家。”

我不说话，只是越发抱紧了她。

我没和裴蕾回去，我还没有尽完我的责任。我告诉裴蕾，我还得再见沈凝夏一面。

“我要帮她申请上诉。”

裴蕾怔怔地看着我，欲言又止。

再见沈凝夏是第二天的上午。还是初见时的装束，干净的面庞，囚服还是那么一丝不苟，长发从脸的一侧缓缓泻下。她仍旧微微歪着头，美丽的死囚在生命的最后时刻还在极力维持着她的美丽和高贵。

只是，她哭肿了她的眼睛。

我看着她，挤出一个勉强的笑容。随即，她也笑了。气氛如初，就像十几小时前从来没有过那一纸冰冷的宣判。

“昨晚睡得好吗？”我问。

她打断了我：“苏律师，你又忘了，应该是我问第一个问题才对吧。”

“嗯，”我牵动着嘴角，“你问吧。”

“昨晚睡得好吗？”她把同样的问题又问了我一遍。

“不好。”

“还在想昨天的过程？”

“不是，”我说，“我准备了一夜上诉材料。”

沈凝夏笑了：“上诉？谁说我要上诉？”

我的微笑渐渐僵在脸上。“沈凝夏，上诉是任何一个嫌犯都具有的权利。这个案子的疑点还有很多，你和我，我们都需要更多时间。二审之前我们完全有可能获取更多更有利的证据，翻案也不是没有可能的……沈凝夏，你需要考虑清楚。我希望你刚才的话只是未经深思熟虑而给出的草率意见，我想要你重新拿一个慎重的决定出来……”

“我已经决定了，放弃上诉。”

“为什么？”我第一次在沈凝夏的面前如此激动，“沈凝夏，你告诉我为什么？”

“好吧，苏律师，你说说看，即便我申请了上诉，你有了更多的时间，又能怎样？你拿什么去扳倒那一份力度对比报告？案子发展到现在，恐怕，你连下一步从哪里入手都成了疑问，是不是这样？”

听完沈凝夏这番不温不火的话，我陷入沉默。的确，对于二审我没有任何的把握，一分一毫都没有。帮沈凝夏上诉在很大程度上来讲，是一种纯粹的不甘和怜悯。

“你说对了，沈凝夏，我没把握。”

我看见她热切的眼睛迅速黯淡了下去。

“但是，你需要知道，从申请上诉，到发回重审，我至少可以为你争取一个月的时间，一个月！单单从这个理由出发，你不应该放弃。”

沈凝夏笑了：“苏律师，谢谢你。有些事你不说我也知道……”

“从开始取证到今天，你四处辗转。机票，住宿，人情来往，都是你自己的钱。还有那么多的精力和心血，只为了帮我洗罪申冤。苏律师，我们素昧平生，你让我怎么受得起……”

沈凝夏的眼泪婆娑而落：“直到昨天，我还以为自己可以重获自由，那样的话，我还有机会去报答你。这个念头一直支撑着我，让我坦然地接受你的恩惠。可现在，我已经不抱希望了。苏律师，对不起，我让你失望了。我只想让你尽快回家，睡一个足觉，好好地吃上一顿，清早醒来，你就把沈凝夏这个名字忘了吧。你可以继续给别人打官司，给那些有希望的人辩护……一个月的生命，我想要，可我不能那么自私。我不值得你做那么多，我余下的生命不值那么多钱……”

沈凝夏早已泣不成声。

我拿出事先打印好的上诉申请。“签吧，我们上诉。”我说。

“不！”沈凝夏扬起脸，坚定地说，“你只有建议权，没有决定权。我已经决定了，绝不上诉！”

我沉默了。半晌，我收回了那份上诉申请。

“那么，沈凝夏，从现在起，我将不再担任你的律师。”

这一刻，内心升腾起一丝苍白，那是一种无能为力的苍白，满腔冤屈却没法申诉的无助感。我说：“这是我们最后一次见面了。你想想，有没有特别想做的事，或是未完成的心愿，也许我可以帮你。我不再是你的律师，可我还是你的朋友。”

她盯着我的脸，许久。

沈凝夏回答：“我还有两个心愿。我想在临走之前洗个澡，换一身干净的衣服……我不想这副样子离开……我办不到……”

我说：“这个我会尽力申请的，告诉我你下一个心愿吧。”

沈凝夏仍旧怔怔注视着我，脸上挂着美丽女孩的柔情。

“苏律师，你相信来生吗？”她说。

“如果有来生，我希望还能认识你。我希望能在你身边，照顾你……”

说到这里，我和沈凝夏同时脸红了一下。我下意识低了下头，听见她继续说：“苏律师，谢谢你陪我走过生命里最后的几天，我很开心，也很满足。遗憾的是，我就要走了，让我说什么呢？你是律师，我是犯人，这样的相遇已经让我别无他求。来生，那就期待来生吧，我可以为你当牛做马，对你好，报答你……”

沈凝夏微笑着，像一朵洁白而凄零的花。那眼尾结出的一滴泪，顺着腮边滑落，重重滴落在我的心上。

这最后一次会面因为沈凝夏的一句话而变得局促，意味深长。

我最终没再停留，与她做了告别。

铁门重重打开，又重重关闭。沈凝夏双手握住铁栅，平静地目送我的离去。

我刚一转身，沈凝夏冲着狱警喊了句：“报告！”

身后的狱警问她干什么？她说：“我……可不可以……唱一首歌……”

“莫名其妙唱什么歌！不行！”狱警一口回绝。

沈凝夏并没因狱警的干涉而停下，淡淡的嗓音在我的身后慢慢泛开。在大狱深处，黑暗的甬道里，她鼓足了生命最后的勇气和热烈，用简单得不带任何修饰的声音，清清楚楚地唱了每一个字。

洛丽塔

田野金黄了洛丽塔
舞台就快搭好了
我们一样吗洛丽塔
对孤单习惯了
喜欢一个人洛丽塔
只喜欢一天好吗
或许从没有爱上他
只是，爱上童话
那个野菊花开了的窗台
窗帘卷起我的发
来不及带走的花
努力开放了一个夏
……

甬道两侧的囚犯纷纷起身，把脸挤在铁栅上观看，听那个美丽如花的死囚放声歌唱。

很长时间之后，我才意识到沈凝夏唱这首歌需要何等的勇气——悬殊的身份，灭顶的判决，不求结果的表白，在最后的时刻清清楚楚地唱那首《洛丽塔》。她揭开她的内心给他看，告诉这个只见过四次面的男人——她来不及带走的美丽，已在凋零之前努力绽放了最后一夏。

我身临其境，我耳濡目染，可我却阻止不了她的枯萎。我紧紧跟在狱警的身后，甚至不敢回望一眼。

我们都尽力了。

我以为这案子真的结束了，直到苑琳在夜晚时分找上门。他喝得烂醉，砸开我的房门，劈头盖脸的一句话："你为什么不帮她申请上诉！"

我费了好大一番唇舌把沈凝夏的拒绝上诉的过程描述给他。苑琳抱着头，蹲坐在地上。看得出，这个27岁的汉子对沈凝夏一往情深。

"从判决日起到执行枪决，有多长时间？"他问。

"一般为10天，"我说，"刨除昨天和今天，沈凝夏余下的生命只有8天。"

"我要去找证据！"苑琳说。

"你怎么找？"我问。

"杀人案，无非是两种动机，钱和仇。据她的供词，歹徒因钱而杀人的可能已经被排除了，那么这案子只能是仇杀。我要找出她爸爸生前的仇人！"

我苦笑："你说得没错，可你想得太简单了。你手里没有拘捕令，人家凭什么老老实实配合你让你查？再说，就算你找到了真凶，人家不承认，你就干没辙。8天的时间一眨眼就到，时间一过，沈凝夏性命不保，你所做的一切都没了意义！"

"那你说怎么办？怎么办！"苑琳几近失控地扯过我的领子质问道。

苑琳难过，我又能好到哪里去？这些天的徒劳无功，老翟一针见血的提醒，吴铁嘴步步紧逼，还有那凭空蹦出来的力度对比报告无不振动着我脆弱的神经。我一把将苑琳推了个趔趄，自己也用力过猛跌坐在地上。

一阵乒乓作响，屋子里最终恢复了平静。

沈凝夏那淡淡的歌声又涌了上来，我双手掩面，十指用力地揉搓着一张变形的脸。

苑琳的酒醒了大半。他爬起身，怅怅地道了歉，开门准备离开。

我叫住了他。

"那柄刀！"

我说："你不是问该怎么办吗？我现在回答你——该去查那柄刀！"

这场官司，我败就败在了那柄刀上——指纹，力度对比，一切一切都因这柄刀所起。如今，我对老翟的理论且服且不服。服的是——赢得这场官司，唯一的途径就是从那柄刀入手，找出蛛丝马迹来，只有这样才能堵住公诉方的嘴。不服的是——我偏偏要把弯路走到底！通过那凶器来查找真正的元凶，替沈凝夏洗罪。我不仅要走弯路，还要与正路背道而驰！说什么南辕北辙？说什么殊途不能同归？这理论，让老翟跟麦哲伦探讨去吧，跟我说不着！

我告诉苑琳，我愿意加入他。我没法说服沈凝夏上诉，只有利用这余下8天做最后一搏。不过，我跟苑琳把丑话说在了前面，翻案的可能性本就不大，时间所限，希望更加渺小。我们所做的不过就是死马当活马医，心到神知，避免大家留下遗憾。

当晚，苑琳拿到了关于那柄水果刀的全部资料。随后，我们在旅馆里把所有灯光点亮，逐一分析了凶器的特征，试图查到些线索。

线索如下：一，刀的用料考究，做工精致，外型奇特，比一般水果刀要长。二，刀柄的末端印有“中国 长春”的字样，可查遍了刀身也未见商标和厂家。三，刀身刻着十二生肖中鼠的图案。

没有商标，没出厂信息，查找起来难上加难。我们连夜上网搜索这种水果刀的资料，毫无斩获。

不过，我留意了刀柄上“中国 长春”的文字，这与沈凝夏供词中对嫌犯口音的判断保持一致。也就是说，嫌犯来自长春的可能性很大。

在我的提议下，第二天上午我们飞抵长春。此时，距沈凝夏行刑还有7天。

我们多方打探，长春市共有六家刀具生产厂。苑琳在长春市公安局有警校的同学，他在那里借了一台车，又包下一个当地司机作向导。草草吃了顿饭，我们开始了长达两天的走访。当天我们去了规模最大的两家刀具生产厂，找到了厂长，工程师。人家一听来意，态度立刻谨慎起来，三言两语打发我们离开。不过确定的是，这两个厂从未生产过类似水果刀。

出师不利，苑琳再起牢骚。他说苏醒，你就是连续剧看多了，看傻了！尽做一些大海捞针的傻事，还不如一心调查沈茗的仇家。这多好？人海里捞一把刀，捞着了又能怎么样？能连带着把凶手揪出来么？

我也窝了一肚子火，嘴里全是大泡。准备去药店买盒牛黄解毒片，回来再跟他吵。听见苑琳说，给他带管儿开塞露。听罢我释然多了，难怪这仁兄尽说些违章的话，原来出口已经给交通管制了啊。

第二天我们换了策略，称自己是刀具经销商，高价求购此类水果刀。厂长们自然欢欣，可遗憾的是，这刀并非出自他们之手。走完最后一家刀具厂，我和苑琳的泄气可想而知。

苑琳说：“兄弟，咱们喝点酒吧。少喝点，误不了事儿。”

当晚，我百般劝阻，可苑琳还是喝高了。

喝高了的苑琳拍着我的肩膀，酒气呵在我的脸上。他说：“知道么兄弟，一周之前，我们举家移民到了英国，我爸爸我妈妈我姐姐家的小外甥……单单留下了我一个儿！为什么我没去？你知道为什么……”

为什么？当然是因为沈凝夏。

此前我单知道苑琳对沈凝夏有意思，但绝没想到这小妮子令比她大了六岁的苑琳如此着迷。

“你理解不了……你肯定理解不了……”

这一晚，苑琳自己喝了半斤白酒，重复率最高的几个字，就是这句“你肯定理解不了”。

我心烦意乱，只能装模作样地痛苦着苑琳的痛苦——

一个刑警队长仅仅用时一秒钟就爱上了一个姑娘。

这个姑娘的身份是女嫌疑犯。

刑警队长爱上她的第二秒就把冰冷的手铐挂在她的腕子上。

按他的原话，如果他能早一秒遇见沈凝夏，甭说将她绳之以法，带她私奔的心都有。可命运就是这样安排的——苑琳亲手逮捕了他苦苦等待27年才出现的型儿，并且间接将这姑娘送上了刑场。

我想，作为一个听众，我今晚的表现未免太失格了。我先是皱着眉，后来哭笑不得，最后我差点笑出声来。这不能怨我，看一个27岁的老爷们儿吧嗒吧嗒抹眼泪哭得跟只小白兔似的，换谁都是我这种反应。

后来苑琳不哭了，他说：“苏醒，你这人忒冷血！我不怪你，我的内心世界你理解不了。如果有一天，你亲手葬送了你最爱的女人，你他妈哭得比我还惨你信不信？”

我说：“哟，你这是咒我还是怎么着？想喝你就赶紧喝，喝完赶紧睡觉，别搁那儿借题发挥！”

苑琳直挺挺躺在旅馆的床上，少顷便发出了微微的鼾声。这几天的确把他给累坏了，眼泪都没擦就睡着了。听着他有节奏的鼻息声里夹杂着无意识的抽泣，我乐不可支。然而下一秒我突然狠狠地难过起来。

我想念裴蕾。

在街头看见晨练的老翁老妪互相搀扶着慢跑时，我想念裴蕾。

在车站看见90后的情侣们旁若无人地摩擦完又热传递时，我想念裴蕾。

在闹市区看见肯德基和麦当劳永远像情侣般出双入对却又不能被合二为一时，我想念裴蕾。

此刻，我刚刚目睹苑琳为了她心爱的女人热泪纵横。除了裴蕾，我还能想念谁？

苑琳是对的，他内心的悲伤我理解不了。只因裴蕾不是沈凝夏，只因那个叫我弟弟的女人正平安地睡在千里之外，我就永远体会不到苑琳的悲伤。

我掏出手机，打开发信箱，仅仅打了个“姐”字，就再也想不出下一句话。手机是触摸式的，一不小心，这短信被我发了出去。我怅怅地盯着手机屏幕发了一阵呆，不久沉沉睡去。

醒来的时候已是深夜，手机还在手里握着呢。拿起一看，一条短信和若干未接来电，全部来自裴蕾。她问我怎么了，我慢慢敲上几个字：

姐，我想守着你护着你，一生，永远，一辈子！

在这个酒精和呼吸的味道混合着刑警队长的眼泪一起发酵的夜里，我睡得踏实且欢快。

日上三竿，我们雇来的司机在旅馆的楼下一个劲地按喇叭。苑琳狠狠一拍脑袋起床，知道自己又误事了。

钻进车里我和苑琳两眼发直，长春市六家的刀具生产厂我们已经走访了个遍，一无所获。苑琳气得直哼哼，这算怎么回事？凭空出来一把刀，连他娘厂家都找不着。

追查到这里，可谓山重水复疑无路。我和苑琳，一个江郎才尽，一个黔驴技穷，不知道哪里去看柳暗花明，更不确定还有没有那又一个村儿了。苑琳万分沮丧地付给了司机270元的劳务费。递过了三张百元钞，司机师傅红着脸一笑："哟，我这儿没零钱啊。"

苑琳说："那就这样吧，零头我们不要了。"

司机说这可不行！"我们出车不能随便收人小费，回头你想不开再投诉我，那就麻烦了……你们等我一下。"

我们啼笑皆非地看着司机磨磨蹭蹭地打开后备箱，拿出一个编织袋，上写"吉林长春，优种玉米"。

"这个你们拿回去吃吧。我们当地的玉米，好得很，国内再找不到这么好的！"

老司机不由分说把那袋玉米塞过来，我和苑琳坚决不要，一推一让，场面好不尴尬。

很久之后，我回想，如果没有这袋脏乎乎的玉米，沈凝夏的案子是否会有随后的转机？

苑琳脾气不好，几个回合之后"啪"地把那袋玉米扔在地上。"我说你这人怎么回事啊？钱我都不要了，我要你这破玉米做什么！衣服都给你塞脏了……"

司机满面堆笑："这真是好东西，当地特产，出口国外呢……"

苑琳和司机较上了劲了："我走南闯北，从没听说这长春是产粮的好地方！还优种，还出口国外，糊弄谁呢你？"

司机尴尬一笑："嘿，难怪你不知道。这长春啊，还真没有这么好的玉米。这是长春市下属的一个县城产的，农安县。因为名气小，所以才打上了'中国长春'的字样，方便外销啊。"

苑琳不耐烦地拉着我下车，却被我一把拦住。

"您方才说到了一个县城，什么县来着？"我问。

"农安县。"

我一手按住打开车门向外钻的苑琳，一手拨了114。一分钟之后，我振奋地一把将苑琳拽上车："去农安县，那里还有一家刀具生产厂！"

那里的玉米可以为方便外销而打上"长春"的字样，那么刀具呢？

我有种强烈的预感，这最后一家刀具厂便是我们要找的地方！

Chapter 13

踏破铁鞋无觅处

我的预感很快得到了验证，一小时后，我和苑琳多日的奔波终于得到了回报——我们见到了那种水果刀的设计者赵大成，赵工程师。

我向他表明了来意，当然，都是些事先编好的谎话。

“我们是无锡市刀具经销商代表，对贵厂生产的这批水果刀很有兴趣……您是否方便向我们介绍下这批刀的销售情况？”

“咳——还谈哪门子销售情况啊，”赵工坐在简陋的办公桌前，弹了下烟灰腼腆一笑，“这批刀啊，压根儿就没投入市场。”

“啊？”我迟疑了一下，心里凉了半截。没投入市场，那凶手又是从何得来？莫非好容易查到的这点线索又要断掉？

然而赵工接下来的一番话却让我喜出望外，我差点兴奋失声。

赵工介绍，这种生肖系列水果刀是三年多以前深圳一家刀具经销商特意订制的，由赵工亲自画图设计，又半机械半手工地亲自制作了样品，所以做工极其精致。首批仅生产12把，每个生肖各一把。然而，这批凝聚了赵工设计理念与心血的样品却没有等来买主——深圳的经销商早在样品制作期间便宣告破产。灰心之余，赵工取消了下一批刀具的生产。这也是刀柄上只有产地没有商标的原因。

也就是说，这类水果刀总共只有12把，算上生肖图案，每一把都是绝无仅有！

这个事实大大地缩小了查找范围！

苑琳在一旁按捺不住：“那12把样品呢？现在如何处置了？”急切的声音吓了赵

工一跳。

赵工抬头看了他一眼："哦，你说样品啊。这刀断了买主，留着样品也没用，后来就发放给车间的工人了。"

我和苑琳迅速对望了一眼，对方的眼睛里无不蕴藏了胜利在望的火焰。尤其是苑琳，凳子上的屁股一振一振，已经兴奋得无法自持了。

"那个——"苑琳张开大嘴刚要发问，被我踩了一脚。我知道他想问什么——车间的工人，他们都是谁谁谁啊——此言一出，难保对方不会生出疑心。

我拦住了苑琳的话，打趣地问道："那个，赵师傅您没搞错吧——这么精美的刀，又是您的杰作，您当真给发放了啊？"

调皮的语气里隐藏了一个追问。

赵工呵呵一笑："杰作不敢当，不过这刀的确很稀罕。用料好，又是手工制作，当时好多车间争着要呢。恰好我带的车间整整12个工人，一人一把，不偏不向，就这么全都给发了。"

如果我说，我在听完赵工的这番话之后暗中狠狠掐破了自己的手指肚，你便会明白此刻我的亢奋是多么难以形容。本案的真凶很有可能与12个工人中的某两个有密切关系，甚至，就是他们本人！

旁边的苑琳没我这么纠结，这位大哥"噌"地就站起来了。想问些什么，没敢，又讪讪扭头看我的眼色。

我迅速想好了下一步计划，随即做出一个很官方的笑容："赵师傅，情况是这样，我们老总对这种水果刀青睐有加，有大批量订货的意向。"

"哦？"赵工一听顿时来了精神，吩咐手下一个工人沏茶去了。

我接着说："但是呢，对于这种成批量的大单我们二人没有决定权。所以我们想带回去些样品，也好向老总请示。可您刚刚说，样品已经发放了出去，您看这……"

赵工思索了几秒钟，一拍大腿说："没问题！我再给你们要回两把来不就结了。说吧，你想要多少做样品？"

我微微一笑，很坚定地回答他："我要全部的，一套12把。"

赵工一皱眉："一模一样的刀，用不着带回那么多样品吧？我可以给你……"

我一摆手："赵师傅，既然是生肖系列，自然是一套刀具最为完整。我愿意出三千六百元，高价收购这套样品。"

"哪怕已经用旧，哪怕面目全非，照收不误。"我说。

苑琳侧过脸来望着我，大概是明白了我的意图。没错！一个车间内人手一柄，我没办法揪出检察院里躺着那柄凶器的最初拥有者，所以我使用排除法——以十倍的高价收购，没能上交的那些人便是本案的最大嫌疑人。

眼看着赵工程师面露难色。我再将一军："赵师傅呀，您怎么还犹豫啊？莫非是嫌小弟开的价太低了？”

“没有没有……”赵工连连摆手。

“那莫非是这刀的做工和用料与您介绍的有出入？不会都生锈了吧？”我故意这么说。

赵工听出了话里的刺儿，眼眉一立：“小兄弟，这么说话未免太刻薄了。这刀，收回来肯定没发出去那么容易，我能不怵头吗？既然你把话说到这个份儿上，我不妨去试上一试。明天一早，二位可以再来找我。招回多少算多少，我都给你们。意下如何？”

我笑了：“好，一言为定。”

出了工厂的大门，苑琳见左右无人，重重地擂了我一拳：“什么叫拨云见日啊！哪个叫得来全不费工夫啊！这案子，终于见着眉目了！”

他一本正经地对我说：“说心里话，苏律师，此前是我低估了你。这一次我真是服了你了！你这主意来得真快，真管用！我他妈怎么就没想到呢……”

我笑笑说：“咳——八字还没一撇呢，先看看明儿一早老头怎么给咱们答复吧。”

回到旅馆，头一件事便是拨了叶欢格的电话。

我先傻笑了两声，喊了句格格。估计电话那边叶欢格一准儿正战战兢兢地开心着，因为她喜欢我这么称呼她，还因为她说过，格格这俩字儿在我嘴里蹦出来，那就是黄鼠狼给鸡拜年的讯号。

“格格，你明天有没有时间……对，对，沈凝夏的案子又出现了新转机……什么转机？犯罪嫌疑人都就在我鼻子尖儿低下，我闻一闻就能把他揪出来的转机！”

那边叶欢格听得有点着急：“大爷，您就别卖关子了，赶快告诉我吧。”我就一五一十都对她讲了。

叶欢格握着听筒阵阵叫好，末了她问：“说吧苏醒，这回你又想怎么祸害我？要我说啊，你把这套拜年的程序省了直奔主题得了……你放心我心脏坚挺绝对承受得了……您别一个劲儿傻笑了成么？您笑得我坐骨神经疼……”

我说：“这次还非得麻烦你不可了！本案再次发现重大线索，很可能把此前的判决一举推翻。现在唯一让我心里没底的就是时间。我身在长春，没法回去见沈凝夏。你替我跑一趟，见到她，把最新的情况告诉她，务必请她在行刑前提出上诉，越快越好。听明白了吗？”

“老大，您想什么哪？让我见沈凝夏？我凭什么见她啊？”

我说：“凭你是叶永笙的‘女儿’，我是叶永笙的‘姑爷’，成不？救人一命胜造七级浮屠啊，这次算我求你行不行？”

叶欢格在电话一端嘎嘎地笑：“不是不是，我不是这个意思。苏醒，你脑子进水啦——沈凝夏是即将行刑的重犯，我是十万八千里之外一名普通小律师。我没名没分没介绍信，你当监狱是我们家开的，我说见她就能见着她啊。”

我一拍脑门儿可不是么！光顾了高兴，连这么点常识都忘了。如今甭说是叶欢格，就是我亲自回去也是白搭，现在的沈凝夏那是重点保护，别说是人，就连只蚊子都飞不进去。

要不怎么说呢，有叶欢格这样的伙伴，心里就是踏实。我可以心安理得地向她提出各种浑不吝的要求。什么叫铁磁啊——借一回肩膀一块钱，累计起来我都成富翁了。何况我连舌头尖儿，牙床子都借过她。我口风一变：“叶欢格，你怎么回事儿啊？你不是三头六臂无所不能的吗？平时没见你那么菜啊……我现在忙得脚打后脑勺，但凡我分身有术你以为我乐意求你啊……还有啊，别跟我轻易开口说‘不’，你忘了你吃人五个茶叶蛋被当场扣留那天有多可怜了？给你‘解围’的时候我也没名没分啊！我朝你要介绍信了吗……喊——”

然后叶欢格就噎着了，半天没说出话来。

“大爷的！”她忿忿地骂了一句，“我去，我去还不成吗！不过苏醒，人呢，我肯定是见不着。事儿呢，我肯定给你办到。不就是转达沈凝夏目前的追查结果，安排她上诉吗？三十六小时内就让你听见她上诉的消息！这一回我也让你见识见识什么叫‘人脉’！”

我嘿嘿一笑：“这不就结了，我等着你的。”

叶欢格得了我的令，运动人脉去了。这边我和苑琳缜密地做了下一步计划。

第二天，我们早早去了农安县刀具厂，再次见到了赵工程师。事情顺利得超乎想象——赵工告诉我们，他一共招回了12件样品中的10件。

“怎么样二位，10件样品，够你们交差了吧？”

我装作面露难色：“赵师傅，说实在的，您设计的样品太精美，太有收藏价值了。我太希望能把它们凑齐，带回去给我们老总……要么这样，”我说，“您帮我们打听打听，那余下的两件样品在哪两位工人师傅手里，我们亲自去和人家交涉，哪怕出价再高点都没问题。”

看得出，赵工程师非常不悦，他关心的是这笔买卖能否达成，至于我们对样品的器重渴求，人家根本不在乎。他问了一旁给我们沏茶的一位中年职工：“纲子，剩下那两把发给谁了？我昨天不是让你问了吗？”

那个叫纲子的人回答：“问过了。一把给了李秉财，一把给了孙茂盛。”

“哦——”赵工慢悠悠地说，“这可不好找。纲子，你知道他们住哪儿吗？待会儿跑一趟，给这二位远道而来的师傅行个方便，你给要来吧。”

纲子乐了：“赵叔，你也不是不知道他俩的情况，我有几个脑袋啊，敢去找他们……”

赵工更不乐意了，沉着脸哼了一声，没做反应。

我觉出了对话里的蹊跷。试探着问了句那位叫纲子的人一句：“大哥，那两位姓李姓孙的师傅不在厂里吗？听您的意思，好像多有不便……不过没关系，不用您出头，您告诉我，我亲自去和他们商量。”

纲子讪笑了一下：“他们俩啊，三年前就不在厂里了，”抬头看了眼赵工，又说了句，“被赵叔给开除了。”

“为啥呀？”我随后继续问。

“咳——乍刺儿呗。”他说。

“行啦。”赵工大概看出苗头不对，把话拦了过去，“样品呢，我就这么多，愿意收你们就拿走。如果买卖能成，样品的钱我分文不要。”

苑琳没理赵工的茬儿，继续问纲子：“那你知道那两个人的住处吗？能不能带我们去一趟。”

纲子说：“一同去外地发财了，我可找不着……”

还没等纲子搭言赵工程师就炸了。“你们到底是不是来谈生意的，啊？我看你们是另有所图吧！还是那句话，样品我给你们拿来了，有诚意的你们就回去请示老总，没诚意的话……”冲纲子，“纲子，给我送客！”

苑琳也急了：“怎么没诚意啊？我们大老远来的，我们高价收购你们的样品，你当我们是闹着玩啊？”

赵工一拍桌子把我惊得一蹦：“那好！你们是哪家经销商？门号？你们老总是谁？来来，你拨个电话给他，我亲自跟他谈。”

一句话，我们就穿帮了。

我夹在中间左右为难，正打算说几句软话给赵工的情绪稳住。“啪”的一声又把我惊得一蹦，苑琳把自己的公安证件给拍桌子上了。

“没错！我们不是什么经销商，我们是公安局的。你厂的那两位职工涉嫌一场杀人案！我现在要求你配合我们取证调查！你现在的首要工作就是跟我们交代那两个人的一切情况，要完整的！少一点我让你们吃不了兜着走……”

赵工眼睛发直。本来拉门想出去的纲子也站住不动了，竖起耳朵听着下文。

我此刻的感觉就如同脑袋上被人削了一闷棍，要不怎么天旋地转呢？

赵工发了几秒钟的呆，等苑琳发飙结束，他又说话了。这一次，青筋暴跳。他说：“你在我的办公室里拍什么桌子！啊？公安局的怎么样？谁犯的罪你逮谁去，你吹胡子瞪眼干什么？我走得正行得端，我光明磊落，你跟我犯不着来这套！”

“我活了几十岁，还是头一回让人威胁，”赵工说，“我最瞧不上眼的就是你们这帮耀武扬威吓唬人的主儿！说什么让我配合你？行啊，你有文书吗？你有那个什么什么令吗！”

十分钟之后，我和苑琳灰溜溜地被请出了刀具厂。姓赵的工程师气得满脸通红，冲着我和苑琳的背影骂了句东北土话：“呸！给你尿性的。”

我在前，苑琳在后，我们走出了五百米开外，谁也没理谁。

苑琳一边走一边自语：“这老家伙，还挺懂行，还问我要搜查令，这要是没点真玩意儿还真唬不住他……哎苏律师，刚才他骂的那句，什么‘尿性’的，那什么意思啊……”

天地良心啊。我实在想忍，实在不愿意在这个节骨眼儿上发脾气。可偏偏这几天上了点火，偏偏一咳嗽的工夫就出了口痰，偏偏他苑琳做了蠢事之后还问了那么一个傻问题在我遍地找不着痰盂的时候。我感觉从心里一直痒痒到嗓子根儿，回身狠狠一口差点吐在他脸上，猛一把揪住他的脖领子：

“姓苑的，你他妈缺心眼儿啊！”

苑琳怔住了。他没敢反驳。

他老老实实，没敢做出丝毫反驳。

他轻声嘟哝了一句：“干嘛呀这是，没什么大不了吧，至于这样么……”

至于这样吗？他竟然还好意思问我至于这样吗！

叫李秉财和孙茂盛的那两个工人是在三年多以前被赵工开除的，原因是不安分不守纪，后来一同去了外地。时间，地点，因由——种种迹象表明这二人初步具备案犯特征，非常值得怀疑。可就在这么个关键时刻，苑琳把身份暴露了。谁能保证人家在厂里没个仨兄俩弟？谁能保证没人给他们通风报信，从而给他们逃窜的时间？沈凝夏的生命只剩下4天，就算上诉成功，也不过个把月时间。如果李孙二人听到风声，躲上两个月，我们就一点希望都没了。我们目前只是怀疑，并无确凿证据。难不成让我在二审的法庭上只拿几张刀具厂的照片，告诉法官凶器产自哪里，一共制造过多少，都发给了谁，就能免沈凝夏一死吗？

苑琳听完也傻眼了。怯声怯语地问：“苏律师，那你说怎么办？我他妈算没治了，整个一木鱼脑袋。”说完狠狠拍了两掌。

“行了行了，”我一摆手，“咱找个地方吃点东西，顺便想想下面该怎么办吧。”

我和苑琳一前一后进了路边名为“风味土笼鸡”的饭店。说是饭店，其实就是个小吃部，总共支了八九张桌。我们坐在东北角，僻静一隅，扒拉几口生硬的米饭，低声商量着对策。

我一筹莫展，想了四五个办法，又被自己一一推翻。这一来二去，时间就到了下午。饭店的生意不错，身边的食客们来了又去，已经换了几批。我冥思苦想，手指头不时磕着桌面，一本正经地和苑琳阐述我的想法。苑琳老兄一反常态地矜持了起来，低着头一言不发，始终摆弄着自己的手机。

在这样一个下午，我的心情被苑琳搞得一团糟。我一把将手机夺了过来：“我说你这人怎么回事啊？我这儿跟你费了半天唾沫了，你好歹给个反应啊！”

苑琳缓缓抬头，淡淡一笑把声音压得更低了：“苏律师，我跟你汇报个情况，你先别动声色听我讲。”

苑琳说："在我侧后方，西南角那儿，有人盯着咱们呢。"

我怔了一下，拿起一片餐巾纸擦了擦嘴，顺便瞥了一眼。

果然！西南角那儿坐了一个男的，边用筷子拨弄盘子里的菜，边作侧耳倾听状。不是别人，正是老赵厂里那个沏茶的小工，纲子。

"我盯他很久了，我们刚进来他就到了，一直坐在最远的位子上监视着咱们，"苑琳说，"咱这顿饭吃了两个多钟头，他也吃了两个多钟头——很显然，这是个'探子'，是冲咱们来的。"

我恍然大悟，敢情这苑琳一直不声不响，用手机的反光面和对方玩侦破与反侦破呢。我和这位大哥合作了一星期，此间尽给我添乱了。这次第冷不防给我一个回报，我还真是受宠若惊啊。

"这……咱们该怎么办？"情况上升到反侦的高度，我就没主意了，结结巴巴地问对面的苑琳。

"这儿人多，咱们不好下手。待会咱们结账，出了门找个僻静地方对付他。"

苑琳抬手唤服务员："结账。"

出了饭店，我们磨磨蹭蹭地走了十几步，眼角余光观瞧，纲子也跟出来了。我和苑琳故意把声音抬得老高，嘻嘻哈哈地拐到一个巷角。纲子不知是计，战战兢兢也跟过来了。转弯处，纲子刚一探头苑琳的脚就到了。他抓住纲子的上衣，下面一个扫堂，接着跟步再来一个擒拿，纲子惨叫一声，被苑琳按在身下。

此刻的苑琳仿佛凶神恶煞："小毛贼，跟踪老子半天了！谁派你来的！"

纲子的头被苑琳牢牢按住吃了一嘴泥巴，他挣扎着歪过头："大哥……大哥，轻点儿……我不是贼，我是群众……是……是来举报的……"

"你们不是警察吗……你们不是要找……找李秉财他们吗，"纲子气喘吁吁地说，"他是杀人犯，我知道他在哪儿……"

随后的五分钟里，这个叫王纲的刀具厂工人，在苑琳的武力威胁之下，断断续续地说明了来意。

王纲交代，刀具厂工人李秉财，当地有名的地痞，自幼惹是生非，靠着他和厂长的关系进了刀具厂。三年多以前曾相中厂里一名女员工，施以调戏的过程中正碰上女工的男朋友。双方大打出手，李秉财伙同孙茂盛打折了人家三条肋骨。此后，车间主任赵大成顶着二人的威胁，汇报给厂领导，将二人开除。此后传闻李秉财与孙茂盛合伙去D市做起了买卖，究竟是什么买卖，谁也不知。大约几个月前，李秉财独自一人惨淡回乡，躲在娘家，深居简出至今。

苑琳听完双手用力："还有呢！你不是说他杀人了吗？杀人是怎么回事？说！"

"我说啊，我全说——他是杀人了，千真万确！"

"你是如何知道？"

"我是……我是听别人说的，那个人的话绝对可靠……李秉财杀了人，和孙茂盛合伙杀的，你们放了我，去抓李秉财……”

苑琳质问：“那人是谁？说！谁告诉你这个消息的？”

此后，任苑琳怎么问，王纲就是不回答。只是再三强调“这消息千真万确”。

苑琳大怒，王纲的胳膊在他的手里被弯成了一个极其夸张的形状，疼得王纲声泪俱下。

“大哥，我要是说了……你们给保个密行不？”

苑琳说：“那要视你的表现而定，如果你积极配合有问必答，保密也不是不行。”

然后王纲就都坦白了。

他说的那个“绝对可靠”的人，就是李秉财的老婆。

李秉财的老婆于小月就在刀具厂旁边的粮库上班，早年在农安县里也算是姿色上乘的姑娘。单位一墙之隔，王纲与大自己几岁的于小月抬头不见低头见，也有一面之交。于小月这姑娘内向，怕事，以至于后来为什么在李秉财的围追堵截下也没有报警，以至于再后来为什么流着眼泪嫁给了李秉财也就不难解释了。

终日酗酒，动辄对她施以暴力的李秉财离开农安前往D市，对于小月来讲是个莫大的解脱。她锁了家门，回了娘家，着实过了几天舒心的日子。然而好景不长，瘟神李秉财于数月前偷偷潜回乡，不敢回家居住，干脆就住在了于小月的娘家。

王纲在李秉财离家这段时间里暗中和于小月走在了一起。二人也有远走高飞的念头，直到李秉财杀了个回马枪才追悔莫及。王纲曾在不久前找到于小月，向她表达了一番决心。王纲要找李秉财面谈，他的想法很天真——他可以对小月好，他要和李秉财公平竞争。王纲说：“我正大光明地和他提要求，量他也不敢把我怎么样。”于小月闻言花容失色：“不敢把你怎么样？他连人都敢杀，还有什么他不敢做的事情？”

李秉财醉酒后曾告诉于小月，他和孙茂盛在D市干了番“大事”。一是用以炫耀，二是借此敲打老婆一心服侍自己。于小月心惊胆战，到底把这事儿捅给了王纲。这件事成了王纲心头的一块病，他想到派出所报警，又恐于证据不足弄巧成拙连累了自己和小月。踌躇不前了几个月，直到遇见了两个身份不明的人来调查李秉财，一直对此敏感的王纲心生疑虑，这才尾随前来。试图摸清我和苑琳的底细，酝酿他的举报计划。

现在回想一下，苑琳不冷静地将证件拍在桌子上，算是拍对了！

我在一旁心花怒放——据王纲形容，孙茂盛和李秉财的体貌特征与沈凝夏交代的高矮两歹徒完全一致。至此，这件案子终于水落石出了！

接下来我们有两种方案，一是请王纲赵大成出庭作证，证实凶器的来源及案犯所为。申请拘捕李秉财。而我们则更倾向第二种做法——

苑琳问王纲：“你知道于小月娘家的具体位置？”

王纲答：“知道。”

苑琳与我相视一笑。他说：“王纲，我们现在需要你做一件事——跟我们去当地派出所，报警。”

王纲一听就不干了。“大哥，你你……你们不是说过，只要我老实交代，积极配合，你们就给我保密吗？都报了案，还保个啥子密？再说，要是敢去报案我早去了，哪还用得着你们押着我去？”

苑琳把眼一瞪：“随我们去报案就是积极配合！妈的别以为我猜不出来——案犯离开本地之后，你把人家老婆给偷了吧——问你话哪！对不对！知道这是什么行为吗？违法！就冲这一点，就该让你蹲个一年半载。我给你立功赎罪的机会，你别不识好歹！”

苑琳把他从地上拽起来的时候，王纲垂头丧气，哭的心都有。

报案，有两种选择。一是就近，将王纲带到农安县派出所，组织那里的警力对李秉财进行拘捕。二是直接与长春市公安局取得联系，那里虽远，可毕竟苑琳副大队长的同学在局子里任职，有熟人就好办多了。可来回一折返就要五六个小时，夜一长，梦就多。

我和苑琳迅速交换了意见，决定走一招险棋。苑琳直接给他同学打了电话，几分钟之后，我们带着王纲坐上了回长春的出租车。

剩下的事情我就没有决定权了，我和苑琳把王纲夹在中间，并肩坐在后排位子上一唱一和地做起了王纲的思想工作生怕他一时想不通再节外生出枝来。

王纲一脸沮丧哀声叹气的样子令苑琳又气又乐。

“我说你嘴里嘟嘟囔囔的干吗呢？念咒啊？实话告诉你，待会到了公安局把你了解的情况原原本本再说一遍，给你记大功一件。协助公安干警执法多高尚啊，别一副半死不活的样子……”苑琳道。

我配合着说：“不仅如此，拘捕了李秉财对你也是个解脱。不然，你和你的心上人什么时候才能在一起？”

“可不，那首诗怎么说来着——生命诚可贵，爱情价更高，若为自由故，二者皆可抛。把李秉财扳倒了你们才能自由，想想看，有什么比这更重要的？”

“但是呢——你要是临阵脱逃变了卦，放了案犯一马，那可就不一样了。到那时，何止是自由？你的爱情啊，甚至你们俩小命都要受到案犯的威胁。何去何从，你自己寻思吧。”

听完这番话，王纲在痛苦中抬了头：“二位，你们放心吧。开弓没有回头箭，我一定配合政府，把我知道的全部交代。我王纲和他姓李的拼了！”

苑琳重重地拍了拍他的肩膀，表情里一半是褒奖安慰，另一半则是掩饰不住的窃喜。

夜幕初上，我们在公安局里走了常规的报案流程，先后出示了证件，通报了案件的情况。鉴于本案的特殊性，长春市局马上做出反应，当夜派出警力拘捕嫌犯李秉财。

王纲坐在头车里带路，我和苑琳属于编外人员，只得在干警出发后偷偷地开车跟在最后面。之后的情节与此类题材的电视纪录片颇为相近，深夜十一点，干警四散，悄悄包围了李秉财藏身处。有人试探着敲门，一个羸弱的女人披着衣服将门打开。干警一拥而上，静悄悄的院子里传来半分钟的滚打声。又过了半分钟，屋子里亮起灯光，一切恢复了正常。

门开了，一个矮个子中年男人衣冠不整地被两名警员押了出来，塞上警车。

不费吹灰之力，李秉财顺利落网！

四野沉寂，星子漫天。这次第，我和苑琳没再灰溜溜地跟警车屁股后面，我俩玩命地飙回了长春市，比谁都飘，比谁都拉风。还好长春是在南边，不然我真怀疑我和苑琳还能不能一路飘回去——我俩早就找不着北了。乐的！

苑琳一路使劲地按着喇叭，深更半夜，嚣张至极。我说："你消停点吧，人家都睡觉呢。"苑琳说："就是要把这帮人通通叫起来见证我们的伟大胜利。过了今天，我就是天下第一捕，你就是天下第一律师！咱们把板上钉钉的死罪给翻了案，真他妈给劲儿！"

我说："还是先过了今天再说吧。"说完，看见苑琳特不解地侧过头看了我一眼。

苑琳说："苏律师，我真是瞧不惯你那副镇定自若的样子。没线索的时候你绷着脸，嫌犯落网了之后你还绷着脸。有没有点喜怒哀乐啊你？"

我现在的神经上起了一大片疹子——过敏，生怕再出什么意外。一路上我脑子里出现的都是武打片里小毛贼五花大绑在大铁柱子上咬舌自尽的场面，甚至还有一个瞬间，我想起了《乡村爱情》里刘英妈一脸痛心疾首地告诉刘能"抓错了"的情景。

在我看来，距离沈凝夏无罪释放还有最后一个环节，那便是即将开始的，对李秉财的审讯。

一个小时之后，李秉财被带进审讯室。苑琳参与了旁听。苑琳的同学挺客气，给我安排了一个休息室，还泡了杯上好的毛尖。我忘了自己动没动那杯茶，也忘了自己在那个几平米的小屋子踱了几百圈。直到我的手机响起，听筒那边是苑琳的大叫。

苑琳说我不会喜怒哀乐，可我会紧张。

沈凝夏的性命和自由，苑琳的爱情，苏醒的顶级律师梦都像美丽的棉絮漂浮在空中等待着落定尘埃。我按了接听键的那一刻深深地呼了一口气。这一刻，沈凝夏，苑琳，苏醒的人生轨迹同时发生了改变——苑琳在听筒里大叫："招了，李秉财全招了！他目睹孙茂盛刺死沈茗，并对强奸行为供认不讳。供认不讳！"

这一夜我做了个极致美丽的梦。我梦见自己在结婚进行曲的旋律中，穿过撒满玫瑰花的红地毯缓步向前。我在彩带和喷花的萦绕中睁开眼，看见我的裴蕾站在高高的台子上。右手边是名商巨贾，左手边是司法大员。撒贝宁端着司仪的麦克风一脸深沉地问新郎："很难想象，一方是最美丽的女总裁，一方是最新蹿红的律师，二人又是怎样冲破世俗的局限跨越重重阻隔走在一起的呢？今日你来给我个说法。”

我告诉他，轻描淡写地：“门当户对了呗。”

通常，人总是会梦见最想成真的那一幕。

光顾高兴了，这一觉我又没睡好。醒来的时候接到叶欢格的电话。

“上诉的事儿办得怎么样了？”

“放心吧，我已经托人给沈凝夏传达消息了。您就请好得嘞。”

“你托的人靠不靠谱？”

“废话！肯定万无一失，就看你的证据什么时候到位了。”

我大笑：“还找什么证据啊，案犯之一都被我们缉拿归案了！”

叶欢格尖叫了一声：“苏醒，你不是开玩笑吧？”

“真的，人就在长春市公安局扣着呢，已经招供了。你老老实实在无锡等我，我明天就能把口供带回去。”

接下来是叶欢格的再次尖叫，再三尖叫。省略之。

Chapter 14 一人得道，鸡犬不宁

此时距沈凝夏行刑还有些时间，我和苑琳请他的同学以及出力的干警们吃了顿饭，翌日带着口供先行返回无锡。经济舱的机票一如既往售罄，这一次我们选择了火车。一切诉讼都要等沈凝夏的上诉流程完成后才能进行，就算买头等舱飞回无锡也是徒劳无用。我们在火车上美美地睡了一觉。

第二天，我和苑琳回到无锡，将手里的口供提交上去。沈凝夏彻底转危为安了。

那一刻，我和苑琳没有笑出来，浑身都在微微颤抖。那是一种惊心动魄的紧张，回想这几天，每一个片段，每一个人，每一句话，都有可能让故事发展成另一个结果。但我和苑琳无疑是幸运的，每一个齿轮都不偏不倚地咬合，成就了我们的传奇。

我们没笑，可叶欢格笑得那叫一个欢实。她说："苏醒，你知道我现在最想做什么？"

"我想啵你一口！"她说。

我特狗腿地回头看了眼苑琳，然后深情款款拖着尾音地对格格说：来吧——

随后的故事简洁明快。案犯李秉财被遣送至无锡市公安局再度进行审讯，他是一个贪生怕死之辈，除了对强奸一事供认不讳之外，把所有的罪行都推在了同伙孙茂盛的身上。据称，D市的一位富商雇佣了孙茂盛，随后孙茂盛伙同李秉财为其壮胆，行凶之后，又是孙茂盛指挥李秉财逃离现场，分给他人民币一万元之后二人分道扬镳。至于那位幕后指使人是谁，孙茂盛又躲在了什么地方，李秉财并不知情。问及凶手孙茂盛如何销毁指纹一事，李秉财也是一问三不知。

但是，这并不能阻止对沈凝夏无罪的最终判决。

不出意外，沈凝夏很快就将获得取保，并在一切手续完成后正式无罪释放。

这些事我都没有过问，我的任务已经完成，第二天我便和叶欢格双双飞回西安。

尽管如此，我的低调行踪也没能逃过媒体的围追堵截。在无锡机场的安检处和西安机场的出口，我和叶欢格两次遭遇大批记者的采访。

“请问您是如何在一审判决不利，当事人拒绝上诉的情况下，坚持跑去千里之外为沈凝夏取证申冤的？”

“听说您是在千里之外的长春与干警合力把案犯抓获的，您能介绍下当时的情况吗？您当时的心理状态是怎样的？”

“传闻您自费打完了全程官司，并且没有获得任何律师代理费，是这样吗？请问您为什么要接这样一场高风险低回报的官司？”

“您觉得自己是最好的律师吗？为什么？”

“……”

叶欢格谦逊地躲在一旁，笑眯眯地看着我应付记者的提问。我不慌不忙一一作答，既没有夸大功劳，也没有回避事实，好歹让他们满足，放行了。

回到西安之后，我请了个假，安安稳稳地睡了两天好觉。没有想到，这也是属于我最后的安宁。先是上班的时候，老翟率领东寰全体律师列队鼓掌欢迎我的回归。紧接着，我的那些事迹就见了各大报纸的头条，诸如《22岁律师勇创司法界奇迹》等等，特玄幻，特能忽悠。不仅如此，这帮人不知从哪里得知了我单位的电话，未经我的允许便登在了报纸上。

以往，譬如“未名母鸡疑似生出三黄蛋”这样的消息都能引来数十万网络点击，何况我这是有名有姓有根据的一“22岁司法界奇迹”呢？

信息时代的可怕之处就在这里，它可以架上云梯送君直上云霄，轻易间就捧红一个人。当然，它也可以瞬间撤了梯子，让这红人摔得鼻青脸紫。

如今，属于我的梯子就这样高高地摆在我的面前，我不爬都不行。

再之后，我办公桌上的电话，乃至其他同事的电话都成了热线。有热心的群众来表扬鼓励，也有人慕名打来咨询业务，还有的，扬言出天价雇我出头为其打一场官司。

一连十几天，这种情况不但没有淡去的势头，反而愈演愈烈，东寰上下的师兄师叔们都快成了苏醒的接线员。老翟就在这个时候给大家开了次会。这次会议我没参加，叶欢格事后偷偷告诉我的。

叶欢格是一边嗑着葵花籽一边向我复述的，咔吧咔吧的，很有节奏。

“那些个大小律师们……咔咔……都炸了，纷纷向老翟抱怨这班没法上了，让个小毛孩子占了鳌头……咔咔咔……也太不拿人当腕儿了。老翟倒是力排众议，他的意思是……咔咔……东寰飞出金凤凰是大大的喜事。咱们啊，得利用这个优越条件。苏醒火了，咱东寰能不火么？咱东寰火了……咔咔……大伙能不跟着借光吗……”

我明白了，老翟的想法是，一人得道，鸡犬升天。

而东寰目前的情况是，一人得道，鸡犬不宁。

我对叶欢格说，老翟也单独给我开了个会，你想知道么？

“老翟是大棒加甜枣政策。先给我上了堂政治课，让我谦虚行事，低调做人。见到其他律师抢着点头问好，该叫师兄的叫师兄，该叫师叔的叫师叔……”

“那甜枣呢？”叶欢格问。

“甜枣就是，”我忍不住傻笑了两声，“老翟决定把我的办公位置调整一下，南边腾出来一间宽敞的办公室，现在正装修，等装好了让我搬进去。”

“那你呢？你怎么答复他的？”

“大棒我肯定不能忍，我凭什么低调啊？那官司的胜利是我身体力行换来的，又不是侥幸捡来的，那叫实力！有实力的人生不需要低调。不过那甜枣我可得笑纳，装修一结束我就搬进去。多排场的办公室啊，坐北朝南的红木写字台，小牛皮的沙发……我也算给你腾了个地方，以后你也甭跟我委屈得挤一张办公桌了。”

叶欢格的“咔吧”声戛然而止。她慢悠悠地笑着问我：“苏醒，那红木的办公桌，小牛皮的沙发，你真的那么向往？”

“废话，”我说，“你忘了老翟让我自费打这场官司时怎么说的？——这里不是慈善机构。没错，这里也没有爱心大使。我死乞白赖倒贴这场官司，又拼死拼活地赢下来，图什么呀？不就是图个出人头地吗？这红木和小牛皮就是对我的肯定和回报。”

“其实我挺不懂你的。”叶欢格低头，说了这么一句话。

“不懂我的时候你就拿自己做比方，格格，从咱俩第一天共事开始，就不停地受那些老律师差遣挤兑，每晚最后一个走人，每月拿着最低的律师费……我就不信你没抱怨过，我就不信你没想过有一天独占一间办公室！”

叶欢格的笑容愈发变冷，她说：“苏醒，如果我告诉你，我压根儿就没想过呢？如果我告诉你，我也坐过小牛皮的办公室，而且是那种澳洲小牛，从生下来背上就没挨过一鞭子的那种小牛呢？”

越吹越玄。

“嘿嘿，我信了，我信了还不成么？”

言罢我笑嘻嘻闪人了，叶欢格瞪着大眼睛目送我离开。脸上那股楚楚的表情让我心神不安。明明是踩了一地瓜子皮，却更像是一摊玻璃心的碎渣渣。

这是东寰事务所里最豪华的一间办公室，淡蓝色的窗纱是我自己选的，窗外垂杨斜柳，阳光似锦，空气都弥漫着殷实的香气。其实那就是普通的甲醛味道，因为心情好，就连甲醛都变得别致了许多。我在这间办公室里正襟危坐了三天，充分享受了这场官司带给我的荣耀。律师中的暴发户苏醒躺在牛皮座椅里舒泰地伸着懒腰，偶尔的一刹那也会生出莫名的不真实和焦虑感，生怕醒来时一切都成了虚无的泡沫。

与此同时，老翟的焦虑一点也不亚于我。

周末，老翟拉着东寰一票人马在当地有名的川菜酒楼里摆了四桌。通知我的时候轻描淡写，等去了才发现，这顿酒宴专门为我接风而设。坐在第一桌的都是老资格律师，生生地把我按在最夺目的位子上。老律师们笑容可掬，先是把我海夸了一通，接下来又是斟酒又是夹菜，热情得让我心疼。后来得知，那些皮笑肉不笑的统统被老翟请上了第二桌，不能不说他煞费苦心。

我酒量不济，可今天状态却异常神勇，到底完成了一瓶啤酒的壮举。一边喝着我一边觉得可笑——什么叫众星捧月？这就是众星捧月——这一桌人等究竟有几个是对苏醒心悦诚服的？答案是一个都没有。人家都是会发光的恒星，我只是个不能自理的小月亮。他们这么玩命地阿谀奉承，不过是因为我借了点太阳的光，而他们也想沾沾我的清辉罢了。就拿对面那个笑得横肉乱颤的姜大律师来讲，前两天还大声小气地找老翟理论，说他苏醒小小年纪凭什么坐那么舒泰的办公室？就他那个官司，证据齐全人赃并获，还用他辩个屁？叫个人就能赢下来！

姜大律师今天就坐我旁边，之所以没被老翟请上第二桌完全是因为人家笑起来好看，笑得真实，笑得满脸皮开肉绽，演技丝毫不输金鸡百花得主。

老翟知道我的酒量。一瓶过后，老翟使了个眼色，没人再言敬酒。我就知道，这眼色里肯定包含了后续节目。叶欢格的运气就没我这么好了，她坐在最后一桌。我不胜酒力的时候她那边的声势刚起来。那些憋了一肚子气的律师们见老翟把我重点保护起来，转念又生出了新点子。人人都知道我和叶欢格的关系不俗，于是把憋了多日的邪火全都撒在她的身上。刚开始敬酒还像那么回事，你来我往末了不忘说几句客套的话，后来我就发现情况不对，这帮人站好了排跟走马灯似的。那架势，非把叶欢格掀翻了不可。

叶欢格小丫头坏着呢，从一开始就嚷着头晕，作脚扑朔眼迷离状。后来这酒越喝越清醒，这姑奶奶把酒瓶一趸：“敬我的酒有个规则——你敬我一个可以，但也得容我回敬你仨。怂的都给我靠后！”

有几个闻风丧胆的，也有几个被叶欢格回敬后直接被搀去卫生间了。

就在这个时候，一个足以改变我命运的电话打了进来。

电话是南方某电视台打来的，意在让我参加他们的一个谈话节目。那节目因一个头型酷似小S，短裙和双腿闭拢的女主持而家喻户晓。包厢里太吵，我来到了酒店外，仔细核实了消息的真实性。纵是有些飘忽，我也清楚地知道，一旦参加了这个节目，我将声名鹊起。

这通电话打了十多分钟，初步约定了时间和谈话纲领。放下电话，我踉踉跄跄地刚一转身，被老翟扶住。老翟轻笑了一声：“哟，没想到这么快就有电视台找上门来。”

我谦虚地笑笑，想挣脱老翟，手臂却被他牢牢攥在手里。他偷着塞给我一个牛皮纸袋。里面装着钱，五捆整齐的人民币。

我一怔：“您这是……”

老翟笑："这是你该拿的，奖金。"

"这还没到年终呢……"

"不白拿，"老翟说，"过几天你上节目，我们都去给你当亲友团。你呢，适当介绍介绍我们东寰，也不枉你师父和你诸位师叔栽培你一场。"

"我会宣传东寰的，可钱我就不要了。"

"收下！"老翟又一次用力地将纸袋塞进我的怀里，"你不收，叫大伙儿怎么吃得下定心丸啊。"

老翟的意思再明白不过了。听了这句话，我没再拒绝。

我跟在老翟身后回到包厢的时候，叶欢格那边还没喝完呢。我眼睁睁看她一把拽起比她大两岁的杜律师："杜子腾，你怎么婆婆妈妈的，把这三杯喝了咱们的酒官司就算两清，哎你方才不是还耀武扬威想照量照量吗？怎么这会儿反倒怂了！"

杜律师的名字就叫杜子腾，我和叶欢格私下议论，都说他肯定是个早产儿。

杜律师一脸苦相："不行了，我真的不行了，饶我一次吧。"旁边的杨律师偷偷向老翟比量了一个16的手势，意思是叶欢格已经喝了16瓶了。

"祖宗唉，没见过这么能喝的小姑娘。"老姜吓得直咋舌。

叶欢格放开了杜子腾，仰脖把三杯酒都喝了。喝完潇洒地把酒杯往桌上一丢，放声大笑："你这人没劲透了。不服气你就说出来，咱们就当面比试！人前不敢言，背后嚼舌头，算什么本事！"

杜律师醉得一塌糊涂，不住地呓语着赔笑脸。他已然听不出叶欢格的弦外之音，而老翟和我却吓了一跳——敢情喝了16瓶啤酒的叶欢格不但没醉，还有指桑骂槐的精力啊。老翟微微皱眉，环视了那几个居心叵测而又烂醉如泥的律师，负气而去。

包厢里最后就剩我们两个，叶欢格拍拍我的肩膀，笑呵呵不语。

我低头，半天说了一句话："叶欢格，下次别喝这么多酒了。我知道你是为了我，但是跟他们……不值得。"

"呀，你还知道我是为了你啊。"叶欢格抬起头。

她说话时盯着我的脸，俩眼贼亮贼亮的。

我打车送叶欢格回家。丫头在车上呼呼大睡，车到楼下，任我怎么唤她也醒不了。

叶欢格比我矮了20厘米，徒有大胃王的雅号，可从来也见她没超过90斤。后来我一狠心，就把她打横抱起来上了四楼。她那个来路不明的女伴开了门，又一路艳羡的目光送我进了叶欢格的卧室。

我轻手轻脚将叶欢格放在床上，起身给她找开水和白醋解酒。在叶欢格的写字台上，我碰倒一只相框，其中一张叶欢格的单照异常熟悉，我随手拿了起来。

"啪"的一声，叶欢格跃起将那照片夺了过去。

我说："嘿，奇怪了，方才车上睡那么死，怎么说醒就醒了？"

叶欢格喝得晕晕的，脸上的绯红色特别好看。

“我也纳闷儿，平时尽看你苏醒作威作福了，什么时候也会服侍人了？”

“呸，我就是想看看你想装醉到什么时候！这碗醋我连糖都没放，敢再装死我就给你灌下去。”

诡计被戳穿，叶欢格笑得那叫一个忸怩，小脸儿更红了。

“我算服了你了，知道今天又喝了多少不？”

“咳，16瓶，清醒着呢。”

“你体内是不是有个解酒装置啊，这么喝也没见你喝高，太不可思议了。”

“什么意思啊你？是不是特盼着我喝高啊？”

“那倒不是，就是好奇，想见识见识。”

“嘿嘿，恐怕你没这个眼福了。就这心肝脾胃，没治了。”

“没心肝。”

“你上次就这么说的！苏醒你信不信我跟你翻脸？”

“没心肝。”

“苏醒。”

“嗯？”

“你给我笑一个吧。”

“……”

“笑一个我就放你走。”

“可我还没想走呢，今儿晚上我还就赖着不走了！”

“你不是说真的吧！”

我没敢耽搁，赶紧给叶欢格作了一个四颗牙的微笑。差点被小丫头从床头上踹下去。

“苏醒，你再给我哭一个吧。见着你的眼泪我就放你走。”

“成心刁难我是吧？”

“你不觉得你这人心特硬么？属于把别人惹哭了自己还能抱着膀笑出来那种人。我都被你气哭好几次了，我端着电话，一个人傻乎乎吧嗒吧嗒掉眼泪，都掉我嘴里了，要多苦有多苦！我就跟自己说，叶欢格，此仇不报非君子！早晚有一天我也抱着肩膀看苏醒吧嗒吧嗒掉眼泪，一颗都不许浪费，都得用嘴接住。看你苦不苦！”

“我的眼泪是甜的。”

“嘿，你怎么不说眼泪里还带气泡啊，跟汽水儿似的。”

“真的，不信我给你接一瓶？”

我穿了衣服，一言不发就往楼下跑。三分钟的工夫我又回来了。

“都给你了，500ml，我的眼泪都在里面呢。”

叶欢格懵懵懂懂地接过来看一眼，勃然大怒，把那瓶小包装的“醒目”狠狠向我砸来，我闪身躲过，一溜烟地下楼颠儿了。

半路叶欢格发来短信：苏醒你就继续走你的死皮赖脸路线吧，就你这样没个正行，小心老了得偏瘫！

我没给叶欢格回复，因为我看见手机上有个未接来电，是裴蕾打来的。回拨过去，响了许久才被接听。接电话的不是裴蕾，是一个陌生的女人。

我问：“您是……”

“我是裴总的私人医生，她方才打了一针，现在刚刚睡着。”

“打针？她怎么了？她得病了吗？严不严重？”我一连串地发问，连自己都没意识到语气里有多紧张。

“眼痛，发炎。”

“为什么会这样？发炎总得有个原因吧。”之所以这么问，是因为在我意识里眼病从来都是不足挂齿的，如果眼痛都要打针的话，要眼药水干嘛使的啊？

对方迟疑了一下，问道：“请问您是裴总的……”

“弟弟。”我说，“我是她弟弟，请您告诉我她的情况。”

她说：“不算严重，但是需要加以控制。”

她说：“裴总近来的火气很大，郁结成病。眼病只是一个现象，常此以往，裴总的身体早晚会垮掉。你是她的弟弟，应该敦促她配合治疗才行。眼睛上的炎症本来只是很小的症状，因为裴总的一再轻视，如今已经严重了不少，再不及时治疗的话恶化也不是不可能。”

“您能说得清楚一点吗？我该怎么敦促她配合治疗？”我问。

“你劝劝她，别让她喝那么多酒，还有——”

“别让她再这么掉眼泪。”她说。

裴蕾好像醒了，把电话要了过去。说起来很奇怪，自从那次一审结束后我和裴蕾在旅馆匆匆一别，就再也没了联系。在那场官司迷团重重的时候裴蕾曾一度热切关注过。但如今我把官司赢下来了，她却变得不闻不问。甚至一句祝贺都没留下。

今天，当裴蕾刚刚喊出“苏醒”两个字的时候，我便在话筒一端嗅到了酒精的味道。

裴蕾又酗酒了。

“姐，听说你病了，感觉怎么样？”

“没什么，姐很好，是真的。”

“听医生说你最近的情绪不是很好，到底怎么了？”

“公司的运作出了点小问题，很快就会没事了。”

从我认识她的第一天裴蕾就是这样的性格——倔强，霸道，甚至有些自欺欺人。即便是明睁眼露的事实，裴蕾也会郑重其事狡辩说，那只是你的错觉。

我不愿与她争辩。我对她的心疼远远超过争辩欲。

我轻轻叹了口气：“姐，我去看看你吧。

裴蕾只是笑：“看什么？看也是这个样子。苏醒，姐知道最近你很忙，即便是你有时间，也该给自己放个假休息几天……”

“让我去看你！”我又说。

“别别别，”裴蕾说，“你不要来。就算你有时间，我也不一定会有。即便你来了，我也未必会见你。”

再之后，电话成了忙音。

我握着电话，仿佛掉进一个散发着剧烈酸性气味的池沼当中，气流泛起的热度翻腾着，冲进我的鼻孔和眼底。我就那样怔怔地握着发烫的电话，久久忘记拿下来。方才与叶欢格那一幕愉快早已无影无踪。

第二天我没去上班，大妈家的堂哥苏宁从北京来探望我。要是别人我才懒得搭理，可我拿我这位堂兄那可从来都是奉若神明的。两年前，我拿初恋的照片去给大妈看，大妈全家对她一致看好，只有堂哥苏宁摇着头说：“这丫头鼻梁子上有块带棱角的骨头，从相书上来看，这样的女孩处不得。”我问：“何解？”他说，这骨头的学名叫“移情别恋”骨，顾名思义啊。我没信，告诉他这姑娘对我挺好的，虽说此前有过“移情别恋”史，可也许到我这儿就坚定不移了呢？我们不能拿有色眼光看人家，日久见人心，路遥知马力嘛。

结果呢，结果大家都知道了。

日久才见人心不古，路遥方知马力不足。

我曾偷偷窥探过叶欢格，她没那块骨头。裴蕾也没有，她是标准的悬胆鼻美女。我都没敢告诉她们我曾一本正经在她们脸上搜集过移情别恋的证据。

十点钟，我正和堂哥在茶楼闲谈的时候，叶欢格的追杀电话又响了。

“苏醒你又哪儿去了？今天开会你知道不？”

我说：“知道。你帮我请个假吧。”

“怎么又让我帮你请假？今天可是周一，例会！例会怎么请假？你让我怎么圆谎啊？”

“例会不就是例行公事的会嘛，谁说开例会就不能请假？那你就给我请个例假好了。”

然后叶欢格就石化了，我放下电话咯咯地笑。

堂哥看在眼里。他说：“这丫头，就是你说的格格吧。”

我点头：“就是她，跟个轰炸机似的，烦死个人。”

“口不对心啊你，”堂哥说，“你从接起她的电话就开始笑，放下电话也没停下来。有这么烦一个人的道理么？”

嘿嘿。我说：“哥，其实呢，还真是这样。我只要一想到这个叶欢格，就不自觉地想笑。”

“只是单纯的笑，还是，有一种快乐在里面？”堂哥问。

我点点头：“对，快乐。”

“你的那个什么裴姐，也给你这样的感觉？”

我想了想，回答：“不，裴蕾给我更多感觉的是忧伤。不是感时花溅泪似的小女子的矫情，而是一种实实在在的，可以左右我的情绪。她的焦虑，她的叹息，甚至锁一锁眉头，都会在我的意识里存留很长时间。有时，她会心的一笑，都会让我在恍惚间有种花开的感觉。”

“你爱叶欢格吗？”

我笑笑：“这个，我真不知道。”

“那你爱裴蕾吗？”

“爱。”

“你这么说我就明白了，”堂哥说，“叶欢格在你心里就像是你的妹妹，而裴蕾给你的感觉才是情侣，对不对？”

这一次，我又想了许久。我难为情地笑了：“还是不对。”

我说：“其实，我和叶欢格之间的感觉就是一对标准的情侣，是那种从80后沿袭到90后，教科书一般典范的情侣。我会跟她吵架，再哄好她，会送花给她，在冰天雪地的街角用棉大衣裹着她……而我和裴蕾，更像是姐弟之间的感情。”

爱情专家显然已经被我侃晕了。

“但是，”我又说，“哥，你不懂。前一种感情固然奢侈，终归是近在眼前的。这种感情我曾有过类似的，以后也一定会有。即便它不来自叶欢格，也会来自其他人。而后一种，是我一路走过来，又一路寻觅着的。好像离我很近，又从来都没眷顾过我。这么多年，只有裴蕾，给过我这种感觉。”

“哥，你还记得吗？那些年，我经常在黄昏的大院里闻到片刻的饭香。任我再怎么小心，再怎么蹑足潜踪也没用。只要我一想到家里的炉灶都拆掉了，那香味立刻就像长了翅膀一样从鼻尖下溜掉。后来，我毕了业上了班，吃喝不愁，那平常的饭香却一刻都没有忘掉过。我想过了，并非是我不知好歹——我不需要好上加好，只想追求我缺失的那一部分感觉。”

我侧过脸，望向窗外。小女孩手执风车，呓语着，紧紧跟在她妈妈的身后。

堂哥说：“苏醒，我知道，二婶走得早……”

我赶紧一笑：“哥，咱别说这个了，茶都凉了。”

堂哥苏宁一笑：“这么说，你是要辜负叶欢格小丫头一片心意了？”

“咳——人家是大家闺秀富二代，有资历，有背景。我呢？穷二代一个，我唯一养得起她的地方就是可以让她养养眼。更何况，呵呵……”

我坏笑了一下，对堂哥说：“叶欢格她，&%@￥……”

堂哥的嘴惊得能塞进去一个鸡蛋。

“真的假的啊？”他问。

“Who knows？”我耸耸肩，笑得手舞足蹈。

Chpater 15 当幸福敲响苏醒的门

一周之后，我如约参加了南方电视台的那期访谈节目。老翟率领众多律师落座在前排，手执写有“东寰 苏醒”的Q版广告语大牌子，气氛堪称热烈。那位名嘴姐姐张弛有度的提问和苏醒滴水不漏的回答相得益彰，观众捧腹之余，掌声雷动。

访谈的最后，那位姐姐问了这样一个问题。她说苏醒，大家都知道在这场官司里，当事人几经生死，那么在你最困难，最绝望的时候，是什么因素支撑你继续查下去？直至找到了那柄凶器的线索，救下当事人的？

我盯着摄像机的眼睛里带着几分坚毅，我思考了足足二十秒，微笑着回答：“过了这么多天，我的记忆早就模糊了。当时没什么逻辑条理，徒剩一身劲头。回想起来，那种劲头大概就是对当事人供词的认可，对法律的信任，还有的，就是一个律师最基本的责任心和良知吧。我不允许我的案子在存在诸多疑点的情况下差强人意地结案，我想做一个力挽狂澜的律师，这是我一直以来追逐的梦。我记得那天我对自己说，苏醒，再坚持一下，也许你的梦就在墙外，它已经扬起手，下一秒就会来敲你的门了。”

后来我看了节目的回放，说完这席话，观众席报以半分钟的掌声。摄像机从观众里迅速捕捉了几个人的表情，同龄人的眼里攒着感动和佩服，上了年纪的长辈大多透出欣赏之意。叶欢格的小巴掌拍得最为热烈，她已热泪盈眶。

其实，我在摄像机前撒了个弥天大谎。

案子进行的过程中，我的确困难过绝望过。可我从来没那么无私地想过。相反，苏醒的私心占据了一切。沈凝夏一审判处死刑的时候我脑子里一片空白，只剩下我和裴蕾的对白："姐，我要你等着我，等我回来娶你……"

我很清楚地知道，沈凝夏的案子是我唯一的云梯，只有赢下来，才能成为律师界的新贵，才能比肩裴蕾，才能永远站在她的身边。这最后一个"才能"对我的诱惑太大了，甚至大过了我的责任心和良知。

能赢下来这场官司，除了我的运气，便是对裴蕾的爱。

很不幸，我把他们都骗了。

在四十五分钟的节目里，我提到五次"东寰"，平均九分钟出现一次。

每九分钟一万元，老翟的广告费物有所值了。

如此的广告效果是立竿见影的，东寰律师事务所因此名声大噪。本月度，我们所的业务量超过平时三倍还多，所有的律师无不加班加点。在这个月里，东寰上下没有一个人的收入低于两万元。

与此同时，我陆续出席了几个咨询，并且接下了一个西安钢铁大亨的案子。那个叫简桐的富豪许下天价邀我出马，为几桩高科技知识产权转让纠纷。我同意了，案子的结果令他大为满意，那个几乎什么也不懂的专利发明者只分到了极少一点补偿金。这个案子令我有种助纣为虐的感觉，可代理费到账之后，我也就不那么较真儿了。

这一场诉讼，我完成了平生第一个百万的积累。

就在这个月的月底，我接到了一个短信，苑琳发来的。上面只有短短几行字：

兄弟，我去英国了。你是我的好搭档，也是我的好冤家。有缘再见，请你们多保重。

我什么时候成他冤家了？

这条短信我并未多想，信中"请你们保重"的"你们"，我想当然地理解成我和叶欢格。至于"冤家"二字，想必是这厮还对查案过程中的磕磕碰碰耿耿于怀呢。此外，我还在短信中挑出了另一点错——"我去英国了"一句，应该是"我们"才对吧。一晃这么长时间过去，苑琳和沈凝夏也应该正在进行时了。

我回复：我代叶欢格问候你们，祝你们一路平安。多保重。

我不知道自己是否在挑沈凝夏的理，但苑琳的短信的确害我失落了半个晚上。

我不求沈凝夏对我千恩万谢，但是这个女孩竟然没有留下只言片语就这么离开了。我失落，因为自己曾跪在枪口下，豁出身家性命去保她一命。我失落，更是因为那个下午，她曾清清楚楚告诉我："如果有来生，我希望还能认识你。我希望能在你身边，照顾你……"或许是我太敏感了，把一句普通的感谢当成了锦瑟流年里男女之间的许诺，甚至，示爱。

沈凝夏用实际行动把这句话收回了。事实上，即便沈凝夏坚持这个许诺，我也不会认可。可今天，我认定她信口雌黄的时候，心理却一下子失衡了起来。

也许叶欢格是对的。她说这事儿怪不得沈凝夏，她只是一棵无根浮萍，随波逐流是她的唯一选择。当初我能保她一命，于是她随了我。如今苑琳能给她新的生活，带她离开这个是非地彻底摆脱这场官司，她便随了苑琳。是啊，对于一个刚脱了干系的嫌犯，还有比嫁人，移民更理想的事儿吗？

我忘了是哪一天，MP3里多了那一首凄美的《洛丽塔》，我时常伴它入眠。但是这一晚，我把它从机子里删掉了。

我开始变得财大气粗起来。还了叶欢格的借款，顺便送了她一套加拿大Arc'Teryx Beta顶级滑雪服。订做的，7000多，上面绣着YHG字样。叶欢格欢喜得不行。

自从东寰的业务和同事们的收入激增，那些老资格的律师开始拿我另眼相待了。老翟和诸多同事都明白，东寰这小庙养不下苏醒，单飞是迟早的事。大概是律师们意识到了这一点，所以除了那些合伙人，其余的律师不约而同地打了我的溜须。谄媚，拉家常，甚至送礼，大有“如君另立门户，卑职愿效犬马之劳”的意思。

周一那天刚上班，老狐狸姜律师就敲开我办公室的门。我请他落座，还给他倒了杯上等的冻顶乌龙。老姜嘴上说没什么事，坐下之后，一时半会也没有离开的意思。我有一搭没一搭地跟他聊着，看见他手里捏着一个挺神秘的玩意儿，用报纸层层包裹，心里顿时明白了几分。

老姜问：“苏律师最近感觉精神状态如何？”

我说：“不怎么样，忙得头晕目眩。一个字，就是累。”

“看出来啦，天天都是黑眼圈。苏律师能者多劳，操劳是难免的啊，”说到这，姜律师神秘兮兮一笑，“一准知道苏律师辛苦，我啊，给你备了样东西。”

言罢，将报纸一层层打开，露出几个精致的小烟盒。

我知道老姜接下来要给我送礼了。只是没想到他这么大胆子，他的“礼物”着实把我吓得不轻。

“这……什么呀？”

“嘘——”老姜一笑，做了个口型，“大一麻一烟。”

“毒品？！”我把脸一沉，“姜律师，这东西可是违法啊！”

老姜讪讪地笑着，压低声音：“违法不假，倒称不上是毒品。这可是提神醒脑的好东西，难搞着呢，一般人我可不给他……”

“呵——这么好的东西你还是自己留着吧，借我个胆子我也不敢用……”

“没那么夸张，好多人私下里都用一点，不然哪能保持充沛的精力？”

我坚决不收，姜律师执意要给，我不高兴了，刚想发作，外面又响起敲门声。杜子腾从门外一探头，吓得老姜一哆嗦拉开我的抽屉，把那纸包塞了进去。

杜子腾抱歉一笑：“苏律师，楼下有个人找您，说是让您下去一趟。”

老姜趁机起身：“那好，苏律师你忙，有空咱们再聊。”说完跌跌撞撞地跑了。

我无可奈何地看着眉飞色舞的杜律师：“谁找我？怎么不上来？”

“我哪儿知道啊，您还是亲自去看看吧。”

我披上外套下了楼，杜子腾没嫌费事，跟着我一起下来了。我站在事务所门外举目四眺，没人。

“刚才还在这儿呢，怎么没了？”杜子腾嘟囔着。

“你逗我玩呢吧？这哪有什么人？”

“哎哟我的苏大律师，您现在什么级别啊我敢逗您玩？您的一分钟都值好几百，还是美金……真的有人找您，是个女的，美女！”

话音刚落，我听见身后响起一个声音。一个脆生生的女声，柔得不带杂质，轻得就像荡开一轮水波。

“苏律师。”她说。

“呐，就是她！”杜子腾眼睛一亮。

我转过头，看见一个纤细的女孩，婷婷袅袅地站在我的面前。我有点愣神，眼熟，但，不认识。

她梳了一个马尾，穿了件挺单薄的鹅黄色小棉服，洗得挺旧的紧身牛仔裤，白色运动鞋。身前背着橘红色的大挎包。我的第一反应——这是个在校大学生，政法大学的小学妹。可我什么时候有过这么个窈窕可人的小学妹？再三打量，似曾相识。

“苏律师。”她又叫，眉头轻挑，笑得眼睛眯成一条线。初冬的阳光适时从她的头上如水泻下。在这样一个早晨，这女孩竟然给了我一种童话书里主角邂逅时才有的惊鸿之感。

“你当真不认识我了？”她的笑容收敛了些，一脸惊奇地看着我。

我靠。我在心里大叫了一声。

“沈凝夏？你，你……怎么会在这儿！”

“呵呵，”她这下开心了，声音还是那么轻，一字一句地说，“这有什么稀奇的，你是我的大恩人，我是一定要来感谢你的。”

杜子腾在我身后眉开眼笑，上下打量着沈凝夏，末了说：“不打扰二位了，苏律师我先上去啦。”

原本沈凝夏就有些束手束脚，被她这么一说，脸上镀上了绯红色。

我说：“咱们也上去吧，到我办公室，边坐边聊。”

沈凝夏一笑：“还是不了，到那里我怕我会紧张得说不出话。”

我一想，属实也不是那么回事。沈凝夏曾是个嫌犯，也蹲过大狱，楼上端坐着一帮律师，想必沈凝夏会心生敏感。

她微微低头，很正式地问：“苏律师，也不知道怎么感谢你才好。我想请你吃个饭，你能赏光吗？”

想必沈凝夏真的拿我当腕儿了，连说话都是这么小心翼翼。

“当然了。”

“那……你什么时候有时间？要是你忙的话，我就在这儿等你……再忙的人中午也要吃饭的，对吧。”她说。

我忙是不假，拿自己当腕儿也不假，可我再忙再拿自己当腕儿也不至于让千里迢迢来请我吃饭的沈凝夏等一个上午。要说沈凝夏这样的女孩子都具备这个本事——前两天我还在埋怨她不懂事故，不通人情。转过天，人家找到我的楼下，一个出其不意的亮相，我所有的不快顷刻烟消云散。

“不忙不忙。”我笑得一脸灿烂。

“那……”沈凝夏又问了，“要不要叫上叶律师，一起？”

按说，这顿饭真应该叫上叶欢格，她为了沈凝夏的案子也算费尽周折。单说替她上诉，那往返的机票就5000多呢！但我还是心有余悸的。叶欢格对沈凝夏向来不友好，她为沈凝夏所做的那些事不过是看在我的情分上迫不得已而为之。加上她那个快言快语的性格，酸脸臭脾气……本来沈凝夏一番好心，没准儿就给弄褶子了。而且我也从沈凝夏的口气里听出了一二，她之所以这么问，多少也有些忌惮叶欢格的意思。

“她还没来呢，”我说，“我先带你去景区四处转转，待会儿再打电话邀她。”

沈凝夏点头。当然，这通电话想当然地被我忘在脑后。

“始皇陵？华清池？你想去哪儿玩，咱们就去哪儿玩！”

“都好，但也都不好。苏律师，我来只想看看你，在街边走一走，跟你说说话。”

“那也可以边游览边说啊。”

“哦，”沈凝夏笑，“可是我笨，脑子慢，眼睛里看着景色，我就不知道该说什么了。”

于是，我只带沈凝夏游了西安市井，有好多还是我从未到过的地方，只是交谈一刻都没停。我打听了无锡一别后沈凝夏的境况，包括苑琳如何帮她取保，而后又是如何被宣判无罪释放的。当然，这些话题都是点到为止，因为我知道，对于一个受了冤屈的嫌疑人来说，沈凝夏不愿意回答与案子相关的问题，我呢，也不愿意追问——这些只是我作为她的前律师所应该表现出来的关心而已。

当然，我还有超出律师职责外的关心，俗称：八卦。

我问沈凝夏：“对了，你怎么没去英国啊？”

“啊？你说什么……英国？”沈凝夏似乎听清了我的话，又似乎没听清。

沈凝夏的迟疑并没有让我一颗拳拳的八卦之心归于安静。

“对呀，英国。”我继续追问。

沈凝夏尴尬地笑笑：“哦，你是说苑琳吧。”

“难道他没邀请你一块儿去？”

沈凝夏放慢了脚步，看着我一张故作诚恳的脸，再次把眼睛笑成了一条线。她用笑眯眯的眼神告诉我——我知道你想说什么，不用装得那么无辜。

我赶紧挠挠头，笑了。“其实呢，我早就知道苑琳对你有意思——咳，直说吧，就是一见钟情，为了你的案子他推迟了移民计划。”

“嗯，苑琳哥对我很好，这些我都知道的。但不是你说的那种……”沈凝夏的脸

“刷”一下就红了，慢吞吞说，“他已经认我当妹妹了，能认识他……我真的挺幸运的……”

听沈凝夏这么说，我就全明白了。尤其是那句“他已经认我当妹妹”了，令我极为震撼。

一个大男人，一往情深地爱上个姑娘，为其孤注一掷，为其矢志不渝。最后姑娘只是轻描淡写地告诉他：我可是一直拿你当哥哥看待哟。

悲惨不？不悲惨——苑琳老兄比这惨多了。前者好歹人家姑娘还留个念想给你呢，而沈凝夏居然能让苑琳主动松口认他当妹妹，吹灯拔蜡，连个念想都不给。我能想象到苑琳春风满面地喊出“妹妹”二字的时候内心是怎样的血肉模糊。绝啊，太绝了！

我没替苑琳感到遗憾，只是同样作为一个大男人，对于伙伴的夭折兔死狐悲地惺惺相惜一番罢了。何况在我看来，苑琳和沈凝夏根本就不般配。

按说我应该结束这个不自然的话题，可我又得寸进尺地追问了一个问题。

“不过，我真的不明白。”

“什么不明白？”

“你应该随他去才对啊。你在英国待过，应该知道那里的生活环境，学习条件有多优越。况且在国内，在国内，那个……”

“在国内，我有犯罪嫌疑记录，隔三差五被传讯配合警方结案。不少人都因此拿我另眼相看的。而在英国，天高皇帝远，没人知道我的过去，即便再怎么节外生枝也不会把我引渡回来对质……你是想说这些，对么？”

我点头。说实话我有点吃惊，我想到的沈凝夏都已经想到了。

沈凝夏没说话。看得出，我这个提问让她不高兴了。

“对不起。”我说。

“没关系，”她扬起脸一笑，恢复了女孩的阳光，“快中午了，苏律师你饿了吧？想吃点什么？”

本来我想找家西安有名酒楼，请沈凝夏吃顿特色本帮菜。可沈凝夏坚持由她来买单，我不好推辞，于是沿街找了家相对干净的小馆子，满打满算也超不过80块钱的那种。

沈凝夏点了四个菜，都是些相对实惠的肉菜。小丫头没见过什么世面，在她看来，有肉的菜才够丰盛，才够诚意。她不知道，近两个月苏醒吃尽穿绝。西安索菲特大酒店的澳洲大鲍我最多时一天吃过六个，吃到一闻见鲍鱼味就头晕，打那之后我每天寻思着到哪儿才能喝顿棒子面儿粥外加腌制的萝卜干咸菜，馋这口馋得不行。

我当然没和沈凝夏说这么多，相反，我看着她埋头在菜单里抿着小嘴唇，一行行看下去的时候，心里油然出一种很久违的感动。在我看来，这一幕远比一顿80元乃至几千元的饭要珍贵得多。

沈凝夏还想点，被我一把抓住菜单。“够了够了，吃不了。”

她腼腆一笑，轻柔的声音一如既往："苏律师，你是不是怕我破费才抢我的菜单？告诉你吧，我找了一份工作呢。"

"哦？什么工作？"

"平面模特。"她说。

沈凝夏没说谎，她的确在做平面模特，只不过是平面模特中最低等的那种。不上期刊，也不上杂志，更不是做代言，而是在淘宝网上做商户的活衣架。日常的工作就是等着卖家联系，穿上卖家的商品在影棚里接受拍照。薪水按日结算，不论一天内换了多少件衣服拍了多少张照片，一律150元。如果是内衣写真，可以再加50。沈凝夏的身材一流，相貌和皮肤上佳，百十块钱的衣服能生生地穿出大品牌的效果。加上人又随和，联系她拍照的淘宝卖家源源不断。沈凝夏不无欣慰地告诉我，仅仅是第一个月她便收入了1300元。

整个过程我没怎么说话，不仅没有替她高兴，相反感到莫大的悲哀。

虽说和她没有深厚的交往，可为数不多的几个照面让我笃定沈凝夏是同龄女孩子中的翘楚典范。性格，相貌，修养，甚至连说话的声音都恰到好处。早年考入重点大学，又有着留学英国的经历。卓尔不群的同时却从骨子里透出一股平易近人。放眼身边的女孩们，哪怕只有沈凝夏一半的优秀，就算是自恋，也恋得醉生梦死了。

而她却被一场灾难剥夺了优越的资格，如今的沈凝夏只能用一种卑微的方式生活着。她的这份模特工作既算不得高薪，也谈不上任何体面一一至少我是这么认为的——将自己的照片挂在网络上，供大批量的顾客每日浏览，甚至是身着暴露的内衣，任由那些流着口水的小狼品头论足YY一番……我想，如果换作是我，断然做不出这样灿烂的笑容。

我怔怔地盯着她那件有些简朴的鹅黄色小棉服出神，好像嗅到了她毛绒绒的帽子里散发出的很廉价的香草味。心里想的是，这样一个女孩子，太应该得到幸福了。

这就是我对沈凝夏贯穿始终的感觉——怜悯，以及因欣赏而愈发升级了的怜悯。

吃完这顿饭已经是下午，我开始关心她的归程。

"什么时候回无锡？票买好了吗？"

"无锡？谁说我要回无锡？"沈凝夏眨着眼睛，不乏调皮地问。

"啊？"我有点不知所措。

"呵呵，我来西安半个月了，在电视塔附近租了一间半地下室。我是一切都安顿好才来找你的。"

"你是说……你搬到西安来了？"

"怎么，不欢迎吗？"

"啊，那个……欢迎，当然欢迎。"

我心说这可是个大新闻，不知道叶欢格知道后作何反应。我有点后悔没问清楚就冒失地出来陪她闲逛了一天，早知如此，这顿饭什么时候不能吃啊。所以，在了解事实之后，我逛街的热情锐减。沈凝夏看在眼里，并不强求，草草地又聊了片刻，她准备告辞了。

我执意送她回家，她也不好推辞。我没截计程车，而是随沈凝夏跳上一辆公交。大概是被沈凝夏的淳朴所感染，所以我一身Dolce&Gabbana端坐在破旧的凳子上也没感觉出什么异样。

直到汽车到站，我起身站起，听见屁股下面"嘶啦"一声，用手一摸，心里那个血流如注。

下了车，我慢吞吞地走在沈凝夏身后。沈凝夏见状问："苏律师你怎么了？感觉你……"

沈凝夏绕在我身后看个究竟，顿时乐不可支——裤子被板凳上突出的金属铆刮开了一个三角口，不偏不倚，正在屁股上D&G中间那个"&"的标志上。

"这裤子多少钱？"

"300多。"我报了个零头。

沈凝夏一咂舌，她说："要不这样，我给你找一条别的裤子回去，这个我想法子给你补一下吧？"

"你会精工织补？"

"倒没有那么专业，我只会一些普通的织补。"说完扑哧就笑了。

我摇摇头。沈凝夏这姑娘有时也挺让人哭笑不得，比如我出了糗，她不像叶欢格那般幸灾乐祸地笑，而是强忍着不笑。那脸上憋出来的红润让我恨不得满地找缝。

她笑吟吟摘下那只橘红色的大挎包递了过来："苏律师，你替我背一会儿，好吧？"

刮破的位置正好被挎包挡住，尴尬被她化解得舒适得体。

不知为何，在沈凝夏的面前我失去了往日的优越。一向"唯财富至上"的我被面前这个女孩的贫穷所打动。她所表现出来的坦然和自信是那么与众不同。

到了她的楼下，沈凝夏邀我进去坐坐，我礼貌地拒绝了。客气地谢她的款待，互留了电话号码，我准备离去，却听见沈凝夏说了这样一句话。

"苏律师，我还没回答你的问题呢。"

"问题？哪一个？"

"你问我，为什么没去英国。"

"哦，我以为你不想回答呢。"

"嗯，这个……"她低下头，难为情地笑笑，"不是不想回答，而是不知道如何回答。老实说，我犹豫过，可后来不知怎么就决定留下来。"

"鬼使神差？"

"呵呵，对，鬼使神差。"

她说："至于是鬼使，还是神差，是对，还是错，现在还见不了分晓。不过，留下来的确让我很快乐。"

“至于原因，”她说，“等我理清了，想通了，再告诉你吧。”

我就这样浑沌地离开她的住处回了事务所。那个大挎包我忘了还，至于沈凝夏是不是忘了要，我就不晓得了。

可想而知，我背着沈凝夏的女士挎包优哉游哉地回到事务所的时候，我们的叶欢格大人有多么抓狂。

叶欢格推搡着我进了办公室，一把锁上门。她背着手来来回回地踱着步，疯狂得活像一头三天没捞着肉吃的狮子。

“她凭什么单独请你？凭什么！她还懂不懂一点最基本的礼数？我来来回回飞了多少次无锡，难道换不来她一顿饭和只言片语的感谢吗？她到底有没有心？”

我自知理亏，笑眯眯地看着她，屁也不敢乱放一个。

叶欢格越说越来劲：“苏醒，她这么做简直是司马昭之心！自恃有几分姿色，大老远搬到西安来，又请你吃饭，又要给你补裤子……她她她为什么要搬过来？有谁和她沾亲带故？”

我说：“叶欢格，你这么说话就没道理了。西安是你们家开的？谁来谁走还得经你同意？再说你不也是从D市屁颠儿迁过来的吗？你跟谁沾亲带故了？”

叶欢格瞪大了眼睛，深深吸了口气，好半天没吐出来。我吓了一跳，生怕这祖宗背过气去，赶紧住了口。

“苏醒你丫的跟我摆什么义正言辞的脸孔也没用！那上面就写了四个字——重色轻友！”

“没有没有，”我说，“我脸上哪儿是四个字啊，充其量就俩字儿——嫉妒！”

叶选手当时就不干了，狠狠一跺脚摔门而去。

其实我知道，叶欢格与沈凝夏不见得有什么深仇大恨。她之所以反应过激，不过是想在苏醒这里讨一个绝对优越的位置。只是叶欢格不知道，她在苏醒的心里从来都是高高在上无与伦比的，所以我每次抱着肩膀看着叶欢格气得寻死觅活的时候心里丝毫不觉忐忑。我坦荡着呢。我一想起叶欢格骑马找马的样子就觉得有意思。大傻帽儿。

叶欢格也好哄，刚刚还伏在桌子上抹眼泪儿，见我递过两张电影票，就阵雨转多云了。

《投名状》，首映式！”我一个劲儿谄媚，“回来的路上买的，怎么样？多少给我个机会吧。”

她抽泣着狠狠瞪了我一眼，然后，从两张票里抽出一张揣兜里了。

“苏醒，回头裤子脱下来给我。”

“干吗？”

“给你补补！”

"你也会补裤子？"

"会不会，瞧瞧看。"

当晚我请叶欢格看了《投名状》的首映，我捧着一大桶美国爆米花，看着叶欢格咯吱咯吱从头吃到尾，又在散场之后步行送她回家。这片子看得我义愤填膺，与其说这是部战争片，不如说是部彻头彻尾的悲剧，它撕碎人性，毁灭梦，让人绝望到战栗。

叶欢格暂时忘了白天的不愉快，一个劲儿问我："苏醒你没事儿吧？就是部电影而已，至于让你这么身临其境吗？"

"我这人不适合看电影，总爱把电影情节往自己的身上安。老实地说，我接受不了背叛，接受不了被欺骗。无论是友谊，还是爱情。"

叶欢格停住步子，回头看着我，头上月光皎洁，星子漫天。她狡黠一笑："苏醒，如果你最重要的人欺骗了你，你会原谅TA吗？"

我想了想，很笃定地告诉她："即便是你，我也不会。我这人记仇。"

她微微一笑，继续说："你这回答只具备特殊性，而不具备普遍性。你所谓的'记仇'是单单针对我一个人，还是全世界呢？"

"你想说什么啊？"

"也包括裴蕾？"

"她？她不会的。你别拿她说事儿。"

"我只是举个例子。"

"举例子也不行！"

"可你刚刚就拿我举例子了，她怎么就不行！"

我说："姑奶奶你饶了我行不行，咱不说电影了，我头都大了。"

叶欢格没说话，月光下，我清晰地看见她嘴角上浮动的冷笑。

我知道，我们最后谈论的范畴已不只是电影。很长时间来，裴蕾对我始终若即若离。这场电影给我的第一个念头是，我日夜牵挂的那个人，她到底爱自己不爱？

叶欢格的一席话不偏不倚，正好戳在我的心上。

已经入冬了，从那次台风中的分别到现在，8个月过去了。8个月，说长不长，说短不短。足够开始，也足够结束。

我独自踌躇了一个晚上，第二天早上见到叶欢格，以及我那条补好了的D&G。

我当时就不踌躇了。而是，悲摧。

我看见叶欢格高高地把裤子举在我的面前，那刮破的"&"位置上打了一个又大又圆的补丁！

多好啊，D&G变DOG了。

接下来的二十天里叶欢格大为烦躁。究其内因——这二十天是叶欢格的pre-period，period以及after-period。究其外因——她不知从哪得来的消息，她那个有权威的老爸最近迷上了百家乐，经常出入澳门高级赌场，屡败屡战，屡战屡败。这丫头悄悄查了她老爸的账户，最后拖着哭腔告诉我，账户里的一百万在近两个月内神秘蒸发。

“哇——”我惊叹。

“叹为观止不？骇人听闻不？”叶欢格咬牙切齿地说，“这个败家的老东西！”

叶欢格始终没有告诉我她老爸的身份。我只知道是个挺牛的人物，开雷克萨斯。天涯上有个女网友不是说过么——只有NISSAN天籁以上的车才能让我湿润。由此看来，叶欢格她爸几乎够资格去抗洪了，百家乐算什么？小赌怡情而已。

我说：“我是挺吃惊，但不是因为你老爸。我是感叹你居然连你老爸的私人账户都能监控到，够福尔摩斯的！”

“屁！”叶欢格说，“你还不知道我——别的能耐没有，小偷小摸地跟踪还凑合。”

而叶欢格烦躁的外因之二，又和沈凝夏有关。

我发现一个定律，互相仰慕的两个人，兴许一辈子没有接触的机会。可如果一个人膈应另一个，你会发现这人就像蝇虫一样无处不在，铺天盖地填满你的视听。

沈凝夏便是叶欢格眼里的蝇虫。她挥舞着蝇拍，四处追踪，恨不得将其赶尽杀绝。叶欢格是真下了功夫，而我也是真倒霉，寥寥几个和沈凝夏相关的片段，都被叶欢格捕捉个正着。譬如，某日中午我无聊地浏览沈凝夏在淘宝网上的照片，而后不堪疲倦睡着了。醒来的时候发现叶欢格正扒拉着鼠标啪嗒啪嗒点个兴起，再看屏幕，清一色是沈凝夏身着内衣的写真。

腰那个纤细。

腿那个颀美。

叶欢格的小脸儿那个黑。

再譬如，我托了一位有权势的朋友试图为沈凝夏换一份工作，介绍她为一个小有名气的时装品牌做手模脚模。作为中间人，我请那位朋友吃了顿饭花销几千块。不幸的是这情报也被叶欢格截获了。叶欢格一口咬定我和沈凝夏之间有何许何许的不可告人的秘密，而那几千块就是我把她怎么怎么了之后的补偿。

我真是有口难言。那淘宝网上的半裸照是她点开的不是我。虽说我也点过，可那是在家里夜深人静时点的。

而那几千块的花销我就更有必要和叶欢格说道说道，也顺便向她敞开自己的人生价值观。

我告诉叶欢格，现在的苏醒不缺钱，缺少的是人脉，地位，社交能力。缺少的是权！

钱与权就像人的上衣与裤子。有人愿意为一条上好的裤子配一件优质的上衣，当然，也有人反过来搭配，无非是求一个搭调得体的人生。只穿上衣的是暴发户，走到哪儿都会被大方之家耻笑。只穿裤子的人物固然体面，两袖清风不冷吗！

“说到底，钱不过是个数字，能带给我的优越已经是越来越少，我情愿舍财而成为一个神通广大的苏醒。这一次，我不仅要帮沈凝夏安排工作，而且还要隐瞒过程。你说我虚荣也好，死要面子也罢，随便。反正，这种神通的感觉挺让我陶醉的。”

我的话让叶欢格大为震惊，她说：“苏醒，你的变化太大了，大得我都不敢认了。”

我揉了揉她的头：“嘿嘿，人总是会变的嘛，关键是要越变越好，越变越出彩儿。”

“可我怎么觉得越变越陌生呢？一年前，不，就在两个月前，你什么都没有，可是你那股傻疯傻乐的劲儿可以感染每个人。再瞧瞧你现在，心事重重焦虑得跟个小老头似的，不可否认你现在成功了，有钱有地位了，那又有什么了不起？你的钱和地位都是用你的快乐换来的！”

“你应该知道快乐和成功是两个不可逆的状态。成功没到来的时候我可以傻疯傻乐，可一旦我品尝到成功的滋味，我就再也回不去了。叶欢格，我现在最大的快乐便是去赚钱，赚地位。怎么，有什么不对吗？”

叶欢格好半天也说不出话。

就在我和叶欢格争论的时候，裴蕾打来了电话。裴蕾的口气既紧张又迟疑，让我十分诧异。我连续问了她几个“怎么了”，最终在我的逼问下，裴蕾说明了意图。她的新天下公司近来财政吃紧，第三季度的收益更是一落千丈，接连向几家银行贷款勉强维持正常运作。而公司账面上的现金不足，已经濒临无法周转的边缘……

听到这里我明白了梗概，裴蕾的这通电话目的是求助。想到这不由得心生失望，但转念一想，我又充满了成就感。贵为一方总裁的裴蕾，竟然向苏醒开口求助了！也许不该用“竟然”这个模糊的词，应该用“终于”二字形容才对。

“姐，你说吧。我有什么可以帮你的，我一定不遗余力。”

“苏醒，银行界有个规矩，叫‘前债不清，后债不借’。本来姐不该向你开口借钱，可是姐在银行的信誉度已经下降，可以说是一次‘信用危机’。如果你可以帮姐的忙自然更好，如果不行……”

“行！当然行！”我说，“姐，你想借多少？”

“30万，或者20万也可以……”裴蕾声音里的底气显然不足。

“留给我账户信息，24小时之内一定汇到。”我打了一百二十个包票说。

我给裴蕾一次性汇了50万。看得出裴蕾这次真的遇见难关，否则以她的脾气断然不会向我融资的。我是颤抖着双手填写的汇款单，在我看来，能借给裴蕾这么大数额的一笔款，简直是太让人欣慰的一件事。

叶欢格不这么想，她坐在位子上托着小下巴想到日薄西山，最终还是忍不住闯进我的办公室。

叶欢格说：“苏醒，这件事我越想越奇怪。裴蕾经营的好歹是个中等规模的贸易公司，资产清算少说也上了8位数，怎么会向一个初出茅庐的律师借钱呢？这不靠谱吧？”

我说："这你就不了解情况了。开公司都是这样，看起来财大气粗风光无限，背后有多少死账烂账你能看得出来么？企业企业，在一定程度上就是块好看的画皮，把银行里的数字换成堆积的商品，卖出去倒好说，积压成患就不值几个钱了。拿裴蕾来讲，她主做水果生意，当然要看气候的脸色。时不时来场气温骤变给她烂上几个集装箱，这一年就算白玩儿。我给她算过了，她账目上的流动资金充其量不过三百万。东墙西墙这么一拆补，可不就周转不灵了？"

"她再不灵也犯不上冲你借钱啊？她结识的达官显贵不可胜数，哪个随便拔根汗毛还不比你腰杆子粗？"

"这说明什么？说明她翻然醒悟了！她意识到了我的重要性，终于肯放下总裁的臭架子来待见我了。她的朋友多又如何？哪个会像我这样实心实意对她？她不向我借钱那才是最愚蠢之举呢。"

叶欢格冷冷地笑了一下："可你疏忽了一个重要的事实——裴蕾是怎么知道你有这笔钱的？你告诉过她么？"

我有点发呆。的确，我赚了一单百万代理费这件事只有老翟他们几个外加叶欢格知道。就算把叶欢格给家里打电话时拿我的光辉业绩吹牛那档子事儿都算上，也充其量再加上叶欢格的老爸——知道这件事的人总共不超过十个，那么裴蕾又是怎么笃定我至少拿得出20万？

叶欢格小声说："苏醒，你说这里头……会不会有诈？"

我说："叶欢格你有职业病吧？怎么什么事都要拿审案的思路去分析问题呢？她是我姐！我的眼睛，我的事业，我的一切都是她给的！我有什么值得她去诈，去骗？"

"可我还是觉得有问题……"

"对，是有问题！问题就是裴蕾不该说'借'这个字眼儿，该说'要'才对。这样就省得您劳心费神地猜测了。"

叶欢格退了出去。眼睛里带着明显的失落和不甘。

拿人的东西手短，这是亘古不变的道理。

裴蕾的公司就像等待下雨的庄稼，而我和她的关系也如同干透了的禾苗。按说这五十万浇下去，二者都应该得到缓和才对。结果却完全不是那么回事儿。裴蕾只是给我回了个电话，告诉我款已收到，勿念。此后便再也没了音讯。这完全不是原来我认识的裴蕾，现在的她自闭，敏感，心不在焉，顾虑重重。我隐约觉得其中出了问题，却因两地分隔而鞭长莫及。

然而事情还不算完，仅仅过了半个月，裴蕾第二次向我借款，我又汇了30万过去。钱，的确是个让人敏感的事物，它是人与人之间付出与回报最直观的度量。两次，一共80万，却没有让我和裴蕾之间的关系有丝毫回暖的现象。这多少让我有些茫然。

不知从何时开始，我和裴蕾的联系开始变得小心翼翼。从一周数次电话和视频，到寥寥无几的短信，偶尔的通话。我刻意将联络的时间变短，联络的周期延长，却没能换得联络的质量。如今，我固定在每个周五临睡前给裴蕾发一个短信，内容各异，无不是洋洋洒洒轻松愉快。而裴蕾的回复往往是只言片语，有时甚至忘了回。我不是那种死缠烂打的人，故作一副无所谓的姿态，却在深夜里一个人坐在床头握着手机发呆。我不断将手机屏幕按亮，又一次次看着它像微弱的萤火，无声地消弭在我心头一个发酸的地方。

与此同时，沈凝夏和我的联系更加规律。每天两个短信，早一个，晚一个。一个在清晨我擦抹写字台的时候，一个在我睡前的十分钟左右，规律得就像洗脸刷牙。此外每个周末还要打一个电话过来，有事儿没事儿都要聊上十来分钟。起初我有求必应有问必答，渐渐地就倦了。说到底，男女之间如果没有那股子异性相吸的磁力，那么一天两条，一个月六十条的短信就成了腻歪的义务劳动。终于有一天，沈凝夏发来了这样一条短信：

苏律师，今年的情人节你打算怎么过？你接受预约吗？

我思考了良久，完全不知道如何回答，索性就沉默了一次。

去年的情人节裴蕾有会要参加，一周之后在我家里补过了一次。我和裴蕾一人贡献了一个私房菜，点了香蜡，倒了红酒，一品尝才知道——我的菜忘记了放盐，而她的那个放了两遍盐。后来干脆把俩菜折在一起拌了，好不美味。裴蕾当时说要回去再练练厨艺，明年给我做顿丰盛的大餐。

那时的日子真是舒泰啊，只是从未想到那是最后的舒泰，一不小心，就“泰极否来”了。我以为属于我们的情人节还有很多，不是有句歌词么？“其实爱对了人，情人节每天都过”。回头想想，这个想法着实既可怜又可笑，而那个错过的情人节，一直是我耿耿于怀的遗憾。

我全无睡意，一早来到办公室，无精打采。

“天天发呆，手机当宝，私事变多，上网不给人瞧……完全完全是有外遇的标准表现！”叶欢格笑，“又是哪家的闺女把我们苏大律师迷成了这副尊容？”

“诋毁我吧你就。”

正说着，写字台上的手机响了。叶欢格手明眼快先我一步将手机抢在手里。

“嘿嘿，到底是恶意诋毁还是一语中的，咱们看看便知。”

这个时段正是沈凝夏早间短信轰炸的时间，我有点难为情，抢了几把未果，叶欢格连躲带闪，终于把手机解锁，细细观看起来。

我就知道事情不妙，因为叶欢格看得极其投入，先前嬉皮笑脸的表情也变得庄重起来。叶欢格的毛病我知道——但凡是动脑筋的时候，必然是一副岿然不动的样子，就和眼前一模一样。

“发的什么啊？”我战战兢兢凑过去看了一眼，鼻子都气歪了。那是一条广告短信，上写：本公司常年出售手机监听监视软件，让您足不出户，洞察对方全部动向，是商战，婚外恋，离婚搜集证据的必备良伴！联系电话：135***，王经理。”

叶欢格怔怔道：“这东西，真的那么神奇么……”

我一把将手机夺过来：“我就没见过你这么缺心眼儿的律师！首先，这种推销短信都是蒙人的，为了赚钱不择手段。其次，如果他们不是骗子，那就是教唆别人违法——这可是侵犯别人隐私权的行为。”

我知道叶欢格最近郁郁寡欢，原因是她那个颇有些权势的老爸近来的腐败愈演愈烈。不用问，叶欢格肯定想借助什么邪门歪道去监视他老爸的一举一动。对此行为，我给出明确的意见——同情，但不同意。

叶欢格嘴一撇：“嘁——有没有搞错！老家伙爱怎么折腾就怎么折腾吧，就他？也配得上我这么挖空心思去监视？”但是眼睛却一刻都没有离开手机屏幕。

任我再怎么仔细，也不会想到叶欢格真的把卖家的电话号码背下来了。

Chpater 16

只道是潘多拉的魔盒

年底了，张灯结彩。

事务所从小年那天就开始放假，这个是我向老翟说的情儿——近来师兄弟师叔伯们也赚得沟满壕平了，多给大家放松几天吧。老翟应允，大家再次尝到了苏醒带来的甜头，雀跃欢呼，古代时弹冠相庆那场景也不过如此。

叶欢格的爸妈正闹离婚呢，动作大片天天上映，据说她老妈在败退回娘家之前冲冠一怒，把她老爸手机都给扔火堆里了，他老爸火中取栗未果亦拂袖而去，从此人间蒸发，再没给叶欢格打过一次电话。家中一片狼藉已经不成样子。她的合租伙伴儿米哨早早回家过年了，叶欢格一脸愁容地对我说："苏醒，我去你那儿暂住个几天行不？"

"我记得你神经大条来着，难不成也怕一个人睡？"

叶欢格没争辩，她低着头喃喃地说："其实，我是怕热闹。除夕夜烟火满天的时候，我怕我受不了……"

听了这话，我拍了怕她的肩膀："准了！明儿和我一起办年货去。咱们什么贵买什么，什么好吃吃什么！"

豪言壮语只维持了一夜，转过天的时候我有点愁眉不展。因为昨晚裴蕾再次打来电话，如出一辙，又是借款。这一次我终究还是疑惑了。我告诉叶欢格，这最后20万一出，哥们儿就从百万富翁变回穷光蛋了。叶欢格只是抿嘴一笑，并不言它。

办年货的路上，我拉住她问："你说，裴蕾她……会不会出了别的问题？"

叶欢格头也没回，没听见一般。

我一边向袋子里装猪蹄子，一边问她："你说，裴蕾会不会有什么事儿瞒着我？"

叶欢格大声问卖肉的："哎？大哥，你这猪蹄子多买能打点折不？"

回到家，我一把将她按坐在沙发上："你帮我分析一下，裴蕾她……"

叶欢格淡淡一笑打断我的话："苏醒，你和你裴姐的事儿我不发表任何意见。还记得《投名状》里的台词么？乱我者，视投名状，必杀之！你和裴蕾的感情就像这句话一样坚如磐石，你要是信任她，就该信任到底。"

我点点头，也对。可又一想叶欢格怎么话里有话啊，《投名状》这部电影里里外外都在表述一个中心思想——谁和谁都不可靠。这小丫头莫不是在讽刺我吧？

"那你信任她吗？"我问了句。

叶欢格一笑："我信不信任是我的事，和你老人家有一毛钱关系么？"

在把最后20万打在裴蕾账户之前，我给她打了个电话。裴蕾大概觉出了我的疑惑，她说："苏醒，这一笔钱姐有急用，你再帮姐一次，最后一次！等这个季度的销售款打回来之后，姐立刻就还给你！"

"我可是要收利息的。"我说。

裴蕾用升调"啊"了一声，大概是把我的话当真了。她想了片刻，试探着问了句："你想要多少……利息？"

本来是句戏言，不料被裴蕾上纲上线了，我顺水推舟道："利息我是一定要收的，并且还有期限！本金你愿意什么时候还都可以，但利息必须在年初五当天结清！"

年初五便是阳历2月14日。

"至于我想要多少么……大概就是一张D市飞西安的机票钱。"

裴蕾听得一愣一愣，估计是没明白我的意思。

"做生意做傻了吧？"我叹了口气，"姐，今年的情人节，我想和你一起过。"

裴蕾犹豫了一下，还是回绝道："不行苏醒，那天我恐怕没时间。"

"就当……是最后一个情人节吧。我不求什么永恒，但求有始有终。我无非是想见你一面，说几句话，留下个纪念。这一生，属于我的情人节也许有三十个，五十个，可属于我们两个人的终归要有一个吧。如果这也算是一个奢求的话，我愿意放下骄傲和自尊，虔诚地求你一遍！"

电话那一边裴蕾叹了口气，浅浅地笑了一下："你还真是不达目的不罢休啊，你求我的次数还少吗？你这分明是要挟。"

"没错，就是要挟，"我顽皮一笑，"嘿嘿，我想求一个大满贯！这样便再没什么遗憾了。"

"是呵，再没什么遗憾了。"

裴蕾轻叹了一声，像是自言自语，又像是说给我听。

我知道，她最终还是同意了。

春节临近。叶欢格乐颠颠地搬进了我家，声称要住到正月十五。裴蕾和我约好了情人节会面。沈凝夏的短信和电话变少了，这样的日子里她的孤单可想而知，然而我即便再怎么装傻也知道她葫芦里卖的什么药。我知道我不能再可怜她了，再可怜，那就不是帮扶，而是上升到以身相许的高度了。

我家只有一室一厅，那仅有的一间卧室里虽多放了一张单人床，却只为裴蕾而准备。所以我安排叶欢格睡在我的床上，自己搬到厅里睡沙发了。

叶欢格大为不满，她撅着嘴说："只听过给死人供牌位，没听说给大活人供张床的。"

我过去一把捂住她的嘴："大过年的信不信我撕烂你的嘴！你懂个屁，这叫'见景生情'好不好。"

"可现在是本姑娘住在你的房子里，那你会不会'见异思迁'啊？"

"就你？"我拍拍她的肩膀，想挖苦她两句，忽然一眼看见叶欢格日渐隆起的小胸脯，"哟，高科技吧？带钢圈儿的吧？"

叶欢格立马就停电了。

我说："咳，这有什么可害羞的，该戴就戴，勿以胸大而围之，勿以胸小而不围。"

"……"

除夕那天上午，叶欢格亲笔题了一副楹联。

上联写：精神病人思维广。

下联配：弱智儿童快乐多。

横批是：且醒且珍稀。

写完用502胶粘贴在大门上，叶欢格算把这仇给报了。

直到今天，那副对联还贴在我家的门上。我磕掉了一层指甲，那副对联也没磕掉。有时我想，那种夸大了的咬牙切齿，强憋着笑的头晕目眩，是否就是传说中的快乐？

除夕那天，我们支起一口火锅，用重庆的火锅料涮了只二斤四两的大龙虾；我们包了奇形怪状的饺子和糖三角，互相说了吉祥话；我们把德芙包在饺子馅里，说是吃着的可以甜蜜一辈子，结果饺子煮散了弄得一锅巧克力味儿；我们说好等赵本山出场，却在冯巩出来之前就已困得东倒西歪；接神的时候，叶欢格掐着烟头儿哆哆嗦嗦伸手去点鞭炮，我同样哆哆嗦嗦伸手去给她堵耳朵。

后来我们都玩High了，玩兴奋了。外面是冰天雪地，我的小屋子笼上了一层久违的温暖。

再后来，就有点玩出格了。

叶欢格一脸贼笑地搜出了我一个碟包和一整套刻录的光碟，说实话，那一刻我有点诚惶诚恐——那个写有“NBA”字样的碟包里藏有一张加料的影碟。叶欢格饶有兴致地打开，一张张翻看。她挑出一张“湖人群星”，放下了。再拿出一张“火箭阵容”，又插了回去，最终，叶欢格翻出了一张写有“活塞战术”的光盘，贼兮兮地眯着眼：

“苏醒，我想看这个。”

“这样……也可以？”

天可怜见，这已经是我能想到的最保险的方法了，竟然一点都没逃过叶欢格的法眼！

我装疯卖傻：“活塞啊……活塞过气儿了啊，要看也得看湖人火箭吧？也得看科比姚明吧……”

话音没落，叶欢格已经哧溜一下钻到DVD前，片刻之后，电视屏幕里就颇有声势了。

叶欢格奸计得逞，嘴还不老实：“哟哟哟，比卢普斯的身材不错嘛，本华莱士什么时候植皮成白人了？还是一日本白人！”

说完冲外屋喊道：“嘿，苏醒，过来一起看啊。你别一脸的抹不开啊，谁还没个衣食父母啊，谁还没点过剩的荷尔蒙啊？来来来——”

衣食父母有些言重了，但这片子我还是看过几次的。其他的镜头自不必赘述了，不过中间插播了一段蕾丝边儿的女同戏，还是很别致的。两个女优相对而跪，顺着脖颈互吻下去，缠缠复绵绵，颇有些恩爱之意。

开始的时候我还挺紧张，夹紧双腿，寻思着即便在叶欢格眼里我不再是个光明磊落的正经男子，那也至少争做一个良心未泯的禽兽。然而我侧过脸，发现叶欢格看得喜滋滋津津有味，便也放松了许多。我一指屏幕上那两个互吻的女优：“嘿，熟悉的地方没风景，没必要看这么认真吧？”

我一脸坏笑：“叶欢格，我问你个问题，你可以选择回答，也可以选择不回答。”

“问。”叶欢格盯着屏幕，眼皮都没撩。

“你和那个米哨，平时是不是就这样啊？”

“噢，你就想问这个呀——”叶欢格长长地伸了个懒腰，“跟我们比，她们这个简直就是小儿科！”

我讪讪地坐了回去，吐了吐舌头，心想这叶欢格彪悍之至，非吾能及。

稍坐了片刻，我又呆不住了。我笑嘻嘻再度问叶欢格：“我这才疏学浅的，没见过世面。要么你给我讲讲，不‘小儿科’的，是个什么样啊？”

其实我并没有歹意，只不过，孤男寡女共处一室，眼前白花花一片，耳畔虎虎有声，不说点什么着实太尴尬了。可——天晓得，我为什么要和她探讨这个。

叶欢格白了我一眼：“你当真想知道？”

“想知道！”

“那我给你示范一下？”

“乐意至极。”

“拿你开练？”

“……”

说完叶欢格狞笑着坐在我身边，把手搭在我肩膀上，转眼之间，我们的姿势就和电视里那俩女优一模一样了。叶欢格动手解开了我颈下第一颗扣子。

我知道她是在开玩笑。在她眼里男人脏着呢！别看平时小打小闹，一来真格准笑场。我们两个断然是擦不出半点火星的。所以我丝毫没示弱，一把将叶欢格宽松的大毛衣拽下一端，并且一脸挑衅地看着露出半个香肩的她。

叶欢格瞅瞅自己的肩膀，又冷笑地看了看我，动手解开我第二颗扣子。

你逼我三分，我毁你一丈。我狠了狠心，把叶欢格另一个肩膀上的毛衣也拽了下来。于是乎，叶欢格两个圆圆的肩头连同洁白的脖颈锁骨全都暴露在我的面前。这一次我更加挑衅——还来不来？你只有两个肩膀，哥有五颗扣子呢！

果不出我所料，叶欢格赧然一笑，伸手把自己两个肩头下面的毛衣给拽了上来。我努了努嘴，刚想甩一句“真没劲”，却被叶欢格下一个动作惊得目瞪口呆。我看见叶欢格双手交叉扯住衣角，向上一掀……毛衣被她给脱了下来！我的眼前白生生亮得耀眼，眨眼间，叶欢格就只剩一抹胸衣挡在身前。

叶欢格眯起眼似笑非笑地望着我。我有点扛不住这个，脸扭向一边眼睛望向天棚：“别闹了啊，差不多得了，再闹，再闹可就出格了……”叶欢格没说话，二指挑起我的下颌。我的喉结狠狠地动了一下，那“咕咚”的一声吓了我一跳——我，我居然当着叶欢格半裸的身体，咽……咽……咽了下口水！

不知何时，衬衫上的三颗纽扣悄然而开。胸口猛地一凉，然后是叶欢格滚烫的脸。她的舌头游走在我的胸口和颈下，像条不怀好意的小蛇。爬行过后留下一条凉丝丝的印迹，继而烧成了一片。那一朵火焰在我的胸口跳动，像是要裂开一方天堂。叶欢格道：“苏醒，你抱着我。”口气是那样笃定坚决，我傻傻地环住了她的背，两臂贴住她的肋骨，双手扎着，按在她胸衣的挂钩上，一动也不敢动。叶欢格孔武有力的一推，我们两个叠罗汉一般双双躺倒在沙发上。

我想说“咱们停吧”，却被叶欢格封住了口。一片薄而伶俐的小舌试探性地闯了进来，我抵挡了一下，纹丝不动，下一个瞬间我深深地将那片冰凉的舌尖包裹住。叶欢格直起身，双手背后，挂钩一开，那对粉白的小兔子被她捧了出来。我知道这样不好，脑子里却总有一颗懒惰的神经在大快朵颐，那神经就像一只喂不饱又挪不动的大虫子，叶欢格给多少，它就接纳多少。

就在这个时候，手机铃响起，是裴蕾的专用铃声。春哥的《蜀绣》唱了十六小节，屋子里的暧昧空气一下子凝住了，我借故翻身逃离了作案现场，拿起手机按下了接听键。

不过是个拜年的电话，裴蕾在千里之外的D市向我道新年快乐。

1分15秒之后，我挂断电话，叶欢格早已穿好了毛衣坐在沙发一端怔怔地发呆。我去外屋冰箱里取了两罐冰可乐，递给她。像个日本人一样双手合十：“哟西！理论结合实际，你这个教练很敬业，让我深刻体会到做LES的乐趣，您辛苦了！”

孔子曰：发乎情止乎礼。正如叶欢格说的，谁还没点过剩的荷尔蒙啊？谁还没个发情期啊？我说：“嘿嘿，叶欢格，发情也便发了，只要及时收手就是好同志——很好很好的‘女同志’哦！”我盼望着叶欢格说句话，哪怕吐几个字来缓和气氛，可是她一句话都没说。

当夜，我一如既往睡沙发，辗转反侧之余听着窗外散乱的鞭炮声。一门之隔，我能想象到叶欢格失魂落魄的样子，甚至，我听见了她不轻不重的一声叹息。

从初一到初四，叶欢格话少得可怜。以往我说一句她能回十句，而这几天我用尽平生所学逗她开心，叶欢格却像哑了一样。偶尔哼哼哈哈，大部分时间坐在窗台前，噼里啪啦地鼓捣她的手机。

“对了，明天……裴蕾会来。”初四的晚上，我这样对叶欢格说。

“哦。”她轻轻应了一声，再无表示。

初五的早晨西安降了一场罕见的大雪，情人节就在灰蒙蒙铺天盖地的大雪中拉开了帷幕。我起床的时候叶欢格还在呼呼大睡，我敲她的门邀她看雪景，屋子里鸦雀无声。我就喝了碗豆浆自己出门了。

坐上通往机场的大巴，我看着玻璃窗外大片大片的雪花翩然而降。道路两侧，节日气氛喷薄而出，店铺贴上了桃心窗纸，学生们早早搬出了大桶大桶颜色各异的玫瑰花。他们站在风里叫卖，乐此不疲。情人节终于到了，我甚至感觉到了裴蕾的临近。我将双手卷起，放在嘴边。呵了口白气在手心，脸上顿时一片温润。幸福而温暖。

我的幸福在裴蕾一身白色短貂隆重出现在我眼前的时候达到了顶峰。

我们在机场大厅深情拥抱。冰冷的空气中飘来名贵的香水味道，夹杂着女人的皮草香，牢牢将我包裹中。我笑着，凝视裴蕾，目光此去经年，轻轻落在共同走过的那一年时光。裴蕾穿了双角度挺夸张的高跟筒靴，即便如此，她还不到我的眉际，婷婷袅袅而又小鸟依人。我第一次意识到我比裴蕾高了将近20厘米，想来，这也是我第一次底气十足地和她站在一起。我就那样笑眯眯看着她，等她说话。

这一天，新锐律师苏醒和最美的女总裁裴蕾喝了咖啡，逛了街，吃了顿西餐。夜幕降临的时候，我们站在天桥上看街景，我在身后轻轻拥着她。偶尔有风吹过，她怀里的蓝色妖姬沙沙作响，天桥下五彩气球在半空摇曳，裴蕾的碎发飘在我的脸上。

一切都在我的意料中进行，只是，我很少说话。一种奇怪的情愫笼罩着我，让我说不出这美好的一天究竟欠缺了些什么。

裴蕾入住在五星级酒店。晚7点40分，我在酒店的正厅和她道别。

我在想，如果裴蕾邀我去她的房间，我是应该欣然前往，还是礼貌地吻她的眉心，结束这温馨的一天。

我还是感觉到症结之所在——“欣然”这个副词显然不该用“应不应该”来修饰的。而那个一直令我惴惴不安的因素，便是我把叶欢格一个人扔在了家里。

裴蕾并没有诚心邀请我。

她疲惫一笑："苏醒，今天我有些累。待会儿我和其他公司还有一个电话会议要开。对了……你上去坐坐么？"

我笑了，裴蕾也会意一笑。她说："明天一早的飞机，不劳你送了。回去之后我会给你电话的。"

我目送裴蕾进了电梯。电梯口闭合的那一刻，我隐约看见了她用一种复杂而又怜爱的目光紧紧望着我，眼神竟是那样的难舍难分。电梯显示屏上的数字最终还是缓缓变动。转身的一刹那，我生出淡淡的感慨，以往我从不敢设想没有裴蕾的日子苏醒该如何度过。而今天，我在这样的氛围中和裴蕾道别，心中竟然没有那种翻天覆地的难过，有的仅仅是一丝忧伤的愁绪而已。

甚至，我还有些解脱的感觉。看时间，7点45分，情人节的夜晚刚刚开始。如果我现在赶回家，叶欢格会给我一个怎样的拥抱？

正想着，兜里的手机有短信进来。我猜定是与这丫头心有灵犀，于是兴致勃勃掏出来观瞧。

很久之后，我忘了那天的许多细枝末节，唯有记住了掏出手机那一刻脸上的淡定和心中的恬然。因为那个时刻是苏醒生命中最重要的分水岭，那一刻之后，许多珍贵的东西都被颠覆和抹杀，在一而再，再而三的错误中，曾经的美丽不堪入目，彼时的爱情面目全非。

发信的是个陌生号码，信的内容有些无厘头：你相信有男版的"金屋藏娇"吗？

直觉告诉我这个人发错了，正欲删除的时候，又进来一条短信。上写：那个女人在骗你！她和你约会的同时正在与另一个男人进行权色交易。

少顷，第三条短信：耳听为虚，眼见为实！她和那男人入住在1507房。

我两次把电话打了过去，均遭到了拒接。我干脆站在原地，等着那人继续发过来。十五秒钟之后，第四条短信：看见大堂那个短发的女服务员了吗？你去找他，报自己的名字，她会给你一张1507的房卡。

我向前台看去，果然看见一位短头发的服务员，神色略带紧张，四下张望着。

我真是又好气又好笑，心想这离愚人节还有两个月呢，怎么就玩起整蛊的游戏？我继续拨打那个人的电话，语音提示电话已关机。我直接拨了叶欢格的号码。

十秒钟之后，那个天真无邪的声音响了起来："喂？"

"叶欢格！"我疲倦地说，"别跟我玩什么游戏了，你出来吧。"

"嗯？什么游戏？什么出来？你在说什么呢？"

我深深地叹了口气，下一秒突然来个大爆发。我大吼一声："叶欢格你给我出来！我知道你在这儿！别让我费事去挨根柱子后面找你！"

周围的人无不皱眉，向我这里张望。我顾不上那么多，继续冲电话里吼："我给你三秒钟！一，二……"

电话被挂断了。我抬头，看见叶欢格从最远的一根柱子后面慢慢地转出身来。

我微笑，举着手机对她说：“我想让你告诉我，你在和我开玩笑。”

叶欢格没有笑，很坚定地摇了摇头：“这不是玩笑，是真的。”

“你是怎么知道的？”

“我用那个调查婚外恋的手机软件跟踪了裴蕾。”

“为什么要这样？”

“苏醒，你不是问过我是否信任她，我现在告诉你，我不信！我从未相信过这个女人！所以……”

“所以什么？所以你购买了那个什么软件，监听了电话接收了短信，对不对？你知不知道这是违法？你凭什么打探裴蕾的隐私？你凭什么瞒着我先斩后奏！”

叶欢格冷笑：“苏醒，你别跟我来那套官腔。你是律师又怎样，我他妈也是律师！律师的爱人也可能偷情也可能诈骗！你问我为什么，那我告诉你——我心甘情愿地违背法律只想还你苏醒一个知情权！”

叶欢格说：“我现在证据在握了，苏醒，你的第一反应为什么是训斥我？你为什么不想知道真相？”

我没说话，迈开大步出了酒店，吓得两旁的迎宾小姐花容失色。

大雪劈头盖脸地落下，落在身上和头发上，或凝固，或化为一摊水迹。我在漫天大雪中感到了天地的倒置，万物的扭曲，和一颗冻住的心。

叶欢格追了出来，不依不饶，喋喋不休：“你完全被她骗了！她根本没把那一百万投到公司里，全都贴补给那个男人！你的裴蕾在那男人的面前卑微得像个奴才，他只要一伸手她便乖乖地给他打款。你那一百万被她分三次一分不漏地汇给了那个人……我刚才说了‘奴才’对吧？我一点都没诋毁她！她和那男人坐同一班飞机，她戏耍了你一整天，现在正像个性奴一样，偎在一张大床上供他消遣呢！你不信是吧？你不信是吧！我这就给你念他们来往的短信。一共27条，全都让我接收了！第一条，2月5号，10点25……”

“别念了。”我猛地扭回头，叶欢格吓了一跳。

“呵，怎么？听见我说你那心爱的姐姐正和另一个男人蜜里调油，你受不了？”叶欢格冷冷地笑。

我一脸忧伤地看着她，少顷，堪堪作出一个微笑，艰难的吐出几个字：“格格，我们去过情人节吧。”

叶欢格怔住了，足足半分钟，她挤出一句话：“苏醒，你真他妈不是个男人！”

花团锦簇的酒吧，闪烁其间的绿影红霓，桃心窗纸上挂着的雪花，粉红色桃子味汽酒，餐桌前端坐的苏醒和叶欢格，萦绕在他们头上的阵阵笙歌——直到这个时候，我的头脑中还在孜孜不倦地预演着情人节的美丽景象。

其实叶欢格并不知道，她完全没有必要在这样的时刻告诉我这些。我之所愿，不过是如何唯美地度过这剩下的四小时零十分钟——我和她两个人的情人节。

遗憾的是，叶欢格完全没给我这个机会。外面的雪下得很凶，我一路带着叶欢格走出五百米开外，直到她踉跄地拉着我进了一家小饭店躲雪。没有丝毫节日情调，那是一家羊汤馆。叶欢格抬手唤服务员：“来两碗羊汤，两个小二！”

两瓶125毫升的二锅头顷刻跫在了我俩面前。

叶欢格说：“苏醒，你太让我失望了。我费尽九牛二虎之力才搞到的第一手消息，你居然视而不见，像个娘们儿一样躲在这里叹息。你的血性都哪儿去了！啊？”

我苦笑一下：“算了，她裴蕾爱怎么样怎么样吧。你看，我也不怎么难受，这不是挺好么？”

“算了？怎么会就这样算了！你的钱被她骗了，你的人也被她骗了。知道吗苏醒，你现在半死不活完全像具破败的玩偶！对了，你是不是没听懂我刚才的话啊，她和那个男的……他们在上床，上床！你怎么麻木到这种地步？你不感到羞耻我都替你羞耻！”

我仍旧在笑，和她碰了下，喝了一大口。二锅头的辣气冲天，那一口我喝下了一半有余。

一股又苦又辣的味道哽在喉间。我想起一位新锐作家的话：古今中外的男人无不喜欢大把花钱与别的男人分享同一个女人，俗称嫖妓。同样，古今中外的男人无不痛恨不花一文便让别的男人与自己分享同一个女人，俗称戴绿帽子。

我又喝了一口，把那瓶小二给干了。我蓦然发现自己的酒量见长，二两半的小二下肚。我不吵不闹，自律得像个少言寡语的娃娃。我说：“叶欢格，你说吧，你想让我怎么样？”

她眉毛挑了挑：“苏醒我太了解你了，如果不让你亲眼目睹你绝对不会信我的话，更不会与那个放荡的女人断绝关系。我花了一千块买通房间的服务员，就是想彻底断了你的念头！我要你亲手把她的画皮撕开，看见她的心肠！”

“所以你给我点了酒？”我笑了，“你看，我喝了酒，却还是这么清醒。我才不去。我长得瘦高瘦高的，一点力气也没有。我不想和那个男人打架，而且我也打不过他，行了吧？”

叶欢格轻蔑一笑：“苏醒你真不是个男人。你说张艺谋拍电影干吗非找那么多大波妹呢？我要是他就找你！拍出来的电影就叫《满城尽戴绿帽子》！”

这句话真的很有杀伤力，叶欢格第二次说我不像个男人。

叶欢格一点也不知道，我并非不懂羞辱难当是个什么感觉，也并非不伤心。相反，我伤心到了极限，忍耐到了边缘。我表面镇定，可胸口里就像埋了一磅TNT，只欠一颗导火线。我极力给自己洒水，让自己冷却。而一向懂事的叶欢格今晚一反常态，恨不得举根柴火捅到我的五脏六腑里。

“咱们回家吧。”我说。

“滚蛋！”叶欢格愤然起身，“你不去，我自己去行不行！我向她讨回那三笔钱，也讨一个说法！我问问她为什么一面泰然自若和你谈情说爱，一面又向另一个男人摊开了卖肉！”

"叶欢格，我只问你一个问题，问完了我就跟你去酒店！今天你这么做，究竟是图什么？"我问她。

叶欢格语塞了片刻，她缓缓道："就为电影里的那句话。苏醒，裴蕾欺骗你，她欺骗你！你说你最恨欺骗，你说你不会留任何余地，你的话还算不算数？"

她的眼神，执著得就像汪洋中抓了最后一根稻草。灼得我心口疼了又疼。

我的眼里终于冒起了火光："那你又知不知道，最残忍的恰恰不是裴蕾的背叛，也不是那个男人的通奸，而是你叶欢格亲手把真相揭开给我看！情人节还剩最后几个小时，我想和你在一起。你说我没羞没臊，无动于衷？我这里早就血肉模糊疼得滴血了你知道吗！"

叶欢格傻了。

我的怒气直冲云霄，连头发都是竖起来的。"叶欢格，我恨他们，我更恨你。我恨不得剥你的皮抽你的筋！走啊，你不是要我跟你走吗！"

我将叶欢格拽出了饭馆，直奔酒店。叶欢格跌了一跤，绊倒了一辆自行车，那一排自行车就像多米诺骨牌一样倾了下去。我丝毫不顾她的疼痛，大步流星杀向酒店。

雪下得更猛了。北风吹在耳畔，如同悲戾的哀鸣。故事进展到现在，我的悲伤终于像泄了闸的洪潮。五百米的距离，我脚下生风，和裴蕾之间的一幕一幕快速地回放了一遍：两年前那个夏天的换眼手术，病房里无微不至的照顾，海边的夜里迟到了一年的拥抱，五条姐弟恋纲领，房间里下起的那场香水雨，40°C的高烧和她的体温，无锡旅馆里那一句"跟姐回家"，还有刚刚电梯闭合时她怜爱的眼神……天使的微笑和魔鬼的歹毒同时在她的身上寄生繁衍。我在那微笑下醉生梦死，却忘记那笑容是带毒的。爱在腠理，毒到膏肓。

五百米的距离，我整整摔了三跤。这五百米我走完了和裴蕾最后的缘分。

叶欢格给短发服务生使了个眼色，她跟随我们而来，半路"不慎"掉落一张房卡。叶欢格回身拾起来，紧紧攥在手里。

电梯停在15楼，我几步来到门前。1507的门牌号狠狠刺伤我的眼睛。

此情此景此感，真他妈恰如其分——1507，要我凌迟啊。

我知道我的眼神很吓人，不然叶欢格不会脸色煞白地站在原地，迟迟不敢将门刷开。

"要不……苏醒……咱们……"叶欢格诚惶诚恐地开了口。我夺过房卡一把将她推到一边。"刷"的一声后，房门应声而开，我冲了进去。叶欢格想随着我闪进来，被我转回身重重地将她关在门外。与此同时，屋子里同时响起二重尖叫。

我的好姐姐裴蕾裹在被子里，战栗地叫喊了一句："苏……苏醒……你怎么……"

一墙之隔，叶欢格捶门大叫："苏醒你把门打开打开啊！"

那个男人我见过。裴蕾做东宴请司法界大牛的那次，我们在一张桌上吃过饭，想来他们是老相好！这会儿他正如临大敌地看着我，拿了条衬衫就往腿上套。

二锅头的劲道终于上来了，我不顾一切扑向那男的，照着他的面门就是两拳。我用力过猛踉跄了一下，转瞬就被他按在了地上。此刻的裴蕾已经顾不上仪表，挡在我们的中间试图解劝，却又屡次被撇开。另一边，叶欢格已经急得撞门了。

面对那人的拳头我不躲不闪，却死死扼住他的脖子不放。我的脑海中只有一个概念，即便我死了，也要和他同归于尽。

终于，裴蕾用尽全力将缠斗的两个人分开，与此同时，叶欢格破门而入。

叶欢格站在门口，怔怔地看着地板上滚打的三个人，长达十余秒的游离，一动不动。

我抄起一只花瓶，对准他的脑袋就要砸。裴蕾拼尽全力架住我的胳膊。“啪”的一声，花瓶撞在墙上，热乎乎的鲜血顺着我的手背淌了下来。

“苏醒你别这样！你听姐告诉你真相！你放下！”

裴蕾扑在我的脚下，死死抱住我的腿。

“你别拦着我！滚开！滚！”我转回头大喊，“叶欢格，你把她给我架开！”

我已经失去了最后的理智，一脚将裴蕾踢开，举起手里的半截花瓶，再次扑向那个男人……

一直冷冷旁观的叶欢格突然出现在视野里。她没躲没闪，也没架住我的胳膊。而是，迎着我高举花瓶默默地跪了下来。

叶欢格双膝跪倒在了我的面前。

“叶欢格你他妈干什么！”

“这个人……”叶欢格噤若寒蝉，她缓缓吐出几个字，“他是我爸爸。”

一时间，鬼哭狼嚎的屋子里突然出奇的安静。

“他是我爸爸。”叶欢格怔怔地看着我，一字一句地说。

手里的血顺着玻璃上的锯齿滴滴答答落在地板上。直到这一刻，直到叶欢格拦在我的面前，指着那个男人叫他爸爸的时候，我才真真切切感到了不能承受之痛，这一击，终于将我打得摇摇欲坠。

不知何时，裴蕾突然发了疯一般从床下翻出了一把匕首。刀尖冲着自己的心口，头发蓬乱地散落在脸上，两行清泪簌簌地落了下来。

“你们三个，都给我滚。现在！”

“都给我滚——”

叶欢格的爸爸惊恐万分地盯着那把匕首，终于，恍然大悟地拾了衣服，逃之夭夭。

门口的警卫和服务生这才战战兢兢地进了房间，拉开了我和叶欢格。

我终于记起了那一张惨白没有血色的脸，和频频出现在报纸上的大检察长叶永笙的近照完全一致！

叶欢格就是他叶永笙的亲生女儿，亲生的！

叶欢格做梦也不会想到，她调查裴蕾将近半个月，却以最意外的方式收获了真相——罪魁祸首就是她的父亲！

我在医院包扎的时候裴蕾打来电话。她说：“苏醒，你不能就这样误会姐！你听我解释，这不是你想象的那样，我和叶永笙，我们……”

我冷冷笑道：“你们怎么了？你说，你解释啊。我等着你呢？你怎么不解释了！”

裴蕾说：“这是一言难尽的事，我……我……”

“不用费尽心思了，我不是瞎子。裴蕾，你后悔了吧？你给了我一双眼睛，让我看见你最恶心的一幕？告诉你，我比你还后悔！早知道这样，我宁可瞎一辈子！”

裴蕾声泪俱下：“苏醒，让我怎么说你才能相信？我不是骗子，我对你的感情是真的，完完全全是真的！”

“完全？也包括骗我一百万，转手给了你的老情人？”

“我……我会还给你的，我马上就把钱还给你！那笔钱……”

“我不要了。”我说。

“裴蕾你听清楚，那笔钱本来是我攒下的彩礼，如今提前给你了。不过你要记住，那钱再也不是什么‘礼金’，而是‘肉金’。懂吗？裴小姐，我买单。”

电话另一端再也听不出一句完整的话，只剩下裴蕾的哭声。

医生从我的手掌里钳出两块碎玻璃。从医院出来，我再次站在西安街头，暴露在狂泄的飞雪之下。我漫无目的地在雪中前行，叶欢格紧紧跟在我的身后。我在冰上险些滑倒，叶欢格上来搀扶，被我一把甩开。叶欢格再次上前，我狠狠一推，她便像一个头重脚轻的布娃娃，蹬蹬地倒退几步，拙劣地跌坐在地上。叶欢格连滚带爬又扑上来，这一次，我看见她泪流满面。

“苏醒，你原谅我吧。”她像个孩子一样，哭得透不过气。

“原谅你？”我冷笑，“看看你做了多大的好事？你背着我调查裴蕾，查也便查了，偏偏选了这么个时刻用了那么低劣的手段去拆穿真相！你揭穿她也便罢了，偏偏撺掇我去当面对质。你千算万算，却没想到是你叶家人始作俑者！你跪在我身前，死死地护着他……这一切一切，都是你亲手导演，你们叶家联袂主演，却在演砸了之后，跑过来讨一个拥抱让我原谅你？呵——我被你召之即来挥之即去，末了还要哄着你一笑泯恩仇，你他妈把我苏醒当什么了！”

“我把你当做我的一切！”

叶欢格泪眼婆娑地抬起头：“苏醒，我不甘心。我不甘心你那么死心塌地爱着裴蕾。你和她恋爱，我做你的参谋。你飞去和她上床，我帮你写好假条。你去接官司赚钱娶她。我去劫法场被人用枪指着头……你想过没有，我也疼啊，我比你现在还要疼。你苏醒又把我当什么了？我以为这是我最后的机会，我以为只要让你亲眼看见，你就会把她彻底忘了，以后的情人节就再也不会下雪……苏醒，你告诉我该怎么办？裴蕾给你的爱叶欢格都能给，可你稀罕吗，你稀罕吗？我希望你的眼睛再失明一次，也给我一次对等的机会。可明天早晨你还会睁开，还是会含情脉脉地看她……苏醒，除了今天这么做，我还能怎么样？她给你一双眼，我给你一颗心还不够吗？”

叶欢格在铺天盖地的大雪中，在路灯的光束下，早已泣不成声。

11点45。情人节的最后十五分钟。叶欢格慢慢走进我的怀里。

“苏醒，如果现在我说‘带我去过情人节吧’……”她流着泪问，“还来不来得及？”

如果现在是四个小时前，我会打开扣子将她裹在大衣里，用衣袖给她揩掉眼泪和鼻涕，吻开她眉心的结霜。可现在不会了，现在是四个小时之后。我目睹了世界上最丑陋的一幕，我一颗向善的心已经被摧毁得像这纷飞的雪片。1507房内，血流如注的那一刹那我曾想起了叶欢格的笑靥。在那一秒钟，她是这世上属于苏醒的最后的慰藉。然而下一秒，我却真切地看见我的慰藉跪在了我的手下，和那个肮脏的男人，一起，跪在了我滴着血的手下。

“叶欢格，你走！我再不想见到你，这辈子再也不想！只要我一想到你是姓叶的女儿，我他妈就恶心！”

我顶着风雪继续前行，叶欢格蹒跚地跟在身后。

“别跟着我，听见没有！”

叶欢格不为所动，紧紧跟着我的脚步。

“好啊，”我扭头一笑，酒气喷在她的脸上，“叶欢格，难得你好兴致。我带你去个地方——好玩的地方。”

前方是著名的红灯区，琳琅满目的KTV，门面不算大，却灯红酒绿光影撩人。远远地，面目模糊，短裙丝袜的陪酒小姐迎了出来。

“俊男，来玩玩嘛。”

我把大衣交给她，回头冲叶欢格道：“给你两个选择，要么走，要么留下来等我去消遣。”

叶欢格远远地站住。

大雪安静地落下，叶欢格站在原地，雪慢慢盖住了她的头帘。我看不清她的眼睛。

我点了四个小姐开了一间KTV包厢。

信用卡，借记卡，一沓钞票。我逐一拍在桌子上：“把你们的好酒都拿出来，咱们一起痛快地喝！还有，盯着门口那小丫头，别让她进来。”

林林总总的洋酒摆在茶几上，我像一具偶人般坐在陪酒小姐的中间，毫无表情地咽着黄汤，心里被蚕食了一个深不见底的洞，冷风一阵阵地向上冒着。

半个小时，我问身边的小姐：“小丫头走了吗？”

她出去探了一下，很快回答告诉我：“她还在雪里站着呢。”

我晃晃悠悠一把拉起她：“跟我……出来。”

小姐搀扶着我好歹在门口站定，看见叶欢格还站在原地，一动不动，看不出衣服的质地和颜色，她已经成了雪人。

我一把将小姐抱在怀中，将头埋在她的头发里。她咯咯的娇笑声传出了好远。

我们又回到包厢里喝了第二轮。半晌之后，我费力地扬了扬手里钞票：“你们……谁把她给我撵走……这钱，就……给谁。”

少顷，小姐们回来通报我：“不用撵了，她已经走了。”

我坐在沙发上，嘴唇不知何时咬破了。我哆嗦着伸出双手，狠狠地将脸埋在手掌里，揉搓，撕扯头发。山摇地动的音乐还在奏着。“你们，也都走吧。”我把杯子里最后一口洋酒倒在口中，缓缓倒了下去。

隐约有电话打进来，我醉得说不出一个字。一个小姐将我的手机接了过去，对着电话讲着什么。我无从去辨认，只希望快一点失去知觉。这一夜，太难熬了。

不知过了多久，我被人架起来离开KTV。一阵翻江倒海，我伏在路边大口喘着，像条搁浅的鱼。她在我的身后捶着背，直到我清空了胃里的全部。

“回家……送我……回家。”

几分钟之后我到家了，一头倒在地上，再也爬不起来。她急忙把我扶到床上，脱下我的鞋子和衣服。她的头发散落在我的脸上，飘着洗发水的芬芳。屋子里灯光昏暗，我还是准确地抓住她的手：“别离开。”旋即将她揽入怀中。

怀里的女人想要挣脱，被我翻身压在身下：“叶欢格……你还要去哪儿？除了我的怀里……你还想去哪儿？”

我死死将她按住：“别当我是傻瓜……我早知道……这不一直是你期望的场景吗……告诉你……你老子欠下的风流债，就要……就要你来还！”

“苏醒你放开！你喝醉了，你别胡闹！”

“胡闹？我要让你看看……看我到底是不是跟你胡闹……”

我把她的双手死死钳住，同时牙齿一颗一颗咬落她胸前的扣子。叶欢格拳打脚踢，拼死挣扎，愈发激起我的野性。她一把将我掀翻，转身要逃。我再次扑了上来，拦腰将她抱了回来。

在一个醉酒人的意识里，这是个短暂的过程，片刻的交锋过后，她屈服了下来半推半就地接受了。而事实上，我和她厮打了将近一刻钟。我将她的上衣撕成了一条条，胸衣的两个钩全都断了。她是用尽了全身力气才放弃了挣扎的。

我得手了。我在她的身上肆意驰骋，最后留下一团肮脏的东西。在她凄厉的哭声里，我的掌心抚过她的身体滑过她的乳房。我触到了乳晕上那环形的伤疤，那一霎我突然遭到了电击一般，全身为之一震。即便是这样，我也没能醒过来。事毕，以一个倒着的“弓”形，缩在墙角昏昏睡去。睡吧，我想，睡醒了，就是一个新的开始。

Chpater 17 Sometimes when we touch

雪停了，清晨的阳光从半地下室的窗缝透了进来。

这不是我家。

我醒来的第一秒就知道完了。回过身，看见房间一片凌乱。披头散发的沈凝夏抱着膝盖蜷缩在地上，衣服早已撕烂，胸衣不在位置上，牛仔裤是被褪下的……这一切，都是我干的。

我不敢相信，但真真切切是我炮制了这一切——我对我的当事人做了一件和当年李秉财一模一样的，禽兽不如的事。

我滚下床，试图给她披件衣服。沈凝夏恐惧的眼睛一刻不停地盯着我："你别过来，别过来……我求你了，别过来……"我顶着沈凝夏的拍打，给她穿好衣，好歹把她抱到床上盖上被子。沈凝夏死死地扯住被子，打湿了被角。

后来沈凝夏睡着了，睡梦中紧紧皱着眉头。我扎着手坐在床沿，不敢离开半步。此时我已经没有心思去嫉恨恼怒，甚至追悔。我唯一的感觉是恐慌。我攥着拳努力让自己平静下来，可仍旧指节发白，双手不停在抖——我伤害了一个淳朴无辜的女孩。我把她三年前遭受的梦魇又复制了一遍。我把她所有的柔情蜜意全部辜负了。

我的恐慌是有道理的，而我的想法却错了。

沈凝夏昏睡了一个小时后，堪堪醒来。她醒来的第一句话便是："苏醒，你把电话拿出来。"

我难以置信地看着她，等她说下去。

她说：“你打电话自首吧。这样会判得轻一点。”

从心底升起一团鬼哭狼嚎般的冷笑。她居然……让我报警，她居然让我接受法律制裁！

“沈凝夏，你别开玩笑……你再冷静一下……我错了，可是我不是有意的，昨晚我醉得一塌糊涂，你不能对我这样……”我站起来，突然歇斯底里地捶着自己的太阳穴，我吼着，“你不能对我这样！你不能在我刚刚有所成就的时候送我去监狱让我蹲上十年的大牢！你不能这样……”

“我凭什么不能？”沈凝夏冷冷地质问。

我无声地垂下头。因为我知道，她完全有权利这么做。并且从律师的角度讲，这是唯一正确的，值得鼓励的选择。

这是我二十三年里最黑暗的一天，我刚刚强暴了沈凝夏犯下重罪，此时又恨不得舍弃所有的自尊和脸面，去乞求她网开一面。我满23岁才六天，我是律师界瞩目的红人，我一场官司就能赚一百万，我不能去坐牢……

“沈凝夏，我求你了。看在我们结交一场，看在我曾经为你的案子历尽艰辛，看在我救过你的命……”

“是不是还看在我对你说过‘苏律师，来生我愿意当牛做马报答你’？”沈凝夏问。

我咬了咬牙，求生欲让我吞下了廉耻。我点头：“是。”

沈凝夏冷笑：“苏醒，你怎么能是这样的人？没错，我是这么说过，我真心实意想报答你。可是你呢？你对我做了些什么？我甘愿为你当牛做马，可是我不能因此为你做一次‘鸡’！”

沈凝夏拿过手机，迅速拨了那三个数字，被我一把打落。

我把挂断键按得死死的：“你再等等沈凝夏！我欠你的，可终归会有办法还清。你开个条件，你随便开条件，你让我怎么样都行！只要你不去报警，只要你放我一条生路！”

“你说得很对！苏醒，办法的确有，但是不多——只有一条！能不能行得通全看你。”

随后，前一秒还在伤心欲绝的沈凝夏镇定地对我说了一席话，我就像砧板上的待庖鱼肉一样，呆呆地听她讲完最后一个字。

我终于明白了，这凌乱的房间，撕烂的衣服，还有她那哭红的眼睛通通都是道具和布景。这是一个早有所备的局，而激活这个局的便是酩酊大醉的我。

沈凝夏口齿清晰地告诉我：“苏醒，只有你的行为合法，才不会受到法律制裁。”

她说：“这件事的解决方法，便是苏醒和沈凝夏成为合法夫妻。”

这句话出口，角色在顷刻间发生互换。

半晌，我讥笑地问面前的沈凝夏："这是你的计划，对不对？"

她低头咬了下嘴唇，不卑不亢地回答我："我也是将计就计，如果你一辈子不犯错，我就一辈子没机会。所以你怪不得我。"

"放屁！我告诉你，我不可能娶你！我不爱你，一丁点儿都不爱！"

"那么我也告诉你，苏醒，开弓没有回头箭。既然我敢承认，就不可能半途而废。二选一，要么你去坐牢，要么，做我丈夫。"

沈凝夏继续说："而且，我还要提醒你！如果你坐了牢，你的裴姐姐，你的格格，她们谁也不可能等你10年！苏醒，别怪我狠心，要怪就怪你犯错！犯错就该受惩罚！"

这就是那个温文尔雅的小丫头说出的话吗？我大笑，我究竟救了个天使，还是蛇蝎？

我觉得头晕目眩，挪开被子，重重地坐在床上。就在那一刻，我看见床单上一摊醒目的血红。

"这……这是什么？"我难以置信地盯着那一片血迹，又转头望向沈凝夏。

她轻蔑地笑笑："何需问我？女孩的初夜，就算你没见过，也总该听说过吧？"

只要略微有些生理常识，便知道这是何物。这团血迹让我的瞳仁不断放大，我的恐惧终于冲到了最高点。因为这一小团初夜的血迹牵扯了案子，牵扯了凶杀的始末原委。它曾是我辩护环节中必不可少的链条，如今，我却真真切切地看见它落在昨夜的床单上。也就是说，因果逻辑早就断裂了，我赖以成名的案子根本就是个错案！

"这怎么可能……"我喃喃道，"李秉财，他不是……"

"他不过是未遂罢了。"沈凝夏轻描淡写告诉我。

"未遂……"我完全呆住了。即便再怎么缺少法律常识的一个人，也必然知道强奸和强奸未遂无论从性质还是量刑上都是有本质区别的。李秉财怎么可能承认了强奸的事实？他怎么会无缘无故将一门重罪揽在自己身上？他的其他口供还有没有效？"

我一把扯过沈凝夏："你告诉我真相！到底是怎么回事？"

她挣开了，冷冷地说："真相都在他的口供里写着，有怀疑的话你可以要求重审啊。对了，苏醒，如果你站出来宣称这案子是个错案，届时你会更出名的。不过我还是忍不住提醒你——你自己都成为案犯了，就算你提出疑点，也未必有人会信你。"

我抓过她的头发引得她一声惊叫。"沈凝夏，你别跟我玩花样！你以为随便拿点鸡血鸭血就把我唬住吗！这案子不可能有错！不可能！我被他们捧得那么高，我悬在半空里俩脚早他妈离地了……谁也不能在这个时候告诉我案子有问题！谁也不能！"

沈凝夏出乎意料地听着我的话，突然抬手扇了我一个嘴巴。没什么力度，却足够让我静下来。

"你混蛋！"沈凝夏的眼泪一下子涌了上来，"苏醒，我把第一次给了你！你吃干抹净，回头还要诋毁我。你还是不是个人？"

现在的苏醒已经没有人样子了。几个小时前，我在羊汤馆子里和叶欢格做最后的死撑，我装出一副社会名流的样子努力作谈笑风生状。可随着最后一根神经的断裂，我的行为已不受控制。我是个极度脆弱的人，我用了几个小时便看清了自己脆弱的一面，然而已经晚了。几个小时，足可以犯下弥天大错。足可以将一个璞玉完人变成一具孤魂野鬼。

这便是几个小时内发生的一切——我爱的女人和别人私通，爱我的女孩子被我逼走，我和一个不爱的人强行发生了关系犯下大罪，我赖以生存的案子存在重大疏漏。我真魂出窍一般，挪动着漂浮的步子出了沈凝夏的家。从背后传来她歇斯底里的叫喊：“姓苏的，我只给你三天时间！三天之后，要么民政局见，要么，你就等着警察上门吧！”

外面，雪后的天空碧蓝如洗。阳光普照，四处都是窗棂上雪化的声音，滴滴答答，由远及近。很久没有这样的好天气了。我呼吸着最新鲜的空气，听着上空的鸽哨声，突然感觉一阵窒息。紧接着，双腿一软。

西安恢复了往日的繁忙，雪后的大街仍旧川流不息，很少有人注意到一个男子当街而跪。

我再也经受不住这样的悲伤。

打开家门的时候，我无比盼望听见屋子里的响动。我盼着叶欢格若无其事从房间里跳出来，哪怕我告诉她真相，哪怕我当着她的面痛哭一场。但随着钥匙的转动，我的心凉了。叶欢格彻夜未归。我站在屋子中央，第一次觉得家里这么空，甚至迈开的每一步都带着惊心动魄的回声。我开了CD，那里是叶欢格最喜欢听的歌，85年的新加坡女孩儿Olivia ong的单曲《Sometimes when we touch》。叶欢格曾不知天高地厚地告诉我，她和Olivia的纯美声线很像。

吉他前奏响起的时候，我剧烈地哆嗦起来。我战栗着翻出那盒搀兑了大麻的香烟，抖动着右手握起打火机。火苗窜起的时候，我靠坐在客厅的墙角发呆。Olivia的歌声响起，我鼻子猛地一紧，一大滴眼泪砸在羽绒服的缎面上。最终，我还是哭了。眼泪恣意横流。我知道，哭再大声，也没人听得见。

我在屋子里衣不解带地过了三天。我喝了几罐水，却没吃一口饭。那两盒大麻烟被我不停歇地吸光，烟草的刺激让我的嗓子哑得说不出话。胡楂儿在一夜间生了出来。这三天里叶欢格始终没有回家，裴蕾的电话我一概没有接。

第四天正常上班了，叶欢格的位子空空荡荡。

中午的时候沈凝夏发来短信。没有称呼，没有废话。她说，三天已经到了。

我想起古代饮鸩止渴的传说。我想，饮鸩的那位勇士在生命的最后时刻里一定充满了享受。他选择高昂地死去，并且在死前止了渴，死得很满足。

我高估了自己的勇敢。我宁愿选择痛苦地活下去，延长痛苦的同时，苟且延长生命。

我终究不敢去坐牢，而是给沈凝夏打了电话。

“答复你之前，我必须先问你两个问题。”

“你讲。”

“李秉财为什么会承认强暴一说？这一点你必须回答我！我不可能和一个隐瞒了真相的人，甚至是杀人凶手过一辈子。”

“到现在你还不相信我？出事那晚李秉财喝得大醉……”

从沈凝夏的辩驳里我大概明白了八九分，李秉财行凶施暴都是成立的。也许是过于兴奋和紧张，伏在她身上蹭了几下便一泄如注。可惜这一点李秉财至今都不知道，当时他醉得太厉害。

李秉财当夜醉酒的事实，口供里根本没有记载。试想，醉成那样的人居然能把当时的情况交代得既完整又清晰，包括如何目睹孙茂盛杀人，如何指挥他逃窜……可见那口供根本不具备什么可信性。李秉财这么做完全是在逃避法律责任！这案子看起来完成得珠联璧合，实则金玉其外败絮其中。我几乎断定，他所交代的“事实”定与真相有不小出入。只是我已经管不了那么多了。沈凝夏说得没错，我现在自身难保。如果可能的话，我希望这案子盖棺定论，腐烂掉，化成灰，永远别再有人提起。

“第二个问题呢？”沈凝夏追问。

我告诉她：“第二个问题，你能和一个不爱你的人共同生活一辈子吗？沈凝夏，我很清楚地告诉你，我们之间没有任何感情。大千世界，你想找一个真心对你的男人并不难。你这么做，又是何苦？”

“苏大律师，这个问题不是你该考虑的。两个人即将朝夕相处，怎么可能会没有感情？实话也不怕对你说——当初在监狱里，我见你的第一面，就笃定有朝一日我会嫁给你。苏醒，我希望你珍惜，不是每个女孩都能像我这样对你……”

“所以你在几番会面时都表现得极尽可怜，甚至把莫须有的罪行加在李秉财的头上，以求我的恻隐之心？”

“如果你非要这么想，我也不拦着你。”

“我看错了你，彻头彻尾地看错了。”

沈凝夏笑笑：“说那些还有什么用呢？两个问题都问过了，是你做决定的时候了。让我猜猜——你这样一个具备正义感责任心的律师，定然不会被我这样一个女子所威胁的，对不对？”

“我跟你去，”我说，“你不用再侮辱我了，我跟你去。”

“呵呵呵——”电话一端，沈凝夏的笑声玲珑剔透，“苏醒，你真令我失望。我还以为你会斗争一下呢。金无足赤，人无完人。虽然我这么做不算光彩，可你也不是什么高风亮节的律师。你也害怕坐牢的滋味吧？所以你跟我是一路货，不要动不动就摆出一副鄙夷别人的臭姿态。半小时后，不见不散。”

这半个小时，我把自己锁在办公室里。拿出手机，一条一条翻开着从前的短信。我和裴蕾之间的短信一直被我保存着，后来短信渐渐少了，内容也越来越短。通常只有三个字：“睡了么？”我就这样默默地把收信箱慢慢清掉，删除了二月份的“睡了么”，又删除一月份的。删到最后都是些长的。我看见这样一条，她说：“苏醒宝贝，和你在一起的日子就像走钢索。我歪歪扭扭，我举步维艰，回不了头，也上不了岸。如果有一天我还是没有走好，请你不要失落，毕竟姐曾这样认真地走过——用我端正的步子和一颗紧张的心。闭上眼，隔着千山万水，让姐拥抱你……”

我按了全部清空键，屏幕上的漏斗图标转了转。顷刻间，他们曾经的信誓旦旦再也不复存在。

我给裴蕾的语音信箱里留了言。

姐，我就要结婚了，新娘是沈茗的女儿沈凝夏。我和你，我们之间发生了这么多，爱过，猜疑过，恨过。欺骗也好，苦衷也罢，我不在乎结果。无论如何，苏醒最珍贵的日子都有你陪同走过。我谢谢你。曾以为可以和你择一个吉利的日子，去民政局取一对大红本本，回到家和你胡吃海喝一通，成为比你小6岁的丈夫。我憧憬过，努力过，接近过，到头来却没有成功。

我想过了，人生不一定非要那么完美。与其埋怨和悔恨，不如感恩和怀念。闭上眼，隔着万水千山，拥抱你最后一次……

说到这里，我再也说不下去了。

当我从这段话里回过神的时候，已经站在了民政局的楼下。沈凝夏盘起头发，收拾得俏丽。她高高地站在我的身前，阳光和雪堆的映射投在她的脸上，光彩照人。她的微笑始终如一，天使一般。

拍照的时候，她的身体微微倾过来，很依人的样子。就连照相师也啧舌赞叹。

我的手机突然发疯似地响了起来。我很想拿出来看一眼“裴蕾”二字，却没有那个勇气。随着我伸到口袋里的手按下了拒接键，“咔”的一声，我们的结婚照永久地定格在一方胶片上。

她笑：“苏醒，我终于成你妻子。我要让你知道，你娶了全世界最最好的女孩，如果你幸福第二，就没人敢称第一。”

我也笑：“沈凝夏，你听好。我不爱你，一丁点儿都不爱！今天不爱，明天不爱，从来不爱，永远不爱！”

她的表情僵了几秒钟，笑容再度浮上来：“没关系，不久之后，我会让你口不对心的。”

取户口，开证明，这一切都是老翟一手经办的。结果便是我结婚的消息不胫而走。同事们纷纷道贺，老姜和杜子腾还颇有深意地问我：“哟，新娘子怎么自打过了年就不露面了？难不成你们是奉子成婚？你把我们‘花’藏家里养起来了？”

直到见了老翟的眼色，这帮人才略有收敛。老翟知道，新娘不是叶欢格。尽管我再三缄默，但老翟那人何等聪明，察言观色就可以看出个大概。下班的时候，老翟征求我的意见：“苏醒啊，别人结婚也就算了，可你不一样。就算你不想大操大办，总得请大家像模像样地聚一聚。不然的话，你师兄师叔们肯定要挑你的理。”

我用眼神向老翟求饶：“师父，我心里乱得很，真的没心思弄这些。要么您受个累，帮我张罗两桌行吗？”

“成啊，那就这个周五晚上吧。你心里有个数，东寰上下有一位算一位，都能到场。这还没算其他事务所的同仁，还没算那些媒体杂志的记者呢。届时一定把新娘子请出来让大家伙饱个眼福。”

“新娘您认识。”

“谁啊？”

“沈凝夏。”

“……”

老翟半晌也没说出话。个中过程他不便过问，他只是拍着我的肩膀说：“周五那天，一定要表现得高兴些。对你只有好处没有坏处。”

叶欢格还是没有回家，也没再打过我的电话。姜律师自告奋勇帮我在海王府订了几桌宴席。杜律师负责发请帖，老姜特意问了我一句：“人手一张，人人有份儿，对吧苏律师？”我点头，想了想，又叮嘱了一句：“对了，告诉他，别通知叶欢格。”

姜律师升调地啊了一声，充满疑惑。

临走时我又拉住了他：“那个……您还有那种烟没有？我想跟您这儿再买几盒。”

老姜一脸媚笑，压低了声音说：“咳——多的是，想要随时跟哥哥说。”

生活只剩无穷无尽的戏码，我是舞台上的一具偶人。支配我的线在沈凝夏手里，在老翟他们手里。这便是我曾憧憬的生活，它曾经有过瞬间的光鲜，如今却像一张过度曝光的旧照片，早已面目全非。木偶属于公众，木偶为公众而活。因为它知道，一旦挣断了那根线，它会在公众的目光里重重地倒下去，在华美的追光灯下化为一堆废木。等待它只有两种命运，要么在支配下上台，要么拒绝支配而倒在台上。

我看见了那张曾经和叶欢格二一添作五的简陋写字台，不知被我们弄上过多少茶叶蛋和包子的油渍。如今，那里空空荡荡。

我知道，我下不去了。

叶欢格始终没有消息，而苏醒和沈凝夏的婚宴却如期而至。周五的晚上，我穿着米色的西装，沈凝夏是一身酒红的真丝旗袍。我们站在酒店的门口，指引宾朋。我笑容洋溢，沈凝夏夫唱妇随。谁也看不出那热情之下的千沟万壑，笑容背后的千疮百孔。

虽然结了婚，我和沈凝夏不相往来，一直在分居。她租下的那处房子已经到期，她曾找过我，被我拒之门外。沈凝夏在门外含着泪咬牙切齿道：“我好歹是你妻子，你不能对我这样！”我打开门塞给她一沓钞票：“五星级的酒店，你愿意怎么住都可以，只是不能踏进这里半步。”

老翟已经帮我找好了一处大三居的房子，我完整地封存了家中的一切，准备和沈凝夏搬到新居。我住了多年的小家，那里放着两张单人床，裴蕾曾经扎着围裙从厨房里飘出来，像朵带着女人香的棉花。门上贴着叶欢格的楹联，除夕夜，漏风的小客厅是全世界最暖和的地方。我知道，我再也等不来谁，再也求不到什么，莫不如将它封在心里，当成一个信仰供奉到天荒地老。

海王府最大的包厢，可以摆下八桌。宾客到齐，一共79位客人。姜律师指着唯一的空座告诉我："苏律师，按你的吩咐，谁也没敢告诉叶欢格。"我如释重负："劳您费心了。"

婚宴开始，觥筹交错。千篇一律的过场——致词，敬酒，点烟。在场记者非逼着我讲述恋爱过程，老姜说："咳，这还用问吗？男方是律师，女方是当事人。一案结缘，两情相悦了呗。"记者们捧腹大笑："佳偶天成！天成！这段姻缘太值得报道了，看来这一次我们苏律师还要再火一把！"我侧过脸，看见沈凝夏略带红晕的笑脸，握着酒杯的手突然狠狠抖了一下。

酒过三巡，包厢里声势浩大。以往对叶欢格赞不绝口的同事们把溢美之词毫不吝惜地给了我身边的沈凝夏，这场婚宴实在是太和谐了。没人提起那个人的名字，好像全世界都理所当然地把她忘了。

晚上九点零九分，老翟说："这个时间吉利！来——大家把手里的杯子都满上，我们一起祝福两位新人永浴爱河天长地久。"

"干杯——"众人起身碰杯，整晚的气氛达到顶峰。

"砰——"的一声，包厢的门被人踉跄地撞开，瘦小的叶欢格出现在门口。庆祝的众人循声望去，在那一个瞬间像被人施了定身法，执杯的手还举在空中，整个包厢却已鸦雀无声。

叶欢格扶着包厢的门站定，在人群中准确无误地找到了笑意盈盈的新娘和一身华服的我。

叶欢格的头发蓬乱，眼睛发红，MaX&Co的鹿皮小短靴上全是泥水。脸上和嘴唇上冻出了小口子，那是连着几日的北风和眼泪摧残出的皲裂，挂在她那张光洁又稚气的脸上。叶欢格怔怔地看着我。那一个瞬间，胸口的那扇闸再也无法合拢。我在心里无声地哭了。

她在大家的注视下默默走到人群中，拣起一瓶开盖的啤酒。大家的眼睛齐刷刷注视那只手，生怕下一个瞬间，手里的酒瓶落在新郎或新娘其中一个的头上。

叶欢格没有，她只是走到了属于她的空位子前，把自己的酒杯斟满。随着大家站起身，瘦小的身体汇入干杯的人群。

大家长出了一口气。即便如此，重新落座之后，氛围却一下子降了下来。众人若有所思地啜着酒，细声慢语，同时侧耳倾听，等着叶欢格造出事端。

叶欢格一笑："不好意思来晚了，自罚三杯。"三杯酒无不是一饮而尽。

喝完一把抓起旁边的杜律师，叶欢格笑眯眯道："听说是你发的请帖，为什么没有发给我？"

杜律师巴巴儿地看着我："我……他……这个……"

姜律师出来解围："小叶啊，你离开了好几天也没个消息。我们以为你不会来呢。"

叶欢格大笑：“我和苏醒同事一场，好歹也是曾经的‘东寰双煞’。今天是他大婚的日子，我怎么可能不来？”

我站了起来：“叶欢格，是我，没让他通知你。”

叶欢格眼睛笑成了月牙，回头冲大家：“你们看，苏醒对我多好！知道我是穷人，怕我随礼破费。”转回头又对我：“苏醒，我身上还真没什么拿得出手的东西。这个，留给你吧。”说完，把胸前的水晶小猪高仿品摘了来，递给我。

我没接：“留下吧叶欢格。你不是说，你喜欢……”

叶欢格笑笑：“免了，这么没价值的东西，戴着多下贱。”

一张手，水晶猪落在地砖上，身首异处。

沈凝夏站在我的身旁，笑容缥缈。

杜律师出来打圆场，他把叶欢格拉回桌上：“嘿，礼也随完了，咱们继续喝。”

“好啊，当然要喝！”叶欢格莞尔一笑，和桌上的人推杯换盏。

一时间，知情的人默默无语，不知情的面面相觑。老翟皮笑肉不笑地招呼大家喝酒，场面总算又恢复了正常，这场婚宴如此又进行了半小时。

老翟看了看表，时间不早了。叶欢格的到场让老翟心有余悸，老翟知道，她就是颗炸弹，不炸不等于是颗哑弹，而是，时机未到！更何况，媒体还在这儿呢——晚报社的刘主编，西北电业报的一把手老何，都眼睁睁看着呢。

老翟拿过麦克风：“今天的婚宴就要接近尾声，时间挺晚了，我们这些老头子是陪不动喽。更何况人家小夫妻刚刚在一起，咱们是不是也得给人留点二人时间，啊？”

老翟万没想到这番话成了催化剂，话音刚落，掌声夹着口哨。大家很容易把“二人时间”想象成了一种特别事件，就连刘主编都笑了。

叶欢格就在这个时候晃悠悠站了起来，来在我的身前：“苏醒，婚宴快结束了，你是不是忘了点什么？”

她幽幽一笑：“你还没有敬我的酒——喜酒。”

我把酒杯倒满，拿在手中，和叶欢格碰杯，一饮而尽。

看得出，叶欢格眼神涣散，已经醉了。可没想到的是，叶欢格一杯啤酒还没咽下，便喷了出来。

号称千杯不醉的叶欢格在这一杯喜酒下肚后，毫无征兆地吐了一地！

老翟一皱眉，怒冲冲看她身后的杜律师：“你灌了她多少？”

杜律师一脸委屈：“我还敢灌她？我捆成一打也不是她对手啊！谁知道叶欢格今天怎么了一一看看，这不都在这儿呢，一共四个酒瓶，醉成这副样子。”

大家愕然。曾经16瓶啤酒下肚安然无恙的叶欢格竟然在第4瓶的时候醉了。

我把叶欢格扶起坐下，拿出手绢细致地帮她擦净嘴角，看见叶欢格眼底含不住的泪珠顺着脸颊淌了下来。

“苏醒……咱们再喝一个！我方才……还没说吉祥话呢。”

我说："你坐好，我自己喝，你让我喝多少我就喝多少。"

旁边一直微笑不语的新娘终于发话了："叶律师，苏醒酒量不好你是知道的。今天在座的各位谁也没有为难他，凭什么唯独你不依不饶？"

"如果你有这个雅兴的话，"沈凝夏扬了扬脖子，"我愿意陪叶律师尽兴。"

我阻拦不住，沈凝夏已经找来六个空酒杯："听说敬叶律师酒有个规矩，一次三杯，是这样吧？"

烂醉的叶欢格勉强一笑："你还真了解我。"

"当然，"沈凝夏说，"并且我还知道，啤酒对叶律师来说根本不算什么。要尽兴，就要换个玩法。"

沈凝夏连开两瓶52度剑南春，像倾倒自来水一样倒满面前的六个杯子，白花花直晃眼。

这个时候已经没人吃喝了，纷纷起身围拢过来。我拉住沈凝夏："够了！她已经醉了，你何必苦苦相逼！"

沈凝夏笑容依旧，低声道："苏醒，怜香惜玉你还真会找时间啊！谁逼她喝了？这事跟你没丝毫关系，你给我乖乖看着！"

另一边，姜律师凑近叶欢格："花，今天大家都挺高兴，别把喜事搞砸了，给你姜师叔个面子行不……不行的话，给你师父翟律师一个面子……"

叶欢格一把将他推开："滚——都他妈给我滚！你们……是谁长辈？谁认得你们！我来东寰只为苏醒！只为苏醒……我有自己的事务所……不然……就凭你们这小庙……就凭你……"

姜律师吃了一鼻子灰："这丫头胡说什么呢！怎么六亲不认啊！"

杜律师小声说："她没胡说，这是真的。我百度过叶欢格的资料，叶欢格是D市一家事务所最年轻的合伙人，前年撤了份子。那家事务所的规模比起东寰有过无不及。我一直以为她们是两个重名儿的律师。如今看来，说的就是她。"

身后的老翟，脸色愈发深沉。

沈凝夏举起第一杯："叶律师，这一杯是感谢。谢你三番五次救我！你在狱里告诫我不要有非分之想，说什么'法律就是道理'。我今天站在这里你是不是特气愤特懊恼？呵——不管怎样，我谢你！"

仰头，一杯白酒生生喝下。

叶欢格淡淡一笑："你还忘了一条，我还帮你上过诉。我不远千里飞来飞去，我托关系请吃饭赔笑脸……我他妈真是个东北人，往死里充自己活雷锋！"

"喝了这杯酒，我们两不相欠！"叶欢格说完，一饮而尽。

沈凝夏又拿起第二杯："这一杯，是为我丈夫苏醒。他平时深得叶律师的关怀照顾，你是他最过命的红颜知己。如今他有家了。这一杯，我替他谢谢你。"

叶欢格再笑："好，两不相欠。"

仰头的瞬间，叶欢格一滴眼泪掉进晶莹的玻璃杯，和着烈酒，一起喝了下去。

啪的一声，酒杯落地，摔得粉碎。

叶欢格已经醉得站不起，喝完这一杯她滑在地上，再也爬不起来。

沈凝夏摇晃着扶住桌子："都说叶律师酒量过人，今天一看，不过如此。这第三杯酒，谢你参加我们的婚宴。说实话，叶欢格，我一直盼着你来。若见不到你，这婚宴真没意思！瞧瞧你现在的样子，抱着桌角一身霉味跟个邋遢鬼一样。知道吗？我们第一次见面那天，你真的很神气……"

我眼睛里已经喷出了火，我无法再容忍这场飙酒进行下去。我的胳膊被几个年轻的律师死死架住，他们的用意很简单——他们要让沈凝夏喝，要看这个嚣张的女人饱受酒精煎熬。

可我毕竟是她的合法丈夫，是这里唯一对她负责的人。何况叶欢格早就醉了，沈凝夏也到了强弩之末。我忍着怒火一把抓住她的腕子："你闹够了没有？闹够了没有！她已经醉倒了，大家都看着呢，你别这么恶毒行不行！"

沈凝夏没说话，她只是一扬手，那杯酒泼在我的脸上。

那杯酒顺着我的鼻孔和眉毛滴落下来，落在我的嘴边，苦涩的味道。

一时间，大家都没了声音。叶欢格一口东西都没吃，已经被灌得神志不清。周围的律师无不对沈凝夏怒目而视。两位主编和小报记者站在最后面，抱着肩膀微笑着洞悉眼前的一切。凡此种种，这场婚宴足够让人伤神。

叶欢格坚持着爬起，端起最后一杯酒。杜律师伸手拦住，却被她猛地甩开。

"她都不喝了，你还逞什么能！"杜律师急得大喊。

"别人我管不着，有始有终……这也是我叶欢格喝酒的……规矩……"

她指着沈凝夏："姓沈的……既然你认怂了，那么该我说句……祝酒词了吧。"

叶欢格说："我他妈最后悔就是把你给……放出来！如果再让我选一次，我宁可袖手旁观……宁可不做这个狗屁律师！我打开宝葫芦的封口……让你这妖孽钻了出来，却再也没办法降住你……不过沈凝夏，你不要逼我……苏醒和你结婚又怎么样？你看看他听谁的！"

叶欢格将杯子高高举起，环视全场："喝完这杯，我要带苏醒走！"

沈凝夏听罢轻蔑一笑："疯话！"

叶欢格不顾众人阻拦，到底将那杯酒喝了下去。叶欢格已经醉得一塌糊涂。她被人架着，抓住我的领子，就势伏在我的肩上。我的心就像铁板上的一块饼，冒着油，慢慢地煎，嘶嘶的疼。听见叶欢格笑着在我耳边轻语，轻得只有我一个人听得见。

"苏醒，还记不记得……你答应我的话？我说……如果……你娶的不是你裴姐，我有权劫你的婚……带你走，不让你……洞房，你还……记不记得……"

"记得，"我点头，"我记得。"

"真傻啊，我以为……你若娶的不是裴蕾……就一定是我，所以我才……那么说。今天，我把所有自尊都扔在了这里……大家看我的笑话……你的新娘……说我像鬼一样。苏醒，但凡你还有点良心……就带我走吧。明天你爱去哪都可以，但是今晚……请你一定带我走，你答应我……”

那一霎我险些落泪了，我紧紧抱住她：“格格，我答应你。”

我回身冲大家：“抱歉了各位师叔师兄，叶欢格醉了，我要带她先走。今天招待不周，大家多多海涵。日后一定给大家摆宴赔罪，补上这一过……”

“苏醒，你敢再说一遍！”沈凝夏难以置信地看着我。

我告诉她，一字一句地：“今晚我一定要带她走，其他的明天再说。”

“胡闹！”老翟狠狠一甩袖子，愤然离席。几位名记的笑容像是长在脸上，他们深沉地微笑着，随老翟一同告辞了。

众人散作鸟兽，几个关系不错的律师踌躇地站了片刻，最后也知趣地离开。苏醒的婚宴散了，偌大的包厢里只剩下我们三个。

沈凝夏眼角上挂着微微的抽搐：“苏醒，我要你放下她，并且跟我道歉，立刻！”

我说：“对不起，叶欢格是我最过命的朋友，我跟她有过承诺！”

“可我是你妻子！”

沈凝夏的手在发抖，眼泪一下子夺眶而出。

我冷冷一笑：“你不用提醒我，我怎么敢忘了！”

“苏醒，我的忍耐是有限的！你这么做，不怕激怒了我？”

“我怕，但我更怕叶欢格有闪失，”我一边给叶欢格穿好衣，将她背在身上，回头看了沈凝夏一眼，“如果你等不了，就随你的便吧。”

这最后一句话意味深长。等于在说，如果你不满，报你的警去吧。

我没有拦车，而是一路把叶欢格背回了我的小家。半路上，叶欢格示意我停下。我回过头告诉她：“想吐就吐吧，吐在我身上。”叶欢格的头发贴在我的脸上，就像最柔软最舒服的丝绒。我曾不止一次奚落过她的“卷卷毛”，今天我蓦然发现，叶欢格的头发真好，温暖得就像她的笑容，柔软一如她的心。她吐了我一身，我的肩上，背上，脖子里。刚走了一半，我的西服就已经冻上了。叶欢格在背上喃喃地说：“还记得我们是怎么认识的？你吐脏了我的车……我扣了你的钱包……你一直欠我的。今天，你被我吐了一身……是不是就为还我个人情？是不是应了那句‘从此……两不相欠’？苏醒，我们真的要分开么？”

格格，我在心里说，我想把你扣下来，永远都不撒手。

到家的时候我已经冻成了冰坨，脸色铁青。我把小太阳开到最大，给叶欢格投了热毛巾擦脸，喂她糖水。吐过之后叶欢格清醒了很多。我没把她放在床上，而是把她抱在身上，就像大人抱小孩一样。紧紧的，密不透风。这一个晚上，我们注定难舍难离。

“杜律师说的那些，是真的吗？”我轻轻揉开她的头发，问她，“你已经有了自己的事务所，为什么还要来到这儿，给别人打工？难道只为了我？”

“很傻是不是？”叶欢格笑，“叶永笙的独女，21岁成为事务所合伙人，坐小牛皮的沙发，占最大的办公室……这没什么稀奇的对不对？打完平生第一场官司，在D市的海边，我靠在你的肩膀上睡了一觉。醒来的时候，我爱上你了。我变卖了我的股份，来西安找你。我拿事业换爱情，这也没什么稀奇的，对不对？”

“呵——为什么直到今天才告诉我这么讽刺的故事？我们共用一张办公桌，我不惜一切地向上爬，而你却是洗尽铅华，心甘情愿地坐在我身边。”

“所以我早就说过，在你一无所有的时候，我就说过一一你很富有，你很优越，但你却不知道我的本意——苏醒，只因我爱着你，你就比我优越。”

“你为什么不早一点告诉我这些？叶欢格，你玩单恋，你把感情埋在心里面有意思吗？你怎么不告诉我？”

“说了又有什么用呢？如果我说了，你能接受我？就像你接受裴蕾一样？苏醒，我什么办法都想过了，可是裴蕾在你心目中就像是加了光环，她的位置无人可及。我的那点小心思呵……埋在心里姑且好说，一旦发出芽，恐怕早就腐烂了。”

“那你为什么又骗我，说自己是个蕾丝边儿？”

叶欢格痴痴一笑：“为什么——为了把自己更好地藏起来，为了不能忍耐的时候还要忍耐，为了占你便宜吃你豆腐，为了名正言顺地走在你身边，做你的小跟班儿，小尾巴儿，还可以脸不红，心乱跳地牵你的手……”

“可是，”叶欢格抬起眼，脸上是化不开的柔情，“难道你早就知道？你怎么……会知道呢？”

我苦苦地笑：“我看过你床头柜上的照片——你替我挡酒，我送你回家的那次——照片上你亲吻一只萨摩耶，和你亲吻米哨的那张照片一模一样。那时我才知道，你把宠物狗PS成了女伴，你拿一张合成的照片来唬弄我。”

“让我说你点什么好，”叶欢格疲惫地笑笑，幽幽地说，“你早就知道我不是女背背，却一直装作不知情。除夕夜……你不躲不闪，照单全收，却像实验台上的小白鼠，做那么无辜的表情……呵——苏醒，我吻你的时候，你干吗不拒绝我？”

“因为我喜欢你。”

说完这句话，我忍俊不禁。

“因为我喜欢你，叶欢格。”我抱紧她，用头抵住她的前额，肆无忌惮地笑着。可不知怎么鼻子紧了一下，两行眼泪滑了下来，蹭在她的脸上。

我以为我永远不会说的一句话，却在此刻冲破胸膛震荡在一方空气中。在最后的晚上，我抱着她，在这个近得不能再近，却又远得无法挽回的时刻，不带任何奢求，真真切切明明白白地让她知道——可是，格格，我喜欢你啊。

在我的记忆中，叶欢格的笑容有许多种版本。有形神并茂的开怀大笑，有眯起眼睛的嗤之以鼻，有五官挪位的笑里藏奸……那是我从未见过的笑容——叶欢格听完我说的最后一个字，想哭，眼泪却终究没有流出来。她的脸颊上浮起一层疲惫的满足，勾起的嘴角微微荡开，腮边是一滴未干的泪，绽放出一朵苦艾的芬芳。

叶欢格用这样的笑容回报了我的话。

“我也喜欢你，”叶欢格慢慢开口道，“苏醒，还记得么——每次在我拼酒之后你都数落我没心没肺，说我喝不醉的。你还说，要给我办一场比酒招亲，谁能让我醉上一场，我就嫁给谁……我总是笑着不说话，因为我并非没心肺。我从一开始就知道自己想要什么。今天我到底醉了——因你而醉的。只是苏醒，你为什么不娶我？你说过的话怎么轻易就不算了呢……”

我埋在她的胸口，早已泣不成声。

“说吧，”叶欢格淡淡地叹了口气，“你为什么娶了她？我知道一定有原因的，事到如今，我只想求一句实话——苏醒，你到底为了什么？”

为了什么？

叶欢格的提问过后，是我大段的沉默。

如果真相是一种伤害，我情愿选择谎言。

如果谎言也是一种伤害，我情愿选择沉默。

“我只想知道一个答案，输，也要输得心服口服。连这样，都不行么？”叶欢格追问。

格格，让我怎么告诉你？我做了猪狗不如的蠢事。你悉心捧出来的东西我不要，我非要去偷去抢。情欲，悲愤，绝望交织着冲上顶点的时候，我被压垮了。醉着的时候我以为和你在一起了，醒来却是沈凝夏咄咄逼人的要挟……多他妈像一个千回百转的故事！让我怎么告诉你这些？

我说：“分开的那天晚上，我和沈凝夏上床了。后来我才弄清，李秉财的案子有点偏差——她还是个‘雏儿’。我挺对不住她，就想对她负责任……”

我轻描淡写地告诉叶欢格，越是轻描淡写，内心就越是揪得厉害。我说：“你知道的，我是个处女情结挺重的人。错过这个村儿，可能就没这个店儿了。呵……”

叶欢格淡淡一笑：“你说得对。这年月，呵——处女比女处长都稀罕，何况，还是个20多岁的黄花老处女。苏醒，好好对她吧。”

“我发现听你讲故事特别伤神。你让我养养神吧，明早还要上班呢。”说完，叶欢格推开我，紧紧闭上眼，拒绝再说一句话。

我把她轻轻放在床上，掖好被子。我知道，叶欢格不想我再抱她了——她嫌我脏。

然而，还有我没想到的事情。七点钟的时候叶欢格起床，她洗了个澡。沐浴后的气色恢复了很多，她坐下开始化妆。叶欢格有个价格不菲的化妆包，里面都是Dior，Chanel国际一线品牌。平时她很少用，今天忽然来了雅兴将那些水，粉，膏通通打了个遍。叶欢格把那双沾了泥水的小短靴塞进垃圾桶，换了双崭新的高跟长筒靴。精致的妆面配上崭新的牛皮小夹克，整个人从颓废中跳了出来，容光焕发，完全恢复了以往的光鲜美丽和高傲。叶欢格一边挥舞着睫毛夹，一边问我：“好看吗？”

我点头，却不知用意所在。

叶欢格恢复了调皮：“好看也不能盯着看！今天早餐吃什么？有没有豆浆喝？”

“哦，”我说，“我这就去买。”

我拿着钱包下楼去买豆浆，穿着拖鞋，连外套都没穿。

十分钟之后，我却再也敲不开家里的门。我预感到事情的不妙，使劲捶着门板，大声喊叶欢格的名字。邻居的大姐探出头，她说："那个小姑娘，她走了。"

我跑下楼，截了一辆车赶往东寰。跑上楼的时候，叶欢格的办公桌已然收拾得干干净净。一串钥匙留在桌上，没有留言。

杜律师过来问早安，被我一把抓过："叶欢格呢！她去哪儿了？"

"谁？噢，叶欢格啊，她……好像方才还在这儿……"

"我问你她现在去哪儿了！现在！"

杜律师咬了咬牙："她去机场了，国内航班，转机飞瑞士……现在赶去兴许还能截住她……"

我撇下他又冲下楼。

我在人头攒动的候机大厅寻找着叶欢格，我喊她的名字，我只穿了毛衣，拖鞋也跑掉了，怀里还抱着那杯凉透的豆浆忘了放下。我在旅客的侧目下，赤着脚跑遍偌大的候机厅一遍一遍寻找她。我有预感，这一别将是永远。我突然很想告诉她那晚发生的一切——沈凝夏抽来的耳光，瞪裂的眼角，我打落她手机的时候110已经接通了，我当街跪在地上企求上苍赦免，Olivia的歌声响起时我唯一的念头便是"叶欢格，我们再也没法在一起了"……

终于，一个旅客肯把她的手机借给我。我拨了叶欢格的号码，隐约听见她的手机铃声从遥远的地方传过来，几乎微不可闻。而广播却在清楚地提醒旅客：从西安飞往北京的XX航班即将起飞了……

在安检结束的最后时刻，我冲到安检口，看见叶欢格拖着行李已经准备登机。

"格格——"我冲着她大喊。

她没有回头。

"叶欢格——"我又喊。

她的脚步渐行渐远，直到汇成人群中一个模糊的点。

这是我见叶欢格的最后一面。所见的，也只不过是个匆匆而逝，不肯回头的背影。

那天的后来，我光着脚坐在机场外面的台阶上，把那杯凉豆浆一口口都喝了。好像喝下去就可以把心冻住，冻住了就泵不出一腔黏稠的，叫做想念的东西。

"你不觉得你这人心特硬么？属于把别人惹哭了自己还能抱着膀笑出来那种人。我都被你气哭好几次了，我一个人傻乎乎吧嗒吧嗒掉眼泪，都掉我嘴里了，要多苦有多苦！我就跟自己说，叶欢格，此仇不报非君子！早晚有一天我也抱着肩膀看苏醒吧嗒吧嗒掉眼泪，一颗都不许浪费，都得用嘴接住。看你苦不苦……"

我撕开豆浆的包装，仰着头大口大口地喝，腮边和嘴角都是或浓或淡的咸涩。

Chpater 18 我们终究差了半步

漆黑的夜里，我翻身惊醒。好像经历了一场噩梦，我坠下去，摔得粉身碎骨。揪心地疼，却没有任何痛感。我总是感觉叶欢格留了什么给我，这种想法煎熬着我，却始终没能让我想出答案。

点开那篇《半步，天涯》的时候已经半个月过去了。文章已经截稿，后半部锁文加入VIP收费阅读。直到今天，收费部分的阅读数始终是0。

我充了值，看了叶欢格加了密的后文。那个下午，我一边看一边笑，笑得我眼泪汪汪。

格格和小魏做爱了。

那一次，格格绞尽脑汁，终于把木讷的小魏给“办了”。

格格：魏可普！我们同居了这么久，你是不是忽略了一件重要的事？

小魏：我今天下班刚刚打过酱油啊！

格格：= =!

格格：我提醒你一下。你呢，给我用“小魏”，“格格”，“同房”来造个句子！

小魏想了良久：小魏和格格同房东作斗争，力争把这个季度的房租砍下10个百分点？

格格：……

格格咬了咬牙：你再给我用“小魏”，“格格”，“做爱”造个句子！造错了没有晚饭吃！听见没有！

又想了良久。

小魏怯生生地：小魏和格格做爱做的事情？这个……行不行？

格格哭了，这次是真哭，拦也拦不住。

小魏：我……我造的句子是不是太差劲了……

格格暴怒：不是你差劲，是我差劲好不好！魏可普，我恨死你了！

小魏温柔地搂过格格：小南瓜，你怎么这么傻啊，我还没说完呢。小魏和格格做爱做的事情，可是你好歹该问问他们“爱做”什么事情吧？

格格抹了把泪：呃？

小魏的吻已经覆了上去。这一次，格格笑得很温柔，很女人，再也没有一手刀劈将过去。

那一夜，小魏轻柔得像一阵穿过落叶的萧风。格格满脸旖旎地依靠在他的身上。

小魏突然坐起惊呼：天！你来月经怎么不告诉我？来，这个，的时候，是不能，那个，的……

话音未落挨了格格重重一大棒：混蛋！

格格：这个，不是，那个！所以，那个，可以，那个！你看看清楚好不好！

小魏又沉思了良久，脸上浮现出很虔诚的感动。

一片彤云爬上格格的脸：……都20多岁了，还是个黄花老处女……这个，是不是老了点？

小魏：格格，我会用心爱护你珍惜你，一辈子，永远……

格格：你爱的是我还是处女啊？

小魏：我爱我师，我更爱真理（别别，别掐我）——这是亚里士多德说的。我爱处女，我更爱格格——这个，是我小魏说的。

小魏和格格甜蜜地上上班，买买菜，下下厨，做做爱，从此幸福地生活——读者最喜闻乐见的大团圆结局。

论坛里有人盖楼：哎？魏可普这名字好怪啊，像个外国人。

楼下发言：同意楼主！魏可普和“Wake up”是一样的发音。

楼下的楼下：莫非原型人物和“Wake up”有什么关系？

再再楼下：兰州烧饼！楼上来自火星，鉴定完毕！

……

这本书记录的，是我们常久以来的一个梦。这梦境很逼真，逼真到我和她都以为有朝一日会成为现实，逼真到一闭眼，我们就并着肩在那样的结局中徐步走过。

终究还是结束了。我呼了口气，轻轻点了右上角的小红叉。

屏幕上显示：全文阅读数：1。

叶欢格那张办公桌一直空着。每天上班下班，打水路过，我都会情不自禁地看上一眼，想上一阵。人就是这样多愁善感，我挨着她坐了一年，半步之遥，近得可以听见她的呼吸，嗅到她脖颈里散发的清香。那时的我经常在外，动辄请上几天假，想不见就不见。聚少离多，却不曾这样想念过她。后来有一天，大家都下了班，我一个人从满是漆味的办公室里走出来，坐在曾经的位子上，一直坐到深夜。我的身边空空荡荡，那双手，那个人，那朵微笑，那些记忆，真的已经烟消云散。

叶欢格就像是苏醒偷偷揣起的一块糖，用精美的糖纸层层包裹，藏在秘密的地方。即便有一天她风干了，或是她偷着化掉，只剩一层薄薄的糖衣，那也没关系。因为我知道——只要她还在那儿，不用尝我也知道，她是甜的。

可如今，那块糖被我弄丢了。

我终于说服自己相信了这个事实——叶欢格，她走了。我们终究差了半步。

婚宴被我搞得一团糟。尤其是我撇下新娘带叶欢格回家过夜，更是让那些唯恐天下不乱的媒体抓住了小辫子。尽管老翟事后再三请客吃饭，这条新闻也没有压住。有关“苏醒滥情”的传闻很快见了报纸和网络。

老翟见了我只是摇头，说我处理事情太草率太不注重公众形象了。同事之间也开始传起了我的闲言碎语，不再将我奉若神明。造成这些的原因很简单——东寰的信誉随着苏醒的人格一同遭到质疑，这个月的业务量开始回落。已经有群众打来匿名电话质问我怎么能和当事人扯上男女关系，继而又和自己的女同事勾搭连环。

而之后的一个月，我更是一场官司都没接。我终日关着门坐在办公室里，看着街景，翻翻照片，还有一件很重要的事——吸那种可以让我好过的烟。

老翟进来问我一个案子，我慌忙把烟藏了下去。待我神不守舍地将老翟送出去的时候，已经是一身冷汗。颤颤巍巍地把剩下的半截烟点着，门突然开了！老翟黑着脸，门神一般站在那里。

“你果然在吸这个！它是毒品你知不知道！”老翟回身锁上门，几步冲到我面前，夺下我的烟。

我索性不躲不闪，兀自笑了笑：“没关系，死不了人。”

“你是个律师！”

我第一次看见老翟发这么大的火。眼角上的肉一跳一跳，脸都给憋紫了。

“你……你这个不成器的东西！你这是自取灭亡啊你！知不知道……一旦间这消息被传到外面，你就全完了！你，你怎么这么不知好歹！”

老翟花了一盏茶的工夫才平稳了下来：“苏醒，你才23岁，年少成名，未来的前途无量。怎么就为了点男女私情自甘堕落？大麻是什么东西？一旦上了瘾，你的思维，你的反应和判断，你的记忆力……全完了。你还怎么打官司？怎么做最好的律师？”

“晚了，”我冲他幽幽一笑，“师父，我已经上瘾了。我吸食了一个多月，每天的剂量大得惊人。我的咽喉肿得老高，两只手都在颤，握都握不紧。整夜整夜地睡不着，白天又一把鼻涕一把泪，脑子里乱得一锅粥一样。不要谈什么记忆力，上个案子的当事人姓什么我都没印象了。你可能不理解——既然这么痛苦，为什么还要吸？我回答你，因为吸了之后时间就会过得快一些。在我抖着手点烟，擦鼻涕，神智错乱的时候，时间就过去了。我实在熬不过这么漫长的日子，每一天都被秒针肢解成上万节，像上万个蚂蚁趴在我的心脏上，一只一只爬下去，明天醒来又是上万只。什么年少成名，什么最好的律师，我早就不在乎了。”

“你的手怎么了！”老翟一把抓住我左手的手背。上面是密密的一排裂口。

我抽了回来。

“你自己拿刀片儿划的？”

“你他妈吃饱了撑的啊！”老翟狠狠推了我的脑袋，“你个小屁孩子有什么解决不了的心疙瘩至于让你自残，啊？说话！”

“我只是看看自己还有没有知觉，”我抬头，和他对视，“你信么？这东西，一点都不疼。”

“你听好——明天有个商业敲诈案，被告可是很有来头的。我希望你接下来，这是你翻身的好机会！”

我哆哆嗦嗦地把左手藏回袖子里。“师父，你看看我，看我现在这副样子，还能做辩护吗？”

老翟半晌没了表情。

“我早就说过，越是天赋高的人就越是有致命的弱点。只是没想到，你的弱点暴露得这么狠，来得这么快！苏醒，你的心理素质太差了！你脆弱得跟个孩子一样！”

我笑：“没错，还是个没爹没娘的孩子，还是个没童年的孩子……”

但凡这世上还有人牵挂我，或是让我牵挂，我都不会是现在的样子。

沈凝夏可能是全世界最合格的妻子。

每天早晨，不管我起得多早，餐桌上已经摆好了烫嘴的白粥，自制的小菜。豆浆机里从来都是满满的，里面还掺了补身体的黑豆。只要我想吃，想喝。可是我向来都没这个胃口。皮鞋永远是擦好的，床上永远是三件衬衫，一件白的，一件格子的，一件休闲的。叠得整齐熨帖。领带是扎好的，只需挂在脖子上。下班进门，拖鞋已经摆在那里，位置准确得连个印儿都不差。

送走了我她继续上班，做她的手模脚模。从来不问我要一分钱。很少上街，即便去，多半是买些我的衣物或是家用物品。

沈凝夏说：“你出门前可不可以跟我说句‘再见’，下班后给我一个拥抱？哪怕只是过场也好——我们是夫妻。”

我说：“我们只是半路搭起的草台班子，说散就散。别跟我演苦情戏，我没有看戏的爱好！”

说这话的时候，我躺在沙发上，半闭着眼，大麻的烟雾从指尖升起。

沈凝夏走过来，挨着我坐下。我马上睁开眼，怒目而视。

我甚至不允许她走近我。

她说："我知道这是什么烟。苏醒，可不可以不这样？我们别在互相折磨了。我知道你还在恨我，可是我甘愿为你做这么多，难道就不能弥补几分吗？我不明白，我有什么比叶欢格差的？我比她贤惠，安静，我比她会持家，我比她会照顾你，我甚至比她漂亮……"

"别说了！"我翻身而起，"你他妈别说啦！"

"沈凝夏你听好——因为你爱着我，而我爱着她，你就永远比她差！"

沈凝夏噎住了。她的话停了，取而代之的是眼泪。

她哭了："好，我比她差。苏醒，只要你能戒掉这个，你怎么说我都行。我想好了，从今天起，如果你吸，我就跟着你一块儿吸。你要是不怕我吸食上瘾，你就……"

"我不怕。"我说。

我笑了："咱们一起好了。我有的是钱，供你抽一口儿这个不成问题。"

随手抛过去一支："沈凝夏，你随便。"

她咬着嘴唇，怔怔地看着我。就像在看一个陌生的路人。她的眼角一震一震，眼睛里生出难以置信的绝望。那一夜，她就那样端端正正地坐在沙发上，掩面而泣。

很多时候，我们自以为是生活的主宰。我们像个无所不能的高手一样，和生活对弈，并且走完每一步之后，都会得意洋洋地按下计时器，留下一个烂摊子让生活去思考。而更多时候，我们太无知了。阿甘有一句名言：生活就像一盒巧克力，你永远不知道将要得到什么。我们是一群盲目的乐观主义者，将这句话奉若神明，却在生活面前丧失了思考。我们忽略了阿甘不过是个智障的人物，而那句话也是个不折不扣的病句——没错，生活的确像一盒巧克力。只是，当时过，境迁，物是，人非，我们又能得到什么呢？一个长毛的盒子，还有一盒发霉的真相。仅此而已。

这两年以来，我一直有种莫名其妙的心惊。觉得自己陷入到一片混乱不堪的逻辑中，没有条理，却又逐渐清晰。像是一个可怕的预谋。这预谋便是生活想出来的一系列妙棋，看似无意的每一步都是经过深思熟虑的。当所有的棋子逐渐就位，这次博弈只剩最后一击。我目睹着生活中一幕幕的发生，像棋子一样斗转星移却没有在意，只是在最后时刻才蓦然惊醒。这盘棋已经没有了解数，是个死局。

半个月后的某天，报纸传出一条重大消息——D市检察长叶永笙携款潜逃国外，警方已经下达了追缉令。我不以为然，对于这种多行不义必自毙的人，我没必要浪费脑细胞。同一天，裴蕾打来电话，通知我那笔钱她已经准备就绪，很快就可以汇给我。我仍然没有在意，只是略微感叹了一下裴蕾终究良心未泯。

其实，我只要稍微动动脑，就能想到其中的联系。

第二天一早，我刚到事务所便觉得气氛不正常。老翟他们看着我走进，目送我回了办公室，一言不发。

快要午饭的时候，老翟进了我的办公室。

他的声音很沉重："苏醒，你看了今天的报纸没有？"

"没有啊，怎么了？"

"沈凝夏的案子，又出现了新情况。"

"哦——什么情况？另一个凶手找到了？"我开始哗啦哗啦地翻阅报纸。

老翟按住了我："这案子原本就是个有预谋的买凶杀人案。凶手并没有下落，但是，幕后指使人已经自首了。"

"啊，"我若有所思，随口问了句，"何方神圣？"

"这个人，和你……"老翟顿了顿，刚要说出口，我的电话响了。

"不好意思师父，我接个电话。"

电话是建设银行打来的。里面是一个女士的声音，特别礼貌，特别恭敬地对我说了一番话。我听得晕晕乎乎。她大概是讲，我的户头现在已经有1060万的存款。如果方便的话请我去他们行一趟，在那办理个什么VIP贵宾登记。后面的话我记不住了，原因是我听到一半思维便已停滞。

我说："你们搞错了，是不是多看了一个'0'啊？"我当时想的是，裴蕾还真讲究——不光还了我100万，还给我多打了6万块利息。一共106万，被银行误看成了1060万。

她笑了："苏先生，我们不可能搞错的。昨天14时37分，一个名叫裴蕾的小姐向您****的账户内一次性汇款1060万整。如果有什么疑问的话，建议您先与汇款人取得联系。我们行随时恭候您的光临……"

这一下我彻底呆住了——1060万？差不多是裴蕾整个产业！除非把她的新天下卖掉，否则她哪里来的这么多钱？

刹那间，一种最不祥的预感涌上了我的头顶。我的汗流了下来。裴蕾把她的全部家产给了我，难道……

我怔怔地看着老翟，眼睛里是哀求的神情——哀求他告诉我另一种答案。

老翟停了半晌，还是点了点头，重重地吐出了那个名字。

"裴蕾。"

他告诉我，幕后的指使人，是裴蕾。

我感觉眼前一黑，身体摇了摇，重重地跌坐在椅子上。

这一个下午，我终于把这两年的种种细节回忆了起来，就像最后一片拼图，镶在了最后的缺口上，所有的真相一目了然——

这就是为何裴蕾那么爱着她的初恋，却迟迟不肯去贵州找他回来。

这就是为何裴蕾可以在停电的晚上和我激吻，却对这种喜欢全盘否认。

这就是为何要立一个《姐弟纲领》，并且含混而有针对地告诉我：如果有一天，她触犯了法律，恋爱关系就自动解除。

这就是为何在沈凝夏被捕的当天，裴蕾毫无征兆提出分手。

为何终日酗酒，哭伤了她的眼睛。

她早预感到了这一天！她曾守身如玉地不给我，是因为这个案子，是怕我爱她太深。而后那两夜鱼水之欢，也是因为这个案子，她不想让我留下遗憾，索性由着我。裴蕾这么做，算得上煞费苦心了。

而叶永笙在这案子里的作用也一目了然——叶永笙曾警告叶欢格要我远离这个案子，原因是不想我蹚这个浑水。很快他又不再反对，想必是他想利用他女儿和我的关系，对案子进行监控。他从叶欢格的口中不断了解案子走势，见招拆招。于是才有了吴铁嘴的全面上风。甚至他们还藏起一份重要的指纹力度对比报告直到最后才打出这张王牌，就是为了杀我个措手不及……这一切一切终于揭开了谜底。

裴蕾，我生命中爱上的第一个女人。她给了我眼睛，给了我工作，继而给了我第一笔工作经验。是她的案子让我获得自信，获得同行们的尊重，也让我淘得了第一桶金。我们且回到一年前，如果裴蕾能将真相告诉我，即便我是名律师，也难免法外容情。至少我不会再插手这件可以让我平步青云的案子，毕竟在那时裴蕾才是我的瑰宝，我最重要的人，我的一切！可是裴蕾终究没那么做。她隐瞒了真相，躲在暗处看着我在她的软肋要害处大展拳脚，一点一点取得了成功。那时的我居然还在一脸炫耀地等着她的褒奖。我终于明白了裴蕾的眼泪——她向我隐瞒真相并不是出自恐惧，而是出自期望，出自爱。

我在办公室里发呆了整个下午，忽而像疯子一样大笑。此刻的苏醒饱尝了生活的残酷和讽刺。是啊，太讽刺了——我自告奋勇接下那个案子，遭遇再大的挫折也不曾放弃，只为和她共赴红地毯。而裴蕾呢？从角膜移植开始，她便种下了一颗毒刺。她用真挚的情和爱去浇灌他，直到他成长为最强大的敌人，将自己一步步逼向深渊却微笑着不发一言。

我们都错了。我们低估了爱情的韧性，却高估了它的刚性。是我们爱得太用力，爱得太炽热，生生让一个完美的“爱”字发生了形变，慢慢熔化掉了。

裴蕾的供词中详细记录了曾许诺一万元，买通孙茂盛对被害人沈茗进行警告和威胁的事实。但对其伙同李秉财一事并不知情，对买凶杀人一说也予以否认。

沈茗早年掌握了新天下公司机密若干，之后曾向其他公司进行泄露从而获益。此外沈茗还曾经对裴蕾进行过4次敲诈，共计人民币5万余元。最后一次敲诈是在案发前4天，这一次裴蕾求助了她在社会上的朋友，也就是本案另一个涉案人员，叶永笙。后者觊觎裴蕾的美貌与钱财，并没有给出依法处理的意见。而是通过其下属联系了所谓的“黑道”，替裴蕾垫付了5000元定金，委托社会闲杂人员孙茂盛在5日内对沈茗进行恐吓威胁。目的只是以暴制暴，从而令贪得无厌的沈茗得以收敛。其中裴蕾着重交代，她并没有要求孙对沈茗进行人身伤害。这一点本是量刑的重要依据，可惜无人证实。

4天后，本案案发，沈茗中刀，抢救无效死亡。裴蕾找到叶永笙的时候，他已经私自做出决定，自己出资3万元，安排孙茂盛跑路。并要挟裴蕾保持口径一致静观其变，否则“后果”自负。与此同时，警方进行了取证，加之目击者出面证实——沈凝夏成了本案的替罪羊。

此后至今，本案要犯之一的检察长叶永笙不但没有收敛，反而凭借他对真相和凶手藏身处的了解作筹码，对裴蕾进行长期要挟。迫使裴蕾成为其情人，并先后支付给他人民币共计490余万元。去年年末，叶永笙在澳门赌场输掉200余万。再次向裴蕾进行金钱要挟。此刻的新天下公司遭遇危机，已经周转不灵。裴蕾只能四处借款，同时还要满足叶永笙无休止的无理要求。

终于，裴蕾的忍耐达到了极限。今年年初，裴蕾暗渡陈仓，准备将其新天下公司出售。消息被叶永笙得知，此时他已经明白了裴蕾的意图。在裴蕾卖掉公司的同时，他携带钱财准备偷渡加拿大。后因裴蕾及时报案，在深圳被警方拘捕。

以上便是本案的全过程。

叶永笙已经对其罪行供认不讳，并且交代了本案直接凶手孙茂盛的藏身位置。

叶永笙最后被鉴定为杀人案幕后指使，而裴蕾的行为构成了协同犯罪。尽管投案自首，争取了主动，但重罪加身已是不可避免。我和老翟多次交换意见，老翟指出，孙茂盛至今没有归案，只有他能证实裴蕾并没有让其对沈茗进行人身伤害。这一点着实可惜。此外，凶杀和伤害不同，毕竟人命关天。所谓凶杀无小判，你有个心理准备吧。

去年的4月2日，我信誓旦旦地告诉裴蕾，给我一年时间，我要回来娶你。今年的4月2日，我们又见面了。裴蕾是本案的第二被告，而我作为公诉方的证人，被告的前男友，指证裴蕾。

那一天我哭了，我告诉老翟——我不行，这样的角色我当不了。我全身都已伤痕累累，我知道裴蕾一定逃不过这一劫，只是求他们不要让我亲手葬送她！我做不来！

老翟说：“苏醒，你一定要去做这个证人！”

“首先，所有人都知道了你和被告的男女朋友关系，如果裴蕾宣判有罪，这将无疑是你的人生污点。如果是你亲自指证她，情况就大不一样——这是你为自己正名的大好机会……”

“师父你别说了！你想的都是些个人利益，有没有考虑过我的感受？我怎么可能踩着裴蕾的尸骸向上爬？我还是不是人！”我抓住老翟的手，语无伦次。

“你先别激动，听我说完，”老翟叹了口气，继续说，“这第二点最重要——如果是你指证她，一切都还好办。如果公诉方找了其他证人，利益驱使之下搞不好就会穷凶极恶地狠咬裴蕾，也许她会败得更惨量刑更重。这些你都想过没有？”

“苏醒啊，”老翟郑重地说了这样一句话，“如果说，现在的你还能为你们的爱情做点什么的话，唯一的可能就是——出庭作证！”

数日之后，我站在法庭上，面无表情，机械地背诵着滚瓜烂熟的说辞。我辩过不少的案子，却是第一次作为证人出庭。值得一提的是，这一次，最为平静——我被打了镇定剂。

公诉人的问题包括在我为沈凝夏做辩护的期间裴蕾有无对我进行过贿赂，有无通过私人关系来监控继而误导该案，是否对案子进行过阻挠等等。我如实作答。

裴蕾的双眼已经肿得不成样子。她笑着，通红的眼睛始终不离我的脸。

大厅里安静得落针可辨。我麻木地吐出证词的每一个字，再都飞快地遗忘掉，像是一部没有感情的语言机器。终于，我艰难地背完了最后一个字。扬起脸，看着公诉人的表情。他对我的大义灭亲面露赞许。

终于宣判了。

叶永笙买凶杀人一案中，裴蕾协同犯罪，罪名成立。一审判处有期徒刑15年。

已经是预想中的最轻量刑了。此刻，就连被告席上那位锱铢必较据理力争的谭少宇律师都长出了一口气，露出欣慰之色。两位法警走上来，带被告下庭。谁都没有想到，这个时候，自始至终表现沉稳的公诉方证人苏醒突然分开人群，来在被告人裴蕾的面前。他当着法庭上所有人的面，在众目睽睽之下，扑跪在被告人的脚下。

他喊她“姐”。

他声泪俱下地求她：“姐，你原谅我。”

谁也不知道他在悔过什么——六百多个日日夜夜，彼此吸引而又彼此疏离。曾经不顾一切地想得到对方最宝贵的东西，却又被自私和猜疑冲昏了头。直到生生将那珍宝握碎在手里，直到掌心鲜血直流，才明白幸福的滩头已逝作昔日的风景。如今，向前是无际的苦海，回头，也再不见了暖岸。而那个口口声声说过一辈子爱她，保护她的人，在这个过程中起到的作用只是推波助澜，在她本来就血肉模糊的伤口处又撒了一把盐！

裴蕾她伸出手，摩挲着他的脸颊，擦去他的眼泪。

“姐不怪你。”她说。脸上是动人的微笑。

前一刻还在冷静陈词的苏醒在她的怀里哭得像一个孩子。

法警分列两边，将裴蕾带了下去，她回过头，试图留给我一个愈发灿烂的笑容，却难以抑制地掉下眼泪。那是两行带着血的眼泪。

Chpater 19

伯尔尼的冬天会不会下雪

苑琳说对了，当初他抱怨我不理解他对沈凝夏的一往情深。他在酒后咒我说："如果有一天你亲手葬送了你心爱的女人，你比我哭得还要惨。"

如今，这些通通应验了。我把裴蕾告倒了，我把最爱我的人送进了深牢大狱。

年轻英俊的辩护律师谭少宇露出笑容，他拍了拍我的肩膀："感谢你苏律师，你的证词已经非常留情了，在场的每个人都知道。我本人非常欣赏你，希望能和你做朋友。咱们后会有期吧……"

散庭之后，我拎着公文包，像个孤魂野鬼一般流荡在街头。直到深夜两点，我才疲惫不堪地转回到楼下。整栋楼都已在夜幕中沉沉睡去，唯剩一盏昏黄的灯光，在黑暗的大幕中泛起星点光亮。我掏出钥匙打开门的时候，沈凝夏已经等在门口。她没说话，而是走近，慢慢抱住了我。我本能地想甩掉她，可疲惫和伤心让我丧失了抵抗。我环住她的背，将她揽入怀中。这是冰冷的夜里仅剩的温度。

沈凝夏低语："你恨我吗？"

"想来是我，害她进了监狱。"她说。

"和你没关系的。"我说。

我知道，自从裴蕾自首的那天开始，沈凝夏就在家里供了一尊观世音像，每天都要烧一炷香，祈求神灵的保佑。她能这么做，大抵也是为了我。

"去睡吧。"我撒开她，一脸茫然地坐在床上，一动也不愿动。

我大病了一场。

接下来的几天除了打针，就是在昏睡。我只要一闭眼，就能看见裴蕾那双血泪模糊的眼睛。沈凝夏衣不解带地服侍我，把咸菜切成小小的段，将白米粥吹凉，一勺一勺地喂到我的口中。一周过后，我终于可以下地了。镜子里的苏醒眼窝深陷，胡子拉碴，完全没了往日的神采。我被一种压抑到极致的情绪桎梏着，宛若游魂。

裴蕾的入狱和这次生病使得我与沈凝夏的关系开始缓和。虽然仍旧分开睡，我已经不再对她横眉立目。偶尔，她会在我发呆时悄悄坐在我身旁，头靠在我的肩膀上安静地栖上一刻。有时，她也会怯怯地拉我一起看电视节目。虽然我知道，我们都在溜号，谁也没有把注意力停留在TVB那些无聊的剧情上。

沈凝夏没有打扰我，而是用她特有的方式，将我从悲伤里一步一步拖拽出来。回想起那段日子，我很感激她。

远赴瑞士的叶欢格毫无音讯，即便是他老爸被执行枪决，也不见她打来一通电话。我曾申请探监，遭到裴蕾的拒绝。她不想见我。也许她明白，我们刚刚从惊涛骇浪中平静下来，不见，不失为一个妥帖的办法。

我就这样从悲恸中挺过来了。二十天之后，我又开始上班。

沈凝夏试探着在下班前打电话给我，都是些最普通的话题。譬如上下班的途中有没有着凉，譬如晚饭想吃些什么。多半的时候我都会告诉她，随便吃什么都好，不用太麻烦。至少我不再反感。就这样，日子又过了一个月。有一天我告诉她，忽然很想喝牛肉汤。

那天晚上，沈凝夏炖了一大锅牛腩，加了我最爱吃的西红柿和黄豆。我吃得一干二净，大汗淋漓。那天的后来是我刷的碗筷，沈凝夏忽然将灯熄灭，从后面抱住我。她说："苏醒，你不要动，让我抱一分钟。"我感觉她带着香气的呼吸喷在我的脖子上。

时间就是在每一顿晚饭，每一炷香之间缓慢地通过。半月之后，又有重大消息爆出。本案的直接凶手孙茂盛，在警方围堵了数月之后，终于在吉林白城落网。

这一天的下班前，我照例接到沈凝夏的电话。

她说："苏醒，今天可不可以早点下班回家？"

"可以倒是可以，不过，为什么？"

她说："我做了好多菜，就等着你下班了。今天，是我23岁的……生日。"

我在心里轻轻叹了口气。丈夫不知道妻子的生日，而妻子却没有责怪的意思，相反却是如此怯生生地试探着问他——想必这种事情只有在我和沈凝夏的身上才能发生。

我说："好，我收拾一下，很快就可以回去了。陪你过生日。"

我能想象得到电话一端沈凝夏开心的样子。她说："嗳，那我等着你。"

"等一下，"我问，"需不需要一个生日礼物来助兴？"

她愣了一下："这个……我给自己买了一个电动的八音盒呢……"

“苏醒，你的意思是说……要买个礼物，送我？”沈凝夏有些难以置信。

“嗯，你想要什么？”

“那我就要一束玫瑰好了。红色的，最普通的那种就行。还有，不要太多，只要一小束……”

“啰唆。”我说。然后挂了电话。

我比平时早了一个小时下班，并且在回家的路上去花店要了束含苞的玫瑰。沈凝夏23岁，我要了23支。叮嘱店员一定要包装得漂亮些。

店员小姑娘一个劲儿地恭维我：“先生真是个有心的好丈夫，您太太见了花一定会很开心的。”

不知为何，听见“丈夫”，“太太”这样的字眼儿，我还是感到一丝生疏和尴尬。我没搭言，默默看着她在花房里挑挑拣拣。谭少宇的电话就是在这个时候打过来的。

“苏律师，请问你在哪儿？我有些事情要找你。”

“我家里有点私事提前下班了，谭律师咱们能不能明天说？”

谭少宇的口气很严肃，他说：“如果你现在还没到家，那就先停下，告诉我你在什么位置，我车里有导航，可以找到你。”

我觉得事情有点蹊跷：“路上有个花店您知道吗，我就在……”

谭少宇说：“行了，我去那里找你。”

谭少宇十几分钟赶到我面前的时候，我已经预感到事情的重大。如果人的身上真的存在气场一说，那么他今天的气场很特别。在他紧皱的眉头中央，似乎还夹着一种莫名其妙的怜悯。

我糊涂了。

谭少宇的开场白是这样的。

“作为律师，作为朋友，我都考虑是否要告诉你一些事情。你能接受也好，不能接受也罢。这些事你早晚要面对。”

我乐呵呵等着谭律师的下文——我之所以还能笑出来，是因为我已经落得这步田地，实在想不通还有什么是我接受不了的事实。

谭少宇轻描淡写地告诉我，裴蕾失明了。而且是，双眼失明。

谭少宇说：“本来就是普通的病毒性角膜炎，因为火气和郁结，频繁化妆和流泪，导致炎症转为溃疡，继而角膜穿孔。入狱之后更是终日以泪洗面，加上那里的环境很不卫生……”他的口气仍旧很淡定，“前几天她保外就医，住了几天院，但病情却一直在恶化。前天一早鉴定为双目失明。”

我站在那里没有任何表情。

我很冷静。从他的口气中我听出了端倪——如果说谭少宇即将向我透露的大新闻就像一个滔天巨浪的话，那么裴蕾的失明不过是舔湿我鞋子的小浪花。我来不及悲伤，而是镇定地听他讲下去。因为我知道，如果仅仅是失明那么简单，他是绝不会如此兴师动众地找到我——他会只打一个电话通知我去医院。

我猜得果然没错。谭少宇继续了他的演说。

“孙茂盛交代了犯罪事实，”他说，“证词对裴蕾非常有利，应该说——不，肯定地说，裴蕾将会得到大幅度减刑，最多可能将刑期减少至一年。”

“这么说，孙茂盛证实了叶永笙没有要求他对沈茗进行人身伤害？”我问。

“对！”

“怎么可能有这么好心的死囚？临死还要为主子开脱。”

谭少宇说：“孙茂盛不是死罪，而且他也并不是在开脱，而是，自保。”

他说：“他交代的犯罪事实和你此前掌握的有很大出入。”

他说：“孙茂盛承认自己向沈茗连扎两刀的经过。但——只是两刀！”

“可沈茗是被扎了三刀才毙命的。”我说。

“那最后一刀，不是孙茂盛下的手。而是另有他人。”

“有什么证据？”

“凶器！”谭少宇说，“孙茂盛行凶时用的是另一柄凶器。可巧，也是一把水果刀，而且和留在沈茗体内的那一把几乎一模一样——只是在刀柄上印了一个不同的生肖图案。孙茂盛在案发后连夜将那柄刀埋在一棵树下。落网后，那柄刀也原封不动地起了出来。上面的血污还在，可以验出是沈茗的血迹。也就是说，本案先后出现了两柄带有沈茗血迹的水果刀。”

我似乎听懂了，又似乎没懂。我试图让自己笑出来，可事实上，我已经在战栗。头顶上的暮色黑压压地盘旋，压得我喘不过气。

“另一个人，是谁？”

谭少宇顿了顿：“苏律师，你那么聪明，不用我说你也该知道。这便是我急着见你的原因。毕竟，你跟你妻子刚刚结了婚，在庭上我见过她，贤淑美丽，善良无辜——可法律不看这些。”

“不会是她的，怎么会是她呢……另外一柄刀是李秉财的，跟她没关系……”我喃喃自语。但是我心里很清楚——那刀上只有沈凝夏的指纹。还有那份力度报告，此刻也无孔不入地进到我的脑海中，亮出青面獠牙，魔语般地重复着：那是进刀才有的力度，进刀！

谭少宇说：“对了，我忘记告诉你关于指纹的细节——李秉财并没有破坏指纹。他和孙茂盛在犯罪前两个小时曾在一家羊汤馆喝酒。李秉财喝得大醉，和服务员发生口角，并将羊汤碰洒在了刀柄上。李秉财当场逼迫服务员用餐巾纸擦拭干净，重新放进刀鞘中。所以刀柄上除了油渍和纤维物涂抹过的痕迹之外，并没有他的指纹。这一点，酒馆的服务员可以作证。”

“当夜，孙李二人挟持了沈家父女。李秉财见色起意，对沈凝夏施以强暴。在犯罪的过程中将自己的刀掉在了地上，被沈凝夏藏起来——这是唯一的合理解释。同时，沈茗向孙茂盛许下重金，只求活命。孙茂盛见钱眼开，觉得这笔买卖划算。整个过程中，巷子里的狗吠得厉害，直到对面房子里灯光亮起，沈茗突然开始呼救，引起了孙茂盛的惊恐与羞恼。他最终向着沈茗猛扎两刀，与李秉财逃窜。这两年，孙李二人只知沈茗毙命，却不知道死者身负了第三刀，否则他们可能早就出来自首了。”谭少宇说。

“可沈凝夏为什么要捡起凶手的刀向自己父亲刺了那第三刀？我查过她的底细，她和沈茗关系良好，甚至，连她出国留学的钱都是沈茗出的。她没有杀父的动机！”

谭律师冷冷一笑：“案子至此，已经不需要追究动机了。如果你非要知道，我不妨告诉你——我也查了沈凝夏的底细，她在伯明翰留学的第二年，母亲患心脏病，需要做心脏搭桥手术。因为手术费尚缺8万元而一直拖延。那时的沈茗已经落魄，拿不出这笔钱。至于沈凝夏，她患上抑郁症是真，因为这个被学校劝退却是假。我询问了沈凝夏的学校。他们给出证实，沈凝夏是主动退学，退学返给她的学费不多不少，正好8万元。沈凝夏曾将这笔钱火速汇给了沈茗，但是她的妈妈一直到死都没有关于手术的记录——或许，沈凝夏杀死沈茗的动机就在其中。”

“不过，”谭律师仍旧说，“没必要深究了。”

尽管他再三收敛，我仍然可以从他的瞳子里窥出一道金光。曾几何时，苏醒的眼睛里也有过类似的光芒。那光芒意味了很多——对胜利的喜悦，对过程的欣慰，对尊严的坚决捍卫，对一切挑战自己权威的不可一世……

我败了。无论是生活中还是案子中的苏醒，都败了。就像是神话故事里从银角大王的宝葫芦中跳出来的神兽羽化成仙。上至云霄殿，下至鬼门关，我闹了一个遍。却在真正的大仙出现的时候乖乖地现出原形，交出了自己那份苍白的，稚嫩的，可怜的修为。

我败给了真正有天赋的年轻律师，败得是那么彻头彻尾不留余地。但是此刻，我在乎的已经不是那些。

是赢，是输，是名垂青史还是贻笑大方，我都不在乎。此刻的我应该是走在回家路上的，一个女人的丈夫。沈凝夏还在满心虔诚地等着我，回家。

小姑娘推开花店的门，将包好的那束玫瑰交在我的手里。

谭少宇慢慢说：“你，真是一个称职的丈夫，苏醒，我很抱歉。”

我看看手里的花，冲着他微微苦笑：“我第一次送花给她……今天是她生日。”

谭少宇不再说话了。

手里的玫瑰飘来怡人的香气，沁人心脾，娇妍欲滴。

旋开家门的时候，桌子上已经摆好了五菜一汤。沈凝夏扎着Tupperware的花围裙正把最后一个水煮鱼端上来，稳稳地放在餐桌的最中间，烫得将手指掐在耳朵上冰镇。随即，偏过头笑吟吟地看着换鞋子的我。

而我的心，此刻就像那盆里的热汤，翻滚着，翻滚着。泛起的辣子带出一阵浓烈的气流扑面而来，我仿佛看见了自己声泪俱下的样子。

我笑了。我捧起花，给了沈凝夏一个和煦的笑容：“生日快乐。”

她接过，凝视着她的丈夫，低头嗅着花束的芳香。转身走进卧室，将花插入花瓶。

她转身的那一刹那透露出的信息是，她很幸福。

这一餐，我们吃了两个小时。沈凝夏为我盛汤布菜，整个过程我没怎么说话，她夹给我什么，我便吃什么。我很清楚，这将是我和沈凝夏最后的晚餐，明天她将再次沦为阶下囚，而我也再没能力将她转危为安。我低头咀嚼的时候努力地将那个在雨夜里挥出最后一刀的魔影排除到思维之外。眼睛里只剩她干净的笑容和她精致的脸。

沈凝夏收拾了碗筷。

她刷了碗。

她擦干手，拿出香火，站在观世音像的面前。

我终于拦住了她。“别拜了，不灵的。”我说。

沈凝夏愣了一下，微微嗔怒：“菩萨面前，别瞎说……”

沈凝夏划着火柴的手被我按住的时候，我觉得这场戏差不多该落幕了。

“能不能告诉我，”我说，“当你跪在菩萨面前进香的时候，你心里在想着什么？”

沈凝夏的身子明显地抖了一下。

“你是求他显灵，还是求他将真相埋在地下腐烂掉，永远不要显灵？”我说。

“孙茂盛落网了。”半晌，我这样告诉她。

沈凝夏没理我，她的手哆嗦得很厉害。她坚持着划着了火柴，点燃了手里的三支香。“嘶”的一声，香的一端腾起一团小火苗，瞬间之后，熄成了豆大的萤火。沈凝夏把手里的香慢慢插在香台上。

“能不能回答我两个问题？”

“你说。”

“第一个，”我眼睛转向了一边，用冷冷的声音问她，“沈茗好歹是你亲生父亲，是怎样的深仇大恨能让你在他身负两刀的情况下，不慌不忙地从地上拾起那柄凶器，贯进全力刺了进去？我不是没有感觉的机器。沈凝夏，我想知道，你行凶的一刹那，有没有感觉浑身的血都在冲一个方向扩张着？被那种父女之间的亲缘牵引着？还是，你根本就是个没有感情的冷血？我想知道每天和我一起生活的到底是个什么样的女人。”

“你迟早会知道答案，说下一个问题吧。”

“第二个，当初苑琳要带你去英国的时候，你为什么拒绝？”我抓住她的衣襟，“如果你去了，一切都会不一样。”

“你是想说，如果我去了，叶欢格不会走，裴蕾也不会瞎，你也不会终日长吁短叹，煎熬一样地过日子——是不是这样？”沈凝夏笑得更厉害。

“至少你可以免去一死。可以在异国他乡的某个小镇子里晒着太阳，逗着宠物，再活上五十年。难道生命对你来说真的没有任何概念吗？”

“我了解生命的概念。我眼里的生命，它不是一个长度单位。”沈凝夏说。

“你是个疯子！”

她笑，眼泪都笑了出来。

“也许吧，我是个疯子。”

这个夜晚的天幕就像一个巨人的拳头，重重地压了下来。我甚至比沈凝夏更脆弱。她站在观音像前，冷毅地笑着，而我却抱着头，蹲在地上。绝望就像一个老酒友一样隔三差五地光顾着我。我挣扎过，麻木过，而在这一个夜晚，我发现一切都失效了。我面对的是一个清醒的，无助的，干巴巴的绝望。

“你走吧沈凝夏，”我说，“抽屉里有借记卡和现金，你走得越远越好。这一次我真的救不了你。”

“我只能装作不知情。”我说。

良久，沈凝夏回过身：“好，我走。可是苏醒，我只有一个要求——可不可以再给我四个小时，让我在自己的家里过完23岁的生日？”

我穿好衣服，走进楼道里，回身看见屋子的一小方光亮。沈凝夏就站在门口的光亮里，穿着白色纯棉的居家服，围裙还没有摘，脚上是一双卡通兔子的拖鞋。23岁，光影里的每一处细枝末节都渗透着一个美好的词——芳华。

“你好像从来都没吻过我。”

沈凝夏喃喃的声音响起在身后，像是提醒我，又像是自语。我竖起外套的领子，没有回头。一串慌张的脚步之后，我逃离了这个家。

这四个小时，我在市中心的闹市里漫无目的地晃着。我尽可能找热闹的地方，听街上的少男少女们叫嚷，嬉闹，喧哗，越吵越好，吵到我没有思维才好。

走累了我就坐在佐丹奴旗舰店门口的台阶上，看着西安的灯火一点一点降下来。最终，偌大的闹市纷纷打烊只剩下我一个人。四个小时过去了。鼓楼上大钟的两个巨大的指针重合在12的数字上。

屋子里氤氲着玫瑰花的香气，八音盒里钢琴版的《洛丽塔》响了彻夜。

沈凝夏最终还是走了。她没去火车站没去机场，而是去了公安局自首。

宣判的时候沈凝夏一直含泪地望着我，微笑，后来她对我说了最后几句话。她说：“苏醒，还记得看守所里你掉落的那张和裴蕾的合影吗？我是那么羡慕她。我抢了她的东西，整整87天，如今我终于还她了。还有，你不只一次地问我为什么没有去英国，现在我回答你——在那个半球我可以安然无恙地生活一辈子，然而却没有我想要的87天。苏醒，原谅我吧。”

执行枪决的那一天我就坐在家里，总感觉有一声鸣枪，响彻耳郭。直到晚上那声音也没散去，虽然我知道，子弹已经在几小时之前带走了她的生命。我默默地整理沈凝夏的遗物，我看见了她的小日历。每一个小格子里都记录着她当天的心情。我们在一起87天，我把每一天都翻看了一遍。其中有一天写着：我哭了，心情很糟。还有一天写着：我是不是错了？其余的85天，无一例外地记录了：今天，我很开心……

在这87天里，我没说过一句情话，没吻过她一次，没给她买过一件礼物……沈凝夏说，生命对于她来说，不是一个长度单位。但是，我却从未向她的生命里注入一点点重量。

我一点点地滑坐到地板上。直到她离开我才意识到，原来死去的这个人是苏醒的妻子，原来我们有过87天的婚姻。我永远地告别了她，而这段感情却永远存在于两个世界，没办法也不应该撇清。

枪决的第二天是立夏，沈凝夏没有看见这一年的夏天。

那一天，在她的灵前。我轻轻地吻了她的遗照。这个迟到的吻晚了数日，隔了阴阳。老翟问我，墓碑上要不要刻“爱妻”两个字。我说，要的。

那天的风很大，我们都戴了墨镜。我突然觉得，是风把这个夏天吹过来的。

沈凝夏的自首解救了裴蕾。

孙茂盛的罪名由杀人变成了伤害，随之，裴蕾的协同杀人罪名不成立。加上孙茂盛的有利证词，裴蕾并不构成伤害指使。再判的结果，使得裴蕾的刑期减掉了14年之多。但终究还是要为她的包庇罪付出一年刑期的代价。

裴蕾得到消息的时候仍旧躺在医院，眼睛上缠着雪白的绷带。

安葬了沈凝夏的第八天，老翟的办公室里，我递交了辞呈和违约金五万元。

老翟抬眼思索了片刻，退回了我的钱，却在辞呈上笔走游龙写了“同意”，签署了他的名字。从这一天起，我结束了自己的律师生涯。

我搬回了自己的小家，那里已经落了厚厚一层灰。我坐在自己那一边的床上，从晚上坐到天亮。后来我给叶欢格留了言。我说：格格，我想见你一面。

叶欢格的头像很快亮了起来。

她的回复很简洁：给我一个去见你的理由。

我说：没有理由，只是很想再见一面，很想很想。

这一次，叶欢格的对话栏一直显示“正在输入”，等了很长时间，她发来了这样一条消息。

她说：苏醒我很诚挚地告诉你我敲了三遍“你给我有多远滚多远”，又一遍一遍一个字一个字地删掉。我不想伤你，但又想告诉你我对你的要求有多么不屑。不要说什么“很想很想”，我不是花季小女孩，随便用个修饰语就能一把鼻涕一把泪！我的心情比你还要坚决，我也“很想很想”，只不过，我是另一种“很想”——很想永——不——再——见！

我在屏幕前发了一阵呆，最后打上了一个淡淡的笑脸。

我说：那样……嗯，也好。

被叶欢格拒绝了之后，我很安分在窗前静坐了两天。其间给某些三年前认识的人打电话，安排一些必要的事情。我喜欢坐在窗前，看着楼下葱郁的草木，看天上云淡风清。这个季节里所有的色彩我都喜欢。

后来，我做了一个梦。我梦见自己和裴蕾手挽手并肩躺着，有很多陌生人围拢在我们左右。我紧紧握住裴蕾的手，就像三年前的那个雷雨夜，我说：“姐，别害怕，有我在……”不知道是被温馨的梦境所感动，还是梦里那几束强光过于刺眼，说完那句话，我的眼角结出了一滴泪。有人拿过一张纸迅速拭干。我慢慢闭上了眼，不想再看见任何人。梦做到这里就结束了，我挺困的，又睡过去了。

两个月后，我和叶欢格客串的那部连续剧上映了。我很努力地守在电视机前，却总是错过时间。后来堂哥苏宁送了我一套光盘。我一集一集地找，生怕错过了每一句对白。因为那部连续剧里我总共就说了一句台词。终于让我找到了那一集，大概是第十二集的十分钟。男主角偷看情侣拥吻，惊起鸳鸯。饰演鸳鸯甲的我大喝一声：“看什么看？没见过谈恋爱打啵啊！”

到这里我笑了，脑海里尽是我和叶欢格在拍摄那天早晨当街Kiss的情形。我想起叶欢格笨拙的舌吻，不怀好意的搅动。左一下，右一下……可我又记不起来了，我以为那天的叶欢格曾在我的记忆深处盖了个永远的大红章，结果就在这样一个下午，我发现那个大红章原来早就不翼而飞了。

我像个哲人一样盘着腿想着原因，想了一个晚上。

当她赖着我，千方百计吃我豆腐的时候，那种甜蜜挥之不去。当我无药可救地爱上她，一切关于她的珍宝全都消失殆尽。千百年来，爱情从来都是这么捉弄世人。不想要的赶也不走，想要的留也留不住。是我的后知后觉影响了月老的年度业绩，于是他迁怒于我——哪怕只是一个吻痕，哪怕已经印在了大脑皮层上，也被月老无情地撕了下来。

叶欢格一定不会想到，曾经像个恶煞一样动辄冲他发火的苏醒也会因她而抑郁，并且抑郁了很多天。原因更是啼笑皆非——只因他记不起和她接吻时的感觉了。

我没有告诉她我开始相亲了。苏宁说：“如果你再这么一个人在家里整天慢悠悠地晃着，我和你大妈都能疯掉。还有，你能不能别隔几天就摔碎个杯子啊？”我说：“靠！你以为我想摔呀！要么……我改去外面晃？”苏宁说：“祖宗！我还是给你介绍个女朋友吧。”我实在是拗他不过。

苏宁前后为我介绍了四个女朋友。

首先是一个叫潘小莲的东北女孩，据苏宁说，该妞气质形象俱佳。我和她一起侃文学，侃音乐，侃海伦凯勒和几米地下铁。我何等聪明啊，接触了两次就听明白了。这女孩随叫随到，性情温和，谈吐文雅，敌不动我不动无懈可击，分明是婚介所的“婚托儿”！

我让苏宁跟了她一天。苏宁向我汇报，她一天内跟五个不同的男人吃了五顿饭。难怪她和我用餐时，每顿只点一小块提拉米苏。

至于潘小莲之后的那二三四位相亲对象，不提也罢。

一个刚见了我就来了个标准的向后转，一溜正步踢走了，比国庆受阅的女兵方队还标准。

另一个问我和苏宁，能不能把这房子先换成三室两厅，再把她弟弟的工作解决了，再拿三十万的彩礼出来……

最后一个对我说，她可以当宅女，但实在不想整天围着我转。对了，她五官挺端正的，但是个跛子。我还真的难以想象她绕在我左右，一会儿一米六一会儿一米七的样子。

就这样又到了春节。除夕夜，电话响起。我喂了几声没人说话，刚想挂断，电话另一端传来一声疲惫的叹息。

那是叶欢格的叹息。

她说："想不到，我还是主动联系了你。一年不见，想不到你还是这么大牌啊！我在QQ上给你留了不下二十条言道歉，咱们能不能别小气吧啦记仇啊？"

我说："那个……QQ啊，我已经好久不上QQ了，密码太长，实在不好输。"

"Fucking shit！"

叶欢格："你诚心羞辱我是吧？"

我笑："我哪儿敢啊？我说的都是真的。你要是还待见我，今后咱们就打越洋电话吧。把你号码留给我。"

叶欢格说了一串数字。我没誊下来，就那样反复默背着，默背着。直到叶欢格又说："对了，如果是个男的接电话，你别慌张，说找叶欢格就可以了——我和人同居呢。"

我的思维停顿了一小拍，只听见窗外噼里啪啦的鞭炮声。我的心在温暖的冬夜里迅速缩成一小团，冷冻着，哭泣着。正在默背的电话号码一下子全忘了。

"哦，呵呵，同居了呀。那个，他……是干什么的？"

叶欢格咯咯地笑："他是个踢球的，球星！瑞超联赛最佳外援。而且呢，样子超帅。"

"不对啊，你不是说过，外国帅哥再帅，在你眼里也只是个长毛的怪物么？"

"中国的，原装出口瑞士。"

我再也说不出一句话。

叶欢格："沈凝夏的事我在网上知道了一点，你有没有再寻觅个合适的？"

我冲着电话努力地笑："还成吧，正相亲呢。"

"不是吧你？多难以置信啊苏醒？连你也有相亲的一天——我平衡多了。Come on baby，tell me more！有没有相到一个绝色的美女或是市长的千金？"

我说："其实也没什么啦，一共看了四个。一个是婚托儿，一个刚见面就吓跑了，一个让我给她买大三居的房子我没同意，还有一个是瘸子，我们互相没看上。我在这方面的运气没你好，呵——"

叶欢格没说话，狠狠把电话摔了。

少顷，她又把电话打进来了。

“苏醒你少这么阴阳怪气地损我！我说我和一帅哥同居，你马上说你看了个瘸子，你什么意思啊！噢，你以为我骗你是吧？我还就和一个年轻有为的帅哥同居了！怎么着？他比你高，比你养眼，比你温柔，比你会疼人，哪儿哪儿都比你好！我明天就把照片给你邮过去，你老人家爱信不信！”

说完又把电话摔了。

我喃喃地对着忙音说：“我信，我怎么能不信呢……”

仿佛又看见了我们在酒店大堂初遇时，她那唇红齿白的样子。那可人的模样，没人看了会不喜欢。

后来，我真的收到了叶欢格寄来的那帅哥的照片。我从大信封里抽出一张7寸相纸，不用看我也知道，叶欢格选男人的眼光不会错。我突然觉得这种亚光的相纸太凉了，捏在手里一点温度都没有。从指尖一直凉到人的心里。

当晚果然接到叶欢格的电话。丫头在电话里猖狂地笑着。她说：“怎么样，照片还不错吧？”

“嗯，真的很不错。”

“废话！人家底版好嘛。”

“对，对，真的很好。”

“那你说说，都哪儿好！”叶欢格不依不饶。

我说：“形象好，气质好。”

“还有呢？”

“很阳光，仿佛能嗅到那种阳光下麦子的味道。”

叶欢格显然不够满意：“咳咳，还有呢？”

我的心凝成了一个坨，我强颜欢笑：“还有啊，他挺高的，看起来至少一米八多吧？皮肤保养得不错，比好多女孩子都白……”

“苏醒你说什么哪？”叶欢格打断我。

我继续说：“哦，那就是我看错了，这照片上的光线不怎么样。不管他是黑是白，但总之是阳刚里透着儒雅，细腻又不乏粗犷……尤其是鼻子很漂亮，男人就应该有一个这样画龙点睛的鼻子……嘴型也很漂亮啊，嘴角还微微上翘呢……眼睛也好，如果要是戴一副黑色的美瞳就更好了，你知道的，国内的很多男生也戴美瞳的……”

我实在说不下去了，手指触到了电话线，我索性一把将电话线拔掉佯装信号断了。我的头抵在墙上，深呼吸。回身一挥手，又打碎了一个杯子。

我强迫自己笑出来，心里说苏醒啊苏醒，你也应该祝福叶欢格才对。你不愿意叶欢格找个事业有成的帅哥，难不成你盼望她找个丑八怪或是残疾？

这样想的时候我心里果然Happy多了，仿佛自己给自己讲了一个笑话，笑得我眼泪都快流下来了。

隔天的夜里又下雨了，雷雨。我在黑暗中坐在床前，思绪又回到了3年前，回到我和裴蕾在医院里度过的那个雷雨夜。裴蕾在雷声中惊醒，泪如雨下。我下床将她抱住，安慰她，说“别害怕，有我在”的情景。我苦笑，默默地想，就算有我在，又能怎么样呢？

屋子里的门被推开了，我竟然忘记了关门！

“谁！”我问，“谁在那儿？”

对方没有搭言。

“姐，是你吗？”我顺势想到了裴蕾。

对方仍旧没有做声。

我战战兢兢地下床探个究竟，那人推开门转身就跑。楼道里一串跌跌撞撞的脚步渐渐消弭，最后只剩倾盆的雨声铺天盖地。我摇了摇头，将门锁死。

雨过天晴。第二天是个好天气。我一大早便接到了一通电话。医院打来的。电话里说：“裴女士已经拆掉纱布9个月，双眼视力始终正常，术后观察未见异常。按照您的请求，我们的保密工作做得很好，并且定期给您反馈了情况。感谢您对患者和我们医院的贡献……”

我很客气地道了谢，然后慢慢摸索着，挂掉了电话。

我已经失明9个月有余了。就像一场梦，在梦里，手术室里几束冰冷的强光照过来。我闭上了眼，并且再也没有睁开。

我和裴蕾之间发生了太多。我对她的感情里有过感激，有过单纯的爱，又因爱生恨，最后是误解和歉疚。我问自己，这么做到底是怀着上述感情中的哪一种？我想了许久也没有得到答案。但是我却想通了一个道理——每个人的生命里都有一个看不见的小圆圈，那个圈子里站了一个人或一些人。你想她所想，急她所急。小病小灾到来的时候她不以为然，你却永远比她紧张。真正的大灾难降临时她痛不欲生，你却永远比她释然。因为你明白自己会站出来为她挡风挡雨挡刀枪。你的不幸在于你永远要比她不幸，而你的幸福也恰恰是让她永远比你幸福。

裴蕾就是这样一个站在我小圆圈里的人。

我幸福着，却也难过着。如果我和叶欢格之间的爱情早已熄灭，我难过；如果我们之间还有一丝星点的火苗尚存，我除了难过，还有歉疚。

在手术台上，我到底还是哭了。

格格，不管是半步之间的凝眸，还是天涯之内的相守，从这一刻起，我都不可能再做到了。

随着手术台上灯光的亮起，我慢慢合上眼，我和叶欢格之间最后一丝希望被我亲手，缓缓熄灭。

除了手表和咖啡，我对瑞士这个国度一无所知。但我知道那里的天气，我电视机里的默认频道就是瑞士国家电视台。

瑞士昨天下雪了。

瑞士今天有七级大风。

瑞士明天气温大幅度下降。

每次电话响起，我都会抓起遥控器按下“频道+”的键子，再摸索着去接电话。当然，一百次里有九十九次是苏宁打过来帮我打发时间。偶尔她来电话，都是呵斥我为什么接得这么慢。

我笑呵呵地问她，瑞士最近挺热的吧。然后听她大发牢骚说，热你个头！刮了八级大风还下了雪快冻死了。

她说：“人家好男人都是知冷知热的，你整个儿相反！还有，能不能别让我每次打电话都听见你在看‘电话直销’频道？”

每每这时，我都笑得前仰后合。我不仅知冷知热，而且还知道她谎报了一级的风。

我总是打碎杯子弄得一地水和玻璃碴。

我只会按“频道+”看那个电话直销的节目。

我每次接电话都慢慢吞吞磨磨蹭蹭。

我永远不知道瑞士会下雪。

但是我知道，小魏的格格，她在快乐地生活。

这就够了。我想。

番外一 叶欢格

只会满足别人的哆啦A梦

当他还是那个除了桀骜之外一无是处的青涩少年，我已然拥有大多数女孩梦里才有的东西。当他还是个为一份工作上下求索的待业学生，我已然坐在自己的律师楼里呼风唤雨。

我曾经告诉他，因为我爱着他，所以不管是贫穷还是富有，不管是喜悦还是悲伤，他永远比我优越。

我可以跨越千山万水来到他的身边，和他一起咽着粗茶淡饭；也可以放弃香车豪宅成为租房一族乘公交车上下班。我能在诸多竞争者的注视下探囊取物一般夺下了929案的代理权；也能像个飞檐走壁的女超人在他的当事人行刑之前上诉成功。

不是每个男人都希望自己的身后跟着一个万能的机器猫？只要他一个谄媚的眼色，我就翻开胸前的小口袋让他梦想成真。

我就是他的哆啦A梦。

只是他不知道，我可以轻易帮他实现所有愿望，而我自己的这一个，却从来都不知道如何去实现。

我永远不会忘记那个傍晚，在酒店的大堂里，我们各执手机擦肩而过。嘴里都在振振有词，却在下一个瞬间齐刷刷回过头去观望着对方。我看见了一双湖泊一般的眼睛，那应该是女孩子才应该有的眼睛，眉清目朗，顾盼生辉。我听见自己的心里重重地翻腾了两下，三魂七魄绕着他神游了一圈。

很久以后我还在想，如果他不是我生命中的业障，为什么我会不由自主地回望那一眼？

曾以为自己可以一心无挂地伴在他的左右，看他每天愁眉苦脸或是喜笑颜开地出现，没心没肺地掐我的脸。我对自己说，叶欢格，这样很好。你不是一直盼望着时间会这样相安无事地度过十年八载？盼望着幸福就像一只高高悬挂的好看的气球，只要一仰头就能看得见？

是谁说的，女人为爱情而生。要么爱情成为女人的战利品，要么女人成为爱情的牺牲品。我像一个特殊的演员，既要演得逼真，又不能入戏太深。终究，这样的角色我无力饰演。

接下929案之后，我和苏醒频繁争吵。吵到元气大伤，锱铢必较得就像一个小孩子，为了争夺他心里面一个有力的位置而展开一场暗战。他说："叶欢格，你是不是小说看多了？能不能别像小说里的角色一样矫情？我们是真实的人物生活在真实的世界中，现实已经让我疲于奔命。格格，我很累……”

我无言以对。

我想问他，可你又是怎样对我的？没错，我真的不是故事里的人物！不是你想写的时候就写几笔，没我的戏份时就可以把我停下几个章节直到想起为止。可你显然忘了，不是你想起我的时候我才存在。我是一个大活人，是和你一样每天呼吸24小时的活生生的人。你想起我的时候，我活在你的世界里；你遗忘我的时候，我活在你的世界之外。但我仍然存在着——我一个人，孤独地，凄清地，在你的遗忘中存在着。

窃取裴蕾的手机信息是我做过的最卑鄙的事。当那些隐秘的文字像炸雷一样呈现在我的眼前时，我替苏醒心痛，然而却又无法自持地兴奋着。一系列计划迅速地浮在脑海里，我自幼聪明，即便是在爱情面前，我也不甘心做一个任人摆布的傻瓜。情人节的当天，我像一个缜密的阴谋家，布好了层层陷阱，等着他们纷纷入局。一切就绪，只有苏醒冷静得超乎想象。我用最刻薄的话讥讽他，我甚至比他还要不甘，因为这是我唯一的机会。我对自己说，叶欢格，成败在此一举了。就算是火坑，你要无情地把苏醒推下去！因为当他重新爬上来的时候，便是一只涅槃的凤凰。你们的爱情别开天地，你们的幸福一马平川……

我千算万算，随后发生的事情险些遂了我的心愿——如果那个情夫不是叶永笙的话。

我跪在苏醒滴着血的手下，心凉得如同一抔死灰。

2月14日的夜晚，瑰丽而璀璨。我把苏醒的情人节毁了，可笑的是，那也是我的情人节。我原本可以像个小女人一样懒洋洋地蜷在家里等着幸福来敲门。是我，把这一切毁了。他怒冲冲地走在漫天的大雪中，我亦步亦趋地跟着他，像一个罹难的罪人。他勾着嘴角，用侮辱的语气告诉我——要么等着他寻欢作乐，要么在他眼前消失。我站在雪里，眼睛穿过飘摇的雪花，一动不动地看着他。

这是我选择的方式，这是我选择的男人，所以我选择一个人站在茫茫的大雪中，再冷，也不说一句话。

后来，从夜总会里出来一位领班将我赶走，他塞给我五十块钱，催促着说：“小姐，我帮你打一辆车吧。你像尊门神一样立在这里，谁还敢进来？毕竟我们还得做生意……”

我拖着两条冻麻的腿一步步挨到了旅馆，一病不起。

等我终于试着爬起来的时候，事务所已经张灯结彩。我爱的人结婚了，我是最后一个知道的。

通常，最美丽的脸孔下都会藏着一颗最决绝的心。我在最好的年华里爱上了最美丽的青年，到头来，他留给我一个这样的结局。

至此，他的新婚夜注定会掀起波澜。出席他婚宴的除了老资格的合伙人便是年过三张的律师，他们叫我小叶，他们叫我“花”。曾几何时，我是他们眼中的最出色的新生代，他们眼中的翘楚，典范一般的乖孩子。冰冷的啤酒滑过喉咙，连五脏六腑都是冷的，我终于明白世间有一种让人战栗的寒冷叫做“透心凉”。第四瓶啤酒下肚的时候，我的眼前已是一片模糊。乖乖女叶欢格终于露出了顽劣的本性！我将前来挡酒的姜律师骂得狗血喷头，我将婚宴现场搅得一团糟。我就像个肆无忌惮的疯子。心里一个声音浮上来：叶欢格，这里没有一样东西是属于你的——酒红色光面软缎的新娘旗袍，宾朋们道贺的笑容，还有美丽的新娘子紧紧挽着的那副臂膀——你还有什么好顾及的？你还要隐藏自己到几时？

出人意料地，我劫了他的婚。我伏在苏醒的背上，吐脏了他上万元的西装。他的发间隐隐地传来我熟悉的味道，那气息冲入鼻孔的时候，我默默地哭了。回家的路很长，长到我以为可以在他的背上醉生梦死，再也不下来。

在这样一个晚上，我说出了那个隐藏了两年多的小秘密。无畏的告白，不奢求结果的倾诉，明明白白地让他知道一个迟到的真相——叶欢格爱了他整整两个年头。

没有出乎我的意料，苏醒也是爱我的。可那已经没有意义了。他爱的东西太多——他的裴姐，他的事业，他的身份，他的处女情结。他用自嘲的口气告诉我他得到了新婚妻子的第一次，“也许过了这个村，就再找不到下一个店了”的时候，我除了震撼，还有好笑。我笑得心都快裂了。

为什么要守在那个站台等他？等一个自己都不相信可以到达的懦夫？

我只是淡淡一笑，提醒他珍惜他的“这一个村”。除此之外，我该说什么呢？我还能说什么呢？苏醒，如何让我残忍地告诉你——我就是你“下一个店”？只是，我再也不会守在那里等你了。

清晨的时候，我化了平生最精致的妆面。焕然一新的叶欢格变回了两年前那个飞扬跋扈的公主。我一个人拖着箱子去了机场，连最起码的告别也没有。在安检口，他气喘吁吁赶来，在身后大喊我的名字。我是多么想回头看他一眼啊，尽可能记住他的样子，存在脑海里，奉作我毕生的珍宝。

但是我忍住了。

我知道，我的回眸只能换到一秒钟的圆满，而我的决然却可以赚到一个男人毕生的遗憾——我做了此生最残忍的一件事。

我拖着箱子走过长长的甬道，走到一个再也看不见他的地方。蓦然转回身，视野中的人群已经成为微小的像素点。

悲欢离合的故事无时无刻不在世界上演。中途转机的时候，我看见登对的情侣在诀别。那女孩坐在轮椅上，一脸刚毅地问她的男友：“袁夙，你是不是要说‘对不起’给我听？说啊，说给我听！”而那个帅气挺拔的男友却木讷得像个孩子，结结巴巴地对她说：“对不起。”

我知道，她的爱情完了。没有什么比一句“对不起”更让一个女人痛彻心扉，然而她不知道她已比我幸运。至少还有一个男人为她的离去而抱憾，而那句于事无补的“对不起”，又何尝不是她浅薄的福分？

我没有这样的福分。

轮椅女孩上了飞机，只剩她的帅气男友高高地立在那里，强忍着眼泪。

我拍了拍他肩膀："老兄，被女友fire了吧？想哭就哭一场吧。"

听完我的话，那帅哥破涕为笑。

"有什么好哭的呢？"他说。

没人知道我在瑞士最初的那些日子是如何度过的。我是一个慢热的人，就算是悲伤袭来，也比别人消化得慢。那些天，每早醒来。发生的一幕幕就像列好了队一般鱼贯地跳进脑子。从苏醒刷开1507的房门开始，直到此时此刻此情此景。直到这时，我才真正意识到不久前的几天在我的生命里发生了怎样的哗变。这些往事就像电脑中的初始化程序，每早都会在我的脑子里安装一遍，顽固得简直无法摆脱。瑞士的公寓里堆满了从超市买来的薯片，悲伤涌上来的时候我就一个人坐在电视机前，打开一盒，大口小口地塞进去。心里透了一个洞，我不顾一切地用薯片去填这个洞，即便填不来那种空虚，至少可以让薯片的"咔嚓"声盖住心里的哭声。

一个月之后，我胖了一圈。就是在每晚咀嚼薯片的声音中，我走过了22年里最难过的日子。我爱的男人和我厌恶的女人结了婚，作为我生活支柱的父亲叶永笙做出了那样令人震惊的丑事，继而犯下滔天大罪，然后是潜逃，拘捕，宣判，枪决。仿佛一夜之间，天都塌了。

如果这个时候，苏醒能打一个电话过来，发一封电子邮件，或是QQ上的一个表情语言。不管出于什么目的，关怀也好，礼貌也罢。我都会抑制不住地大哭一场，飞回去见他一面。我顾不上那些，我本来就不是一个坚强的女子。此时我才发现，所谓的坚持和自尊是多么可笑。它给不了人丝毫快乐，它只是一副自欺欺人的眼罩，戴上它，装作从未大哭一场。

我从未接到他的任何消息。日子平稳地流过去，即便是心头最柔软处的伤口，即便曾经血流如注，也早晚会有结疤的一天。

巧合的是，我碰见当初在机场偶遇的帅哥袁夙。他来瑞士联赛踢球，为他的前女友赚钱治疗。我把房子租了他一半，一对失意男女生活在同一屋檐下，没有丝毫瓜葛。多了这样一个伙伴，令我逐渐寻回了久违的快乐。

从杜子腾那里得知，沈凝夏的案子又有了重大变化。她吞了安眠药自尽，裴蕾的刑期大减。杜子腾说，如果当初你爸爸判的是死缓，如今也会减刑的。我苦笑，这是命中注定，他罪有应得怪不得别人。我的思维不在这个频道上——我想的是苏醒，他成了孤家寡人。

苏醒的头像就在这个时候亮了起来。他说，想见我一面。他说，没有理由，就是很想。

我突然觉得可笑——这算什么？忏悔还是恩惠？如果是恩惠，为何当初釜底抽了薪？如果是忏悔，为何现在雪中再送炭？我很坚决地告诉他：不见！如果可能，有生之年都不要再见！

或许是我的口气太坚决，不久我便后悔了。在感情面前，人们总是习惯性地循规蹈矩，爱着的时候不原谅，原谅的时候没了爱。上帝关上了一道门，为何自己不能再开一扇窗？除了爱情，我们还需要轻松和快乐。

我和苏醒客串的那部连续剧终于上映了。我从国内买了一套光盘，假装着漫不经心，却在播放时抑制不住面红耳赤。我和苏醒接吻的镜头一闪而过，他冲着男主角大吼一声：“没见过情侣打啵啊！”他的发挥良好，其他人的表现也算自然，只是谁也没注意到那个暗自幸福的小女人——我在苏醒吼那句话的同时，怔怔地看着他的脸，目光里是最最真实的怜爱，超越了表演的范围。我将画面定格在那一刻，片刻后，潸然泪下。三年了，感情一如那眼睛里溢出的爱，从来没有变。

我长长地舒了口气。

我给苏醒发了不下20条留言，如石沉大海。除夕夜，我打了他的电话，从此，断了半年多的线又在我孜孜不倦的努力下建立了起来。

他的习惯越来越古怪。他的生活很糟。他郁郁寡欢。他开始相亲了。

我告诉自己：叶欢格，这和你一点关系都没有！

可愈发频繁的电话，刨根问底地打探他相亲的进展……这些变化告诉我，那和我是有关系的。不知从何时开始，我恢复了往日的语气，故意制造一些争吵的小气氛。只有这样，我才能假装稳住一颗错乱的心。我甚至还给他寄去了一张我在瑞士的近照。我站在阿尔卑斯山脚下，穿着他送我的始祖鸟滑雪服，素颜，头发在脑后梳成了一个美人髻。阳光下笑得是那样淑丽，这和他印象中的叶欢格是多么不同？

我傻傻地打去电话，欲博只言片语的称赞。就在那一次，我发现了一件奇怪的事——苏醒对着照片，将室友袁夙赞美了一番。那语气绝不是戏谑，甚至声音里还藏着一点受伤——可那明明是我的照片！

我突然想起杜子腾曾告诉我裴蕾法外就医的事情。我颤抖着手打开电脑，翻看了那封我曾不以为然的Mail。当我看见“裴蕾角膜穿孔，双目失明”的字样时，一个让我恐惧到战栗的预测升上心头。我几乎断定了一个事实！

除此之外，我还发现了一封没有标题的陌生邮件，收到很长时间一直懒得点开。那一刻，我的眼球定格在发信人一栏，那里清清楚楚写的是ShenNingxia！

那封信发于她自首前，信不是很长，但足以将一件事情的真相披露得详尽透彻。

她将2月15日发生的一切原原本本地告诉了我，用忏悔的口吻。我知道，她用这样一封信净化了她天堂上的灵魂。

而苏醒，那个从来不对我说谎的苏醒，我在这一个晚上揭开了他两个弥天大谎！

从瑞士到西安，我只用了16个小时。从飞机上下来便打车，从车上钻出一路疯跑着上了楼。外面雷雨交加，轰鸣浸泡在我的心里。我有苏醒家的钥匙，当我迫不及待地旋开苏醒的大门，在门口打开房间的灯……我不哭反笑——那个可怕的预感不会因为我的迫切和虔诚而隐藏一分一秒，它成真了！它是真的！我看见苏醒端坐在自己的床上，即便是灯光亮起也毫无反应，他没有光感！

我颓然瘫坐在地上，那是一种词穷的悲伤，是我理论范围的最大绝望。

我以为我再也承受不了一分一毫，结果我错了。直到苏醒听见了响动，扭过头，我才知道，我完全错了。

他转向我，眼睛里空无一物，可脸上却在瞬间开满了色彩。他说："谁在那里？"他说："姐，是你么？"

倾盆的暴雨封了我的口鼻，我在暴雨里拼命地跑，拼命地喘。我的眼泪刚刚溢出眼眶便被雨水冲开。

但我知道，我肯定是哭了。世界上没有什么力可以抑制眼泪，仰起头，即便是打在眼睛上生疼的暴雨，也没法将孱弱的眼泪浇回去让它逆流。因为眼泪来自悲伤，来自世界上最强大的力量。我被那强大的悲伤冲得摇摇欲坠，我跑到苏醒听不见的地方，放声地哭，哭到窒息。

我爱的那个人，我日思夜想的那个人，他成了瞎子，他再也看不见我。

我为苏醒伤心过，哭过。即便是离开他飞往万里他乡，即便是下定决心不再见他，我也不曾这样悲伤。我终于明白了自己对苏醒是怎样一种爱，我允许他不爱我，但是不能允许他不爱他自己。

哭罢我像疯子一样大笑。想来我的苏醒真是一个乖孩子——我说"情愿这辈子永不再见"，他就真的选择了永不再见。只是，他怎么可以这样？他凭什么！他凭什么将我爱的东西交付给一个和我不相干的人？他有没有想过，他的眼睛不只属于他，也属于一个女孩，属于叶欢格钟爱苏醒的一个因由，一个组成部分！我要的是一个完好的苏醒，你凭什么自作主张换成一副破败的玩偶！

我想起方才那句"姐，是你么"，心里狠狠地打着寒战。

第二天，我去了女子监狱，见了裴蕾一面。

如我所料，裴蕾并不知情。我看着她那双瞳子，美丽之中夹杂着微微的胆怯。那是双迷人的眼睛，里面浇注过我的爱。

裴蕾战战兢兢，想必她以为我是来寻仇的。她间接害死了我父亲！

我轻蔑一笑，告诉她："我来找你不为叶永笙，他欠过你，你也欠了他，那是你们之间的事！"

"那你是为……"裴蕾迟疑地问。

"苏醒。"我明确地告诉她。

"我和他已经两讫了，再无关系，"裴蕾说，"我用我的整个公司抵消了他对我一年多的感情。如今，我已经很释然了，我欠他的，已经最大限度地偿还了。"

"是么？"我冷笑，"也包括你双目失明的时候，他给了你一副角膜，一双眼？"

"你这么说，是什么意思？"

裴蕾的声音一下子提高了。看得出，她异常紧张。

我继续冷笑："裴蕾，你有没有觉得你新生的眼睛里有一种特别的热度。那是一个叫苏醒的男人对你执著的，无药可救的爱！"

裴蕾沉默良久，突然叫喊着："不可能！怎么会这样！他怎么可以这样……"

裴蕾失控了。她的震撼不亚于昨天的我。她扯着头发，慢慢蹲坐在地上，眼泪溢出。

我厌恶地警告她，一字一句地："裴蕾，请你不要再哭！这双眼睛已经不再属于你一个人！你没有资格再让它出一点点差池，你听懂了吗！"

在裴蕾大段的哭泣之后，我终于下决心问她这样一个问题。

我说："苏醒的世界已经没法再亮起来，还有几个月你便将刑满释放。我今天来是想问你，你会不会留在他的身边，照顾他的起居？"

裴蕾顿了顿："叶律师，你为什么这么问？"

为什么？我眼睛慢慢热了，脑海里还在回响着那个声音——姐，是你么？

我心里狠狠地说：苏醒，既然你希望那个人是你姐，我便如你所愿。你是皇帝的种，我是丫鬟的命——就连照顾你吃喝拉撒也须排一个先后资格！

裴蕾又问："叶律师，如果我说不，你会代替我，照顾他一辈子吗？"

我说："你应该晓得提问与回答也分先后，先问先答，这是一种礼貌。"

我的呼吸变得急促，希望从裴蕾口中道出的是我期望的答案。

直到她说："我愿意。我会照顾留在他身边，一步都不会离开。方才我之所以那么问，是出于哀求。"

她说："叶律师，求你给我这个机会。让我亲自去完成这件事！用我的一辈子完成……算我求你……"

后面的话，已不需要赘述。

我猛地抽身站起，冷笑着告诉裴蕾："那么我也告诉你——我才不会为了一个废人交出我的青春！现在的苏醒对我叶欢格不构成任何吸引！我有什么立场去照顾一个不相干的人？"

我走了。我再也没有勇气待下去。转过之际，泪如雨下。

我最后那番话是彻头彻尾的谎言，其中只有一句是真话。

我没有立场去照顾他。而令我让步的，也仅仅是"没有立场"而已。他们两个，一个愿打，一个愿挨。我终究是个局外人。

在返回瑞士前，我陪着苏醒度过了我们在一起最后的三天。

他一定不会知道，楼下亭子里，他休息时坐的长条凳被我擦了灰，他松动的手杖滑轮被我上紧，家里地板上的碎玻璃也让我清理了。还有他喜欢的那几件衣服，我洗过后熨烫工整，洒上了他的香水。最后一天，我留在屋子里发呆，不料苏醒已经完成了他一天中的室外活动，开门走了进来。我一阵紧张，后来一想，他看不见我。

索性，我就坐在他的对面的床上，撑着下巴微笑地看着他。

那是几天来我第一次如此近地看他。还是那样英俊秀气，长长的睫毛忽闪着，头一偏一偏，像是闻到了什么味道。

我看见苏醒用鼻子四下地闻了一圈，乐不可支。心里慢慢地说，亲爱的，你曾几何时这样乖巧过？

我含着眼泪，笑着，努力把他的样子记在脑海里。苏醒闻了一阵后，先是怅怅地失望，而后又心满意足地笑了，他躺在床上，伸着懒腰。显然，他闻出了他喜欢的味道。只是他不知道，刚刚我就在距他半步的地方，只要他伸出胳膊，就能揽我到怀抱。

如今，我的半步已是他的天涯。

苏醒一觉醒来的时候，我已经提着包站在他的楼下。我拨了他的电话，并且清晰地看着他在窗边的一举一动。

苏醒的声音很兴奋："格格，我正想你呢你就打来了电话。这是不是心有灵犀啊？"

"难得您老人家想起我一次，不容易啊。"

苏醒哧哧地笑："觉得周围都是你的气息，连空气里都是你的味道你说奇怪不？"

他继续说："后来我就在那香气中紧锣密鼓地睡了一觉，想梦见你，结果就真的梦见了！"

"你在哪儿呢？"他问。

"不知为什么，我觉得你就在我身边。真的。"他说。

我想告诉苏醒，其实我从未走远。

可我还是使坏地告诉他，我笑着说："我在天涯。"

苏醒笑了："不远不远。"

"天涯哎，老大！"

格格，他说，天涯很近的。

他说，格格在天涯，可格格在小魏的心里。

放下电话，我已泪流满面。

番外二 沈凝夏

我有过满满一碟子的幸福

“凝夏，如果有一天，世界只剩你一个人，举目无亲，无依无靠，你会不会害怕？”

这是我16岁的时候，妈妈问过我的一句话。

我回答：“不怕。”

她的眼睛亮了一下。

我冷冷地笑，又说：“我不一直身处这个状态么？”

那双眼迅速黯淡了下去。

所有记得我6岁时样子的人都说，我是一个“笑点”和“哭点”都很低的女孩，随便一个表情都能给我逗笑，随便一个恐吓就能让我大哭。六岁，是一个孩子的记忆刚刚形成的年纪。那一年，英俊的沈茗离开了家，和一个肥头大耳的女人跑了。留下同样俊美的女人乔夏，对着屋子里20瓦的白炽灯终日垂泪。那个时候，我只知道我英俊的父亲抛下了漂亮的妈妈选择了另一个丑陋的女人，原因一概不知。很久之后我才明白，那是因为钱——我的妈妈乔夏拥有一切女人艳羡的东西，除了钱。

一个漂亮妈妈带着一个懂事的女孩——我固执地以为她们的生活可以有一百种方式——她可以很轻易找一个男人再嫁，有钱的或是没钱的，有事业的或是持家的。可是乔夏没有那么做，她就像一个雕塑家，用最好的年华浇铸了一件上乘之作，却在那作品被盗之后，再没有勇气去雕琢第二件。

她选择了酒精。而我，毫无选择地成了她挥发酒精的好助手。

她是一个漂亮得很纯粹的女人，有着很好看的微笑，我明白了一件事。原来一个女人的笑容是可以有质感的，像复叶木棉，带着色彩，像绒一样的柔软。而她的巴掌会像落叶般夹在那样的笑容中，落在我的身上——我是沈茗留在她身边最后的毒瘤。

从6岁到16岁，尽情的笑和放声的哭仿佛成了很遥远的事。其间，不知有多少坚硬的木板折断在我柔软的腰身上。我和乔夏的争吵不断，却和沈茗一直保持着平和的关系。他会送我贵重的生日礼物，给我买时尚的衣装。每次把他给的钱带回家，我都会遭到一番毒打。我很轻蔑地告诉乔夏：“请不要拿我带回来的钱买酒喝。”她怔怔地看着我：“真是难以想象，你才16岁就像那个人一样冷血和世故！等我老了，真的能指望你养我？”

我又笑：“你试试看，看我怎样为你尽孝。”

我爱妈妈，我恨沈茗，恨之入骨。但是我毕竟继承着他的智商，知道如何巧妙地利用那些恨，更好地为自己谋出路。

18岁，我考取了本市最好的大学。以我的分数，完全可以去更大的城市，念更好的大学。可我甘愿和乔夏生活在一起，我可怜她。半年之后，沈茗出资将我送去英国。我知道，那是一笔不小的开销，足以让沈茗踌躇一阵。然而我却欣然前往，挥霍他的钱所带给我的快感丝毫不亚于国外求学的向往。

出人意料，乔夏在机场抱住我痛哭。她没有告诉我，她已经患了很严重的冠心病。想来，这和她长期酗酒有不小的关系。也就是在这一年，我患上了抑郁症，我想不出乔夏有什么好，她只是让我撕心裂肺地想念。转过年，春暖花开，伯明翰爆发了大规模的游行抵制金融风暴。远在万里之外的沈茗也在一夜间破产，不过是一年多的光景，那个男人已经惶惶如丧家之犬。出人意料的还不止这些，某一天，我接到舅舅的电话。电话说，乔夏已经住院多日了，需要做心脏搭桥手术。而此时的沈茗已经拿不出一分钱。舅舅问我，有什么办法可以迅速筹到8万元，给我的妈妈做手术。

我几乎二话没说就退学了，除此之外，我拿不出8万元。我和沈茗通了电话，告诉他我的决定。出人意料的是，他同意了，并且全权担保乔夏的搭桥术事宜。我把全部的钱汇给了他。汇完之后，我甚至买不起一张从伯明翰回国的机票。

一个月后，沈茗打来洲际电话。他说，乔夏死了，没能度过术后危险期。

我不信，沈茗却有理有据地告诉我主刀医师的名字。那是一位著名的心血管学科教授。

“所有的大型手术都会有生命危险。医生和我们一样，都尽力了，你节哀吧。”他说。

我握着电话的指节发白，蹲坐在地上静静流泪。脑子里是16岁那年我对乔夏许的承诺。我说“看我怎样为你尽孝”。我以为自己可以让她幸福后半生，事实上，我这个女儿所尽的孝不过就是给了她一笔有限的手术费，甚至，连回国见她最后一眼的钱都没有赚到。乔夏的在天之灵，会不会埋怨这些？

三个月后我回国了。我在医院周围徘徊，那里是乔夏最后生活过的地方。我甚至去报告厅听那个教授作的关于搭桥术的报告。当他说到，这种手术在本院，在他本人手中的成功率百分之百时，我拍案而起。我险些冲到他面前告诉他，他刚刚断送了一个叫乔夏的女人，而我，就是她唯一的亲人，她的女儿！可人死了，我刁难他又能怎样？无法获赔，仅仅讨一个说法有什么意义？

我举目无亲，跟着沈茗有一顿没一顿地落魄着。我想起乔夏的话，想起她问我害不害怕时的神情。我不怕，我一直都在孤单地生活着，只是原本就四处漏风的心里灌入更多的凄凉。9月份，我悄悄联络了无锡的一家旅游学校，准备半工半读。我买了9月30日凌晨的火车票。变故就发生在起程前的几个小时，我们父女在大雨中被两个持刀歹徒劫持。

我遭遇了平生最屈辱的一幕。当那个矮胖的男人扯开我的衣服在我身上匍匐扭曲的时候，我希望下一刻就昏死过去，这样的劫难不啻于凌迟。我无法挣扎——沈茗的颈下抵着一柄刀子。我也没法昏过去——我听见他涕泪横流地跪在地上，向他们告饶，就像一泼冰水顺着头浇醒了我。

“你们别杀我，求你们了！她是我的女儿，你们愿意怎样都可以！只求你们别杀我……”

我突然觉得自己的灵魂一下子被蒸出了体外。那灵魂漂浮着大笑：沈凝夏，你真蠢啊。你以为你挥霍他的钱，利用他的感情是件歹毒的事，你自诩聪明绝顶，你沾沾自喜。可如今，他的一句话给了你最好的答案——你的那点小伎俩算什么？你可以利用他的钱，他可以利用你的一切！

伏在我身上的歹徒横竖不得法，恼羞成怒狠狠地咬向我的身体，鲜血直流。我不哭不叫，完全是断了发条的偶人。那个醉酒的歹徒悻悻地从我身上下来，遗落了他的刀，我慢慢拾起来握在手里，蜷缩在水泥墙角。沈茗的求饶愈发升级，他说：“我知道是谁让你们来的！她给你们多少？我加倍给你们！我有8万块！8万都给你们够不够……我这就带你们去拿……”

他每一个字都震荡在空气里，片刻之后，归于安静。歹徒满意地咧开嘴角。

下一个瞬间，巷子对面灯光亮起。沈茗毫无征兆地起身呼救。震怒的高个子歹徒冲上去，连着两刀插向他的两肋，转瞬招呼同伴消失在巷尾。

沈茗倒在地上，血流汩汩地汇进雨里。他断断续续地说：“凝夏……救我……救救我……”

我踉跄着走到他的面前，俯下身。

“你没给乔夏做手术。”我说。

亮灯的院子里走出一位老汉，我逃离现场的最后时刻听见他惊叫一声。我想，他一定是看见地上的沈茗，和他身上插着的那柄水果刀。那是第三刀！

我的命是沈茗给的，我的钱也是沈茗所赐，然而我没法说服自己原谅他。在动物的世界里，老虎可以在资源富庶的时候将妻儿养大，也可以在肉尽粮绝的时候把他们吃掉。我看见了世上最冷酷的真相，冷酷得没有一点人性的温度。就让尘归尘，土归土，我送沈茗一程，哪怕最后的结果是我们一同化作灰烬。

我目睹过生死，也经历过逃亡，待到我落网的时候，已然心如死灰。

然后我遇见了苏醒，我的律师。好像是冥冥中上苍安排好的情节，在一个人丧失消化能力的时候，为她安排一顿送行的饕餮宴。多仁慈啊？让你感叹着世间的美好，却无法消受这一切。

见第二面的时候，我已经暗暗地爱上了苏醒，在我即将宣判死刑的时候，我等的人终于姗姗来迟。在狱里，化妆品只有清水，没有梳子，就用手指。每次见面的时候，我都会很精心地打理自己。就像最坚硬的岩石上开放出的牵牛花。牵牛花的别名叫“朝颜”，名字如我，在短暂的早晨挣扎着怒放。我甚至不敢过多地向他交代我隐瞒的“线索”，因为每一个线索都会让他飞越半个中国去寻找蛛丝马迹。这种牵挂，叫做爱情。

宣判的那一刻，我的心紧紧地缩成一个团。人们总是触摸过美好的实体才害怕失去。这一刻，我终于怕了，怕一颗子弹穿过我的眉心，永远地葬身在黑暗里。我是多想再见苏醒一面，可是我不敢去上诉——为了打这场官司，苏醒日以继夜地奔波，消耗的都是他的金钱，心血和热情。我实在不愿意再连累他，如果说，我能为这段谬误的感情做点什么的话，我想，只能是放弃。

我在铁窗里数着刑期的临近。有一个晚上，我想起了《大话西游》的情节——我爱的人，驾着五彩祥云把我救起来。醒来之后，周遭一片冰冷。这样的结局，只有梦里能出现罢了。我罪无可恕。当苏醒把口供带回来的时候，我的眼泪肆意横流。只是接下来发生的，却是苏醒心满意足地带着叶欢格返回西安，再也没有见我一面。梦里的情节不是这样的。

苑琳将我保释了。他说："凝夏，嫁给我吧。然后我们就去英国，再也没人可以找你的麻烦……"那是我22年里听到的最温情的话，只要设身处地想一想，便可以知道，我没有拒绝的余地。对于一个死里逃生的囚犯，没有比这更理想的结局。

我没说话，只是笑眯眯地看着他，苑琳便知道，他的希望落空了。

"为什么？"他难以置信。

那一天，我和苑琳促膝长谈，告别的时候苑琳泛起苦涩的笑："凝夏，我的妹妹，祝福你，还有他。"转过身，却已泪流满面。

第二天，我只身前往西安。

四个月后，我和苏醒结婚了。结婚照留下了沈凝夏有生最绚灿的笑。

七个月后，我选择了最满足的方式离开这个世界。

苏醒再三追问我，为什么没有随苑琳去英国？

那个下午，我曾这样对苑琳说，我要和苏醒在一起。不惜一切代价！

有些女孩，从生下来就被幸福包围着。他们的亲友，爱人，就像木桶的一块块长板，牢固地绑定在一起，他们会把幸福盛出来交给她，永远装不满。而我的幸福就像是一个浅浅的碟子，稍稍有人对我好一点，那种幸福感便溢得到处都是。或许苏醒并不爱我，可他是第一个让我体会到幸福的人，他对我的好早就溢出了碟子。对我来说，这已足够。

黑暗袭来的时候，我看见苏醒俊朗的脸。耳边是乔夏的话。"凝夏，如果有一天，世界只剩你一个人，举目无亲，无依无靠，你会不会害怕？"

那一天我16岁，生命本来有无数种可能。

番外三 裴蕾

唯愿人如昔

出狱的第二天我见到了苏醒。我用柚子洗了澡，换上一身素色的衣服，没有化妆。29岁，镜子里的我依旧光彩照人，只是仿佛一夜之间失却了打扮的欲望。叶欢格走后的那一天，我坐在床铺上痛哭失声。曾以为今生所有的眼泪都在宣判的那一刻流干了，却忘记了眼泪永远不是悲伤的专利。除此之外，我还拥有感动，还拥有关心爱护我的那个人。那一夜，我狼狈地斥责自己：不准再哭，叶欢格已经说得明明白白——如今的这双眼已经不再属于自己，我没有资格再放任下去。抬起头，即便是从昏暗的号子里向外望去，也可以看得见色彩。我是多么的幸福。

我设想了一百种方案劝说自己淡定，然而见到苏醒的那一霎，封冻的心闸悄无声息地化开。苏醒怔怔地望着我的方向，不说话，像是在求证什么。直到我走过去，揽他入怀，他终于明白我来看他了。胸前的衣服被他的眼泪打湿，这一刻，我能体会到他从心底涌上来的无助和委屈。我细碎地吻着他的前额，这样，是否就可以驱散堆在他心头的黑暗？

他说：“姐，我看不见东西了。”像是在强调，又像是刻意拉开距离。

我告诉他：“从今天起，我就是你的眼睛。”

我曾有一个财富的王国，也曾一贫如洗。我锦衣玉食雍容华贵，也曾如履薄冰举步维艰。我见惯了宴席的聚散，亲友的离合。如今，我如愿和我的小男人走在一起，纵有苦涩，却掩不住微微的回甜。

苏醒说，那笔钱他分文未动，等待着一天将公司购回，重新开张。我不置可否，只是提议换一套宽敞的房子。

苏醒一笑拒绝。他说自己习惯了在老房子里活动，更何况，这房子很温馨，很田园，包含了他所有珍贵的回忆。

环视屋子，我不禁哑然失笑。我迅速想了三年前，病房里那个率真得有些无赖的男孩苏醒。这么长时间了，兜了一大圈，我们回到了原点，原来一切都没有变。

叶欢格离开后再无音讯，旧的故事慢慢散场，新的生活紧锣密鼓。世间的变幻只在一转眼。

有一天，天气很好，我推着苏醒在校园林荫中漫步。又一季春天，空气中的清甜点起了老女人的情怀。我笑眯眯看着苏醒：“说句情话给我听吧。”

他轻慢地哼了一声：“你都活了29年了，腻歪的恭维的话还没听够？”

我如实回答：“因为听得不多，所以听得不够。”

“有没有听过什么经典的，学来听听？”他说。

我笑："前男友曾说过这样一句，他在临别前告诉我，最难舍的便是我这双眼，怎么看都看不厌。着实让我春心荡漾了一阵。"

"哦。"

我看着面无表情的苏醒，有些后悔，想必我又戳到了他的痛处。正欲道歉之际，看见他扑哧笑了出来。

"我也说句情话给你听。"他说。

"我看不见你细腻的妆面，看不见你精致的容颜。我困惑，我抱怨，可我又一想，属于我们的日子还有几十年。我也看不见你的皱纹，你的黄褐斑。所以，我此生无憾……"

我说："这算是什么情话？"

他笑："我还没说完。"

他说："姐，你知道么——我此生无憾，因为我脑海里记下的，永远都是你28岁时最美丽的样子。"

天空正有鸽群掠过。校园广播里，一个好听的男声在朗朗读着：

蓦然回首，灯火阑珊，唯愿人如昔……

（全文完）